S码书房——小即美、少即多

MEMORIA
DEL FUEGO II:
LAS CARAS
Y LAS MASCARAS

火的记忆 II：
面孔与面具

[乌拉圭] 爱德华多·加莱亚诺 著

路燕萍 译

作家出版社

（京权）图字：01-2017-7403

图书在版编目（CIP）数据

火的记忆 II：面孔与面具 /（乌拉圭）爱德华多·加莱亚诺著；
路燕萍译.-- 北京：作家出版社，2018.12
　　ISBN 978-7-5212-0067-6

　　Ⅰ.①火… Ⅱ.①爱… ②路… Ⅲ.①美洲 - 历史
Ⅳ.①K700

中国版本图书馆 CIP 数据核字（2018）第 129883 号

MEMORIA DEL FUEGO II: LAS CARAS Y LAS MASCARAS by
EDUARDO GALEANO
Copyright: © 1984 BY EDUARDO GALEANO
This edition arranged with SUSAN BERGHOLZ LITERARY SERVICES
through BIG APPLE AGENCY, INC., LABUAN, MALAYSIA.
Simplified Chinese edition copyright:
2018 THE WRITERS PUBLISHING HOUSE
All rights reserved.

火的记忆 II：面孔与面具

作　　者：［乌拉圭］爱德华多·加莱亚诺
译　　者：路燕萍
责任编辑：赵　超
装帧设计：吴元瑛
责任校对：王　前
出版发行：作家出版社
社　　址：北京农展馆南里 10 号　　邮　　编：100125
电话传真：86-10-65930756（出版发行部）
　　　　　86-10-65004079（总编室）
　　　　　86-10-65015116（邮购部）
E-mail:zuojia@zuojia.net.cn
http://www.haozuojia.com（作家在线）
印　　刷：中煤（北京）印务有限公司
成品尺寸：142×210
字　　数：315 千
印　　张：11.25
版　　次：2018 年 12 月第 1 版
印　　次：2018 年 12 月第 1 次印刷
ISBN 978-7-5212-0067-6
定　　价：58.00 元

作为乌拉圭驻华大使，我非常荣幸地向大家介绍由伟大的爱德华多·加莱亚诺撰写的这套三部曲的第二部。用他的话来说，《火的记忆》"在所有维度、气味、颜色和疼痛上尝试拯救美洲的鲜活历史"。

值此中乌建交三十周年之际，在乌拉圭加入"一带一路"倡议的背景下，其目的是搭建两国之间的文化桥梁，以建设人类命运共同体，作为本书出版的见证人，我很感激也很自豪。

我要特别感谢作家出版社在中国宣传拉丁美洲的历史，也很感谢路燕萍老师，她凭借翻译《火的记忆I：创世纪》获得了鲁迅文学奖。

接下来，请大家一起深入阅读这部作品。如爱德华多·加莱亚诺所说，让"历史逃离博物馆，畅快地呼吸。愿过往浮现"。

乌拉圭驻华大使

费尔南多·卢格里斯

谨以此书

献给托马斯·博尔赫[1]，献给尼加拉瓜。

---

[1] Tomás Borge（1930-2012），尼加拉瓜桑地诺民族解放阵线的创建者之一。——译者注，后文中如未特殊注明，皆为译者注。

目录

关于本书

本书是三部曲《火的记忆》的第二部。这不是一部选集，而是一本文学作品。作者试图讲述美洲的历史，特别是拉丁美洲的历史，揭示它的多重维度，探究它的秘密。这个巨大的马赛克拼盘将在第三卷达到我们现在所处的时代。《面孔与面具》涵盖了18世纪和19世纪。

每篇文章的题头注明了所讲述事件发生的年代和地点。结尾处括号中的数字标明了作者查阅信息和参考资料的主要文献的编号。所有文献的目录附在书后。

直接引文用斜体标注，以示区别。

关于作者

作者1940年出生于乌拉圭的蒙得维的亚。爱德华多·休斯·加莱亚诺是其全名。他在社会党的周报《太阳报》开始记者生涯，以休斯（Gius）为笔名发表素描和政治漫画。以休斯为名是因为他的父姓（Hughes）用西班牙语朗读很困难。之后他担任《前进》周报的总编以及《时代》日报和蒙得维的亚一些周刊的主编。1973年流亡至阿根廷，在那里他创建并主编了《危机》杂志。1977年开始他居住在西班牙，1985年初回到他的祖国。

他出版了多本著作，其中有1971年21世纪出版社出版的《拉丁美洲被切开的血管》，荣获美洲之家奖的《我们之歌》（1975）和《爱与战争的日日夜夜》（1978），三部曲的第一部《创世纪》（1982）以及现在这一部《面孔与面具》。

致谢

感谢《创世纪》里已经感谢的朋友们，他们继续为第二卷书的写作提供了许多帮助。除了他们，还要感谢许多其他朋友为作者查阅必需的文献资料提供了便利。他们是马里亚诺·巴普蒂斯塔·古穆西奥、奥尔嘉·贝阿尔、克劳迪娅·卡纳莱斯、乌戈·琼比塔、加莱诺·德弗雷伊塔斯、奥拉西奥·德马尔西里奥、布德·弗拉科尔、皮伦恰·加莱亚诺、豪尔赫·加莱亚诺、哈维埃尔·伦蒂尼、阿莱杭德罗·罗萨达、巴科·蒙克洛亚、卢乔·涅托、里戈维托·帕雷德斯、留斯、林肯·席尔瓦、辛迪奥·比铁尔、雷内·萨瓦莱塔·梅尔卡多。

感谢这一次阅读本书草稿的豪尔赫·恩里克·阿多姆、马里奥·贝内德蒂、埃德加多·卡瓦略、安东尼奥·多尼亚特、胡安·赫尔曼、玛利亚、埃莱娜、马丁内斯、拉米雷斯·孔特雷拉斯、莉娜·罗德里格斯、米格尔·罗哈斯－米克斯、妮可尔·鲁昂、比拉尔·罗约、塞萨尔·萨尔萨门蒂、何塞·玛利亚·巴尔韦德、费德里科·博赫留斯。

再次感谢埃伦娜·比利亚格拉，她以不可思议的耐心，休戚与共，一步步地陪伴着这本书诞生，直到最后一行。

我不知道我出生在何处
也不知道我是谁
我不知道我来自何地
也不知道要去向何方。

我是落地的树枝
我不知道树倒在何方
我的根会在哪里呢？
我是什么树的枝干呢？

———哥伦比亚博亚卡地区的民谣

美洲的承诺

蓝老虎将会打破世界。

另一片土地，没有恶，没有死亡的土地，将会在这一片土地毁灭时诞生。这片土地是这么请求的。这片古老的、被伤害的土地请求死亡，请求诞生。她疲惫不堪，眼睛深处因为流泪太多已失明。她奄奄一息地度过白天，时间的垃圾，夜晚她接纳星辰的怜悯。很快天父将会听到世界的诉求——土地希望成为另一片土地，于是他将会释放睡在他吊床下的蓝老虎。

瓜拉尼印第安人游历在这片被惩罚的土地上，期待那一时刻。

——"蜂鸟，你有什么要告诉我们吗？"

他们不停地跳舞，越来越轻柔，越来越飞扬。他们唱着圣歌，庆祝另一片土地的即将诞生。

——"发光，发光，蜂鸟！"

他们寻找天堂，甚至追寻到了大海边和美洲中心。他们在雨林、山区和河川里逡巡，追寻着新土地，一片即将创建的没有衰老、没有疾病的土地，在那里没有任何东西能够打断永不停息的生的欢乐。歌声预示着玉米将会依照自己的意愿生长，飞箭将会独自射入树丛；将不需要惩罚也不需要原谅，因为将没有禁令，也没有罪责。

(72，232) [1]

---

[1] 这些数字标注的是作者查阅的文献资料目录编号，目录参见309-330页。——原书注

1701 年：萨利纳斯山谷

上帝的皮肤

许多年前或者许多世纪以前，瓜拉尼部落的奇里瓜诺人沿着皮科马约河航行，到达印加帝国的边境。在这里，他们留下来，期待在安第斯山脉的最高山峰脚下能够找到一片没有恶、没有死亡的土地。在这里，天堂的追寻者们唱歌跳舞。

以前，奇里瓜诺人不知道纸。当丘基萨卡[1]的方济各会修士们在马褡裢里装着圣书，经过长途跋涉，出现在这个地区后，奇里瓜诺人发现了纸，发现了书写的文字、印刷的文字。

由于他们以前不知道纸，也不知道他们需要纸，印第安人没有任何词语来称呼它。今天他们给它命名为"上帝的皮肤"，因为纸被用于向远方的朋友传递问候。

（233，252）

1701 年：巴伊亚州的圣萨尔瓦多

美洲的词汇

神父安东尼奥·维埃拉死于世纪之初，但是他的声音没有死亡，继续庇护着无依无靠的人。在巴西大地上，这位向不幸之人和被追捕者们传教的神父的话语仍在耳边回响，永远鲜活。

一夜，维埃拉神父谈到最古老的先知们。他说，当他们在献牲的动物们的内脏里读到命运时，他们没有搞错。他说，在内脏里。在内脏里，而不是头颅里，因为有能力去爱的先知比有能力理智的先知优秀。

（351）

---

[1] Chuquisaca，玻利维亚南部的一个边境省，首府是苏克雷。

1701 年：巴黎

美洲的诱惑

在巴黎的工作室里，一位地理学家正犹豫不决。纪尧姆·德利尔[1] 绘制天文地理的精确地图。他会把黄金国纳入美洲地图吗？他会像惯常做法那样，在奥里诺科河上游某个地方画上神秘的湖吗？德利尔自忖沃尔特·雷利[2] 描述的像里海一样大的黄金水域是否真的存在。在火炬照耀下，从水里冒出来、像黄金鱼那样一起一伏游泳的王子们真的是或者曾经是血肉之躯吗？

这个湖出现在至今绘制过的所有地图上。有时候它叫黄金国，有时候，叫帕里马。但是德利尔听到或者读到许多让他迟疑的证据。为了寻找黄金国，许多寻求财富的士兵深入遥远的新世界，却什么也没找到，在那里，四面来风，五彩斑斓，百般痛苦交融。西班牙人、葡萄牙人、英国人、法国人和德国人跨越美洲诸神用指甲或牙齿刨挖的深渊，闯入被诸神点燃的烟草反复加热的雨林，渡过诸神连根拔起的巨树所诞生的河流，折磨或杀死诸神用唾液、通过吹气或睡梦中创出的印第安人。但是转瞬即逝的黄金已经随风而去，永远地随风飘散了，那个湖在无人到来之前就已经消失了。黄金国看起来是一个没有棺材也没有裹尸布的墓穴的名字。

两个世纪里，世界长大了，变成了圆的，从那时候起，追寻幻觉的人们从每一个码头出发，纷纷奔向美洲大陆。在一位航海和征服神的保佑下，他们拥挤在船上，穿过浩瀚的大海。与没有被欧洲战争、瘟疫或饥馑杀死的牧民和农民们一起，船长、商人、无赖、神秘主义者、冒险家们在航行。所有人都去寻找奇迹。在大海的另一边，能够

---

[1] Guillaume de l'Isle（1675-1726），法国著名的地图绘制师。

[2] Walter Raleigh（1552-1618），英国伊丽莎白一世时代的重要人物，是政客、军人、诗人，还是探险家。1594 年他得知黄金国的传说后，便组织和率领一支探险队前往新大陆寻找黄金，后来发现了今南美洲圭亚那地区。此外，他从美洲带回了烟草，并成功在英国普及。

洗清血脉、改变命运的神奇的大海的另一边，整个历史上最大的承诺昭然若揭。在那里乞丐们将会报复。在那里穷光蛋将会变成侯爵，恶棍将会变成圣徒，被处以绞刑的人将会变成创建者。出售爱的人将会变成拥有许多嫁妆的待嫁小姐。

（326）

美洲的哨兵

在纯净的夜晚，最古老的印第安人居住在安第斯山脉。神鹰给他们带来太阳。飞翔的最老的禽类——神鹰在群山间滴落一个黄金小球。印第安人拾起球，用最大的力气去吹，朝着天空吹，让黄金球永远悬在空中。太阳流汗流出黄金，用太阳光的黄金，印第安人塑造了栖息在大地上的动植物。

一夜，月亮在山峰上照耀出三道光晕：一道是血色，预示着战争；另一道是火光，预示着火灾；还有一道是预示毁灭的黑色光环。于是印第安人背负着神圣的黄金，逃向高寒的荒原，在那里，他们带着黄金跳入到深深的湖底和火山里。

给印第安人带来太阳的神鹰是这些财富的守护者，它在白雪皑皑的山巅、水面和冒烟的火山口飞翔，巨大的翅膀静止不动。当贪婪来临时，黄金就通知它：黄金尖叫、吹口哨、叫嚷。神鹰俯冲而下，它的尖嘴挖去偷盗者们的眼睛，它的利爪掀去他们的皮肉。

只有太阳能够看到神鹰的后背，看到它秃秃的头，它皱巴巴的脖颈。只有太阳知道它的孤独。从地面上看，神鹰是无懈可击的猎禽。

（246）

1701 年：欧鲁普雷图 [1]

骗　术

波多西的银山不是海市蜃楼，墨西哥的深深的矿洞也不仅仅有谵妄和黑暗；巴西中部河流的确睡在黄金床上。

巴西的黄金根据抽签或刺杀的结果，靠运气或殊死拼命来分摊。没有失去性命的人赢得了大笔的财富，而其中的五分之一归葡萄牙国王所有。五一税最终只是一种说法。许许多多的黄金以走私的方式流失，就算设置像当地浓密树林里的树木一样多的岗哨也不能避免这种流失。

巴西矿区的修士们花在贩卖黄金上的时间比致力于拯救灵魂的时间要多。空心的木头圣徒们充当这一需要的容器。在远方的海边，罗伯特神父伪造模具就像人们念诵玫瑰经一样简单，于是，胡乱铸造的金条闪耀着王冠的印章。索罗卡巴 [2] 修道院里本笃会修士罗伯特还发明了一把万能钥匙，可以打开任何一把锁。

（11）

1703 年：里斯本

黄金——中转旅客

两三年前，巴西总督放出了准确却又无用的预言。自巴伊亚地区，若昂·德·伦卡斯特雷提醒葡萄牙国王，成群结队来冒险的乌合之众将会把矿区变成罪犯和流浪汉的圣地；他还特别发出了另一个更为严重的危险警告：黄金在葡萄牙的经历可能像在西班牙一样，即刚刚收到美洲的白银，就要双目含泪地对它说再见。巴西的黄金可能从

---

[1]　Ouro Prêto，位于巴西东南部的米纳斯吉拉斯州，始建于 1698 年，以出产黄金著称，又名"黑金城"。

[2]　Sorocaba，巴西东南部的一个地名。

里斯本的港湾进入，沿着塔霍河前进，不在葡萄牙土地上停留，继续朝着英国、法国、荷兰、德国……前进。

仿佛是附和总督的声音，《梅休因条约》签订。葡萄牙将会用巴西的黄金支付英国的布匹。利用他国的殖民地——巴西的黄金，英格兰将会为它的工业发展赋予巨大的推动力。

(11，48，226)

1709 年：胡安·费尔南德斯群岛 [1]
鲁滨逊·克鲁索

守望员报告远方有火光。为了寻找那些火，身为公爵的海盗们改变航向，调转船头，驶向智利海岸。

船舰接近胡安·费尔南德斯群岛。一艘独木船，像一道泡沫飞溅的刀锋，从火光那边朝船舰迎面而来。一个蓬头乱发、满身污垢的人上到甲板上，因热病而浑身发抖，嘴中叫嚷着。

几天后，罗杰斯船长逐渐了解了事情的原委。海难者叫亚历山大·塞尔柯克，是苏格兰水手，熟悉船帆和风力风向，是劫掠方面的好手。他在跟随海盗威廉·丹皮尔 [2] 远征时到达瓦尔帕莱索海岸。感谢《圣经》、刀和枪，塞尔柯克已经在这一带荒无人烟的一座岛上生存了四年多。他学会用山羊的肠子结网捕鱼，用岩石上结晶的盐做饭，用海豹油照明。他在高地建了茅屋，在茅屋旁边修了一个羊圈。他在树干上标记时间的流逝。暴风雨给他带来某个海难者的尸体，也带来了一个快要淹死的印第安人。他叫这个印第安人为"星期五"，

---

[1] Islas de Juan Fernández，智利在南太平洋上的火山岛群岛。苏格兰水手亚历山大·塞尔柯克于 1704-1709 年只身在马斯地岛上生活了四年四个月，据说英国作家笛福以此取材写成《鲁滨逊漂流记》。

[2] William Dampier（1651-1715），英国人，航海家、海图绘制家、海盗、澳大利亚的发现者，英国三次环球航行第一人。

因为他来的那天是星期五。从他那里，塞尔柯克学到了许多植物的秘密。当大船到时，星期五选择留下来。塞尔柯克发誓会回来，星期五相信了他。

十年后，丹尼尔·笛福将会在伦敦出版一位海难者的历险记。在他的小说里，塞尔柯克将是鲁滨逊·克鲁索，出生在约克。抢劫了秘鲁和智利海岸的英国海盗丹皮尔的远征队将变成一个庞大的商贸公司。没有任何历史的荒芜小岛将会从太平洋上跳到奥里诺科河河口，海难者在那里生活了二十八年。同样，鲁滨逊会救一个食人野人：master——"主人"，这是他教给野人的第一个英语单词。塞尔柯克用刀尖在他抓的每一只羊的耳朵上做标记。鲁滨逊将把他的王国——小岛分成几份来售卖；他将为他在海难船上捡到的每件物品定价，将为岛上所产之物做个账单，对每种形势做出估量，不幸为借方，幸运是贷方。与塞尔柯克一样，鲁滨逊将经历孤独、恐惧和疯癫的严酷考验；但是在获救时刻，亚历山大·塞尔柯克是一个浑身颤抖、不会说话、一惊一乍的丑陋小丑。相反，鲁滨逊·克鲁索是大自然的常胜征服者，他将与忠诚的星期五一起返回英国，清理账目，设计冒险。

(92，149，259)

1711 年：帕拉马里博 [1]

沉默的妇女

荷兰人切断第一次逃跑的奴隶的阿喀琉斯之踵，对于继续逃跑的人，截断右肢；但是没有办法避免自由瘟疫在苏里南蔓延。

莫利奈船长沿河而下，到达帕拉马里博。他的远征带回两个人头。他不得不砍去女俘们的头，因为她们已然不能完好地走出雨林。她们一个叫弗洛拉，另一个叫塞里。她们的眼睛仍盯着天空。尽管遭

---

[1] Paramaribo，苏里南的首都。

遇鞭笞、火烤和烧红铁钳的炙烤，她们都没有开口，固执地保持缄默，就好像自很久以前她们还很肥胖、涂满油彩以来就没有发出过一个字。他们剃光她们的头发，在头上画星星或半个月亮，为的是在帕拉马里博的市场卖个好价钱。当士兵们问她们逃跑的黑人们藏匿在什么地方时，弗洛拉和塞里从头至尾保持沉默。她俩的眼睛一眨也不眨地看着天空，追寻着像群山一样浓密的在高空中飘浮的云朵。

（173）

她们用发髻携带生命

尽管有许多黑人被钉上十字架或者被铁钩穿过肋骨悬挂起来，苏里南海岸四百座种植园里的黑奴逃跑从未停止。雨林深处，逃居山野的黑奴们竖起的黄色旗帜上一只黑狮子在迎风招展。由于缺乏子弹，他们的武器就是发射小石子或骨头；但是密不可入的树林是抵御荷兰殖民者最好的同盟。

在逃跑之前，女奴们偷取稻谷、玉米粒、小麦种、菜豆和葫芦子。她们以大大的发髻充当谷仓。当到达林莽深处开阔的避居之地时，妇女们摇晃脑袋，于是自由的土地肥沃丰产。

（173）

逃居山野的黑奴

宽吻鳄伪装成树干，享受着阳光。蜗牛触角尖儿上的眼睛滴溜溜地转着。雄鸟展现杂技艺术向雌鸟献殷勤。雄蜘蛛爬上雌蜘蛛危险的网，在这床单和裹尸布上，它将拥抱，将被吃掉。猴群跳跃着去抓树枝上的野果子：猴子的尖叫声让这片密林喧嚣吵闹，遮蔽了蝉鸣，也听不到鸟儿的询问。但树叶铺就的地毯上响起了奇怪的脚步声，瞬间雨林寂静了，停下来、蜷缩起来，等待着。当第一声枪声响起，整个雨林飞奔着逃跑。

枪声预示着对逃居山野的黑奴们的一次追捕。"Cimarrón"——安的列斯群岛使用的词，意思是"寻找自由的箭"。西班牙人用这个词称呼逃到山里的牛，之后这个词被沿用到其他语言：chimarrão，maroon，marron，用于称呼美洲所有地区的逃居山野的奴隶，他们寻求雨林、沼泽和深谷的庇护，远离主人，修建自由的房屋，通过开辟假路、设置死亡陷阱来保卫家园。

逃居山野的黑奴让殖民社会生疽坏死。

(264)

1711 年：穆里

他们从不孤单

也有逃居山野的印第安人。为了把他们关押在神父和船长们的监控下，修建了许多监狱，例如乔科地区刚刚诞生的穆里村。

不久前，许多长着白色羽翼的大型船只来到这里，寻找从科特迪瓦山系流下的黄金河；从那时候开始印第安人就四处逃逸。数不清的神灵陪着他们一起在雨林里和河流上逡巡。

巫师认识呼唤神灵的声音。为了治愈病人，他朝着浓密的树枝吹蜗牛壳，密林里居住着西猫、天堂鸟、唱歌的鱼。为了让健康的人生病，他往他们的肺里塞进一只死亡蝴蝶。巫师知道在乔科地区，没有空无神灵的土地、水和空气。

(121)

1711 年：帕伦克 – 德 – 圣巴西里奥 [1]

黑人国王、白人圣徒和他的圣徒妻子

一个多世纪前，黑人多明戈·比奥霍逃离西印度卡塔赫纳的划船苦役，成为那片沼泽地的武士之王。成群的猎犬和火绳枪手追击他，逮捕他，好几次多明戈被绞杀。在持续几天的热烈欢呼声中，多明戈被拴在一头骡子的尾巴上，被拖拽着在卡塔赫纳游街，好几次人们割掉他的生殖器，用长枪戳着。逮捕他的人连续受到馈赠土地的赏赐，多次被授予侯爵爵位；但是在迪克运河或下卡乌卡地区的逃亡黑奴的居住地上，多明戈·比奥霍统治着这一片土地，笑容绽放在他不可置疑的涂彩面颊上。

自由的黑人时刻警惕地生活着，从出生就进行作战训练，被悬崖峭壁、深谷沟壑和毒刺密布的深坑保护着。这个地区最重要的黑人居住地已经建立长达一个世纪，仍屹立不倒，它将拥有圣徒的名字。它将叫圣巴西里奥，因为他的雕像很快经由马格达莱纳河运到。圣巴西里奥将是第一位被允许进入此地的白人。他将头戴主教冠、手执权杖而来，并将带来一座内有许多奇迹的木头小教堂。他将不会因为赤身裸体而愤慨，也永不会以主人的口吻说话。逃居山野的黑奴们将为他献上房子和女人。他们将会为他找女圣徒卡塔丽娜做妻子。因此，在另一个世界，上帝不会给他一头驴作为妻子，而且当他们在这片土地上时能享受这个世界。

(108，120)

---

[1] Palenque de San Basilio，哥伦比亚的一座市镇。西班牙民殖统治时期，逃跑的奴隶们长据此地，建立城镇。"palenque"指的是奴隶们修建的抵御追捕者的栅栏。现今，该地仍保留着当时的一些风俗传统。

竹 节 虫

在多明戈·比奥霍永远统治的逃跑黑奴的居住地的周边地区有很多野兽。最令人害怕的是老虎、大蟒蛇和缠绕在藤本植物上、游滑在茅屋间的蛇类。最令人着迷的是从头部排便的电鳗和竹节虫。

与蜘蛛一样，雌性竹节虫吞吃它们的恋人。当雄性竹节虫从背部拥抱雌性时，雌性转身以它没有下巴的脸朝着雄性，用鼓出的大眼睛打量它，张嘴噬咬，不慌不忙地享用这顿午餐，直到把雄性吃得精光。

竹节虫非常虔诚。它总是双臂做着祈祷的动作，一边祈祷一边进食。

（108）

1712 年：圣玛尔塔 [1]

从海盗到走私

在内华达山葱郁的双腿间——双脚浸在大海里——，竖立着一座被木头稻草房子围绕的钟楼。在那些房子里住着圣玛尔塔港口的三十个白人家庭。在其周边，有芦苇搭建的土坯茅屋，在棕榈树叶的覆盖下，居住着印第安人、黑人和混血人，他们的数量没有人去费心清点。

海盗一直是这片海岸的梦魇。十五年前，圣玛尔塔的主教不得不清空教堂内部，把它临时充当军火库。一个星期前，英国舰队穿过监视海湾的军事堡垒的炮火，安静地逼近海滩。

所有人逃进山林。

海盗们等待着。他们没有偷取一针一线，也没有焚烧一砖一瓦。

---

[1] Santa Marta，哥伦比亚北部加勒比海地区的港口城市。始建于 1525 年，为西班牙人在哥伦比亚最早建立的城市，也是拉美历史最悠久的城市之一。

乡邻们迟疑地慢慢靠近；圣玛尔塔现在变成了欢乐的市场。海盗们武装到牙齿，来这里买卖东西。他们讨价还价，但在付钱时有所顾忌。

在遥远的那边，英国的工场在增加，需要市场。许多海盗变身为走私贩，尽管他们中没有人知道那个"资本积累"意味着什么恶魔。

（36）

1714 年：欧鲁普雷图

矿区的医生

这位医生不相信毒品，也不相信来自葡萄牙的极其昂贵的粉末。他不相信放血和泻药，也不理睬族长加莱诺和他的法律诫板。路易斯·戈麦斯·费雷拉建议他的病人每天洗澡，而这在欧洲显然是异教徒或疯癫的标志；他开的药方是当地的药草和块根。费雷拉医生拯救了许多人的性命，感谢常识和印第安人古老的经验，还有"白美人"——甘蔗酒的帮助，它唤醒了垂死之人。

然而，对于淘金者们喜欢相互开枪或捅刀子开膛破肚这样的习惯，他却无能为力。这里所有的财富均是瞬间荣誉，奸诈之人远胜于勇敢之人。为征服隐藏着阳光的黑土地而产生的无情战争中，科学毫无用武之地。国王的司库托马斯·德·索萨队长四处寻找黄金，却找到了铅。医生无能为力，只能画十字。所有人都以为队长存有大量的黄金，但是债主们却只找到寥寥无几的奴隶来瓜分。

医生极少接待黑人患者。在巴西矿区，奴隶用过就被遗弃。费雷拉医生徒劳地向主人们建议善待奴隶，因为他们正在违反上帝的旨意，也有违他们自身的利益。在淘金场和地下矿坑巷道里，没有一个黑人能活过十年，但是一捧金子就能买一个新生儿，这与一捧盐或一头整猪是一个价。

（48）

1714 年：普林西比新城
哈 辛 塔

她让她踩踏过的土地变得神圣。哈辛塔·德·西盖伊拉，巴西的非洲人，是普林西比这座重镇的创建者，也是夸脱·文腾斯悬崖沟壑地区的金矿的创始人。在这片仍然没有地图的世界上，黑女人，绿女人，哈辛塔像食人植物一样张开闭合，吞下男人，孕育各种肤色的孩子。哈辛塔率领一群恶棍冲破雨林，向前进。这群恶棍带着老式步枪，赤脚骑着骡子而来。当进入矿区，他们把良心挂在树枝上或埋进沼泽里：生于安哥拉，巴伊亚的奴隶哈辛塔是米纳斯吉拉斯的黄金之母。

（89）

1716 年：波多西
奥尔古因

利马的副王总督迭戈·卢比奥·莫尔西洛·德·奥尼奥沿着一条挂有伊卡洛斯、厄洛斯、墨丘利、恩底弥翁、罗德岛的巨像和逃离特洛伊的埃涅阿斯的画像的坑道，穿过一百二十座银质凯旋门进入波多西。

波多西啊波多西，已经不是昔日景象。人口已缩减一半。城市在木制而不是白银街道上迎接副王总督。但是，与那令人惊奇的年代一样，小号声和鼓声仍响彻天际：穿着漂亮制服的侍童手执蜡烛照亮骑马将军们、总督、法官、市长、使节等人的道路。夜幕降临时，举办盛大的化装舞会：城市向风尘仆仆的来客献上西班牙十二位英雄、法国十二位贵族和十二位女预言家的致敬。熙德、查理大帝、众多的世间曾有或在梦中出现的仙女、阿拉伯王子和埃塞俄比亚的国王们身着熠熠生辉的华服向客人问候。

梅尔乔·佩雷斯·奥尔古因画下了这充满奇迹的一天。他一个一个地描绘了上千个人物，绘制了波多西这座全世界最慷慨的山，突显了土地、鲜血和尘烟的颜色以及白银的光芒。他在这幅巨大画卷的底部画上了他自己的形象：奥尔古因，五十来岁的混血儿，鹰鼻，乌黑的长发从宽边软帽上倾泻下来，一只手托着调色板。他还画了两个挂着拐杖的老人，写下了从他们嘴里讲出来的话：

——"瘦弱的女人，你可曾一下子见过这么多奇迹？"

——"一百多年来，我从没见过这般宏大景象。"

或许奥尔古因并不知道奇迹是他自己创造的，而认为他只是复制了奇迹；他也不知道当波多西的繁盛从大地表面上清除，没有人记得任何一个副王总督时，他的作品将继续鲜活地留存下去。

(16, 215)

1716 年：库斯科
圣像画师

奥尔古因的老师迭戈·基斯佩·蒂托在他的双目失明后不久去世了。在他失明早期眼前模糊时，他尽力地绘画他自己前往天堂的形象，前额上戴着印加人的皇室流苏。基斯佩是库斯科天资最高的印第安艺术家。在他的作品里，鹦鹉在天使身边飞翔，在被箭射伤的圣塞巴斯蒂安身上休憩。这片土地上的面孔、鸟类、水果夹带私藏地出现在欧洲的或是天庭的景色之中。

当西班牙人在大广场上焚烧竖笛和斗篷时，库斯科的圣像画师们在想方设法地画《最后的晚餐》中餐桌上装有牛油果、大辣椒、番荔枝、草莓和温桲果的盘子，绘画从圣母肚子里钻出来的圣婴耶稣和被圣徒约瑟搂着在黄金床榻上睡觉的圣母。

人们举着玉米十字架，或者用土豆花冠来装点十字架；在圣坛的底座上摆着祭品——南瓜和甜瓜。

（138，300）

大地之母玛利亚

在这些地区的教堂里，一般会看到被羽毛冠装点或被遮阳伞保护的圣母，就像印加公主一样，而主神则是太阳的形状，位于支撑梁柱的猴子以及水果、鱼和热带飞鸟装饰的模型之间。

一幅没有署名的画卷上展示了太阳与月亮交相辉映下，站在波多西银山的圣母玛利亚。一边是罗马教皇，另一边是西班牙国王。但是玛利亚并不在山巅之上，而是在山的"心脏"里，她"是"这座山，这座有着女人面庞、双臂张开的山，玛利亚－山，玛利亚－石，像大地受孕于太阳一样，她受孕于主神。

（137）

帕查玛玛[1]

在安第斯高原，"玛玛"是圣母，"玛玛"是大地，是时间。

如果有人喝酒而没有邀请她，帕查玛玛——大地、大地母亲会生气。当她非常干渴时，她就打破陶罐，把酒洒了。

人们向她献上新生儿的胎盘，把胎盘埋在花丛里，为的是让新生儿存活；为了让爱永存，恋人们埋下打结的发丝。

---

[1] Pachamama，是印加人多产的大地女神，"Pacha"在艾马拉和克丘亚语中意为"大地、世界、宇宙、时间"，"mama"是母亲的意思。

大地女神用臂弯拥抱那些曾从她身上冒出来的疲惫之人和垂死之人，在他们旅程的终点，她张开双臂庇护他们。自大地之下，死去的人们为她绽放朵朵鲜花。

（247）

美人鱼

在普诺[1]大教堂的主门厅里，西蒙·德·阿斯托在石头上雕刻了两条美人鱼。

尽管美人鱼象征罪孽，艺术家也不会雕刻上恶魔。艺术家将会创作两位印第安美人，她们将会愉快地弹奏五弦琴，在没有罪孽的阴影下去爱。她们将是安第斯的美人鱼：克辛图和乌曼图，在远古时候她们从的的喀喀湖的湖水里钻出来，与图努帕神做爱，图努帕是艾马拉的火神和电神，所到之处都会留下火山喷发的痕迹。

（137）

1717 年：魁北克

不相信冬天的男人

据拉伯雷的讲述以及伏尔泰的复述，加拿大的寒冷极其严酷，说的话一出口就凝结了，悬在空中。四月末，最早的阳光冲破河冰，春天打破复苏的咯吱咯吱声而至。于是，就在那一瞬间，听到了冬季里发出的话语。

法国殖民者害怕冬季更甚于害怕印第安人，他们羡慕冬眠的动

---

[1] Puno，秘鲁东南部地区的的喀喀湖西北岸湖港，市内的大教堂建于 1757 年，是由秘鲁建筑师西蒙·德·阿斯托设计的巴洛克风格建筑，但用夹带私货的方式融入了普诺和秘鲁当地的元素。

物们。无论是熊还是旱獭都不知道严寒的恶劣：当冬天以子弹爆裂声劈开树木，把人变成冷血的石头雕像时，它们离开这个世界去度过几个月。

每个冬天，葡萄牙人佩德罗·达·席尔瓦乘坐狗拖的雪橇，在圣洛伦索河的冰面上送信。夏天，他坐独木舟送信。有时候，由于风的过错，他花上整整一个月的时间往返魁北克和蒙特利尔。佩德罗递送总督的指令、神父和官员的汇报、皮毛销售报价单、朋友的许诺和情人间的秘密。

加拿大第一位邮差在没有请求冬天许可的情况下工作了二十五年。现在他死了。

（96）

1717 年：杜帕斯岛

创建者们

加拿大的地图铺满整整一面墙。在东海岸和大湖之间，屈指可数的城市，寥寥无几的堡垒。更远的地方，是一片广袤的神秘之地。另一面墙上，在短卡宾枪交叉的枪口之下，悬挂着印第安敌人的头发，已被烟草的烟熏黑。

皮埃尔·德·拉·委仁德莱坐在摇椅上，咬着烟斗。拉·委仁德莱没有听见他刚出生的儿子的哭叫声。他半眯着眼睛盯着地图，遨游在仍没有任何一个欧洲人涉足的湍急河流中。

他从法国的战场上活着回来，在那里，他胸口中了一枪，挨了好几刀，已经被判定为死人。感谢他的田地里的小麦和战争伤残抚恤金，在加拿大他不缺粮食；但是他很无聊，胡思乱想。

他受伤的双腿将比他半梦半醒之间的天马行空走得更远。拉·委仁德莱的探险将让这幅地图变得荒诞可笑。他朝西行，寻找通往中国海岸的大洋，从北面他将抵达短卡宾枪开枪时因严寒而爆炸的地带，往南他将顺着尚不为人知的密西西比河前行。这位躺在他身边的木头摇篮里的正在哭泣的婴孩将是不可逾越的屏障落基山脉的发现者。

传教士们和皮货商将紧跟探险者的步伐而来，总是如此。于是，他们跟随卡蒂亚、尚普兰和拉萨勒[1]而来。

欧洲为海狸、水獭、貂、鹿、狐狸和熊的皮毛付出了不菲的价格。作为皮毛的交换，印第安人得到了武器，为的是相互残杀或者在英法争夺他们土地的战争中死亡。印第安人也得到了烈酒——把最为健壮的战士变成废人，还得到了比最恶劣的暴风雪更具破坏力的瘟疫。

（176，330）

印第安人组画

据法国神父和探险家所说，加拿大的印第安人中没有一个有大肚腩，也没有一个驼背的。即使有一两个瘸子、瞎子或独眼龙，也是因为战争受伤的。

珀肖特叙述道，他们不知道产权也不知道嫉妒，称钱为"法国人的蛇"。

拉菲特说，他们认为听命于一位同胞是荒谬的事。他们选举没有任何特权的人为首领，罢免发号施令的人。妇女们与男人们一起提议、做决定。长者委员会和公共议会做出最终裁决；但是没有任何一个人的话比睡梦的声音更掷地有声。

布雷贝夫观察到，他们听从睡梦的指示就像基督徒服从上帝旨意一样。他们每天都听从梦的指示，因为每个夜晚灵魂通过梦说话；当冬季快要结束、冰冻化解时，他们为梦举行神圣而盛大的庆典。于是印第安人化装打扮，恣意狂欢。

---

[1]　卡蒂亚、尚普兰和拉萨勒都是法国探险家，均参与对新法兰西的探险。

卡蒂亚记录说，他们饿了就吃。他们不知道除了胃口之外的时钟。

勒热恩警告说，他们都是放荡不羁的人。不管是女人还是男人只要愿意都可以打破他们的婚姻。对于他们来说贞洁毫无意义。尚普兰发现有些女人结了二十次婚。

据勒热恩说，他们一点也不喜欢工作，相反，非常喜欢编造谎言。他们对艺术无知，除了剥去敌人头皮的艺术。他们报复心强：作为报复他们吃虱子、蠕虫以及所有喜欢人类血肉的动物。比亚尔证实，他们没有能力理解任何抽象概念。

据布雷贝夫说，印第安人不能理解地狱这一思想。他们从没听说过永恒的惩罚。当基督徒们用地狱来威胁他们时，那些野蛮人问道："我的朋友们也会在地狱里吗？"

（97）

大湖地区齐佩瓦族之歌

有时
我为我自己感到遗憾
当风带着我
穿过九霄

灌木丛
生长在大树下
歌唱。

（38，340）

1718 年：圣若昂 – 德尔雷伊

耻 辱 柱

冒险的乌合之众推倒雨林，开山劈岭，修改河道；当火在生锈的石头上钻出火星时，黄金的追逐者们吃癞蛤蟆吃树根，在饥饿和惩罚的双重象征下创建城市。

耻辱柱的竖立标志着巴西黄金产区一座城市的诞生：耻辱柱是一切的中心，在它的四周会有房子，教堂在山顶，耻辱柱的顶端有一个王冠，柱上有一对铁环，用来拴那些接受鞭打的奴隶。

阿苏马尔伯爵正站在耻辱柱前高举佩剑，宣布圣若昂 – 德尔雷伊城的正式诞生。他用了四个月的时间从里约热内卢跋涉而来，在旅途中他吃过猴子肉和烧烤过的蚂蚁。

这片土地让他害怕、恶心。阿苏马尔伯爵——米纳斯吉拉尔的总督——认为背叛性是这些难以对付、居无定所的人的第二天性：他说，在这里星辰导致无序，河水煽动哗变，土地散发出动乱的气息，云层是傲慢的，空气是叛逆的，黄金是惊人的。

伯爵下令砍去所有逃居山野的黑奴们的头颅，组织军队追捕叛逃的黑人。那些"没有种族的人"，既非白人也非黑人的人，主人与女奴隶生下的卑微的孩子们或者无数次杂交的混血儿，是逃跑奴隶的追捕者。他们生来就处于法律之外，非常适合去为杀戮而死。他们穆拉托人和梅斯蒂索人[1]到处都是：这里没有白人妇女，也没有办法履行国王的意志，他从里斯本下令应避免生育"有缺陷的、血统不纯正的后代"。

(122，209)

---

[1] 穆拉托人是欧洲白种人与黑人的混血儿，梅斯蒂索人是欧洲白种人与印第安人的混血儿。

1719 年：波多西
瘟 疫

三年前，上天发出警告，"可怕的火，灾难的预兆"：彗星——被释放的太阳，疯狂的太阳，用它指控的尾巴瞄准波多西的山头。

今年年初，在圣佩德罗街区诞生了一个双头婴儿，神父犹豫着是给他做一次受洗还是两次。

尽管有彗星和恶魔的预兆，波多西仍坚持着"备受上帝指责、令男女蒙羞、有违大自然、让世俗和政治礼仪哗然"的法国时尚、着装和习惯。城市总是庆祝狂欢节，"非常有违真诚地"狂欢和作乐；当六位美貌的姑娘赤身裸体地跳起舞来，瘟疫恰恰击中她们。

波多西经受了上千的苦难和死亡。上帝残酷折磨印第安人，他们血流成河偿还这座城市的罪恶。

据马蒂亚斯·西里亚克·伊塞尔达先生——"享誉盛名的医学家"——的叙述，为了报复，上帝利用了农神的坏影响，把鲜血替换成尿和霍乱。

（16）

1721 年：萨卡特卡斯
为了吃万神之神

钟声连续敲打，召唤人们去参加庆典。萨卡特卡斯矿区中心已经与维乔尔印第安人[1]签订了和平协议。许久以前就退守纳亚里特山区的维乔尔人为捍卫他们的独立已经战斗了两个世纪，面对连续的追击，他们坚不可摧；而现在他们臣服于西班牙王室。协议向他们保证将不会被迫在矿场服劳役。

[1] 维乔尔人是墨西哥西部印第安人，现主要居住在纳亚里特州、哈利斯科州以及杜兰戈州和萨卡特卡斯州的部分地区。

在前往圣地的朝圣之路上，维乔尔人不得不穿过那片亟需劳动力的矿区。炎火老祖保佑他们不受蝎子和蛇虫的袭击，但对印第安人的抓捕者们却几乎束手无策。

前往维里科塔高原要翻过荒芜的秃山和无边无际的乱石岗，这是沿着诸神之路回到起源的漫长旅程。在维里科塔，维乔尔人回忆起第一次猎鹿。在那里，他们返回到那个永恒瞬间：群鹿之主用鹿角抬起旭日，为了让人类可以生活，他愿意牺牲自己，用自己的鲜血给玉米施肥。

万神之神——鹿居住在一株很难寻觅到的佩奥特仙人掌[1]上。这株佩奥特很小很丑，藏在岩石间。维乔尔人找到了它，向它放箭，当抓住它时，它哭了。之后，他们放了它的血，剥去皮，把它的肉切成薄片。维乔尔人围在篝火旁，咀嚼着神圣的仙人掌，于是开始进入恍惚状态。在濒临疯癫的边缘，在心醉神迷中，一切皆是永远，一切皆是虚无，吃圣餐时，他们皆是神。

（31）

如果你不小心丢了灵魂

那个即将临盆的维乔尔女人在干什么？她在回忆。她紧张地回忆着孕育即将诞生的孩子的那个爱夜。她拼尽所有的记忆之力和快乐来想这个。如此，身体幸福地张开了，因为曾有的幸福而幸福，于是一个纯良的维乔尔人诞生了，他将值得享有孕育他时的愉悦。

一位纯良的维乔尔人会照料他的灵魂——他明亮的生命之力，但是众人皆知灵魂比蚂蚁还小，比私语声还轻柔，是微小之物，是一缕空气，稍一疏忽就会丢失。

一个小伙子绊了一下，滚下山坡，灵魂出窍，滚落下来，就好像

---

[1] 佩奥特是一种含有致幻剂的仙人掌。

原来仅仅由一根蛛丝拴住一般。于是这个维乔尔年轻人晕头转向，生病了。他结结巴巴地呼叫圣歌的守护者——巫师。

那个印第安老人在山上四处刨找什么呢？他重走病人走过的路线。他悄无声息地爬上尖利的山石，在枝叶间搜寻，一片叶子一片叶子地翻，在小石子下翻寻。"生命掉到哪去了？它在哪里惊恐地待着？"他竖起耳朵慢慢地走，因为丢失的灵魂会哭泣，有时候会发出微风似的哨声。

当巫师找到流浪的灵魂时，他会用羽毛尖把它挑起来，裹进一个小小的棉花团里，再把棉花团塞进空心的芦苇秆里，带回给它的主人，这样主人就不会死。

（124）

1726 年：蒙得维的亚湾

蒙得维的亚

在乌拉圭河东岸，绵延的牧场滋养着比三叶草更多的奶牛。巴西的"淘金者"[1]——地界的吞噬者们，垂涎这片广袤的畜肉和皮革宝藏；葡萄牙的旗帜已经在拉普拉塔河河岸的科洛尼亚－德尔萨克拉门托上空飘扬。为了阻止他们的攻击，西班牙国王下令在蒙得维的亚湾建立城镇。

在大炮和十字架的保护下，新城市建立起来。她坐落在大陆和岩石的岬角，狂风吹打、印第安人对她虎视眈眈。第一批居民从布宜诺斯艾利斯抵达，十五位青年，十九个孩子，还有几个没有列在名单里的奴隶——他们是持斧、抢锄和拿叉的黝黑双手，产奶的胸脯，发布口头告示的嗓音。

---

[1] Bandeirantes 指的是自 16 世纪开始，从圣保罗出发远涉美洲大陆密林深处的葡萄牙探险者，他们的首要任务是抓捕印第安人做奴隶，第二任务是发现金矿银矿，他们逐渐占领了印第安人和西班牙人的地盘。

城市的创建者们几乎都是目不识丁的人，他们接受了国王赐封的贵族特权。他们在喝马黛茶、杜松子酒、抽烟的聚会上首次行使了使用"堂"这个称谓的权利：

——"祝您健康，堂。"

——"祝您健康。"

杂货店里弥漫着马黛茶和烟草的味道。这是第一座用木门和泥砖墙搭建的房子，周围都是散落在堡垒背面的皮革搭的棚屋。杂货店里可以喝酒、聊天、弹吉他，还卖扣子和锅、饼干以及其他你想要的东西。

从杂货店将会诞生咖啡馆。蒙得维的亚将是一座满是咖啡馆的城市。没有哪个街角没有一个私密与喧哗相容的咖啡馆，在这个会所里，所有的孤独都会得到庇护，所有的相遇将会得到庆祝，香烟的烟气将如焚香一般袅袅。

(278，315)

1733 年：欧鲁普雷图
庆 典

一道道鲜花拱门罩着欧鲁普雷图的大街小巷，在拱门之下，在丝绸和大马士革锦缎装点的墙壁之间，圣体游行缓缓通过。四风和七行星在珠宝护面的马匹上面穿来穿去，高高的宝座上，月亮、仙女们、启明星在天使们的行列中闪闪发光。在一个星期的焰火庆典和斗牛之后，游行队伍盛赞黄金，歌颂钻石，表达对上帝的虔诚之心。

钻石是此地的新鲜货。直到不久之前钻石还只是用在纸牌游戏中标示点数。当得知那些水晶是钻石时，葡萄牙国王把第一批钻石献给了上帝和教皇，之后他向梵蒂冈购买了最昂贵的"最忠诚国王"的称号。

欧鲁普雷图的街道上下起伏，斜坡陡峭，宛若刀刃，而居民也因山上山下的区分而分裂。上面的庆典是强制庆祝的炫耀，但是下面的庆典则会引起怀疑和惩罚。深色肤质的人们掩藏着巫术的威胁和叛乱的危险。穷人唱歌和拉提琴是罪孽，笑得太多的黑白混血女人有坐牢或被驱逐的危险，在喧闹的周日，黑人奴隶可能会丢了脑袋。

（209）

1736 年：圣约翰斯[1]

火　焰

他们饮下同一个陶碗里盛着的混着墓土和公鸡血的朗姆酒，封住他们誓言，鼓声雷动。他们准备了足够的火药，能炸飞安提瓜这座英国人控制的岛屿上的总督和所有重要官员。检察官是这么说的。法官们是这么认为的。

六名黑奴被绑在绞刑架上活活饿死，另外五人被撕裂割碎。七十七人被活活烧死。另外两个因撒谎而得以活命，却让他们的父母走上火场。

反叛者们成了黑炭或一堆腐肉，但天亮时他们却在沙滩上游荡。当潮水退去，让沙上的奇迹显现时，渔民们遇到了那些死去的人，他们正在四处找水和食物，以继续向更远处旅行。

（78）

1738 年：特里洛尼镇

库德霍

牙买加西部浓密山地的植物和人们都汗如雨下。当牛角发出的长

---

[1] 此处 Saint John's 指的是安提瓜和巴布达的首都圣约翰斯，位于安提瓜岛的北部沿海地区。

长的哀怨声宣告敌方首领已经到达山谷隘道时，太阳赶紧躲藏起来。

这一次，格思里上校不是来打仗的。英国奴隶主们向逃居山野的奴隶们提出和解。他们承诺尊重奴隶们经年战争赢来的自由，承认他们拥有所居住土地的权利。作为交换，逃居山野的人变身为他们囚徒兄弟们的宪兵：从此以后，他们将惩罚甘蔗种植园里的奴隶叛乱，将要把逃来此地寻求庇护的奴隶们送还回去。

库德霍首领出来迎接格思里上校。库德霍戴着无檐帽和曾是蓝色带袖的短大衣。牙买加的红土让皮肤和衣服的颜色非常匹配，但是上校的马甲每一个扣子都在，仍能隐约看到他的卷曲的白色假发。库德霍跪下，轻吻他的鞋。

(78，86，264)

1739 年：新南妮镇
南　妮

在与背风群岛地区[1]逃居山野的奴隶首领库德霍达成协议后，格思里上校朝岛屿的东部出发。某只手往他的朗姆酒里偷偷撒入致命毒药，格思里像铅块一样从马上坠落。

几个月后，在一座高山山脚下，阿代尔上尉平定东部地区。向风群岛地区逃居山野的奴隶首领库奥擦拭着佩剑和镀银帽，接受了条件。

但是在东部悬崖地带，南妮比库奥更有权势。向风群岛地区分散的帮派都服从南妮指挥，蚊子骑兵同样听命于南妮。炽热土地上的伟大女性、诸神们的情人南妮身无配饰，只戴着一串英国士兵的牙齿串成的项链。

---

[1] 背风群岛指的是加勒比海东缘小安的列斯群岛的北部岛群，位于东北信风带内，比南部向风群岛受信风影响稍小。西班牙语中，背风群岛和向风群岛分别是 Sotavento 和 Barlovento，英语中则分别是 Leeward 和 Windward。

没有人看见她，所有人都看见了她。听说她已经死了，但是她如同黑色闪电，赤身裸体地冲进战斗的中心。背对着敌人，她弯腰，曼妙的臀部吸引子弹，并抓住它们。有时候，她把子弹成倍地反射回去，有时候她把子弹变成一团棉花。

(78，264)

牙买加的朝圣之旅

他们来自树干的空洞，来自大地的坑穴，来自岩石的裂缝。

雨水不能阻止他们，河流也不可以。他们穿过沼泽、深渊、森林。重重迷雾不能让他们迷路，炎炎烈日也不让他们惧怕。他们从山上下来，缓慢，势不可当。他们沿着山体侧面直线而下，毫无偏差。阳光下他们的铠甲熠熠生辉。雄性勇士营率领这次朝圣之旅。迎着危险，他们高举武器——他们的钳子。在开路前行中，许多勇士死亡或失去一只臂膀。被成千上万螃蟹大军覆盖的牙买加大地在咯吱作响。

奔向大海的旅程是漫长的。两到三个月后他们——那些到达的——精疲力竭地到达海边。于是，雌性们上前，任海浪把她们覆盖，大海扯出她们的卵。

寥寥几个回去。启程奔向大海的几百万只螃蟹里，只有寥寥几个回去。但是，在沙子之下，大海孵化新的螃蟹家族。不久，这个新的家族开启他们奔向山峦的横穿之旅，奔向他们母亲们来自的山峦，没有谁能阻挡。

螃蟹们没有头脑。当王神在位于遥远非洲的棉花、铜制宫殿里分配头脑时，他们迟到了。螃蟹们没有头脑，但他们做梦，他们知晓。

(86)

1742 年：胡安·费尔南德斯群岛

安　森

智利人相信这片大洋的海浪是口吐泡沫的马匹，女巫们用马尾藻做的缰绳把它们驯服。海浪袭击大岩石，因为岩石不相信女巫，而岩石城堡报以清高的蔑视，任其捧打。在高高的上方，一只长着显得德高望重的大胡子、有着王者风范的雄山羊观察着泡沫涌来又退去。

胡安·费尔南德斯群岛上山羊所剩无几。经年前，西班牙人从智利带来了一群狗，想从海盗们手里夺取这份易得的食物。安森指挥官的手下在大岩石和悬崖间徒劳地追捕羊角的影子；他们相信在他们抓捕的某只山羊耳朵上能辨认出亚历山大·塞尔柯克的烙印。

英国旗帜在桅杆上完好无损地飘扬。乔治·安森大人的舰队将启程回英国，他们被饥饿和坏血病打垮，但战利品将会辉煌灿烂，将装满近四十辆车，由牛车从码头上拉走。以完善地图绘制、地理学、天文学、几何学和航海术为名，科学家安森已经几度炮轰西班牙的几艘舰船，焚毁了几座村落，他甚至戴上假发，穿上刺绣短裤[1]。

这几年里，在从海盗到走私的转变过程中，不列颠王国在逐渐诞生；但是安森是老派的私掠船长。

(10)

1753 年：塞拉利昂河

让我们颂扬主

上帝显迹发生在霹雳闪电之中。当一场突至的暴风雨差点把他的船打入大洋底部时，约翰·牛顿[2]船长在亵渎神明和酗酒的一夜之间

---

[1] 这是海盗的装扮。

[2] John Newton（1725–1807），英国赞美诗歌创作者，最著名的一首是《奇异恩典》（Amazing Grace）。

皈依基督教。

从那时起，他就是上帝的选民。每天黄昏，他都布道，每次餐前他都要祈祷，每次开工前他都唱赞美诗，海员们粗鲁地合唱重复。每次航海结束后，他在利物浦花钱做一场特殊的仪式来感谢至高无上的主。

当他在塞拉利昂河口等待货物抵达时，牛顿船长驱赶恐惧和蚊子，祈求上帝保佑"非洲"号船队和所有船员，祈求上帝保佑即将装船的货物能够平安抵达牙买加。

牛顿船长和他的无数同伴在英国、非洲和安的列斯群岛之间进行三角贸易。从利物浦他们装上布料、烧酒、步枪、刀子，到了非洲海岸他们以此换取男人、女人和儿童。船头朝着加勒比岛屿出发，在那里，他们用奴隶换取糖、糖浆、棉花、烟草，并把这些带回利物浦，开始新一轮的贸易。

在他的闲暇时光，船长创作赞美诗来献给神圣的弥撒。这天夜晚，他关在客舱里，开始写一篇新赞美诗，同时他在等待一批延迟抵达的奴隶，因为路途中有几个奴隶想通过吃土来自杀。他已经想好题目。赞美诗将会命名为《甜美圣名》。开头的诗行已经完成，船长在同谋般的摇曳灯光下，哼唱着可能的旋律。

（193）

1758 年：法兰西角[1]

马康达尔

面对逃居山野的黑奴们的大型集会，弗朗索瓦·马康达尔从一个水杯里取出一块黄色手帕：

---

[1] 即今天的海地岛。

——"最早，印第安人是主人。"

然后，他取出一条白色手帕：

——"现在，白人是主人。"

于是他在逃居山野的黑奴们眼前晃动着一条黑色手帕，宣布：非洲来客们掌权的时候已经到了。他用唯一一只手晃动着手帕，因为另一只手已经留在甘蔗碾磨机的铁牙缝里了。

在海地北部的平原，独臂人马康达尔是火和毒药的主人。根据他的信号，甘蔗地燃烧起来。因为他的妖术，甘蔗园的主人们在晚餐时一个个倒地，口吐白沫和鲜血。

他会变成鬣蜥、蚂蚁或苍蝇，穿上虫瘿之衣，安上触角或翅膀，但是他被抓住了，被判刑。他们正在把他活活烧死。

人们依稀可见火焰中他扭曲颤抖的身躯，突然，一声号叫撕裂大地，那是充满痛苦和欢乐的大声尖叫。马康达尔从柱子上脱离，被死亡松绑：他号叫着、燃烧着穿过烟雾，消失在空气里。

对于奴隶们来说，这一点也不吃惊。他们早就知道他将留在海地，留在所有阴影的颜色里，留在夜色匆匆里。

(63，115)

1761 年：西斯退尔

卡 尼 克

玛雅人宣布尤卡坦地区独立，并宣告接下来是美洲的独立。

——"西班牙权力带给我们的纯粹是伤痛。除了纯粹的伤痛别无其他。"

哈辛托·乌克[1]，那个轻抚树叶就能吹出小号声响的人自立为

---

[1] 玛雅印第安人起义的领袖，起义前改名为哈辛托·卡尼克（1730–1761），原名何塞·塞西略·德洛斯桑托斯，也有历史学家认为其原名为哈辛托·乌克·德洛斯桑托斯。他天资聪颖，曾接受当地的方济各会修士们的教育，从而走上反叛之路。1761 年 11 月 19 日

王。卡尼克——"黑蛇"是他挑选的名字。尤卡坦国王把无沾成胎圣母的披风系在脖子上，向其他印第安人宣讲。他们已经在地上碾过玉米粒，他们已经唱了战争之歌。先知们——胸膛火热的人，被诸神照耀的人——曾说过战死的人将会醒来。卡尼克说他不是热爱权力的国王，他说权力会渴求越来越多的权力，杯满则水溢。他说他是反对权贵权力的国王，他宣布奴役制结束，鞭笞柱和印第安人排队亲吻主人之手的日子都要结束了。"他们将不能绑缚我们：他们没有绳子。"

在西斯退尔村以及其他村落里，这些回声流传开来，话语变成了号叫，神父们和指挥官们在血泊里翻滚。

(67，144)

1761 年：梅里达 [1]

碎 块

在死了许多人之后，他们抓住了他。圣何塞是殖民胜利的保护神。

他们指控卡尼克曾鞭打耶稣，往耶稣的嘴里塞牧草。

他们惩罚他。在梅里达的大广场他们将用铁器把他活活切碎。

卡尼克由骡子驮着进入广场，他的脸被罩在一个巨大的纸质王冠下，几不可见。王冠上写着他的卑劣言行，"叛逆罪：亵渎上帝、反对国王"。

他们一点点地切割他，不让他获得死亡的解脱，比对待屠宰场的动物还残忍；然后他们把碎块一块块地扔进火堆。仪式过程中伴随着长久的欢呼声。在欢呼声下，有人低声耳语：奴仆们将会把碾碎的玻

他在西斯退尔村发起反对西班牙殖民政府的起义，但因为双方力量悬殊太大，起义失败。1761 年 12 月 14 日，卡尼克被处死。

[1] Mérida，墨西哥尤卡坦州的首府，是该州人口最密集的城市。

璃掺进主人们的面包里。

（67，144）

1761 年：西斯退尔
神圣的玉米

行刑人把卡尼克的骨灰抛入空中，为的是在最后审判日他不再复活。他的首领中有八位被处以残酷的绞刑，两百名印第安人被割去一只耳朵。作为最严厉的惩罚，让最神圣之物痛苦，士兵们焚烧了叛乱社群里的玉米种子。

玉米活下来了。火烧它，它忍受着；脚踩它，它恼怒。或许玉米梦着印第安人，就像印第安人梦着玉米。它安排空间和时间，安排玉米人的历史。

当卡尼克出生时，他被放在玉米穗上剪脐带。以新生婴儿之名，他们播撒沾满他鲜血的玉米粒。从那片玉米田里，他吸收营养，他汲取饱含启明星光的夜露，逐渐长大。

（1，67，144，228）

1763 年：犰狳洞
因为傲慢的人树立坏榜样

在无月黑夜里视如白昼的引路人避开了陷阱。感谢他们，士兵们能够穿过遍布倒刺尖桩的陷阱迷宫。拂晓时分，他们冲向自由黑人的村落。

火药灰、大火的烟尘、浓烈而酸苦的空气笼罩着伊塔普亚海滩：中午时分，犰狳洞已无一存留，这个逃居山野的奴隶们的避难之所自二十年前就频繁侵扰附近的巴伊亚的圣萨尔瓦多城。

副王总督发誓将清除巴西的逃逸黑奴，但是他们从四面八方冒出来。巴托洛梅·布埃诺船长在米纳斯吉拉斯砍掉了四千对耳朵，但徒劳无功。

在枪托的击打下，那些在犰狳洞保卫战中没有倒下的人排成一行。他们所有人的胸口被打上烙印，烙上表示"逃跑"的字母"F"，然后被归还给他们的主人。霍阿金·达科斯塔·卡多索缺钱，贱价售卖儿童。

(264, 284)

圣 餐

历史——披着玫瑰色面巾的贵妇，成功人士亲吻的香唇——想必隐藏了许多东西。她可能假装听而不闻或者患上欺诈的失忆症；她会谎称巴西的黑奴们温顺屈从，甚或是幸福的。

但是种植园的主人们强迫厨师当面尝试每一盘菜。让人长时间痛苦不堪的毒药被悄悄地投放在餐桌的美食里。奴隶们杀人，也自杀或逃跑，这是他们窃取主人的重要财富的方式。或者他们通过信仰、跳舞、唱歌来进行反抗，这是他们获得解脱和重生的方法。

收割的甘蔗气味熏醉了种植园的空气，大地上和人们的胸膛里烈火在燃烧：火焰加热皮绳，鼓声雷动。鼓声在祈求以前的神灵能回应迷失子民们的呼声，飞到这片流亡的土地，来到他们中间，给他们爱，让他们唱歌、号叫，让他们破碎的生活重新复原。

在尼日利亚或达荷美[1]，鼓声祈求妇女和土地丰产。这里不是这样。这里，妇女生下奴隶，土地消灭他们。这里农业神让步于战

---

[1] Dahomey，达荷美为贝宁旧称，原为王国，是西非埃维族的一支阿贾人于17世纪建立的封建国家。国家全名为"达恩·荷美·胡埃贝格"，意思是"建在达恩肚子上的国家"，简称"达荷美"。

争神。鼓声不祈求丰产，而是复仇；铁器之神奥贡磨砺匕首，而非锄头。

（27）

巴伊亚组画

统治巴伊亚地区的人说"黑人不会上天堂，哪怕他们经常祈祷，因为他们的头发硬，会戳着我们的主"。他们说黑人不是睡觉而是打呼噜，不是吃饭而是吞咽，不是说话而是嘟囔，不是死，而是终结。他们说上帝创造了白人，给穆拉托人涂了颜色，而黑人，则是恶魔拉出来的屎。

黑人们所有的庆祝都被怀疑是向长着尾巴、蹄甲、三齿的凶暴黑人撒旦致敬，但是统治者们知道如果奴隶们时不时娱乐一下，会更努力工作，活得更久，生更多的孩子。于是，诸如战舞这种仪式般的致命肉搏战试图变成精彩纷呈的游戏，"坎多布雷"宗教仪式也过渡成为纯粹的舞蹈和喧闹。此外，从不缺乏圣母或圣徒来提供伪装：当奥贡变身为金发碧眼的骑士圣乔治时，没有人能禁止奥贡，甚至邪恶的黑人神灵都在基督的伤口处找到藏身之所。

在奴隶们的圣周，负责让叛徒白人犹大——石灰涂抹的木偶——爆炸的是主持正义的黑人；当奴隶们扛着圣母出去游行时，黑人圣本尼迪克特在所有圣像的中间。天主教会不认识这位圣徒。据奴隶们说，圣本尼迪克特曾像他们一样是奴隶，是一个修道院的厨师，每当他在祈祷时，天使们都帮他翻锅。

圣安东尼是主人们偏爱的圣徒。圣安东尼炫耀军阶，领工资，专门负责监督黑人。当有奴隶逃跑，主人就把圣像扔在堆着废弃物的犄角旮旯。圣安东尼趴着忏悔，直到猎狗们抓住逃跑的奴隶。

（27，65）

你的另一个头脑，你的另一个记忆

圣弗朗西斯修道院的日晷仪上，一句悲伤的描述提醒旅人们生命之短暂："*过去的每一小时伤害你，而最后一小时将会杀死你。*"

这句话用拉丁文写就。巴伊亚的黑奴们不懂拉丁文也不识字。从非洲他们带来了开朗好斗的神灵：黑奴们与他们同在，朝着他们而去。谁死了就进去。鼓声点点，指引死去的人不要迷路，到达奥克萨拉[1]所在的地方。在那座所有创造者的创造者的家里，死去的人等待着他的另一个脑袋，不死的脑袋。我们所有人都有两个脑袋、两个记忆。一个是将会成灰的泥土脑袋，另一个是永远能抵抗时间和激情啮噬的脑袋。一个是死亡杀死的记忆，是与人生旅程一起终结的罗盘；另一个记忆是集体记忆，只要人类在世上的冒险一直存在它就一直鲜活。

当宇宙的空气第一次晃动并呼吸时，当诸神之神诞生时，天地仍没分离。现在，它们看起来已经分开。但每当有人死亡，每当有人诞生，每当有人在他悸动的身体里接受神灵时，天空和大地就重新结合起来。

（361）

1763 年：里约热内卢

这 里

四分之一个世纪之前，路易斯·达·库尼亚向葡萄牙国王进谏，请国王和整个王室从里斯本搬迁到里约热内卢，并在这座城市宣布为西方皇帝。帝国的首都应该设在这里，富饶的中心，因为路易斯·达·库尼亚提醒，没有巴西的财富，葡萄牙将无以为继，但是没有葡

---

[1] Oxalá，非洲约鲁巴宗教中最重要的神，创造了大地和人。

萄牙，巴西可以轻松存在下去。

现在，御座仍在里斯本。但是殖民地的中心从北部迁到南部。蔗糖港口巴伊亚让步给黄金和钻石港口里约热内卢。巴西向南部和西部拓展，袭击西班牙的边境线。

新首都占据了世界上最美的地方。这里山峦宛若一对对的情侣，空气中香气令人莞尔，温暖的风让鸟儿兴奋。万物和人是由音乐做成，眼前的大海闪闪发光，就算溺死在里面也是一种享受。

（48）

1763 年：蒂茹科

钻石中的世界

在胜似巨龙的高大红色岩石之间，绵延着被人类之手摧残的红色土地：产钻石的地区弥散着火热的灰尘，染红了蒂茹科城的墙壁。城边溪水潺潺，远处海蓝色或灰色的山岭逶迤绵延。在小溪的河床和曲折处，出现了钻石，它将穿过山脉，从里约热内卢乘船去里斯本，从里斯本到伦敦。在那里，它将被切割雕琢，价格翻出好几倍，最终闪耀全世界。

许多钻石因为夹带私藏而逃脱。那些偷偷摸摸私藏的矿工们被抓后将死无葬身之地，成为乌鸦的嘴中肉，哪怕他们犯罪偷的东西只有跳蚤的眼睛那么大；对于那些被怀疑吞下不该吞下之物的奴隶，会给他们吃辣椒这样的猛泻药。

所有的钻石都属于葡萄牙国王和若昂·费尔南德斯·德·奥利维拉，后者与国王签署了协议，负责统治这里。他身边的"席尔瓦的姑娘"也叫"下命令的姑娘"，她是穆拉托人，却穿着深肤色人禁止穿的欧洲服饰，坐着车，在打扮成公主模样的黑人们的簇拥下浩浩荡荡地去做弥撒；在教堂里她占据主要位置。这里的贵族没有人不卑躬屈膝在她戴满金戒的手前，也没有人缺席她在山上宅邸举行的宴会。在那里，席尔瓦的姑娘摆出宴席，安排戏剧演出，首演《美狄亚的魅力》，或任何流行的剧目，之后她带领宾客去游湖。这湖是奥利维拉下令为她挖掘的，因为她喜欢大海，而那里没有大海。他们沿着金色梯子拾级而上到达码头，漫步在十名船员驾驶的大船上。

席尔瓦的姑娘戴着白色大卷假发。大卷花遮住了她的前额，掩藏了她当奴隶时被烙上的烙印。

（307）

1763 年：哈瓦那
进　步

一年前，英国人一阵炮轰后进入了科希玛海滩。

长期围困之后，当哈瓦那正在签署投降书时，贩卖黑奴的船只正在港口外面等待。当他们在海湾抛锚停船时，买奴人抢走了他们的货物。习惯上，商人追随士兵。一名叫约翰·肯宁的贩奴人在英国人统治期间卖了一千七百名奴隶。他和他的同伴们把种植园的劳动力增加了一倍，种植园非常守旧，仍然种植所有品种的粮食，以牛拉磨的速度来转动的榨糖机是唯一的机器。

英国人对古巴的控制持续了不到十个月，但是西班牙人很难认出这个收复的殖民地。英国人的猛烈摇晃让古巴从漫长的农耕睡梦中醒来。在接下来的岁月里，这座岛将成为一座巨大的蔗糖厂、奴隶粉碎机和其他一切事物的破坏者。烟田、玉米田和菜园都将被填平。森林将被摧毁，溪流将被抽干。每个黑奴将被榨干，乃至七年内毙命。

（222）

奴隶们相信：

诸神让气血流畅。在古巴的每一片草叶上都有一位神呼吸，因此山像人一样有生命。山是非洲神祇的神庙，非洲人祖先的住所，是神圣之地，藏有许多秘密。如果有人不向他敬礼，他就会发怒，不给这个人健康和好运。为了拿到治疗溃疡和杜绝不幸的叶子，必须给他送礼致敬。向大山致敬时要讲一些仪式的话或随心想出的话。每个人都以其感受或可能的方式与诸神对话。

没有一个神是大善或大恶的。救命的神也会杀戮。微风习习送清凉，风暴破坏威力大，但这两个都是空气。

（56）

吉 贝 树

——"下午好，吉贝母亲。请赐福。"

壮观的吉贝树是奥秘之树。先辈们和神祇们都偏爱她。大洪水尊重她。经历闪电和飓风之后她仍安然无恙。

不可以背对着她，没有许可的时候也不能踩她的阴影。谁要是用斧头砍她神圣的树干，感觉就像砍在自己身上一样。听说有时候她同意焚烧而死，因为火是她偏爱的儿子。

当人们请求庇护时，她会张开躯干。为了保护逃跑的人，她浑身长满刺。

（56）

王 棕

在挺拔的棕榈树上住着尚戈，这位黑人的神祇化身为基督教妇女后叫圣芭芭拉。树冠上的叶子是他的臂膀：这位天空炮手从那上面射击。尚戈吞火吐雷，身披闪电，光束照耀大地。他把敌人变成齑粉。

战士，爱热闹，好斗，贪色，尚戈永不疲于争吵和情色。男神们都记恨他，女神们为他疯狂。他抢走他兄弟奥贡的女人奥亚，奥亚成为圣烛节圣母，手持两柄剑与尚戈一起战斗。他与他的另一个女人奥顺在河里做爱，一起享用桂皮甘蔗糖做的美食。

（28，56）

1766 年：阿雷科的田野里

逃往山野的马

圣哈维尔地区的耶稣会合唱团的二十名印第安儿童在布宜诺斯艾利斯教堂里唱歌。他们在大教堂和好几家教堂里唱过。公众们知道感激这些天籁。这支由小提琴和独弦琴演奏的瓜拉尼乐团也创造了许多奇迹。

在赫尔曼·帕克神父的带领下，音乐家们踏上归程。两个星期的旅程让他们远离海边的家。在旅途休息时，帕克搜集并绘画出沿途所见的一切：植物、飞禽、习俗。

在阿雷科的田野上，帕克和他的瓜拉尼音乐家们观看了逃往山野的马匹的献祭过程。短工们把这些野马带到马厩里，与驯养的马混在一起，在那里他们把马都系起来，然后一匹匹地把它们拽到外面的空地上。然后他们把马翻过来，一刀就刺开肚子。野马们仍然疾奔，踩着自己的肠子，直到最后在牧草上打滚。第二天天亮时，只剩下被狗啃咬过的一堆白骨。

野马们在潘帕斯草原上成群结队地奔走，看起来更像是在蓝天和绿草间翻跹飞过的鱼群，它们自由的特性感染了驯养的马群。

（55）

1767 年：米西奥内斯 [1]

七镇故事

西班牙国王已经把七座小镇送给他的岳父葡萄牙国王。他献上七座空城，但仍有人居住。那些小镇是耶稣会神父们为瓜拉尼印第安人创建的七个传教团驻地，位于乌拉圭河上游的东岸。与瓜拉尼地区的许多其他传教团驻地一样，这些小镇也曾是永远被袭击的边界线上的棱堡。

瓜拉尼人拒绝离开。他们也会因为主人的决定，像羊群一样更换草场吗？耶稣会神父们已经教会他们制作钟表、犁、钟铃、竖笛、用瓜拉尼语印刷的书；但是也教会他们生产大炮，用来抵御捕奴人的攻击。

葡萄牙和西班牙士兵们驱赶印第安人，印第安人趁着夜色偷偷溜回他们的七镇。再一次，印第安人被驱走，再一次，他们回来了，但他们化作雷鸣闪电、狂风暴雨回来了，点燃了防御工事；所有人都知道神父们站在印第安人那一边。洛约拉教团高层们说："国王的意志是上帝的意志，是检验我们的深奥费解的意志：当亚伯拉罕听从神圣之音，举剑立于他自己的儿子以撒脖颈上时，在这生死关头，上帝知道派遣一位天使来阻止。"但是耶稣会的教士们拒绝牺牲印第安人，布宜诺斯艾利斯的大主教以宣布开除印第安人和神父们的教籍相威胁，也无济于事。天主教的教主们徒劳地下令焚毁了火药，破坏了大炮和长矛，而以前，传教团驻地是凭此打败了葡萄牙人对西班牙边界线成千上百次的猛攻。

七镇对抗两个王朝的战争旷日持久。在卡伊巴特山战役中，一千五百名印第安人伤亡。

七座传教团驻地被夷平，但葡萄牙王从不曾享受西班牙国王献给他的这份贡品。

---

[1] Misiones，阿根廷东北部边境省。位于巴拉圭河和乌拉圭河之间，西同巴拉圭、东同巴西接壤，北部边境的伊瓜苏瀑布为旅游胜地。

两国的国王都不原谅这次的侮辱。卡伊巴特山战役结束三年后，葡萄牙国王驱逐了他统治境内的所有耶稣会传教士。现在，西班牙国王效仿他。

（76，189）

1767 年：米西奥内斯
驱逐耶稣会传教士

指令由火漆加封从马德里送达。副王总督们和都督们立即在整个美洲大陆执行。入夜，他们出其不意地抓捕了耶稣会教士们，并刻不容缓地把他们送上去往遥远意大利的船。两千多名教士流亡。

西班牙国王惩罚洛约拉教团的子民，因为他们变得像美洲的子民，一次次地不遵守命令而犯错，并且疑似在策划印第安人王国的独立。

没有人像瓜拉尼人那样为他们痛哭流涕。瓜拉尼地区众多的耶稣会传教驻地宣告那里是没有邪恶没有死亡的应许之地；印第安人称传教士为"卡拉伊"，这是为他们自己的先知所保留的称谓。

圣路易斯·贡萨加传教团驻地幸存下来的印第安人给布宜诺斯艾利斯的都督送去一封信，信上说："我们不是奴隶。我们不喜欢你们那种不是相互帮助而是人人为己的习惯。"

很快一切分崩离析。公共财产、生产和生活社区体系都消失了。传教团最好的庄园都卖给了价高者。教堂、工厂和学校倒塌了；杂草侵入茶园和麦田。书页做了弹药包。印第安人逃到雨林或四处游荡，沦为妓女和醉汉。生育印第安人重新成为耻辱或犯罪。

（189）

1767 年：米西奥内斯

他们不让他们的语言被摧毁

在巴拉圭传教驻地的印刷厂里，曾经出版了殖民美洲地区最好的几本书。它们是用瓜拉尼语出版的宗教书籍，由印第安人在木版上刻出文字和图案。

在那些传教驻地，说话和阅读都使用瓜拉尼语。自从耶稣会教士们被驱逐后，印第安人被强迫必须把卡斯蒂利亚语作为唯一的语言。

没有人甘心变成哑巴，失去记忆。没人理会这个命令。

（117）

1769 年：伦敦

在美洲创作的首部小说

十年前，为了庆祝不列颠帝国在世界上的一次次胜利，伦敦的钟消耗巨大。在狂轰乱炸后魁北克已经倒下，法国失去了她在加拿大的领地。统领英国军队的年轻将军詹姆斯·伍尔夫曾宣称他将碾压"加拿大瘟疫"，但还没见到瘟疫他就死了。据一些流言蜚语，伍尔夫每天醒来就量身高，他身高与日俱增，直到一颗子弹终结了他的增长。

现在弗朗西斯·布鲁克[1]在伦敦出版了一本小说《艾米丽·蒙塔古往事录》，展示了伍尔夫的将士们如何征服那片被大炮征服的土地上的人心。作家是一位体态丰腴、非常善良的英国女士，她在加拿大居住和写作。通过二百二十八封信函，她讲述了她对英国新殖民地的印象和其经历，编织了军队美男子与魁北克上层社会里娇羞的年轻小姐之间的一些罗曼司。那些受过良好教育的激情会走向婚姻，而前奏

---

[1] Frances Brooke（1724–1789），英国作家，其作品《艾米丽·蒙塔古往事录》（*The History of Emily Montague*）已被翻译成中文出版。

是时装商店、舞会沙龙和岛屿野餐。壮美的瀑布和高贵的湖泊提供了适宜的舞台。

(50, 52, 176)

弗朗西斯·布鲁克小说中的印第安人和梦

印第安人保留了他们大部分的古老迷信活动。我谨强调他们对梦的信仰，那是在经历了一次次的沮丧之后仍不能治愈的疯狂……一位野蛮人正在给我们讲述一个预言性的梦，据他说一位英国官员将会死，我忍不住笑了。他对我说："你们欧洲人是世界上最不讲理的人。你们嘲笑我们相信梦境，却又希望我们相信那些虚无缥缈上千倍的东西。"

(50)

1769 年：利马

副王总督阿马特

当许多家庭跪倒准备念诵玫瑰经、三圣颂、九日祭，为死去的人祈祷时，听到了副王总督的车朝着剧院方向奔去的马蹄声。喧闹声透过半开半掩的百叶窗发出回响。人们停止祈祷，流言蜚语四起：粗俗的利马副王总督、无赖、恶棍、流氓，为郊外的一名女喜剧演员失去了理智。

一晚又一晚，凡是有米卡埃拉·比列加斯在舞台上扭臀跺脚的萨苏埃拉说唱剧、独幕笑剧、宗教寓言短剧或幕间喜剧，堂曼努埃尔·德·阿马特·伊胡耶恩特每场都看。对于剧情，他甚至毫不知晓。当米卡埃拉——肉桂、细嫩的肉桂、枝头的肉桂开始大献殷勤地唱歌时，年老的副王总督欣喜若狂：疯狂地鼓掌，用拐杖狂敲地面。她则朝他抛着媚眼，必不可少的美人痣下笑容嫣然，缀满许多闪光亮片的胸脯晃来晃去。

　　副王总督原是军营的人，而不是歌舞晚会场的人。他是剑眉肃穆的单身汉，身上有北非战争中留下的五道疤痕，他来到利马是为了肃清四方的偷盗之徒，驱逐无职务无利益的懒汉闲人。在这片铅灰色、更像屋檐的天空下，他很想自杀；他通过绞杀人来战胜这一欲望。

　　来到此地八年后，副王总督已经学会偷盗，学会吃大辣椒和烤豚鼠[1]，学会用双目望远镜来研究低领口。把他从瓦尔帕莱索送来的船舰的船头上雕饰着一个赤身裸体的女人。

（26，245）

1769 年：利马

佩里乔丽

　　与所有利马妇女一样，米卡埃拉·比列加斯敞开低领口，却藏起双脚，穿上白缎子做的极小的鞋。与所有妇女一样，她炫耀着垂至腹部的红宝石和蓝宝石，而她的首饰并不是她的演出道具。

　　米卡埃拉是外省的穷梅斯蒂索人所生之女，之前她走遍该城的大小商店，纯粹为了看一看或摸一摸里昂的丝绸和佛兰德斯的布料，当她看到贵妇人的小猫脖子上戴着一串金光闪闪的金链子时，她咬紧了嘴唇。

　　米卡埃拉进入戏剧团，在经历了一场场的演出后，终于成为女王、仙女、时髦美女或女神。此外，她现在还一直都是第一交际花。她身边有一群黑人奴隶伺候，珠宝不愁，伯爵们亲吻她的玉手。

　　利马的贵妇们报复地称她为佩里贝丽。是副王总督给她取的这个名字，因为他那满嘴没牙的嘴想叫她"perra chola"（混血狗）。据说他这么骂她是为了驱邪，与此同时，他把她抱到楼梯上的高床，因为

---

[1]　Picante de cuy，是秘鲁一道传统菜，通常做法是把豚鼠炸到脆皮，然后浇上调味汁。

她唤醒了他久远年代里颤动着的、缠裹着他的危险的恐惧和灼烧感，那种濡湿而又干渴的感觉。

（93，245，304）

气味时钟

7点钟，送奶女工送来了利马城市一天的喧闹。之后，在神圣的气息中，卖草药茶饮的小贩们到了。

8点钟，卖凝乳的人经过。

9点钟，吆喝声送来肉桂蜜饯。

10点钟，蕉叶玉米粽子寻觅饕餮之口。

11点是吃甜瓜、可可蜜饯和烤玉米的时间。

中午时分，大街上到处可见香蕉、西番莲果、菠萝、天鹅绒绿色的鲜美番荔枝、果肉绝对柔软的鳄梨。

1点钟，热蜂蜜蛋糕出来了。

2点钟，卖油煎饼的人吆喝着售卖令人垂涎三尺的油煎饼，之后是撒着肉桂粉的乌米塔 [1]，没有舌头会忘记这种美味。

3点钟，出现卖烤肉串——切碎的心——的人，接着是叫卖蜂蜜和糖的小贩。

4点钟，辣料小贩卖香料和火。

5点钟，卖柠檬腌制的生鱼片。

6点钟，核桃。

7点钟，露天屋檐下卖熬得正好的玉米面糊。

8点钟，各种口味各种颜色的冰淇淋像一股清新的风，次第打开

---

[1] Humita，流行于南美洲诸国的特色小吃，各地的用料和做法略有不同，叫法也不同，在秘鲁、智利、阿根廷叫乌米塔。通常做法是把玉米粒磨碎，加入肉和辣椒等各种馅料，然后用玉米穗叶或香蕉叶包起来蒸或烤熟。因其外观与我国的粽子相近，又被称为"南美粽子"。

黑夜的大门。

（93，245）

1771 年：马德里

国王峰会

　　一个个巨大的箱子从炽热的秘鲁沙漠抵达王宫。西班牙国王阅读呈递箱子的大臣的报告：这是比印加国王还早的一位莫奇卡国王的完整陵墓；莫奇卡人和奇穆人的后代们现在生活在极大的困顿中，日渐减少；他们居住的谷地已经落在"一小股贪恶的西班牙人"手里。

　　箱子打开。一千七百多年前的国王呈现在卡洛斯三世的脚下。他的牙齿、指甲和头发仍然完好无损，羊皮纸般的肉紧贴着骨头，奢华的服饰上缀有羽毛，仍闪耀着金光。戴着花冠的玉米神权杖陪伴着这位远道而来的访客；与他一起陪葬的瓦罐也一同抵达马德里。

　　西班牙国王惊讶地观察着围绕在死者身边的陶器。莫奇卡人的国王非常享受地躺在那里，周边：那些陶器表现的是以各种姿态相拥相抱、水乳交融的恋人，完全无视原罪，尽情享乐，而不知道正因为这种违抗行为，我们已经被惩罚居住在人间。

（355）

1771 年：巴黎

启蒙世纪

　　在欧洲，大教堂和王宫的历史悠久的高墙出现裂隙。资产阶级依靠蒸汽机、百科全书卷帙以及其他势不可当的工业革命的"攻城锥"，一路高歌猛进。

　　在巴黎冒出了一些挑衅的思想，飞过"愚蠢贱民"，给这个世纪打上了它的标签。这是"疯狂学习"和"智力狂热"的年代：启蒙世纪掀起人类理性之风，思考的少数派的理性，反对教会的教义和贵族的权威。判罪、迫害和流放都不过是激励那些智者们——英国哲学家们和多产的、"以怀疑一切开始"的笛卡尔的门徒。

最终，没有一个议题远离启蒙哲学家们的探讨，从万有引力定律到修道者的独身观念。奴隶制度值得他们持续攻击。《百科全书，或科学、艺术和手工艺分类字典》的主编德尼·狄德罗认为奴隶制反自然：一个人不能成为其主人的财产，同理，一个孩子不能成为父亲的财产，而女人之于丈夫，仆人之于雇主，臣民之于国王亦然，谁要是不这么认为那就是把人混同于物。爱尔维修说过："到达欧洲的糖罐里没有一个不是沾满人类的鲜血的"；伏尔泰笔下的人物坎迪德在苏里南遇到过一个缺条胳膊少条腿的奴隶，因为磨糖机吃掉了他的胳膊，因为逃跑而被砍去了一条腿：

—— "在欧洲，诸位以这个代价享受糖。"

孟德斯鸠说，如果我们承认黑人是人，我们就承认了我们基督徒是何等渺小。为奴隶制唱赞歌的所有宗教都应被禁止，下级教士雷纳尔说。对让·雅克·卢梭来说，奴隶制让他羞为人。

（95，98）

1771 年：巴黎

重农学派论者

重农学派论者说，奴隶制与其说是一种罪行，不如说更是一个经济错误。

在《公民日志》的最后一期中，皮埃尔·杜邦·德·奈穆尔解释道：奴隶制让守旧的种植方法延续不变，阻碍了安的列斯群岛和美洲大陆上法国殖民地的发展。尽管消耗掉的劳动力得到源源不断的补充，但是奴隶制意味着对投资资本的挥霍和损害。杜邦·德·奈穆尔提议把奴隶早亡、逃居山野的黑奴们的纵火、与逃跑黑奴们持续不断的战争消耗、与糟糕透顶的收割准备相对抗的损耗以及因为无知或恶意毁坏工具等造成的损失都纳入计算程序。他说，恶意与懒惰是奴隶使用的武器，以恢复其被主人抢夺去的人的部分权利；而他们的无能则是因为智力发展缺乏刺激。施加在奴隶身上的是奴隶制，而不是自然。

　　根据重农学派的经济哲学家们的意见，只有自由的劳动力才能产生有效的生产力。他们相信所有权是神圣的，但唯有在自由的条件下方能最大限度地实现其生产价值。

（98）

1771 年：巴黎

法国的殖民地事务部长解释为何
不应该解放穆拉托人的先天"卑微地位"

陛下谓此种恩惠将摧毁上苍施于白人和黑人身上的差异，而政治歧视已然注意保持距离，让有色人种及其后代永不能僭越；总之，意欲保持良好秩序，不可弱化这一人种的先天卑微地位，在这一人种长期存在的任何阶段里：这种歧视越根深蒂固于奴隶们的心中，就越发有用，是殖民地自身安宁的主要手段……

（139）

1772 年：法兰西角

法国最富裕的殖民地

　　教士们拒绝为法兰西角剧院的女歌唱家莫兰奇小姐主持临终圣礼，无法弥补地失去她令海地六座剧院和超过六个卧室为她哭泣。没有一个喜剧演员能得到神父祈祷，因为剧院是声名狼藉之地，受到永恒的惩罚；但是一位演员，手执摇铃，胸前挂着十字架，身披黑色教士袍，削发的头顶闪闪发光，他唱着拉丁文的赞美诗走在道德高尚的死者送葬队伍前面。

在抵达墓地之前，警察冲向那位男中音歌手和他的同伙们，他们瞬间散开。人们把他们保护起来，隐藏起来。在海地难以忍受的昏昏欲睡中，这些喜剧演员吹来疯狂的文化之风，而谁又没感到他们的亲切呢？

在这个法国最富裕的殖民地的舞台上，人们为巴黎刚刚上演的新剧鼓掌喝彩，剧院与巴黎那边的剧院一样，或者与人们期待的看起来一样。这里，观众按照肤色就座：中间，象牙白肤色的人；右边，古铜肤色的人；而乌木肤色的人，寥寥无几的自由黑人，坐在左边。

有钱人士前去观看表演，扇子上下翻飞，但涂脂抹粉的假发下面，炎热释放出汩汩洪流。每位白人贵妇看起来像一个首饰店：黄金、珍珠和钻石给从绸缎里喷薄而出，呼唤顺从、撩拨欲望的湿漉漉的胸部画上光芒闪耀的边框。

海地最强势的殖民者们小心谨慎，为免受日晒，免遭外遇，黄昏之前不出家门，当太阳惩罚不那么严厉时，也只有在那时候，他们才敢坐在手扶椅上或许多马拉的马车上出来露面。据说贵妇们沉迷情爱，很快丧偶。

（115，136）

1772 年：莱奥甘 [1]

莎 贝 思

从她会走的那时开始，她就逃跑。他们在她脚踝处套上沉重无比

---

[1]　Léogane，海地地名。

的脚链，她戴着脚链日益长大；但她无数次地越过栅栏，无数次地在海地山区被狼狗抓住。

炽热的烙铁在她的面颊上烙上鸢尾花[1]的图案。他们给她套上铁颈圈和铁镣铐，把她关在蔗糖厂里。她把手指塞进甘蔗粉碎机的压辊里，后来，她用嘴扯下了绷带。为了让她残酷地死，他们再次捆绑了她，而现在她已筋疲力尽，不停咒骂着。

莎贝思，这位铁一般的女人，属于住在南特市[2]的嘉尔宝特·杜福特夫人。

(90)

1773 年：圣马特奥－维齐洛波奇科[3]

物的力量

这个村镇的教堂被毁得一团糟。刚刚从西班牙抵达的神父决定，上帝不能继续生活在如此阴森恐怖、破烂不堪的房子里，于是着手修建：为了修建坚固的围墙，他命令印第安人从偶像崇拜时期的废墟上搬来大石头。

没有任何威胁和惩罚能够让他们服从。印第安人拒绝从他们祖辈们崇拜的神灵之所搬石头。那些石头不许诺任何誓愿，却预防遗忘。

(135，322)

---

[1] Fleur-de-lis，鸢尾花纹章是法国王室的象征。

[2] Nantes，法国城市。

[3] San Mateo Huitzilopochco，墨西哥的一个小镇。

1774 年：圣安德烈斯 – 伊察帕[1]

上帝保佑你

每次提到任何一位他们的神灵时，印第安人就被迫要吐痰。

他们被迫跳新的舞蹈：征服舞、摩尔人与基督徒的舞蹈，以庆祝入侵美洲，表达对不忠者的羞辱。

他们被迫遮蔽身体，因为对偶像崇拜的抵抗也是对赤身裸体的抵抗。据危地马拉的主教说，危险的赤身裸体会对看到它的人产生"很大的脑部损害"。

他们被迫一遍遍地背唱圣餐赞歌、万福玛利亚和主祷文。

危地马拉的印第安人皈依基督教了吗？

圣安德烈斯 – 伊察帕的传教神父不是非常确定。他说他已经解释了三位一体的奥秘。他把一块毛巾折叠起来，然后展示给印第安人看："你们看，一块毛巾叠了三褶，而上帝也是一体三格的。"他说这却让印第安人相信上帝是毛巾做的。

印第安人用插满羽毛的架子抬圣母像，称呼她为光之祖母，每个夜晚都祈求她第二天带来太阳；但是他们用更大的虔诚崇拜被圣母踩在脚下的蛇。他们给蛇奉上供香，蛇是给他们带来美味玉米和鹿、帮助印第安人杀死敌人的古老神祇。相比庆贺圣乔治，他们更是庆贺恶龙，在它身上摆满鲜花；摆放在骑士圣雅各脚边的鲜花是献给马儿的，而不是献给使徒的。他们认为耶稣像他们一样没有任何证据就被惩罚，但是他们崇拜十字架并不是因为它是耶稣牺牲的象征，而是因为十字架具有雨水与大地交融丰产的形象。

（322）

---

[1]　San Andrés Itzapa，危地马拉南部城镇。

1775 年：危地马拉城

圣 礼

如果复活节不与雨天、收获季或播种日重叠的话，印第安人就不履行复活节的圣礼。危地马拉的大主教佩德罗·科尔特斯·拉腊斯颁布了新的教令，威胁那些因此而忘记救赎灵魂的人。

印第安人也不去做弥撒。他们不理会口头告示，也不理会钟声；必须骑马去村镇和玉米地里找他们，并强力把他们拖来。每缺席一次弥撒就打八大鞭子，但弥撒冒犯了玛雅神灵，而那比对皮鞭的畏惧更可怕。一年五十次弥撒，弥撒中断了农业活动这一与大地连接在一起的日常仪式。对于印第安人来说，一步步地陪伴着玉米走完死而复生的循环是一种祈祷方式；而大地这所巨大的圣堂，日复一日地向印第安人提供生命复活的奇迹。对于他们来说，所有的土地都是教堂，所有的森林都是神殿。

因为逃避广场耻辱柱上的惩罚，几个印第安人来到告解室，在那里他们学习犯罪，他们跪在圣台面前，领受圣餐，吃下玉米神。但他们在把孩子们带到深山老林，献给古老的神祇之后才会把子女们带到受洗池边。在玛雅神祇面前，他们庆祝复活的喜悦。一切出生之物，再次出生。

（322）

1775 年：韦韦特南戈 [1]

树知晓、流血、说话

教士穿过焚香的雾霭进入韦韦特南戈。于是，他认为那些不忠之人正在崇拜真正的上帝。但是母亲们用毯子把新生婴儿遮盖起来，这

---

[1] Huehuetenango，危地马拉西部城市。古代印第安人城址，城北有玛雅文化遗址。

样神父就不能用眼神让孩子生病。焚香不是表达感谢和欢迎，而是在驱魔。柯巴脂在燃烧，烟雾袅袅升起，祈求古老的玛雅神灵阻止基督徒们带来的瘟疫。

流血般渗出焚香柯巴脂的是圣树。神圣的吉贝树，每个夜晚变成女人，而雪松，以及所有懂得倾听人类苦难的树都是圣树。

（322）

1775 年：加多萨比

波 尼

一阵枪袭为八百名来自荷兰的士兵开路。逃居山野的黑奴们的村落加多萨比噼啪作响，轰然倒下。在烟火的幕帐之后，血迹消失在雨林的边缘。

瑞士上校福尔若久经欧洲沙场，决定在废墟之间安营扎寨。黄昏时分，从密林深处传来神秘的声音，投掷声呼啸而来，迫使士兵们卧倒在地。

整个夜晚，军队一直被射击、辱骂、挑衅和胜利的歌声围攻。当福尔若上校趴在地上，承诺以自由和食物来换取投降时，不见踪影的逃居山野的黑奴们哈哈大笑起来。

"饿死鬼！"密林深处上千个声音对他嚷道，"稻草人！"

那些声音称呼荷兰士兵是"白人奴隶"，并宣布很快首领波尼将会统治苏里南整片土地。

当曙光冲破围困之后，福尔若上校发现他的士兵并不是被子弹打伤的，而是被小石子、扣子和硬币打伤。他还发现整个夜晚，在用连续投掷和语言攻击让荷兰士兵难以行动的同时，逃居山野的黑奴们一直在用车把一袋袋的大米、木薯和山药运往雨林深处。

波尼是这个计谋的策划者。逃居山野的黑奴们的首领波尼身上没有烙印。他的母亲，是一名奴隶，逃离主人的床榻之后，在雨林里生下了自由的他。

（264）

1776 年：海岸角堡[1]

非洲贸易中炼金术士们的奇事

法勒·克拉克船长花了很长时间在非洲海岸讨价还价。

船上恶臭难闻。船长命令船员们把已经买来的奴隶带到甲板上冲洗；但是刚一解开镣铐，黑人们便纷纷跳入大海。他们游向他们的陆地，潮水吞没了他们。

丢失货物损害了克拉克船长的荣誉，他可是经验丰富的"牧羊人"；也损害了罗德岛贩奴人的权威。美国造船厂夸耀建造了最为安全的船只来负责几内亚的贸易。他们流动的监狱建造得如此坚固，根据记录每隔四年半才会发生一次奴隶反抗，这比法国的平均频次少四倍，比英国专业公司的频次少两倍。

即将成为美利坚合众国的十三块殖民地必须非常感谢那些贩奴人。在非洲海岸，身心良药朗姆酒转换成奴隶。之后那些奴隶在牙买加和巴巴多斯等安的列斯群岛变为糖浆。从那里开始，糖浆被运往北方，在马萨诸塞的蒸馏室里化成了朗姆酒。于是，朗姆酒又跨越重洋抵达非洲。每一次都以卖烟草、木板、小五金、面粉和腌肉及买岛上的香料而完成完整的旅行。剩余的黑人将前往南卡罗莱纳、佐治亚和弗吉尼亚的种植园。

因此，奴隶贸易让海员、商人、放债人、造船厂主、酿酒厂主、锯木厂主、腌肉厂主、榨油厂主、种植园主和保险公司都有利可图。

（77，193）

---

[1] Cape Coast Castle，加纳海岸角的奴隶城堡是史上著名的奴隶交易中心。

1776 年：宾夕法尼亚

潘　恩

它叫《常识》。这本小册子年初出版，已经像水或面包一样传遍北美殖民地。作者托马斯·潘恩[1]是两年前来到这片土地的英国人，他提议宣布彻底独立："*拥有自己的政府的权利是我们的自然权利。我们为什么犹豫呢?*"

潘恩说，君主制是"一种荒谬的政府形式"。从最好的案例来看，潘恩认为政府是必要之恶；从最差的情况来看，政府是难忍之恶。而君主制是最差的形式。他说，任何一个正直之人"*比所有那些加冕为王的无耻之徒都更值得尊重*"，他称乔治三世是"*大不列颠皇家畜生*"。

他说，在全世界，自由是人们疯狂追捕的猎物。欧洲人把自由视作怪物，亚洲和非洲早已把它驱逐，英国人也早已警告让其离开。潘恩建议美洲的殖民者们把这片土地变成自由人的避难所："*请接受出逃者，为人类的境况及时准备一个庇护所!*"

（243）

1776 年：费城

合　众　国

英国从来没有对北美大西洋沿岸的十三个殖民地给予太多的关注。那里没有黄金，没有白银，没有糖；那里从来不是她不可或缺的部分，因此英国从来也不阻碍殖民地的扩张。十三个殖民地孤独前行，早在异乡客们第一次踏上这片乱石嶙峋的被他们称为新英格兰的土地——土地坚硬无比，他们说必须开枪射击才能播种——的久远年

---

[1]　Thomas Paine（1737-1809），英裔美国作家、政治活动家、激进民主义者和革命者。美国独立战争期间，他于1776年发表的小册子《常识》极大地鼓舞了北美民众的独立情绪，被广泛视为美国开国元勋之一。

代开始，他们就独自前进。而现在，他们有了长足的发展，十三个英国殖民地需要跑步前进。

十三个殖民地对西部地区垂涎三尺。许多先驱梦想着拿着一杆来复枪、一把斧头和一捧玉米，扑向群山的另一边；但是大不列颠王室已经在阿巴拉契亚的山巅划定边界，把那片地区作为印第安人的保留地。十三个殖民地对全世界都垂涎欲滴。他们的船只走过所有的海域；但是大不列颠王室强迫他们购买王室想要的东西，卖出王室决定的东西。

猛地一下，他们摆脱了羁绊。十三个殖民地拒绝向遥远岛屿的国王表示顺从，缴纳贡税。他们竖起了自己的旗帜，决定自立为美利坚合众国，抛弃了茶叶，宣布国有产品朗姆酒是国饮。

"人人生来平等"，《独立宣言》说。奴隶们，五十万的黑奴们，都不知道这些。

（130，224）

1776 年：蒙蒂塞洛
杰 弗 逊

美国的出生证明——《独立宣言》的起草人是才华横溢、好奇心重的人物。

作为温度计、气压计和书籍的孜孜不倦的读者，托马斯·杰弗逊提问并发现问题，追寻自然的启示，渴望拥抱人类思想的所有维度。他正在筹备一个奇妙的图书馆和一个由石头、化石和植物构建的世界；他知道关于新柏拉图主义哲学、拉丁语法、希腊语结构、历史上的社会建构等方面应该知道的一切。他深刻了解他的家乡弗吉尼亚，每一个家庭的男女老少，每一根草丝；他跟踪世界技术革新动态。他享受着试验蒸汽机、新的犁地方式和生产黄油和奶酪的独创方法。他想象了他在蒙蒂塞洛的宅邸，设计出来，并没有误差地建造出来。

清教徒们按照"灵魂"来清点人口。杰弗逊则按照"作为人这一物种的独立个体"来计算人数。在人这一物种里，黑人几乎是同等的。黑人拥有尚佳的记忆力，但毫无想象力，他们那可怜的智商可能永远也不能理解欧几里得。弗吉尼亚的亚里士多德——杰弗逊宣扬民主，产业主们的一种民主，以及思想和信仰的自由；但是他捍卫性别和肤色的等级。他的教育计划不包括妇女，也不包括印第安人和黑人。杰弗逊谴责奴隶制，同时他是，也继续是，奴隶们的主人。黑白混血的穆拉托女人比白人女人更吸引他，但他害怕失去种族的纯洁，认为混血是威胁白人殖民者的最坏的诱惑。

(41，161)

1777 年：巴黎

富兰克林

最杰出的美国人带着绝望的任务来到法国：本杰明·富兰克林来请求援助，抵抗英国的殖民军队，英军已经攻占了费城和其他几个爱国棱堡。利用个人权威的一切能量，这位大使想要点燃法国人内心深处的荣誉和怨恨之火。

自从他放飞一只风筝，发现空中的电闪雷鸣不是表达上帝的愤怒，而是大气中产生的电力之后，世界上没有一个国王、也没有一个平民不认识富兰克林。他的科学发现源自日常生活。最复杂的东西蕴藏在最普通的事物之中：北极光与它那些从不重复的图案，倒进水里以平息波浪的油，[1]红酒中窒息却又在阳光下复活的苍蝇。通过观察

---

[1] 富兰克林是最早解释清楚北极光现象的人之一，他认为北极光是浓稠的带电粒子和极区强烈的雪和其他的湿气作用造成的，现在此说法已过时。油的故事源自富兰克林的一次度假。1765 年，大风掀起池塘的水波，水浪拍打岸边，喧闹声让人们难以安睡，于是富兰克林从厨房舀了一勺油倒进水里，平息了波浪。

到闷热天里出汗能让身体保持凉爽，富兰克林设想出一套通过蒸发来制冷的系统。他还发明和生产了烘箱、钟表和一种乐器——玻璃琴，该琴给莫扎特许多灵感；因为厌烦在阅读和远视之间来回变换眼镜，他切开玻璃，把它们放在同一个框内，于是诞生了双焦距眼镜。

但是富兰克林变得举世闻名是因为他提醒大家电会寻找尖顶的事物，在塔楼顶端放置一根尖头的铁棍就能打败闪电。因为富兰克林是美洲反叛者们的代言人，英国国王下令英国的避雷针的顶端为圆形[1]。

（79）

假如他生来是女人

在本杰明·富兰克林的十六个兄弟姐妹中，简是在才能和意志力上与他最相像的一个。

但在本杰明离家出门闯荡的年纪时，简与一个穷皮匠结婚了，没有嫁妆。十个月后，她生下了第一个孩子。从那之后，在二十五年里，简每隔两年就生一个孩子。有些孩子死了，每一次死亡都在她胸口切开一道伤口。活下来的孩子则要吃的，要穿的，要教育，要安慰。简彻夜摇晃着哭闹的孩子，洗着堆成山的衣服，给成群的孩子洗澡，奔走在市场和厨房之间，洗涮如塔高的碗碟，给孩子启蒙，教他们做事，与丈夫并肩在作坊里工作，接待租客，他们的租金能填补开支。简是忠诚的妻子、寡妇的典范，当子女们长大成人后，她又负责照料自己体弱多病的父母、独身的女儿和无人照料的孙子们。

简从没享受过被风筝线拽着自在漂流、徜徉湖泊里的愉悦，而这是本杰明经常做的，尽管他年事已高。简从来没有时间来思考，也不允许自己怀疑。本杰明仍然是一个热烈的情人，但简不知道性能够产生孩子之外的其他东西。

---

[1] 英国国王乔治三世确实下过此令，但最后没有执行。

本杰明是创造者国度的创立者，是所有时代的伟人。简是她那个时代的一位妇女，与所有时代的几乎所有女性一样，在这片土地上履行自己的责任，在《圣经》的诅咒中补偿自己的过错。她尽最大可能让自己不疯，也徒劳地寻求一点点的沉默。

她的故事让历史学家们索然无趣。

（313）

1778 年：费城

华 盛 顿

士兵中的第一人也是最具权威的庄园主，最敏捷的骑士，最精准的捕猎者。他从不伸手与人握手，也不允许任何人看他的眼睛。没人喊他乔治。从他的嘴里从来不会冒出赞扬的话，但也没有抱怨；不管他承受着怎样的溃疡、牙疼和热病，他永远是果断英勇的楷模。

在法国士兵和武器的帮助下，乔治·华盛顿的军队从英国人手里夺下了费城。这场黑衫军抵抗红衫军 [1] 的美国独立战争正在持久而艰难地进行着。

（224，305）

1780 年：博洛尼亚 [2]

克拉维赫罗捍卫诅咒之地

美洲被驱逐的耶稣会教士之一，弗朗西斯科·哈维埃尔·克拉维赫罗在意大利写完了《墨西哥古代史》。在这四卷本的历史中，教

---

[1] 17 世纪中叶到维多利亚时期英国陆军采用红色制服，故称为红衫军，在美国独立战争中出名。

[2] Bolonia，意大利北部历史文化名城。

士讲述了"一个英雄辈出的民族的生活",这是克里奥人[1]开始称呼新西班牙为墨西哥,已经骄傲地使用"祖国"这个词的意识觉醒的行为,是民族意识、历史意识觉醒的行为。书中捍卫了这几年来在巴黎、柏林或爱丁堡备受争议的美洲的地位:"如果以前美洲没有小麦,欧洲以前也没有玉米……如果美洲以前没有石榴或柠檬,现在有了;但是欧洲一直没有,现在没有也不可能有番荔枝、鳄梨、香蕉、人心果……"

心怀纯真和激情,克拉维赫罗抨击那些把新大陆描绘成卑劣之徒聚集地的大百科全书派人士。布冯伯爵认为在美洲天空是贪婪的,雨水腐烂了大地;狮子是秃毛、又小又胆怯的,貘是一种袖珍的象;在那里马、猪、狗都变得矮小;印第安人像蛇一样冷血,没有灵魂,面对女性没有欲火。伏尔泰也谈到秃毛的狮子和无须的男人,孟德斯鸠男爵解释说卑劣的民族诞生在炎热的土地上。下级教士纪尧姆·拉伊纳尔非常气愤,因为在美洲山脉是南北走向,而没有按照应该的东西走向发展;他的普鲁士同伴科尔内耶·德·波夫把美洲印第安人画得像堕落、懒散的野兽。据德·波夫说,那里的气候让动物们失去尾巴,瘦弱多病;女人极丑,易与男人混淆;糖没有味道,咖啡也没有香气。

(73,134)

1780 年:桑贾拉拉[2]

美洲从山到海都在燃烧

自刽子手的砍刀在库斯科的大广场上把最后一位印加王图帕克·阿马鲁的脖子砍断以来,已经过了两个世纪。在他死亡时诞生的传说现在已经成为现实。预言已经实现:头与身躯聚在一起,图帕

[1] Criollo,指的是美洲的土生白人。

[2] 此处的桑贾拉拉和后两篇的通加苏卡和波马坎奇都是秘鲁的村镇。

克·阿马鲁复活了，发起了攻击。

何塞·加夫列尔·孔多尔坎基——图帕克·阿马鲁二世[1]在庞大的海蜗牛队伍的伴奏下进入桑贾拉拉镇，"想切断这个坏政府，因为政府里有太多的雄蜂强盗，偷走了我们蜜罐里的蜂蜜"。在他的白马后面，越来越多的绝望的人群加入队伍。这些赤身裸体的士兵用弹弓、木棍和小刀战斗。他们大部分是"流血流汗地把生命献给"波多西的矿洞或者是在作坊和大庄园里累得筋疲力尽的印第安人。

鼓声震天如雷，旌旗飘展若云，五万人占领了群山山顶：图帕克·阿马鲁奋勇前进，势不可当。他是印第安人和黑人的解放者，是那些"把我们置于如此可悲的死亡境地之人"的惩罚者。信使们策马疾驰，鼓动居民起来反抗。他们从库斯科谷地跑到阿里卡海岸，再到图库曼边境地区，"因为凡是参加这场战争的人以后一定会再生"。

许多印欧混血的梅斯蒂索人加入起义。还有一些有着欧洲血统却出生在美洲的克里奥[2]人。

（183，344）

1780 年：通加苏卡

图帕克·阿马鲁二世

省督阿里亚加的奴隶安东尼奥·奥夫利塔斯在通加苏卡镇的广场

[1] José Gabriel Condorcanqui（1738–1781），拉丁美洲民族解放运动的先驱，秘鲁印第安人反抗西班牙统治的领导者。孔多尔坎基袭用先祖、末代印加帝王图帕克·阿马鲁的名字，史称图帕克·阿马鲁二世。1780 年 11 月 10 日，他在通加苏卡镇当众绞杀了廷塔省的省督阿里亚加，正式宣布起义。很快他宣布废除奴隶制，号召人民起来反抗西班牙人的统治，人们纷纷响应号召，起义队伍日益壮大，其中许多印第安人认为是印加王图帕克·阿马鲁复活的传说显灵。半年多之后，在西班牙军队的镇压之下，由于叛徒告密，他被俘。1781 年 5 月 18 日，他被西班牙人公开处决。

[2] 克里奥人又译为土生白人，即出生在美洲殖民地的纯种白人。后文多次出现，不再加注解释。

上升起一根粗粗的麻绳，绞刑架上的绳子，骡子身上的绳子，整整一个星期里，风摇晃着印第安人的工头、黑人们的主人、安东尼奥的主人——阿里亚加的身体。

这只用来画画的手就是那只绞死了主人的手。安东尼奥·奥夫利塔斯正在给那个下令解放秘鲁所有奴隶的人画肖像。由于没有画架，画板靠在几袋玉米上。在粗糙的木板上，安东尼奥的画笔来回游走、上色。他是主人的刽子手，他再也不是奴隶了。图帕克·阿马鲁靠着马在露天里休息。他没有穿他常穿的黑天鹅绒的外套，也没有戴他那顶三檐帽。印加王的后代炫耀着太阳之子的服装、王的标志：像先辈一样，他头上戴着三层王冠，挂着流苏的羽毛帽，黄金太阳悬挂在胸前，一只拳头握紧长满利刺的权杖，发号施令。在纹丝不动的骑士旁边，逐一展现了最近一次与殖民军作战的胜利场景。从安东尼奥的手上钻出了成群的士兵和烟雾，战争中的印第安人，吞噬了桑贾拉拉教堂的火焰，逃出监狱的囚犯。

这幅画诞生于两场战斗之间的休战时期。图帕克和他的马摆了很久的姿势。他们像石头一样，安东尼奥暗忖他们是否呼吸。鲜艳的颜色非常缓慢地覆盖画板。画家沉浸在这个漫长的休战时刻。于是这幅画作的存在让艺术家和他的模特都逃离了时间，如此，没有了战败，也没有了死亡。

(137，183，344)

1780 年：波马坎奇

作坊是一艘巨轮

作坊是一艘航行在美洲大地上的巨轮，一艘从未停止航行的帆船，印第安人日以继夜地摇桨，朝着一个永远也不能抵达的港口航行：印第安人朝着遥远的海岸划呀划呀，当睡意袭来时，鞭笞唤醒他们。

作坊里，男女老少纺纱、织布、加工棉花和羊毛。法律承诺了工作时间和薪酬，但被扔到那些巨大的棚屋或监狱里的印第安人只有到了被埋葬的时候才能离开那里。

图帕克·阿马鲁走遍库斯科以南地区，把印第安人从织布机上解放出来。巨大的反叛之风剥夺了利马总督、布宜诺斯艾利斯总督和波哥大总督的美梦。

（170，320）

一首殖民地的诗：假如印第安人赢了……

……他们会让我们劳作
像他们一样劳作
我们现在怎么剥削他们
他们将会怎么剥削我们。
没有人能期待拥有
房子、庄园或繁华，
没有人能获得荣誉
所有人都将是贱民：
我们将是他们的印第安人
他们将是主人。

（183）

1781 年：波哥大
自治市民[1]

波哥大的大主教气得发抖，皮质扶椅嘎吱作响。佩戴着红宝石、

---

[1] 1781-1782 年在新格拉纳达副王总督区（今哥伦比亚）爆发了市民反对西班牙殖民统治的起义。1781 年 3 月，索科罗市民起义，撕毁宣布增加税收和限制烟酒贸易的布告，迅速获得周围市镇响应。起义的市民自称为"自治市民"。

祖母绿，爱抓甜食的双手攥紧了紫袍。主教大人堂安东尼奥·卡巴耶罗·伊贡戈拉鼓囊着嘴咒骂着，尽管他不在吃东西，但他的舌头像他身体一样肥硕。

令人气愤的消息已经从索科罗市传来。自治市民们——平民，起身反抗新的税收政策，已经任命富裕的克里奥人为首领。税收政策伤害了穷人和富人的利益，因为新税收惩戒一切，从脂油蜡烛到蜂蜜都要收税，甚至连风都不放过：过路商人应交的外商商品税叫"风税"[1]。

在索科罗这个到处是石头的小城，已经爆发了反抗，波哥大的总督目睹了反抗如何临近。那是一个集市日，在广场上。一位普通妇女曼努埃拉·贝尔特兰扯下市政府门上的布告，把它撕碎，并用脚踩；民众冲进货仓，焚烧监狱。现在成千上万的自治市民，拿着木棍和锄头，敲着鼓直奔波哥大。在第一场战斗中西班牙的武器就败下阵来。

比总督权力更大的主教大人决定出门迎战起义者。他将走在王室代表的前面，用承诺来欺骗起义者们。骡子惊恐地看着他。

(13，185)

1781年：塔马拉

平原印第安人

一千五百名印第安人喊着图帕克·阿马鲁的名字，从安第斯山东边的平原地区策马疾驰而来。他们想占领山区，加入向波哥大进军的自治市民们的起义大潮。平原地区的都督逃跑了，保住了项上人头。

这些反叛者们是奥里诺科河支流的平原地区的印第安人。在海龟下蛋的奥里诺科海滩上，曾有着举行集市的习俗。自远古以来，圭亚那和亚马孙地区的其他印第安人都会到那里赶集。在那里，他们交换盐、黄金、陶锅、篮子、渔网、干鱼、乌龟油、箭毒、赤身裸体所

---

[1] 西班牙语原文是 alcabala del viento，译成英文是 wind sales tax，意为外商商品税。

需的防蚊叮咬的红色药水。蜗牛壳是流通货币，甚至于那些渴望拥有奴隶的欧洲人也去那个集市，用斧头、剪刀、镜子和烧酒来交换。于是，印第安人开始相互抓人奴役，贩卖兄弟姐妹。每一个追捕者也是逃亡者；很多人死于麻疹或天花。

(121，185)

1781 年：锡帕基拉

加 兰

在锡帕基拉村签署了和平协定，大主教撰写协定，在福音书上宣誓，并举行大型弥撒来圣化该协定。

协定认为起义者有理。很快这张纸将化为灰烬，而这一点自治市民的首领们心知肚明；但是这些首领们——富裕的克里奥人，也需要尽早走出这个可怕的暴乱，"庶民的大骚乱"逐渐升级，在波哥大遮天蔽日，不仅正在威胁到富裕美洲人的利益，而且威胁到西班牙王室的利益。

叛军中的其中一位首领拒绝落入陷阱。何塞·安东尼奥·加兰[1]在卡塔赫纳的穆拉托人的战斗中经受了初临战场的考验，他将继续战斗。他跑遍一座座村落，走进一座座庄园，解放奴隶，废除税收，分田地。他的旗帜上宣称"被压迫者联合起来反抗压迫者"。朋友和敌人们称他为"今世的图帕克·阿马鲁"。

(13，185)

---

[1] José Antonio Galán（1749-1782），哥伦比亚独立运动的先驱。他参加了新格拉纳达自治市民起义，1781 年 6 月起义军首领与波哥大殖民当局签署和平协定，但不久后总督宣布协议无效，于是加兰组织民众继续革命。1782 年 10 月起义失败，加兰被处决。

自治市民的民间歌谣

让鼓手们安静下来
你们，给我留意着
这是一首忠诚的谣曲
自治市民们唱的歌谣：
羊儿往山上走
山往天上去
天我不知道会去哪儿
现在也没有人知道天会去哪儿。
富人向穷人开枪
而富人和穷人
向命更贱的印第安人开枪
把他一分为二……

（13）

1781 年：库斯科

大地中心，诸神之家

圣城库斯科想重归荣耀。古老时代的黑石密实无缝，极为紧密，它们战胜了大地的愤怒和人类的狂暴，正试图在压扁它们的教堂和宫殿上颤动。

米卡埃拉·巴斯蒂达斯欣赏着库斯科，咬了咬嘴唇。图帕克·阿马鲁的妻子站在山顶望着大地中心——这块诸神选择之地。她希望近在咫尺、触手可及的这个混着泥土和烟雾的颜色的地方成为印加人的首都。

米卡埃拉坚持了上千次，但都徒劳。新印加王没有下定决心攻打库斯科。太阳之子图帕克·阿马鲁不想杀死印第安人。图帕克·阿马鲁是所有生命缔造者的化身，是复活的活生生的承诺，他不能杀死印第安人。是印第安人在普玛卡华酋长的指挥下，捍卫这座西班牙的棱堡。

米卡埃拉已经坚持了上千次，她坚持上千次，图帕克沉默不语。她知道在痛哭广场上将会发生悲剧，她知道无论如何她将走到尽头。

（183，344）

1781 年：库斯科
秘鲁之路尘土飞扬，悲痛哀伤

"子弹穿过，有些人坐着，有些人躺下，但仍在抵御，仍向我们投来许多石头……"山坡上到处是尸体：胜利者们走在尸体、长矛和破烂的旗帜中间，捡起散落的马枪。

图帕克·阿马鲁走在他的起义队伍前面，不是以胜利者的姿态进入圣城。他是由骡子驮着进的库斯科城，身上的链子拖过石板路，由两队士兵押着，走向监狱。教堂的钟疯狂地不停敲响。

图帕克·阿马鲁已经泅渡空巴帕塔河逃跑，但是兰吉镇的伏兵抓住了他。出卖他的是他手下的一位首领，弗朗西斯科·圣克鲁斯，此人也是他的教父。

叛徒并没有寻找绳子自缢。他收到了两千比索和一个贵族头衔。

（183，344）

1781 年：库斯科
刑讯室里的宗教寓言短剧

图帕克·阿马鲁被绑在刑讯架上，赤身裸体地躺着，血迹斑斑。库斯科监狱里的刑讯室屋顶低矮，昏暗阴晦。一束光倾泻在叛军首领身上，一束强光打在他身上。何塞·安东尼奥·德·阿雷切戴着假发，穿着一身华丽的军装。阿雷切作为西班牙国王的代表、军队总司令和最高法官，坐在曲柄旁边。当他摇动曲柄，新的一圈绳子就勒紧图帕克·阿马鲁的胳膊和腿，于是听到痛苦的哀叫声。

阿雷切：哎呀万王之王，廉价售卖的小王！堂何塞一世，英国王室豢养的走狗！金钱与权力的野心联姻。婚礼会让谁吃惊？是习惯……英国的武器，英国的钱。你为什么不拒绝呢？嗯？可怜的魔鬼。（*他起身，摸了摸图帕克·阿马鲁的头。*）路德派的异教徒们往你的双眼撒了沙子，给你的理智蒙上黑纱。可怜的魔鬼。何塞·加夫列尔·图帕克·阿马鲁，你是这片领地里绝对的天然之主……堂何塞一世，新大陆的国王！（*他打开一份羊皮纸文件，大声朗读起来。*）"堂何塞一世，感谢上帝，印加王，秘鲁、圣达菲、基多、智利、布宜诺斯艾利斯以及南方海上大陆的王，最高统帅，掌控着大帕伊蒂蒂[1]的恺撒和亚马孙的领主，掌管神的怜悯的委员……"（*他突然转身，朝向图帕克·阿马鲁*）拒绝它吧！我们已经在你的口袋里找到了这份宣告……你曾经承诺自由……异教徒们已经教会你那些走私的伎俩。裹着自由之旗，你带来了最严厉的暴政！（*绕着被绑在架子上的身体走。*）"他们像狗一样待我们。"你这么说。"他们剥去我们的皮。"你这么说。但是，你和你的人，你们哪一次交过税？你享受着使用武器、骑马走四方的权威。你一直被看作是血统纯正的基督徒！我们给了你白人的生命，而你四处宣扬种族仇恨。我们，你所仇恨的西班牙人，教会你说话。而你说了什么呢？"革命！"我们教会你写字，而你写了什么呢？"战争！"（*他坐下，背朝着图帕克·阿马鲁，交叉着双腿。*）你摧毁了秘鲁。犯罪、纵火、抢劫、渎圣……你和你的那些暴徒同党把地狱带到了这些省。你说西班牙人让印第安人舔土？我已经下令结束那些强行贩卖，开放作坊，公平交易。我已经取缔了什一税和关税……既然已经重新确定良好的交往，你为什么还要继续打

---

[1] *Gran Paititi* 或 *Paititi*，是印加帝国的失落之城，传说中的富庶之地，据说位于亚马孙南部，即今天的玻利维亚、巴西和秘鲁的边境地区。

仗？有几千人因为你而死亡啊，你这个假皇帝？你给你入侵的这些地方带来多少的痛苦？（*他起身，弯腰看着图帕克·阿马鲁，而后者没有睁开眼睛。*）你说米达制是重罪，去矿山的印第安人里每一百人只能回去二十人？我已经下令杜绝强制劳动。难道这可恶的米达制不是你们印加人的祖辈们发明的吗？印加人……没有人让印第安人受到更糟糕的对待。你不承认流淌在你的血管里的欧洲人的血液，何塞·加夫列尔·孔多尔坎基……（*他稍作停顿，然后一边绕着战败者的身体走一边说话。*）你的判决已经定了。我构思、撰写了判决书，并签了字。（*他的手划破图帕克嘴巴上方的空气。*）他们将把你拖到断头台，刽子手将剪去你的舌头。他们将把你的手脚绑在四匹马身上。你将被四马分尸。（*他的手在赤裸的身体上方划过。*）他们将把你的身体扔到皮楚山里的火堆里，灰烬将抛撒在空中。（*他碰了一下脸。*）你的头将在廷塔镇的绞刑架上悬挂三天，之后将会插在一根棍子上，摆在镇子的入口处，将会戴上有十一个铁尖儿的王冠，代表着你的十一个皇帝头衔。（*他抚摸着胳膊。*）我们将把一只胳膊送到通加苏卡，另一只将在卡拉巴亚的首府展览。（*他抚摸着大腿。*）一条腿送到里维塔卡镇，另一条送到圣罗莎–德兰帕。你居住过的房子都将被摧毁。我们将在你的土地上撒盐。你的子嗣将世世代代声名狼藉。（*他点燃一支蜡烛，秉烛扫过图帕克·阿马鲁的脸。*）现在你还有时间。你告诉我：谁还会继续你掀起的反叛战斗？哪些人是你的同党？（*谄媚地*）你还有时间。我给你安排了绞刑架。你还有时间来避免如此的羞辱和折磨。告诉我同党的名字。告诉我。（*他把耳朵凑过去。*）你就是你的刽子手，嗜杀成性的印第安人！（*他再次缓和了语气。*）我们将会剪去你儿子伊波利托的舌头。我们将会剪去你的女人米卡埃拉的舌头，我们将会给她实施铁环绞喉……你别后悔，但你救她吧，救她吧。把你的女人从无耻的死亡中拯救出来吧。（*他凑过去，等待。*）上帝知道你带来的所有罪孽！（*他猛烈绕紧刑讯轮，听到一声剧烈的哀号。*）在上帝的审判面前，你的沉默将不会为你辩解，你这个狂妄自大的印第安人！（*无比遗憾地*）啊！我很难过有这么一个灵魂愿意去承受永恒审判……（狂怒）最后一次！哪些人是你的同党？

图帕克·阿马鲁：（艰难地抬起头，睁开眼睛，终于开口说话）这里除了你和我再没有同党。你是压迫者，而我是解放者，我们都该死。

（183，344）

1781 年：库斯科

阿雷切下令禁止印第安人穿印加服饰，要求他们说卡斯蒂利亚语[1]

"禁止印第安人穿戴上层阶级的服饰，特别是他们的贵族的服饰，因为那只能表明他们古老的印加王穿过这些衣服，勾起他们的回忆，除了会挑起他们对统治政府越来越多的仇恨，别无其他影响。该服饰除了样式可笑，与我们宗教的正统不太相符之外，他们还在衣服上多处点缀了他们的第一神祇——太阳；这一决议需扩散到南美洲的所有省份，让此类服饰销声匿迹……同样，印加王的绘画或肖像也要销声匿迹……

"为了让这些印第安人心中不再怀有对西班牙人的仇恨，能够穿上法律给他们指定的服饰，按照我们西班牙人的习惯穿着打扮，说卡斯蒂利亚语，将大力引进该语言，在学校使用，以最严厉最公正的措施惩罚那些不使用该语言的人，长而久之，他们就能学会这门语言……"

（345）

---

[1] 卡斯蒂利亚语就是现在常说的西班牙语。

1781 年：库斯科

米卡埃拉

在这场让大地经受分娩阵痛而呻吟的战争中，米卡埃拉·巴斯蒂达斯没有得到休息也没有得到安慰。这位有着鸟脖颈的女人走遍乡野村镇"号召更多的人"，把新的追随者、为数不多的步枪、某人需要的双筒镜、古柯叶和熟玉米穗送往前线。马儿不停歇地在山区往返疾驰，传递她的命令、通行证、通报和信件。她向图帕克·阿马鲁发送了大量的消息，迫切要求他在西班牙人加强防御、起义军人心涣散之前，率领部队出其不意地扑向库斯科。她写道："切佩 [1]，切佩，我最亲爱的：我给了你颇多的警示……"

被马尾拖拽着，米卡埃拉进入了库斯科的大广场，印第安人称之为痛哭广场。她被装在一个皮袋里，那种装巴拉圭茶草的袋子。同样，马拖拽着图帕克·阿马鲁和他们的儿子伊波利托，朝绞刑架走去。另一个儿子费尔南多注视着这一切。

(159，183)

1781 年：库斯科

圣 雨

小男孩想转过头去，但是士兵们强迫他看。费尔南多注视着刽子手如何割下他的哥哥伊波利托的舌头，把他从绞刑架的台阶上推下去。刽子手还把费尔南多的两个叔叔吊起来，之后吊起了奴隶安东尼奥·奥夫利塔斯——那个给图帕克·阿马鲁画肖像的人。刽子手一斧头一斧头地把他大卸八块；费尔南多目睹了这一切。他双手戴着手铐，双脚套着脚镣，两名士兵站在一旁强迫他看。费尔南多看着刽子

---

[1] 切佩是图帕克·阿马鲁二世的名字何塞的昵称。

手把绞刑的铁环套在阿科斯女酋长托马萨·孔德玛伊塔的脖子上，她手下的女兵队给西班牙军队以沉重的打击。然后，米卡埃拉·巴斯蒂达斯走上台，费尔南多看不清楚了。当刽子手去抓米卡埃拉的舌头时，费尔南多的眼前一片模糊，当他们让他的母亲坐下以完成酷刑时，一帘泪水盖住了孩子的双眼：绞盘没能绞断她纤细的脖子，而需要"给她脖子套上绳索，从不同方向拉紧，脚踹她的胸口和肚子，他们才杀死了她"。

九年前从米卡埃拉的肚子里出来的费尔南多现在什么也看不见，什么也听不见。他看不见，现在他们带来了他的父亲图帕克·阿马鲁，他的双手双脚被绑在四匹马的马鞍肚带上，面朝天。骑手们把马刺刺向东西南北四个方向，但是图帕克·阿马鲁没有被撕开。"他被挂在空中，像一只蜘蛛"；马刺刺破了马儿的肚子，马儿抬起两只蹄子，用尽力气猛冲，但图帕克·阿马鲁没有被撕开。

这是库斯科谷地长长的旱季。正午时分，就在马儿奋力直冲，图帕克·阿马鲁没有被撕开的时候，一阵猛烈的倾盆大雨突然从天而降：大雨如注，拍打而下，仿佛上帝或太阳或有人决定，在这个时刻应该下一场让全世界失明的雨。

(183，344)

印第安人相信：

耶稣为了来到库斯科穿上了白色的衣服。一个放羊的小孩看见了他，与他玩耍，追随着他。耶稣也是一个孩子，在地上和空中穿梭：他渡河而过却不湿衣衫，他非常轻柔地滑过印加人的神圣谷地，小心翼翼地不伤害这片刚刚受伤的土地。自奥桑加特山的山麓——它冰冷的气息焕发出生命的力量，他朝着克约里蒂山走去。在古老神祇居住的这座山脚下，耶稣褪下了白色长袍。他爬上岩石，驻足，然后他钻进石头里。

耶稣一心为战败者献身，为了他们他变成了石头，就像这儿古老的神祇一样。石头说话并将会说道："我是上帝，我是你们，我是那些倒下去的人。"

库斯科谷地的印第安人将会一直列队爬上山去向他致敬。他们将在湍流中洗净自己，手持火炬为他跳舞，跳舞是为了给他送去喜悦：在那深处，耶稣是那么的忧伤，那么的落魄。

（301）

印第安人为天堂的荣誉而跳舞

在离库斯科很远的地方，耶稣的悲伤也令特佩华印第安人忧心忡忡。自从新神来到墨西哥之后，特佩华印第安人就去做弥撒，带着乐队，为他献上舞蹈和戴着面具的游戏，奉上香喷喷的蕉叶玉米粽子和美酒佳酿；但却没有办法令他开心，耶稣仍然忧伤不已，胡须紧贴着胸口，一直如此，直到特佩华人发明了一种老人舞。

两位戴着面具的男子跳舞。一个是老妪，另一个是老翁。这对老夫妇从海边而来，带着虾作为供品，多年的宿疾让他们的身体蜷缩，拄着装饰着羽毛的木棍走遍圣佩德罗的小镇。在街道上临时搭建的祭坛前，他们驻足起舞，同时歌者唱歌，乐手敲打龟壳。老妪狡猾多端，摇曳着身体，主动献身，却又装作要逃跑。老翁追逐，从后面抓住她，抱住，并把她举在空中。她在空中乱蹬，大笑不已，假装要用手杖抵抗攻击，但是她非常享受地抓紧了老翁的身体，而老翁不停攻击，摇晃得东倒西歪，笑个不停，与此同时，所有人都在鼓掌庆贺。

当耶稣看见这对夫妇享受情事，他抬起额头，第一次笑了。从那之后，每当特佩华人为他跳起这支不恭敬的舞蹈时，他都会笑。

特佩华人把耶稣从忧伤中解救出来。早在远古时代他们诞生于棉絮团，在维拉克鲁斯山脉的尖坡上。如果说"天亮"，他们说"上帝造出来了"。

（359）

1781 年：钦切罗斯

普玛卡华

中间位置，蒙特塞拉特圣母熠熠生辉。马特奥·加西亚·普玛卡华[1]跪着祈祷，感谢天恩。他的妻子、亲戚和首领们组成的随从人员跟在后面一起游行。普玛卡华穿着西班牙人的服装——马甲和短上衣，带扣的鞋子。远处正在进行战斗，士兵们和大炮看起来像玩具：美洲狮普玛卡华战胜了大龙图帕克·阿马鲁。"*我来、我见、我征服。*"[2]他大声念叨着。

几个月后，一位无名的艺术家完成了他的画作。钦切罗斯镇教堂的门厅上，普玛卡华首领与图帕克·阿马鲁作战的场景非常醒目，普玛卡华的荣耀和信仰将永垂不朽。

普玛卡华也是印加人的后代，他接受了西班牙国王赐予的勋章，得到了库斯科主教的完全特赦。

(137，183)

1781 年：拉巴斯

图帕克·卡塔里 [3]

他只说艾马拉语，他们自己的语言。他自封为这片仍不叫玻利维亚的土地上的副王总督，任命他的女人为总督夫人。他把他的王廷设

---

[1] Mateo García Pumacahua（1740-1815），在 1780-1781 年间，追随图帕克·阿马鲁二世起义，但起义失败后他转而支持双方签订和平协议，于是得到西班牙认可，加入西班牙军队。1814 年他率众起义，是秘鲁独立运动的先驱。

[2] 原文是拉丁文"Vini, vidi, vinci"，是恺撒在泽拉战役中打败本都国王法尔纳克二世之后写给罗马元老院的著名捷报。

[3] Túpac Catari（1750-1781），原名胡利安·阿帕萨，他与他的妻子、印第安人的起义女英雄巴托丽娜·西萨一起组织了秘鲁印第安人起来反抗西班牙人的统治。他自称图帕克·卡塔里是为了向两位反抗英雄致敬：图帕克·阿马鲁二世和托马斯·卡塔里。

在被称为拉巴斯城的高地上，隐藏在一个洼地里，他包围了该城。

他走路罗圈腿，双眼闪着奇怪的光，深陷在年轻却已布满皱纹的脸上。他穿着黑天鹅绒衣服，用权杖发号施令，挥舞长矛战斗。有举行诅咒弥撒嫌疑的教士们都被他斩首，间谍和叛徒被他砍去胳膊。

在成为图帕克·卡塔里之前，胡利安·阿帕萨曾做过教堂司事和面包师。与他的妻子巴托丽娜·西萨一起，组织了一支四万人的印第安人军队，让副王总督从布宜诺斯艾利斯派遣的军队不得安宁。

尽管经受了失败和屠杀，却没有办法抓住他。他夜间行动，戏弄所有的包围圈，直到西班牙人献上了他最好的朋友，托马斯·印加·李佩，大家叫他"好人"，他担任的的喀喀湖畔阿恰卡其地区的长官。

（183）

1782 年：拉巴斯

女解放者们

新世界的西班牙城市是作为向上帝和国王的献礼而诞生的，在其碾压的土地上都拥有一个庞大的心脏。在大广场上有断头台和政府厅，大教堂和监狱，法庭和市场。人们围绕着绞刑架和喷泉散步；在大广场上，在重要的广场上，在武器广场上，往来穿梭着武士们和乞丐，佩戴银靴刺的骑士和光脚的奴隶，把灵魂献给弥撒的修女和用大肚瓦罐运送奇恰酒的印第安人。

今天在拉巴斯的大广场上有表演。土著起义的两位女首领将被献祭。图帕克·卡塔里的妻子巴托丽娜·西萨头上套着绳索，被绑在马尾上，从兵营走来。而图帕克·卡塔里的妹妹格雷戈里娅·阿帕萨则是骑在一头小驴上被带过来。她们俩右手都拿着一根像权杖一样的 X 形木架，前额都刻着一个棘刺王冠。在她们前面，囚犯们用枝条清扫道路。巴托丽娜和格雷戈里娅在广场上转了好几圈，默默忍受着人们朝她们扔石头和嘲笑她们是印第安人的女王，直到绞刑时刻来临。根据宣判，她们的头颅和双手将在该地区的村镇巡展。

太阳，古老的太阳，也参加了这个仪式。

（183，288）

1782 年：瓜杜阿斯

呆滞的双眼

从一个木笼子里，何塞·安东尼奥·加兰的头、呆滞的双眼望向恰拉拉村。在恰拉拉，他出生的地方，他的右脚在那里展示。他的一只手钉在索科罗广场。

殖民地的社会精英们后悔犯了傲慢罪。富裕的克里奥人宁愿继续向西班牙国王纳税，并听从安排，为的是避免这种"*传染性瘟疫*"，与图帕克·阿马鲁、图帕克·卡塔里一样，加兰也灵魂附体，狂怒地传播这种瘟疫。加兰是自治市民们的最高司令，已经被起义时的同伴背叛、追捕和抓获了。在经过长期的追捕之后，他与他的最后十二位手下倒在一个茅屋里。

夸夸其谈的大主教堂安东尼奥·卡巴耶罗·伊贡戈拉已经磨好了斩杀加兰的马刀。主教大人一边把信誓旦旦却又欺骗虚假的和平协议扔进火堆，一边做出更无耻的事情来反对"*心怀怨恨的庶民*"：加兰不仅因为反叛而被四马分尸，而且也因为他是"*出身极为卑贱，且与亲生女儿乱伦的人*"。

大主教已经拥有两个座椅。除了教会的椅子，他还占有了波哥大副王总督的座椅。

（13，185）

1782 年：锡夸尼

这个可恶的名字

迭戈·克里斯托弗——图帕克·阿马鲁的堂兄，秘鲁战争的继任者，签署了和平协定。殖民当局已经承诺原谅和大赦。

迭戈·克里斯托弗趴在地上宣誓效忠于国王。成群的印第安人从山头下来，交出武器。陆军元帅举行了欢乐的庆祝宴会，主教做了一场感恩弥撒。副王总督自利马下令，所有房子张灯结彩三夜。

一年半后，在库斯科的阿莱格里亚广场[1]，在把图帕克·阿马鲁的这位堂兄送上绞刑架之前，刽子手会拿着烧红的火钳把他的肉一块块地扯下来。法官弗朗西斯科·迪耶斯·德梅迪纳已经宣判："因为图帕克·阿马鲁这个可恶的名字在当地人当中留下了如此多的骚动和印象，留下任何与他相关的种子或种族，于国王与国家都是不妥的。"

（183）

1783 年：巴拿马城

因为对死亡的爱

天亮以来，大地就一直冒烟，渴望水，活着的人寻找阴凉，打扇。如果酷热抓住活人，把活人都晒干枯了，那为什么不对死人做点什么呢？毕竟他们没有人给他们打扇啊。

重要的死人埋在教堂里。在干燥的卡斯蒂利亚高地平台上有这样的习俗，于是在巴拿马这个沸腾之地也必须这样做。信徒们踩在石碑上，或跪在上面，从石碑下面死亡向他们低声嘟囔，"我很快来找你"；但更加让人们哭泣的是腐臭味，而不是对死亡的恐惧，也不是对无法弥补的失去的怀念。

[1] Plaza de la Alegría，意为"欢乐广场"。

塞巴斯蒂安·洛佩斯·鲁伊斯是一位博闻强记的自然学家，写了一份报告指出那边的习俗在这边是卫生的天敌，严重损害公共健康，而最健康的方式是把死去的巴拿马贵族们埋在一个远远的墓地里。得到的回答是死人们埋在教堂里非常好，以前是这样，现在是这样，以后也将继续是这样。

（323）

1783 年：马德里

收复手的权利

小号声传到四面八方，宣布西班牙国王已经决定赎回人类的手。从现在开始，任何一个做体力劳动的贵族都不会失去他的贵族权利。国王说工业不会让任何一个从事工业生产的人和他的家人蒙羞，没有任何一个手工业手艺会让西班牙人丢脸。

卡洛斯三世希望他的王国跟上时代。坎波马内斯部长梦想着实现工业发展，实施民众教育，推进农业改革。从帝国在美洲的丰功伟绩中，西班牙得到了荣誉，而欧洲其他王国收获了利益。殖民地的白银要继续支付西班牙不生产的商品到何时？如果从加的斯港口出去的货物是英国、法国、荷兰或德国生产的，那西班牙的垄断意义何在？

在西班牙，贵族像教士一样多如牛毛，他们拥有强健的双手，足以为西班牙而死也可以杀死西班牙。哪怕一贫如洗，他们也不自降身价，用他们的双手创造荣誉之外的其他东西。许久以来那些手已经忘记如何工作，就像鸡的翅膀已经忘记飞翔一样。

（175）

1785 年：墨西哥城

比利亚罗埃尔律师反对龙舌兰酒馆

"每一个龙舌兰酒馆都是藏污纳垢之所：通奸、姘居、强奸少女、偷窃、抢劫、杀人、吵架、伤害和其他罪行等等。龙舌兰酒馆是舞台，在那里男男女女都变成最为可恶的地狱狂魔，从他们的嘴里蹦出最精炼的淫秽话语，最下流的词语，最放荡、最猥亵、最辛辣、最挑逗性的语言，如若不是被酒馆里恶臭的气味和污秽的酒水弄得心烦意乱的话，再放荡的人也说不出这样的话来……所有这些都是法官们疏于管理、不作为和纵容的结果，没有杀鸡儆猴地让他们看看男男女女像狗一样被拖着巡街的情景：一位像他们一样醉醺醺的车夫从身上轧过，正如他们所处的那种不幸福的状况一样，尽早把他们了结，送往永世。"

（352）

龙舌兰酒馆

当副王总督把龙舌兰酒赶出墨西哥城时，被流放的酒在郊区找到了收容之所。

"绿色植物酒"……在郊区的酒馆里，卖龙舌兰酒的人在慷慨的大瓮和热望的小罐之间来回不停穿梭，小罐上写着"你把我打晕，你杀死我，你让我像猫一样四肢行走"，同时一个角落里新生婴儿尖声大哭，另一个角落里一个老人醉后酣睡。

马、驴子、斗鸡被套着铁环，在屋外等待着逐渐老去。屋内，五颜六色的大瓮上，挑衅的酒名闪闪发光："拉不走我""给最壮的人""勇敢者"……屋里没有法律，也没有了屋外的时间。地上骰子转，酒桶上纸牌飞。在欢快的竖琴伴奏下，一个傻子唱歌，跳舞的人扬起尘土，一位神父与一位士兵在争执，而士兵与一个赶骡人吵架，"我

很男人，我相当男人"，而大腹便便的卖龙舌兰酒的人凑过来："那个
女的去哪了？"

（153，266）

龙舌兰酒

或许龙舌兰酒把古老的神祇归还给印第安人了。印第安人向神灵
献上龙舌兰酒，浇洒在地上或火里，或举罐献给繁星。或许那些神灵
在吸吮了玛雅乌埃尔母亲神[1]的四百个乳房之后，仍然饥渴地想喝龙
舌兰酒。

或许印第安人喝龙舌兰酒也是为了获得力量和复仇；但非常肯定
的是，他们喝酒是为了遗忘和被遗忘。

主教们认为，龙舌兰酒是造成懒惰和贫困的罪魁祸首，带来了偶
像崇拜和反叛。"蛮族的蛮习"，一位国王的官员说：在龙舌兰浓酒的
作用下，"孩子不认父亲，仆人不认主人"。

（153，331）

龙 舌 兰

武装上绿色利剑，龙舌兰战胜干旱和冰雹的袭击，抵抗住墨西哥
沙漠里的冰冻寒夜和炎炎烈日。

龙舌兰酒源自龙舌兰，"浑身是宝的树"，从龙舌兰身上得到了动
物的饲料、房屋的大梁和棚顶、栅栏的树桩以及柴火。多肉的叶子可
以做绳子、包、地席、肥皂和纸，那种古抄本的纸，它的尖刺可以做
缝衣针和大头针。

---

[1] Mayahuel，墨西哥的生育女神。根据古老的传说，是生育女神玛雅乌埃尔教会墨西哥印
第安人酿造龙舌兰酒的。

　　龙舌兰只有在快要死的时候才开花。它绽放开花，像在道别。在黄色花朵爆炸般绽开时，一根高高的树干——或许是茎，或许是阴茎，自龙舌兰的树心穿过，直冲云霄。于是巨大的树干倒下，与它一起倒下的还有龙舌兰树，连根一起倒下。

　　在梅斯基塔尔这片干旱贫瘠的谷地里，很难看到开花的龙舌兰。当树干刚刚长出时，印第安人就把它们阉割了，掰歪伤口，于是龙舌兰树流出汁液，解渴、提供营养、给人安慰的汁液。

（32，153）

陶　罐

　　墨西哥的制陶艺人具有悠久的历史。在埃尔南·科尔特斯到达时的三千年前，陶罐艺人们的巧手早已把黏土变成陶瓮或人形，火把它们烧制变硬，抵御时间的侵害。许久之后，阿兹特克人解释说，一个好的陶罐艺人"赋土以灵魂，令万物生存"。

　　这种遥远的传统日复一日地在缸坛罐瓮中复制，尤其是在单耳罐中：象牙般细腻的托纳拉罐，极具争议的梅特佩克罐，瓦哈卡的有光泽大肚罐，简陋的奇里利科小罐，掺着黑陶土的发红的托卢卡罐[1]……烧制过的陶罐既是宴会和厨房里的主角，也陪伴着囚犯和乞丐。既用来盛装被玻璃酒杯鄙视的龙舌兰酒，也是爱人们的信物：

　　　当我死去，老婆子，
　　　请用我的土做一个陶罐，
　　　如果你想我，就喝一口：
　　　如果你的唇碰到罐子
　　　那将是你的老头子的吻。

（18，153，294）

---

[1]　这几个罐的名字托纳拉、梅特佩克、瓦哈卡、奇里利科和托卢卡是墨西哥地名。

1785 年：墨西哥城

殖民时代的虚构文学

墨西哥的副王总督马提亚斯·德·加尔维斯签了一份有利于印第安劳工的告示。印第安人必须得到公正的薪资、好的食物和医疗救治；中午时分他们将有两小时的休息时间，可根据意愿更换主人。

（146）

1785 年：瓜纳华托 [1]

风随意而吹 [2]

一道沟壑之光划破透明的空气，照亮黑色层峦叠嶂之间的沙漠。在沙漠上墨西哥矿区城市冉冉升起，如穹顶、如高塔般闪闪发光。瓜纳华托，其人口密度堪比副王总督首府，是其中最显耀的一座城市。主人们坐在扶手椅上去参加弥撒，后面跟着一群乞丐，穿梭在胡同小巷的迷宫里，亲吻巷、滑溜巷、四风巷，在被岁月的双脚踩磨得非常光滑的石头上，钻出了青草和幽灵。

在瓜纳华托，教堂的钟声组织日常生活，而统治这里的是偶然。某一个嘲弄人的神秘赌徒发牌。据说这里不管去哪儿脚下都踩着黄金白银，但是一切都取决于地下蜿蜒的矿层，它随心所欲地显露出来或隐藏起来。昨天一位幸运贵族庆贺时来运转，为所有宾客奉上最好的佳酿，请来笛子和比维拉琴乐队演奏小夜曲，买了细腻的麻纱花边、天鹅绒短裤、薄绸短大衣和荷兰衬衫；今天纯银的矿脉跑得无影无

---

[1] Guanajuato，墨西哥中部城市，位于墨西哥城西北方，因矿而兴，16 世纪是世界上最大的银矿中心之一。

[2] 西语原文是 "El viento sopla donde quiere y donde puede"，意思是风随意、顺势而吹。这句话应源自《圣经·约翰福音》第三章 "风随意而吹（El viento sopla donde quiere），你听见风声，却不知道它从哪里来，往哪里去"。

踪，仅让他当了一天的王子。

相反，印第安人的生活不取决于偶然性。因为吸入水银，汞合金工厂里的印第安人长期剧烈战抖，牙齿脱落；由于吸入致命的粉尘和瘟疫的蒸汽，矿坑里的印第安人胸肺受损。有时候，火药爆炸时他们被炸成碎片；有时候，他们往下扛石头或往上背监工——因此大家叫印第安人是"小马"——时，滑入空谷。

(6，261，349)

1785 年：瓜纳华托
白银的祭坛装饰屏

贵妇们在枝繁叶茂的花园里用扇子的语言聊天。有人对着一座教堂的墙小便；在一座广场的边缘，两个乞丐坐在太阳下相互抓虱子。石拱门下，一位穿着长袍的卓越的医生在谈论人的权利；一位神父走在胡同里，嘴里不停地嘟囔着对从他身边经过的醉汉、妓女和无赖们的永久审判。在离城不远处，"搜捕人"在用绳子追捕印第安人。

瓜纳华托取代波多西的位置已经很久。世界白银女王亟需劳动力。

"被雇用的自由的"工人们一生中从没见过一枚硬币，却背着债务的枷锁，他们的子女将继承这些债务，也会继承对疼痛、监狱和饥饿的恐惧，对古老神灵和新神的畏惧。

(261，349)

1785 年：里斯本
殖民地的作用

葡萄牙王室下令清算巴西的纺织作坊，今后，这些作坊将不能生产除了给奴隶的粗布衣服之外的任何服装。以女王之名，梅洛·卡斯特罗部长发布了相关指令。部长注意到"在巴西大部分的都督区，都已经建立生产不同质量的织物乃至金银饰带的各种工厂和加工厂，并且呈日益扩散的趋势"。他说，这些是"危害性的违反规定"，如果持续发展下去，"后果是这些极为重要的殖民地的功用和财富最终将成为其居民的产业"。巴西土地肥沃，物产丰富，"这些居民将会完全摆脱对统治首府的依赖，因此消除这些工厂和加工厂是势在必行的任务"。

（205）

1785 年：凡尔赛
土豆成为贵妇

两个半世纪前，西班牙征服者们把它从秘鲁带到了西班牙。印第安人极力推荐它，因此欧洲人把它喂给猪吃，给囚犯和垂死之人吃。土豆每一次想逃离猪圈、监狱和医院时，都遭到嘲笑和惩罚。在好几个地区它被禁止食用，在贝桑松，人们控诉它会引起麻风病。

安东尼·帕蒙蒂耶在监狱中认识了土豆。帕蒙蒂耶被关押在普鲁士的监狱里，他们不给他其他任何吃的。刚开始他觉得土豆很蠢，但是后来他知道如何喜欢它，在它身上发现了魅力和美味。

他已经获释，在巴黎，帕蒙蒂耶组织了一场宴会。参加宴会的有达朗贝尔[1]、拉瓦锡[2]、美国大使本杰明·富兰克林和其他杰出人物。帕蒙蒂耶为他们献上了全土豆宴：土豆面包、土豆汤、土豆泥、根据口味加入调味料的土豆沙拉、炸土豆、土豆油煎饼、土豆饼，甜点是土豆蛋糕，喝的是土豆酿的烈酒。帕蒙蒂耶为土豆做了辩护词。他赞扬了它的营养价值，宣称它是味蕾和血液的必需之物，认为土豆将会

[1] Jean le Rond d'Alembert（1717–1783），法国著名的物理学家、数学家和天文学家。
[2] Antoine–Laurent de Lavoisier（1743–1794），法国著名化学家、生物学家，"近代化学之父"。

战胜欧洲饥荒，因为它能够抵御冰雹，而且易于种植。宾客们吃饱喝足了，非常信服地热烈鼓掌。

之后，帕蒙蒂耶说服了国王。路易十六下令在巴黎附近的萨布隆平原地区的领地上种植土豆，并派出士兵长期监守。于是这成功激起了好奇心和对禁果的渴望之心。

凡尔赛给出了决定性的认可。王后玛丽·安托瓦内特装扮得像满园的土豆花，她在安东尼·帕蒙蒂耶的脸上印上了至高无上的吻。当时还没丢了脑袋的路易国王给了他一个拥抱。法国所有的贵族都参加了把土豆送上神坛的仪式。在这个国度里，美食艺术是唯一一个没有不信仰者的宗教。

（156，250）

据安第斯地区的传说，土豆是爱与惩罚的结晶

据说，印加王惩罚一对触犯了神圣律法的情人。他决定下令把他们活埋在一起。

她原本是献给太阳神的圣女。她从庙里逃出去，献身给一个农奴。

活埋在一起，印加王如此决定。他们被捆绑在一起，面朝上，埋在一口深井里。当给他们填上土时，甚至都没有听到一声呻吟。

夜晚来临，星辰沿着奇怪的路径移动。不久之后，河床上的黄金消失了，帝国的田野变成不毛之地，只有尘土和岩石。只有掩埋着那对情侣的那片土地没有干裂。

高级祭司们建议印加王把那对情侣挖出来，焚烧之后把他们的灰烬撒在风中。印加王决定照办。

但是没有找到他们俩。他们挖啊挖啊，挖得很深，但什么也没找到，除了一根根茎。那根茎繁殖增长，从那之后，土豆成为安第斯地

区人们的主要食粮。

(248)

1790 年：巴黎

洪　堡

二十岁时，亚历山大·冯·洪堡发现了大海和革命。

在敦刻尔克[1]，大海让他目瞪口呆，而在加来[2]，海浪中蹦出的满月让他尖叫。他震惊于大海，表现出革命的激情：在巴黎，某一年的 7 月 14 日，洪堡加入正在为新诞生的自由载歌载舞的民众队伍，陶醉在大街上的甜蜜的节日喧闹之中。

他一直在寻找答案，查找问题。他从不停歇地向书本、天空、大地质询，探究灵魂之谜、宇宙奥秘、甲虫和石头的秘密，他总是热爱这个世界，爱那些让他迷惘、害怕的男男女女。"亚历山大将永不会幸福"，他的哥哥、母亲的宠儿威廉这么说。

二十岁时，洪堡狂热地生活，狂热地奔走。他宣誓永远效忠于法国革命的大旗，他宣誓将像巴尔沃亚和鲁宾逊·克鲁索一样，穿越大洋，前往一直都是中午的地方。

(30, 46)

1790 年：柏迪高维

即使拥有土地和奴隶

袋子的重量有时候比肤色更有用。在海地，贫穷的穆拉托人是黑人，而拥有相当钱财的自由黑人是穆拉托人。富裕的穆拉托人支付一

---

[1]　Dunkerque，法国北部靠近比利时边境的港口城市。

[2]　Calais，法国北部港市。

大笔财富变成白人，尽管获得那份神奇文件的人寥寥无几。文件允许主人与女奴生下的儿子可以当医生，可以称老爷，可佩剑，能够碰白人女子而不会失去胳膊。

一个刚刚获得巴黎宣布的公民权利的穆拉托人悬挂在绞刑架上，另一个想成为议员的穆拉托人的头被挑在长枪刺尖上，在柏迪高维镇上巡游。

（115）

1791 年：博伊斯凯曼

海地的谋反者们

老女奴，神灵的至交，把砍刀埋进黑野猪的脖子里。海地的土地吮吸着鲜血。在战争之神和火神的庇佑下，二百名黑人因宣布独立而又唱又跳。在被禁止的伏都教的仪式上，在闪电的照耀下，二百名奴隶决定把这片惩罚之地立为祖国。

在克里奥尔语言里海地成立了。与鼓一样，克里奥尔语是在安的列斯群岛上那些从非洲掠夺来的人说的共同语言。当被惩罚的人需要相互认识和起身抵抗时，它从种植园的内部迸发而出。它与非洲的旋律一起来自非洲的各种语言，吸纳了诺曼底人和布列塔尼人[1]的方言。吸收了加勒比印第安人、英国海盗以及海地东部的西班牙殖民者们的词汇。感谢克里奥尔语，海地人在交谈时感觉到相互抚摸。

克里奥尔语融汇了词语，而伏都教汇聚了神灵。那些神灵不是主人而是爱人，而且非常爱跳舞，把他们进入的每一个身体变成了音乐和光，波动起伏的、神圣的、流动着的纯净之光。

（115，265）

---

[1] 布列塔尼语是法国西部布列塔尼的少数民族语言，是欧洲大陆上唯一残存的凯尔特语言。

海地的爱之歌

我像柴火一样燃烧
我的双腿似甘蔗般折断
没有一道菜让我垂涎
最烈的酒亦化为清水
当我想着你时
我的双眼噙满泪水
我的理智溃败不堪
因为我悲痛不已

不是非常确定吗？我的美人儿
你很快就会回来吗？
哦！回到我身边吧，我永远忠实的人！
信任不如感受甜蜜！
别耽搁太久
令人痛苦万分
快来把饥肠辘辘的小鸟
放出它的牢笼

（265）

1792 年：里约热内卢

巴西的谋反者们

近半个世纪前，人们以为巴西的矿产将会像世界一样持久，但是黄金越来越少，钻石越来越少，必须要缴纳给葡萄牙女王和她的寄生王室的赋税越来越重。

从葡萄那边先后派遣了许多贪得无厌的官僚，但没有一个采矿技术专家。从那边下令禁止棉花纺织机生产除奴隶服装之外的其他东西，从那边下令禁止开采触手可及的铁矿，禁止生产炸药。

为了与"像吸血鬼一样吸吮我们"的欧洲断绝关系，一小股的贵族进行密谋。矿场主、庄园主、神父、诗人、医生、经验丰富的走私贩于三年前组织了起义，决心要把这个殖民地变为独立的共和国。黑人和在这里出生的穆拉托人将是自由的，所有人都将穿上国家服装。

在滑膛枪发出第一声枪响之前，告密者说话了。都督下令逮捕了欧鲁普雷图的谋反者们。严刑拷打之后，他们招认了，并详细地相互揭发。巴西里奥·布里托·马埃伊罗做无罪辩解说道：任何一个不幸降生在巴西的人都沿袭了黑人、穆拉托人、印第安人和其他荒唐无稽之流的坏习惯。囚犯中最著名的克劳迪奥·曼努埃尔·达科斯塔在囚室里自缢，或者被勒死，因为他不招供或招供得太多。

有一个人缄口不言。陆军少尉若阿金·若泽·达席尔瓦·夏维尔，人称"拔牙师"，只为了说这句话才开口：

——"我是唯一的负责人。"

（205，209）

1792 年：里约热内卢
拔 牙 师

油灯的光线下他们看起来像尸体。被告们被巨大锁链捆绑在窗户的铁条上，从十八个小时前就一直听法官宣判，没有漏掉一个字。

法官撰写宣判书拖延了六个月。深夜时分，他们得知：六个人将被判刑。那六个人将被绞死、斩首、四马分尸。

当那些曾渴望巴西独立的人相互指责和饶恕、相互谩骂和哭泣，发出后悔或抗议的闷声呼叫时，法官闭口不说话了。

凌晨时分，女王的赦令到达。对于六个被判刑的其中五人，将不执行死刑，而是流放。但是，有个人，唯一一个谁也没告发、却被所有人揭发的人将在天亮时分走向刑场。因为他，将会鼓声雷动，口头告示官悲伤的声音将传遍大街小巷宣布这个献祭仪式。

拔牙师不是纯种白人。他参军时是陆军上尉，然后一直是陆军上尉，靠拔牙来贴补家用。他希望巴西人成为巴西人。当太阳升起时，消失在山峦后面的群鸟清楚地知道这一点。

（205）

1794 年：巴黎

"人的药物是人"

"人的药物是人。"黑人智者这么说，神灵们清楚地知道这一点。海地的奴隶们已经不是奴隶了。

五年里，法国革命已经悄无声息。马拉和罗伯斯庇尔抗议无效。奴隶制仍在殖民地继续：尽管已经颁布了《人权宣言》，一些人并不是生来自由平等，而是另一些人远在安的列斯群岛的种植园里的财产。毕竟，几内亚的黑人买卖是南特、波尔多和马赛的革命派商人们的主要贸易；法国的制糖厂依靠安的列斯的糖生存。

在杜桑·卢维杜尔领导的黑人起义的追逼下，巴黎政府最终宣布取消奴隶制。

（71）

1794 年：海地山区

杜 桑

两年前他登上舞台。在巴黎，人们称他为"黑人斯巴达"。

杜桑·卢维杜尔身材矮小，嘴唇几乎占据了整张脸。他是一座种植园里的车夫。一位老黑人教他识字和写字，教他给马治病，教他与人说话，但他自己学会了不仅仅通过眼睛去观察，他能在每一只熟睡的鸟身上看到飞翔。

（71）

1795 年：圣多明各

燃烧的岛

西班牙国王震慑于海地奴隶们的解放运动，把圣多明各的土地出让给法国。羽毛笔画去把岛屿一分为二的界线，这条把西班牙最贫穷的殖民地与法国最富裕的殖民地隔开的界线消失了。权倾朝野的堂曼努埃尔·戈多伊在马德里说，海地的骚乱把整座岛屿变成了 "白人的诅咒之地"。

这里是西班牙在美洲的第一个殖民地。帝国在这里设立了第一个检审庭、第一座大教堂、第一所大学；前往古巴和波多黎各进行征服的远征军是从这里出发的。这样的诞生宣告了荣耀一生的命运，但两个世纪前圣多明各已被摧毁。都督安东尼奥·德·奥索里奥把这个殖民地化成了烟雾。

奥索里奥夜以继日地烧烤这片罪恶的土地，慢慢地焚烧房屋、堡垒和船只，焚烧磨坊、猪圈和畜栏，焚烧农田，把一切土地都撒上盐，亲手绞死那些胆敢反抗的人。在火焰的噼啪声响中，回荡着最后审判的小号声。持续焚烧一年半之后，纵火者在被他摧毁的岛屿上自立为王，并从西班牙国王那里获得两千金币，用以补偿他为焚火做出的努力。

奥索里奥都督拥有佛兰德斯战争中的作战经验，已经净化了这片土地。他从焚烧北部的城市开始——因为英国和荷兰的海盗从那边的海岸进入，带来 "路德教派" 的《圣经》，传播了圣周五吃肉的异教徒习惯。他从北部开始，之后就停不下脚步。

（216）

1795 年：基多
埃斯佩霍

他穿过历史，边剪切边创造。

他写过反对殖民体制和其教育方法的最尖锐的文字，称之为"奴隶教育"，他打碎了基多浮夸华丽的修辞风格。他把他的抨击檄文钉在教堂的门上和主要的街角处，为的是之后大家能口口相传，因为"匿名书写能够更好地揭去伪善学者们的面具，让他们穿上真实的、自然的无知外衣出现"。

他主张建立一个由出生在这片土地上的人统治的美洲政府。他提议自由的呼声在所有副王总督区和检审庭地区同时回响，他提议所有的殖民地联合起来，在民主和共和制政府的领导下，建设为国家。

他是印第安人的儿子。他出生时的名字是"楚斯哥"，意为"猫头鹰"。为了获得医生的头衔，他决定自称为弗朗西斯科·哈维埃尔·欧赫尼奥·德·圣克鲁斯·伊埃斯佩霍，一个听起来世系古老的名字，因此他能够实践和传播他对治疗天花和其他瘟疫的发现。

他从头至尾一手创办、领导和撰写了基多的第一份报纸《文化的最初成果》。他是公立图书馆的馆长。他们从未给他支付过工资。

被指控反叛国王和上帝，埃斯佩霍被关押在肮脏的囚室里。他死在那里，死在监狱里，他用最后一口气请求债主们的原谅。

基多城没有在重要人物谱中记载这位西语美洲独立先驱的归宿，而他是最光彩照人的基多子民。

(17, 249)

埃斯佩霍如此嘲笑这一时期的演讲术

"当我听到这些熠熠闪光的难以理解的修辞概念时，我发出倏忽易变的气息，我失去生命的脉搏跳动。多么甜蜜的心满意足啊！却并不是聆听声音悦耳的天鹅唱出华丽的辞藻，用嘹亮的喉音发出颤鸣，用甜美的音节鸣唱悲歌。多么心满意足的甜蜜间歇啊！但在不祥描述的优美回音中，灵魂并不能感受到。"

（17）

1795 年：蒙特哥贝 [1]

战争工具

古巴狗的威望名副其实。依靠它们，法国人在海地的山区抓获了许多逃亡的黑奴，寥寥几只古巴狗就足够打败米斯基托印第安人，而后者曾经在尼加拉瓜海岸消灭了三个西班牙军团。

牙买加的英国地产主们派遣威廉·道斯·夸勒尔上校去古巴寻狗。议会说，岛和岛上居民生命的安全要求他这么做。狗是战争工具。难道亚洲人在战斗中不利用大象吗？英国种植园主们这么解释：欧洲最文明、最优雅的民族骑在马上追捕步行的敌军。既然黑人比狗还野蛮，为什么不能带着狗去搜寻逃居荒野的黑奴们的巢穴呢？

夸勒尔上校在古巴找到了他要找的，感谢堂娜玛利亚·伊格纳西亚·德·孔特雷拉斯·伊胡斯蒂斯、圣菲利普·伊圣地亚哥侯爵夫人、卡斯蒂略伯爵夫人和贝胡卡尔的女主人的帮助。人和狗都被装在"墨丘利"纵帆船上。

蒙特哥湾的傍晚，雾气笼罩。猛兽抵达牙买加。瞬间街上空无一人，门闩紧扣。四十名逃跑的古巴人手擎火把，组成一队。每个人牵着三匹巨型犬，用链条系在腰间。

（86，240）

---

[1] Montego Bay，牙买加西北岸城市。

1795 年：哈瓦那

加里肋亚的反叛者[1]想过他将成为奴隶们的监工吗？

在古巴的甘蔗种植园里，奴隶们不会得不到保护。主人为了工作买他们，并缩短他们在眼泪谷的停留期，而神父们则把他们拯救出地狱。教会收取甘蔗生产收入的百分之五，因为她教育奴隶们相信：是上帝让他们成为奴隶；他们身体虽被奴役，但灵魂是自由的；而纯洁的灵魂就像白糖一般在炼狱中经过刮洗而纯净；耶稣是最大的监工，他监视、记录功劳、惩罚并犒赏。

有时候，耶稣不仅仅是监工，而且化身为主人。圣周四的夜晚，卡萨·巴约纳伯爵为十二位黑人洗脚，让他们坐在他的餐桌上，与他们共进晚餐。奴隶们点燃了甘蔗园来向他表示感谢，于是在甘蔗地前面，有一排长矛，上面插着十二颗头颅。

（222）

1796 年：欧鲁普雷图

亚历昂德里诺

亚历昂德里诺，外号"小跛子"，是全才的创造家，用残缺的肢体进行雕刻。巴西矿区极度美好事物的雕刻家长得极其丑陋。为了不伺候这般丑陋的主人，他买的一名奴隶企图自杀。疾病——麻风或梅毒或神秘的诅咒——正逐渐地噬咬、吞没他。疾病每从他身上咬去一块肉，他就向世界交出新的木制或石制奇迹。

在孔戈尼亚斯杜坎普，人们正在等待他。他能够抵达那里吗？他还会有力气来雕刻十二位先知，并把他们立在蔚蓝的天空下吗？上帝爱与怒的预告先知们将会跳起受伤动物的受难舞吗？

没有人相信他还会有命来做这么多事。奴隶们一直把他藏在风帽

---

[1] 加里肋亚也译作加利利，位于巴勒斯坦北部地区，是耶稣的诞生地。因此加里肋亚的反叛者指的是耶稣。

下面，把凿子绑在他的残肢上，背着他穿过欧鲁普雷图的大街小巷。只有他们能看见他的脸和身体上被遮蔽的部分。安东尼奥·弗朗西斯科·里斯本——亚历昂德里诺逐渐裂成碎片；没有一个孩子梦想着用口水把他黏起来。

(29，118)

1796 年：马里亚纳[1]

阿塔伊德

曼努埃尔·达科斯塔·阿塔伊德给亚历昂德里诺在木头上雕刻的人物形象刷金涂彩。他是一位独具特色的出名画家。在教堂里，阿塔伊德创造着这片土地上的天空：他用鲜花和植物做成的染料，把圣母画成本地出生的妇女玛利亚·杜卡莫的面容，画成皮肤黝黑的、从她身上蹦出太阳和星辰的圣母玛利亚；他给乐手和歌手小天使们画上厚厚的眼睑和嘴唇、卷曲的头发、惊诧或狡猾的双眼：穆拉托人模样的天使是他自己的孩子们，而圣母，是孩子们的母亲。

在马里亚纳的圣弗朗西斯科教堂，把狼变成羊的亚西西镇的圣徒[2]具有非洲人的特征。与他住在一起的白种圣女们，则拥有真实的头发和疯女人的面庞。

(123)

1796 年：巴伊亚州的圣萨尔瓦多

夜 与 雪

穆拉托情人献上情色盛宴，而白种妻子则带来社会威望。为了娶

---

[1] Mariana，巴西城市。

[2] 圣弗朗西斯科教堂也可译成圣方济各教堂，圣方济各会创始人出生在意大利的阿西西镇（天主教中译作亚西西），此处圣徒指的是圣方济各。

到白种妻子，穆拉托人需要漂白。如果他拥有很多钱，可以购买一些文件，于是就可消除奴隶祖母的痕迹，可以佩剑、戴帽子、穿短筒皮靴、撑丝绸遮阳伞。他还可以画一张肖像画，孙辈们将可以毫无羞愧地挂在大厅里炫耀。巴西来了许多艺术家，能够给任何一个热带的模特画上欧洲人的面庞。一个个镶金相框呈椭圆形围绕着一家之主的脸庞，家长有着玫瑰色皮肤、柔软的头发、严厉而警觉的眼神。

(65, 119)

1796 年：加拉加斯

购买白色皮肤

西班牙王室已不认为印第安人种是邪恶的；然而，黑人血液会让几代人的"血统变黑"。富裕的穆拉托人支付五百个银元就可购买漂白证明。

"为了抹去折磨他到极限的污点"，国王宣布加拉加斯的穆拉托人迭戈·梅希亚斯·贝哈拉诺为"白人，这样他悲惨而低下的身份将不再是他使用、接触、交换其他事物和穿着的障碍"。

在加拉加斯，只有白人可以在大教堂听弥撒，可以跪在任何一座教堂的地毯上。发号施令的人叫"曼图阿"，因为佩戴"曼缇亚"[1]是属于白人贵妇的特权。任何一个穆拉托人都不可以做神父和医生。

梅希亚斯·贝哈拉诺已经支付了五百银币，但是地方政府拒绝执行。西蒙·玻利瓦尔的一个叔叔以及市政厅的其他"曼图阿"们宣布王室的证件"对于美洲的居民和本地人来说是可怕的"。市政厅向国王发问："这个省份的白人居民和土生白人怎么可能允许他们身边有一个穆拉托人，而这人是他们自己的奴隶的后代，或者他们父亲的奴

---

[1] "曼缇亚"西语是 mantilla，是贵妇才能佩戴的披巾，"曼图阿"西语是 mantuano，根据 mantilla 发展而来。

隶的后代？"

（174，225）

1796 年：圣马特奥
西蒙·罗德里格斯

老鼠一样的耳朵，波旁家族的鼻子，邮筒般的大嘴。盖住早期秃顶的帽子上挂着红色流苏。夹在眉毛上面的眼镜极少能帮到那双蓝色的、渴望的、快速转动的眼睛。西蒙·卡雷尼奥选了罗德里格斯这个名字，走在大街小巷宣传奇怪的言论。

这位卢梭的阅读者坚持认为学校应该向民众开放，向混血人种开放；女孩和男孩应该一起上学；对于一个国家来说，培养泥瓦匠、铁匠和木匠比培养骑士和神父更重要。

西蒙是老师，西蒙是学生。西蒙·罗德里格斯二十五岁，西蒙·玻利瓦尔十三岁。玻利瓦尔是委内瑞拉最富裕的孤儿，许多宅邸和种植园的继承者，上千名黑人奴隶的主人。

在远离加拉加斯的地方，家庭教师教授年轻人宇宙的秘密，跟他讲自由、平等和博爱；向他揭示为他工作的奴隶们的艰苦生活，告诉他"勿忘我"也叫 *Myosotis palustris*；向他展示小马驹如何从母马肚子里钻出来，可可豆和咖啡如何完成它们的循环。玻利瓦尔学会了游泳、徒步和骑马；学习播种、做椅子，给阿拉瓜天空中的星辰取名字。师生俩穿越委内瑞拉，随处露营，一起认识这片养育了他们的土地。在灯塔的光线下，他们阅读和讨论《鲁滨逊漂流记》和普鲁塔克的《名人传》。

（64，116，298）

1797 年：拉瓜伊拉[1]

圆规和三角尺

由于老师逃走了，玻利瓦尔的教育中断了。西蒙·罗德里格斯被怀疑有谋反国王罪，更名为西蒙·鲁滨逊。他从拉瓜伊拉港口出发，前往牙买加，踏上流亡之旅。

参与谋反的人希望建立一个独立的共和制美洲，没有印第安人的赋税也没有黑人奴隶，不受国王和教皇的统治，在这里所有种族的人都将是理智和耶稣眼中的兄弟姐妹。

弗朗西斯科·德·米兰达在伦敦建立的共济会下的克里奥人团体领导了这次运动。还有三个被流放到加拉加斯的西班牙人团体也被揭发，据说在谋反中有法国革命者和断头台上的法国智者。镇压者们找到的更多是禁书，而非危险的武器。

在加拉加斯的大广场上，他们把埃斯巴尼亚四马分尸。他们把谋反的首领何塞·玛利亚·德埃斯巴尼亚四马分尸。

（191，298）

1799 年：伦敦

米兰达

弗朗西斯科·德·米兰达[2]离开委内瑞拉已经快三十年了。在西班牙他是打胜仗的士兵，在加的斯他成立共济会，投身于美洲的独立事业，在欧洲四处奔走，寻找武器和资金。他携带着一根笛子、一个虚假的公爵名号和许多封推荐信作为所有的行李，乘坐魔毯飞往一个又一个的宫廷。他与国王进膳，与王后同眠。在法国，大革命让他成

---

[1] La Guaira，委内瑞拉重要海港，北滨加勒比海，南距加拉加斯仅 11 公里。

[2] Francisco de Miranda（1750—1816），拉丁美洲独立运动的先驱，参加了美国独立战争、法国大革命和委内瑞拉的独立战争，是委内瑞拉第一共和国的领袖。

为将军。巴黎人民拥戴他为英雄，但罗伯斯庇尔判定他为叛徒；为了逃命，米兰达回到伦敦。他用假护照、戴着假发和太阳镜，通过了拉芒什海峡。

英国首相威廉·皮特在办公室接见了他，并召来阿伯克龙比将军，三人一起会谈，他们趴在地上摊开的巨幅地图上：

米兰达：（用英语说）显而易见，所有这些作为都是为了实现那些省份的独立和自由，如若不是因为这个……（他望着屋顶，用卡斯蒂利亚语总结）……将是卑劣行径。

阿伯克龙比：（点头赞同）独立和自由。

米兰达：我需要四千人和六艘战舰。（他用手指指着地图）我们可以从攻打加拉加斯开始……

皮特：你们别生气，但我跟你们直说。以前，相比法国那套讨厌的体制，我更喜欢西班牙的暴虐的政府。

米兰达：（闭上眼睛，用卡斯蒂利亚语小声嘀咕）我敌人的敌人是我的朋友，我敌人的敌人是我的朋友，我敌人……

皮特：我不想把美洲人推向类似的革命灾难之中。

米兰达：阁下，我理解和分担您的忧虑。正是因为这个目的，我才申请联盟，为的是共同反抗法国自由的可怕准则。（转身朝向地图）加拉加斯很容易攻陷……

阿伯克龙比：假如有色人种拿起武器怎么办？假如他们像海地人一样起义反抗统治怎么办？

米兰达：在我的家乡，自由的旗帜掌握在出身高贵的市民手里，他们受到了柏拉图式的共和国所希望的那样良好的礼仪教养。（他手滑向圣达菲省。三位把目光集中在卡塔赫纳港口。）

阿伯克龙比：看来很难。

米兰达：看起来坚不可摧。但我知道这个要塞的一个薄弱点，在这堵墙的左侧……

（150，191）

米兰达梦见俄国的凯瑟琳

　　有时候，夜阑更深时，米兰达回到圣彼得堡，让居住在冬宫深宅大院里的凯瑟琳大帝复活。女皇礼服长无边际的裙摆——由上千名侍从提着——是一座刺绣丝绸地道，米兰达从中穿过直到陷入花边的海洋。米兰达寻找燃烧着的热望的身体，黄金掀扣和珍珠花冠炸开蹦落，他在沙沙作响的衣裙间前进，但在簇球装饰的宽大裙子的上面，裙撑的铁丝把他划伤了。他成功穿过这副盔甲，到达第一层衬裙，并猛地把它撕下来。在下面，他摸到另一层衬裙，之后，一层又一层，许多层珍珠般光滑的衬裙。他的手剥下一层层的洋葱皮，每剥一次力气就小一些，当他艰难地撕开最后一件衬裙时，出现了紧身胸衣，这是由许多肚带、钩针、绳结和纽扣捍卫的坚不可摧的堡垒。与此同时，尊贵的女士正在呻吟和恳求，她的肉体永不疲倦。

1799 年：库马纳 [1]

骑在骡背上的两位智者

　　刚刚在库马纳登陆的两位欧洲人的双眼装不下眼前的新世界。阳光照耀下的港口在河面上闪闪发光，白色木房子或竹屋依傍着石头堡垒。远处，绿色的海洋、绿色的大地让港湾熠熠生辉。一切都是崭新的，都是从未有过的，从未见过的：火烈鸟的羽毛，鹈鹕的嘴，二十米高的椰子树，巨大的鸡冠花，被藤本植物缠绕、枝繁叶茂的树干，鳄鱼们绵长的午觉，蓝蟹、黄蟹、红蟹……有一些印第安人赤身裸体地在灼热的沙子上睡觉，一些穆拉托女人穿着绣花的麦斯林薄纱，赤脚亲抚踩踏的路面。这里没有失乐园中央的提供禁果的树。

---

[1]　Cumaná，委内瑞拉港口。

亚历山大·冯·洪堡[1]和埃梅·邦普朗租了一个朝着主广场的房子，屋顶露台恰好适合安置望远镜。他们在露台上，往上看到一次日食、一次流星雨、愤怒地喷了整整一夜火的天空；往下看，他们看见买奴人如何打开那些刚刚到达库马纳市场的黑人们的嘴巴。在这座房子里，他们经历了生平遇到的第一场地震，他们从这里出发去探索这片大地：把稀有的蕨类植物和鸟进行分类，寻找弗朗西斯科·洛亚诺，这个人给他的儿子喂了五个月的奶。当他的妻子生病时，他长出乳房，流出甜美的乳汁。

之后，洪堡和邦普朗向南方的高地进发。他们背着工具：六分仪、指南针、温度计、液体比重计、磁强针。他们还携带了用来干燥鲜花的纸，给蟹鸟虫鱼解剖的细长刀，以及墨水和羽毛笔用于绘制令他们惊奇的事物。戴着黑色大礼帽的蓝眼睛的德国人和带着不够放大的放大镜的法国人骑着骡子前进，骡子被身上的装备压得喘不过气来。

美洲的雨林和山脉，茫然地向这两位疯子打开了道路。

(30, 46)

1799 年：蒙得维的亚

穷人之父

弗朗西斯科·安东尼奥·马西埃尔修建了拉普拉塔河河岸这边的第一座大屠宰场。肥皂和脂油蜡烛厂也是他的。夜幕降临时，街灯管理员手里拿着火炬，背上扛着梯子，走在蒙得维的亚的大街小巷，点燃马西埃尔的蜡烛。

当他不在他的田野里四处走动时，马西埃尔就在屠宰场里检查

---

[1] Alexander von Humboldt（1769–1859），德国著名博物学家、自然地理学家。1799–1804年他与法国植物学家埃梅·邦普朗在南美考察五年，并用 27 年写作出版了 30 卷本的《1799～1804 新大陆亚热带区域旅行记》。

那些将会被卖到古巴或者巴西的肉干片，或者去码头上瞟一眼装船的皮货。他经常把他的双桅帆船送到离海湾很远的地方，他的船上都悬挂着圣徒的名字。蒙得维的亚人都称他为"穷人之父"，因为他从不缺少时间去帮助那些被上帝之手放弃的病人，看起来像奇迹。任何时候任何地点，仁慈的马西埃尔都伸出盘子，为他创建的仁爱医院乞求施舍。他也不会忘记去看望在米盖莱特小溪口的棚屋中被隔离的黑人们。对他的船从里约热内卢或哈瓦那运来的每一位奴隶，他都亲自定出最低价。口齿齐全的两百银质比索，懂泥瓦匠或木匠技艺的四百银质比索。

马西埃尔是蒙得维的亚最重要的商人，特别是在牛肉换人肉这种交易上。

(195, 251)

1799 年：瓜纳华托

统治阶级的生活、激情与交易

在这个即将逝去的世纪里，瓜纳华托和萨卡特卡斯矿场的主人们已经购买了十六个高级贵族的称号。十位矿场主已经荣升为伯爵，六位晋升为侯爵。正当他们初次炫耀出身名门望族、试戴假发时，一份新的劳动法规把他们的工人变成负债奴隶。在 18 世纪，瓜纳华托的金银产量已经涨了八倍。

同时，金钱的魔棒也点到墨西哥城的七位商人，把这七位来自西班牙北部山区的农民变成侯爵和伯爵。

几位渴望拥有贵族权威的矿场主和商人除了购买称号，还购买了土地。在整个墨西哥，无以数计的庄园逐步吞噬印第安公社的传统空间。

相反，另一些人则愿意把钱投资高利贷。例如，放债人何塞·安东尼奥·德尔马索冒的风险很低，但挣得很多。弗朗西斯科·阿隆索·特兰写道："朋友马索是瓜纳华托生意做得最多的一个。如果上帝保佑他长命百岁，他将把整座城市纳入他的肚囊。"

（49，223）

1799 年：恰帕斯王城
挑　夫

恰帕斯的都督阿古斯丁·德拉斯克恩塔斯·萨亚斯计划向危地马拉方向，修一条从图里加河到科米坦的新路。一千二百名挑夫将负责搬运所需的物资。

挑夫是两条腿的骡子，是能够背负重达七阿罗瓦[1]包袱的印第安人。前额上系着绳索，背上背负着巨大的包袱或扛着坐在扶手椅上的人，如此他们翻过崇山峻岭，沿着悬崖峭壁行走在生死边缘。

（146，321）

1799 年：马德里
费尔南多·图帕克·阿马鲁

街上，有人拨弄吉他琴发出呜咽之声。

屋里，费尔南多·图帕克·阿马鲁[2]因发烧而战抖，临死都做梦要拿出嘴里的雪。

秘鲁伟大酋长的儿子尚不满三十岁。他一贫如洗，在马德里结束了他短暂的流放和囚禁生涯。

二十年前，一场暴雨横扫库斯科的大广场，从那之后，暴雨就从没在世间停歇。

---

[1] Arroba，是西班牙等国的重量单位，1 阿罗瓦约等于 11.502 公斤。

[2] 费尔南多是图帕克·阿玛鲁二世的小儿子，前文《圣雨》一篇描写他尚不足 10 岁时，被迫目睹其父母兄长被残忍杀害的场景，后他被带到西班牙囚禁。

医生说费尔南多死于忧郁。

(344)

1800 年：阿普雷河

朝向奥里诺科河

美洲在燃烧，在旋转，被它众多的太阳灼烧而眩晕，巨大的树木相拥立于河面之上，浓荫下智者们的独木舟闪闪发光。

独木舟前进，飞鸟和饥肠辘辘的蚊虫大军紧随其后。这些"长矛兵"钻过衣服和皮革，直达骨头。面对它们连续的进攻，洪堡和邦普朗只能以一记记响亮的耳光来防御。与此同时，来自德国的洪堡研究海牛的身体结构、长手的胖鱼，或者研究鳗鱼身上的电、水虎鱼的牙齿；而来自法国的邦普朗搜集植物并分类，或者测量鳄鱼的长度并计算其年龄。他们俩一起绘制地图，记录水温和气压，分析沙子中的云母片、蜗牛壳和空中徘徊的猎户座腰带星。他们希望美洲能够告诉他们它所知道的一切，在这些王国里，没有一片叶子或一个小石子是沉默不语的。

他们刚刚在一个小海湾搭起帐篷露营，把烦人的仪器搬上岸。他们燃起篝火以驱赶蚊虫、做饭。这时，猎狗叫起来像是通知美洲豹来了，它跑着躲到邦普朗的腿后。洪堡肩上的巨嘴鸟紧张地啄着他的高顶大礼帽。灌木丛里窸窣作响，从树林里钻出一个古铜肤色、长着印第安人面孔、非洲人头发的赤身裸体的人。

"欢迎来到我的地盘，先生们。"他行了一个屈膝礼，"堂伊格纳西奥为诸位效劳。"

对着临时搭建的炉灶，堂伊格纳西奥做了一个鬼脸。智者们正在烤一只水豚。

"那是印第安人吃的东西。"他轻蔑地说，并邀请他们去他家享受他刚刚射杀的美味鹿肉。

堂伊格纳西奥的家是三张架在树林里的摊开的网，离河不远。在那里，他介绍了他的妻子，堂娜伊莎贝拉，和他的女儿堂娜曼努埃拉，她们俩不像他这般赤身裸体。他还为旅人们献上了烟草。在等待鹿肉被烤成金黄色时，他向他们提了无数个问题。堂伊格纳西奥热切渴望知道马德里王室的新闻，渴望知道那些永不结束、让欧洲不堪其扰的战争的最新消息。

（338）

1800 年：奥里诺科地区的埃斯梅拉达村
毒药大师

他们顺河而下。

在一座岩石山脚下，在埃斯梅拉达这个遥远的基督教传教团住地，他们遇到了毒药大师。他的实验室是村里最干净、整洁的草舍。这位年长的印第安人，站在烟雾弥漫的泥锅土罐之间，他把淡黄色的汁液倒进香蕉叶和棕榈做的锥形漏斗里：令人毛骨悚然的箭毒就一滴滴地滴落，冒着气泡。浸过这种箭毒的箭镞将会比毒蛇的长牙咬得更深、杀得更多。

"远超所有的武器。"老人一边把青藤和树皮碾碎成糊，一边说，"远超你们使用的所有武器。"

洪堡想：他与我们的药剂师有着同样的卖弄学识的口吻，同样的装腔作势。

"你们发明了黑火药。"老人继续说道，并用细致的手极其缓慢地往糊里加水。

"我知道黑火药。"须臾，他说道，"那种火药毫无价值。声音太大了，不可靠。火药不能杀人于无声，尽管它没击中也能杀死人。"

他把锅子和瓦罐下的火烧旺起来。在烟雾中，他问道："你们会做肥皂吗？"

"他会做。"邦普朗说。

老人敬佩地看着洪堡，宣称："除了箭毒，肥皂是最重要的。"

（338）

箭毒库拉热

"关"是图卡诺[1]印第安人的神，他小时候得以去过毒药王国。在那里，他抓住了箭毒库拉热的女儿，并与她交媾。她在两腿之间藏着蜘蛛、蝎子和毒蛇。每次进入那个身体，关就死一次，每当他复活时，就会看到这个世界所没有的色彩。

她带关去了她父亲的家里。年长的库拉热经常吃人，见了关他舔了舔嘴唇。但是关变身为跳蚤，钻进老人的嘴里，找到肝脏并噬咬起来。库拉热遮住嘴巴、鼻子、耳朵、眼睛、肚脐、屁股和阴茎，让跳蚤无处逃脱，关在他体内把他刺得痒痒的，然后在喷嚏中逃走了。

他飞奔着回到自己的地盘，在他的鸟喙上带着箭毒库拉热一小块的肝脏。

于是图卡诺印第安人拿到了毒药，据说许多年代的记忆守护者们是这么讲述的。

（164）

1800 年：乌鲁阿纳[2]

土地与永恒

面对着乌鲁阿纳岛，洪堡认识了吃土的印第安人。

每年，"河流之父"奥里诺科河都会上涨，在两或三个月的时间

---

[1] Tukano，印第安部落，居住在哥伦比亚与巴西边境的雨林地带。

[2] Uruana，巴西地名。

里，会淹没两岸。在涨水期，奥托马可人[1]吞吃柔软的黏土，就着火稍微烤一下，他们就靠吃这个生存。洪堡证实，就只有土，没有混着玉米粉，没有加乌龟油，也没有加鳄鱼身上的油脂。

这些"行走的印第安人"就是这么游历人生，走向死亡。他们是走向泥土的泥土，站立的泥土，吞吃着将会把他们吞吃的土地。

(338)

1801 年：瓜达维达湖[2]

女神在水底

在许多美洲地图上，黄金国仍然占着圭亚那很大一片地方。每当追逐者们靠近，黄金湖就会逃离，诅咒他们，杀死他们；但是在地图上，它只是连着奥里诺科河上游的安静的蓝色小块。

洪堡和邦普朗解开了骗人湖之谜。在被印第安人称作黄金山的云母闪光中，他们找到了产生幻觉的部分原因；在一片湖水里他们找到了另一半原因：雨季时期，湖水淹没靠近奥里诺科河源头的广袤平原，之后，当雨季过去，湖水就退去。

美洲谵妄中最具诱惑力的奇幻的湖在圭亚那。而离它很远的波哥大高原上，有着真正的黄金湖。在乘坐独木舟和骡子走了许多里路之后，洪堡和邦普朗找到了它；神圣的瓜达维达湖。水面之镜忠实地照映着周围的树林，哪怕是最细小的叶子：在水底，蕴藏着穆西卡印第安人的珍宝。

许多王子赤身裸体，全身涂满金粉，抵达这座神庙，走向湖中间，丢下金银匠们最为精美的珠宝作品。之后他们沉入水中畅游。如果他们再次出现时浑身干净，皮肤上没有一点金粉屑，那就表明芙拉

---

[1] Otomacos，现已消亡的印第安部落，原居住在现委内瑞拉的阿普雷地区，奥里诺科河两岸，20 世纪初消亡。

[2] Laguna de Guatavita，位于哥伦比亚，是传说中的黄金湖。

特娜女神接受了他们的贡品。在那个时候，蛇神芙拉特娜自地下深处
统治着世界。

（326，338）

1801 年：波哥大

穆 蒂 斯

年长的教士一边说话一边削橙子，长长的金色螺旋形的橙子皮滑
落到他双脚间的垃圾桶里。

为了见他，为了听他说话，洪堡和邦普朗改变了他们南下的路
线，溯流而上经过四十天才到这里。何塞·塞莱斯蒂诺·穆蒂斯[1]是
美洲植物学的鼻祖，听演讲时昏昏欲睡，却比任何人都享受与同行们
的谈话。

在宇宙壮美和奥秘面前总是惊讶不已的三位智者交换了植物、想
法、疑问和发现。穆蒂斯兴致勃勃地听他们讲瓜达维达湖、锡帕基拉
盐场和特肯达马瀑布。他称赞洪堡刚刚绘制的玛格达莱纳河的地图，
并谨慎地提出一些修改意见，以一位走过许多路、见过很多世面、并
且非常深切、非常真实地知道他将在世间继续行走的人的平和心态。

他展示了一切，讲述了一切。穆蒂斯一边拿橙子、吃橙子，一边
讲述里内奥给他写的信，讲到那些信对他有多大的指导作用，讲到他
与宗教裁判所有哪些问题。他回忆并分享了他的各种发现：奎宁皮的
治愈能力，月球对气压的影响，花朵的清醒和睡眠周期，花朵像我们一
样睡觉，像我们一样死亡，像我们一样一点点地清醒过来，展开花瓣。

（148）

---

[1] José Celestino Mutis（1732–1808），西班牙神父，植物学家、地理学家、医生，曾先后
　　两次向西班牙王室进谏，请求对美洲大陆新格拉纳达副王总督区进行植物考察，但均未
　　得到王室答复。之后他成为神父前往美洲进行考察。他是美洲自然科学的重要创始人
　　之一。

1802 年：安的列斯群岛海域

拿破仑恢复奴隶制

野鸭军团护送法国军队。鱼群逃走了。在珊瑚林立的绿松石色的大海上，舰队追寻海地绿色的山峦。很快从地平线上会钻出胜利的奴隶们的土地。勒克莱尔将军站在舰队的船头。他的身影如同船头雕饰，首当其冲，劈波斩浪。在他身后，其他的岛屿、岩石要塞、闪闪的绿光、新世界的岗哨都逐渐消失。三个世纪前，这个新世界被一些不寻找它的人找到。

"让殖民地最为繁荣的制度是什么？"

"前一个制度。"

"那么，恢复它吧。"拿破仑决定。

杜桑·卢维杜尔曾做出决定：任何一个人，不管是红皮肤、黑皮肤还是白皮肤，都不能成为他人的财产。现在法国舰队给安的列斯群岛带来了奴隶制。五十多艘船，两万多名士兵，自法国远道而来，用炮轰把过往归还。

在指挥舰的船舱里，一位女奴在给保琳·波拿巴[1]打扇，另一个女奴在给她轻轻地挠头。

（71）

1802 年：皮特尔角[2]

愤怒的人们

与法国所有的殖民地一样，瓜德鲁普岛的自由黑人们重又成为奴隶。作为被查封的动产，黑人公民们重又被纳入主人的清单和遗嘱

---

[1] Pauline Bonaparte，拿破仑·波拿巴的妹妹，1797 年与拿破仑的参谋查尔斯·勒克莱尔将军结婚，并随他前往圣多明各（即海地）。

[2] 法属瓜德鲁普岛的港口。位于加勒比海东部背风群岛，现是法国海外省。

里；他们重新成为种植园里的工具、船上的帆索和军队的武器。殖民政府召集以前弃岛而去的白人，并保证归还他们的财产。没有被主人召回的黑人则被售卖，收入上交财政。

打猎变成屠杀。瓜德鲁普的当权者们行赏，每个背叛者的头颅价值四十四法郎。康斯坦丁的山顶上被绞杀者们长久地被抛弃在那里，逐渐腐烂。在皮特尔角的胜利广场上，焚烧黑人的火刑场的火永不熄灭，火焰蹿得比房子还高。

三名白人抗议。因为尊严，因为愤怒，他们受到了惩罚。其中，米勒·德拉吉莱迪埃尔这位屡次被授勋的法国军队老军官，被判处当众赤身坐在利刃之上，死于铁笼之中。而另外两位，巴斯和巴博特，在被活活烧死之前，将被打断骨头。

（180）

1802 年：钦博拉索火山 [1]

在世界之巅

他们在云上、在白雪皑皑的深渊之间攀登，他们紧贴着钦博拉索山粗粝的山体，双手抓住赤裸的岩石。

他们把骡子留在半路。洪堡背上背着满满一包能够讲述安第斯山系起源的石头，该山系诞生自大地炽热肚囊的一次剧烈呕吐。在五千米高处，邦普朗抓到一只蝴蝶，在更高处他难以置信地逮到一只苍蝇。尽管天寒地冻、头晕目眩，尽管滑倒摔跤，眼睛和牙龈里冒出鲜血，尽管嘴唇开裂，他们还继续向上爬。浓雾包围着他们，他们继续摸索着向火山顶前进，直到一束光划破云雾，照亮赤裸的山峰，像一座高高的白塔展露在惊讶不已的旅行者面前。"这是真的吗？这是不是真的？"从来没有任何人如此接近天空，据说在世界的屋脊上，会

---

[1] Volcán Chimborazo，位于厄瓜多尔中部的一座死火山。钦博拉索峰是厄瓜多尔的最高峰，也是距离地心最远的地方。

出现飞向云彩的骏马，正午时分会有五颜六色的星星。这座矗立在北方天幕和南方苍穹之间的白雪覆盖的教堂可能纯粹是幻觉吗？受伤的眼睛难道不会欺骗他们吗？

洪堡感受到比任何一次谵妄都更加强烈的光亮：我们是由光做的，洪堡感觉，光造就了我们，光造就了大地和时间。他感到强烈的欲望，想要立刻把这一切告诉他的兄弟，远在魏玛家里的歌德。

（338）

1803 年：多凡堡 [1]

再次被焚烧的岛屿

自由黑人的领袖杜桑·卢维杜尔死在法国的一座城堡监狱里。当狱吏清晨打开挂锁，拉开锁栓时，发现了椅子上冰冷的杜桑。

但是海地的生命已经挪至其他身体，没有杜桑，黑人的军队仍然战胜了拿破仑·波拿巴。两万名法国士兵因拼杀或热病而倒下。勒克莱尔将军晕倒在地，口喷黑血，死亡的黑血。他曾经想征服的大地成为了他的裹尸布。

海地已经失去了一半的人口。在空旷灰土地上堆满了连兀鹫都不屑一顾的尸体，仍能听到枪击声，敲击灵柩的锤声和丧礼的鼓声。两个世纪前被毁灭天使焚毁的这座岛屿再次被人类的战火吞噬。

在浓烟弥漫的大地上，曾经的奴隶们宣布独立。法国将不会原谅这次的耻辱。

海边，迎风弯曲的棕榈树组成一排排的长矛。

（71）

---

[1]　Fort Dauphin，海地东北部的城市，现名为利贝泰堡（Fort-Liberté）。

1804 年：墨西哥城

西班牙最富裕的殖民地

神学老师仍然比他的外科同事或天文学同事挣得多五倍，但是洪堡在墨西哥城找到一个令人震惊的年轻科学家的摇篮。这是几位耶稣会教士留下的遗产，他们是实验物理、新化学和笛卡尔某些理论的拥护者，他们曾在这里教授并传播这些知识，尽管有宗教裁判所的压制；这也是副王总督雷维亚希赫多的功绩，这是一位紧跟时代潮流的人物，教条挑战者，自几年前他开始统治这片土地以来，就为这里缺乏机器、实验室和可供阅读的现代作品而忧心忡忡。

洪堡发现并称赞了矿山学校以及学校里博学的老师们，当时墨西哥出产的白银总量比世界其他地方的总和还要多，越来越多的白花花的银子从维拉克鲁斯港口流向欧洲；但是同时洪堡警告说土地荒废，耕作太少，殖民地的贸易垄断和人民的穷困阻碍了手工业的发展。他写道："墨西哥是不平等的国家。权利和财富的巨大不平等"映入眼帘。公爵和侯爵们给他们的马车绘制他们刚刚购得的家族徽章，而人民在所有工业敌视的贫寒之中艰难度日。印第安人生活极为窘迫。与整个美洲一样，在这里也是由"皮肤白或者不白决定人在社会中所处的阶级"。

（163，217）

1804 年：马德里

印度等地事务委员会的检察官进谏不要过度卖官鬻爵

为避免有色人士试图推广这些恩惠——在此恩惠庇护下，他们自认为他们与白人平起平坐，除了肤色上那点小小不同之外毫无差异，他们自认为有能力攫取所有的目的和职位，能够与任何一个合法、纯正的家庭联姻……在一个阶级分化有助于维护更好的秩序、安全和良好的政府管理的君主国家里，有必要杜绝这些后果……

有色人或者那些不光彩的混血的深色人构成了非常低劣的人种，因为他们品性恶劣、骄傲自大且自由散漫，从前至今一直不太喜欢我们的管理和我们的国家……

（174）

1804 年：卡塔马卡 [1]

安布罗西奥的罪行

安布罗西奥·米利凯被捆绑在卡塔马卡的大广场上，挨了二十五下鞭笞。

穆拉托人安布罗西奥隶属于尼艾瓦－卡斯蒂略军团长，有人向政府当局举报他犯下了学习识字拼写的罪行。他们把他打得遍体鳞伤，"目的是惩戒那些为西班牙人效劳的印第安和穆拉托小办事员们"。

安布罗西奥趴在庭院的石子地面上，呻吟着，神志不清，梦想着报仇：

"承蒙允许"，在梦中他请求许可，然后插入匕首。

（272）

1804 年：巴黎

拿 破 仑

当罗马教皇为拿破仑·波拿巴加冕时，管风琴低沉的乐声召唤着曾经统治法国的六十名国王，或许也召唤了天使。

拿破仑把恺撒大帝的桂冠戴到自己的头上。然后，身着内饰为白

---

[1] Catamarca，阿根廷地名。

底黑点花纹的绛红皇袍的拿破仑缓慢而庄严地走下去，把后冠戴在约瑟芬的头上，加冕她为法国历史上的第一位皇后。他们一起乘坐着黄金水晶车登上了这个国家的王位，一位是身材矮小的外来者，是从群峰峻立的科西嘉走出的伟大战士，另一位他的妻子约瑟芬是安的列斯群岛人，出生在马提尼克岛，据说她的拥抱炙热得能把人烤成炭。曾经憎恨法国人的炮兵中尉拿布略内[1]成为了拿破仑一世。

今天正式成立的王朝的创建者已经把这场加冕仪式演练了无数次。仪仗队的每一个人、每一个参与者都按照他的决定着装，按照他的意愿来站位，亦按照他的命令来行进。

——"啊，约瑟夫，假如我们的父亲能目睹我们……"

贪婪的亲戚们，法国新贵的王子和公主们都完成了任务。实际上，他的母亲莱蒂齐娅拒绝参加加冕仪式，她正在皇宫里低声抱怨，但是拿破仑将会让他的御用画家大卫在向后世讲述这场奢华加冕仪式的画卷中为莱蒂齐娅安排显贵位置。

巴黎圣母院教堂里来宾济济一堂。其中一位委内瑞拉年轻人引颈而望，不错过任何细节。二十岁的西蒙·玻利瓦尔有些茫然地见证了拿破仑帝国的诞生：我只不过是波拿巴剑柄上的一颗宝石。

这些日子里，在巴黎一座金色大厅里，玻利瓦尔认识了亚历山大·洪堡。这位博学的冒险家刚刚从美洲回来，对他说：

——"我认为贵国独立条件已成熟，只是我没发现可胜任之人……"

(20, 116)

---

[1] Napoleone，这是意大利语的音译。

1804 年：塞维利亚

塞尔万多神父

因为希望墨西哥独立，因为认为异教神奎查尔科亚特尔（羽蛇神）是使徒圣托马斯的化身，塞尔万多神父被惩戒在西班牙流放。

一次次入狱，一次次逃脱，这位墨西哥异教徒蹲过西班牙形形色色的不同监狱。但是他是锉刀艺术家、挖地道专家、跳高好手，他在旧大陆上四处游走。

塞尔万多神父走南闯北，愤世嫉俗，练就了飞鸟一般的敏捷羽翼和一副钢牙利齿：他诅咒一切所见所闻来对抗欧洲的诱惑。"我是墨西哥人"，他说，他每走一步就自言自语，他认为法国女人塌鼻子大嘴巴，长着一张青蛙脸；在法国，男人像女人，女人则像孩子；意大利语是用来撒谎的，意大利是一个充满欺骗的极其自大的国家，尽管那儿的佛罗伦萨因为与墨西哥的城市颇为相似而值得一览。针对西班牙，傲慢的神父念诵辱骂的玫瑰经：他说西班牙人像猴子一样模仿法国人，都城就像一座妓院，而埃斯科里亚尔[1]只不过是一堆石头，巴斯克人用额头钉钉子，阿拉贡人也一样，只不过是钉尖朝外；加泰罗尼亚人寸步不离灯笼，亲戚来访不带食物则拒不接待；马德里人是玫瑰经的卑微创作者，是监狱城堡的继承者，被判处忍受八个月寒冬和四个月地狱的气候。

现在，塞尔万多神父正在塞维利亚的监狱里捉胸前成把的虱子。臭虫大军在毯子上集结如潮，跳蚤在嘲笑巴掌，老鼠在戏弄棍棒。它们都想以塞尔万多神父为午餐，而他请求休战。他需要片刻的平静来完成下一次出逃的最后细节，他马上就要实现了。

（318，346）

---

[1] El Escorial，16 世纪西班牙国王菲利普二世下令修建的包括皇宫、修道院和教堂在内的建筑群，是当时重要的政治中心。

1806 年：特立尼达岛

幸与不幸

经过漫长的无用等待，弗朗西斯科·德·米兰达离开伦敦。停留期间，英国人为他提供了能够安逸生活的俸禄，做出了一些承诺，摆出了善意的微笑，但没有为他的独立远征提供一颗子弹。米兰达逃出英国的外交版图，去美国碰运气。

在纽约，他得到了一艘船。两百名志愿者与他同行。经过三十六年的流亡，他终于在委内瑞拉海岸的科罗湾登陆。

他向随行义务兵们承诺，将会有布满鲜花、演奏音乐、赏赐荣誉和珠宝的光荣的欢迎仪式来欢迎他们，但他眼前一片沉寂。无人理会他们的自由宣言。米兰达占领了几个城镇，四处插上旗帜，进行宣讲，最终在五万从加拉加斯赶来的士兵歼灭他们之前，离开了委内瑞拉。

在特立尼达岛他收到令人气愤的消息。英国人已经占领了布宜诺斯艾利斯港口，并计划攻占蒙得维的亚、瓦尔帕莱索和维拉克鲁斯。战争部长从伦敦做出以下明确指示：*最新目标仅仅是攻占西班牙国王领地，归入英女王陛下的统治。*

米兰达将会返回伦敦，回到他在格拉夫顿大街的房子里，他将会激昂地表达抗议。他们将会把他的年俸从三百英镑涨到七百英镑。

(150)

1808 年：里约热内卢

禁止烧犹大

遵照刚刚抵达巴西的葡萄牙王子的意愿，在这片殖民地上，圣周时焚烧犹大的传统被禁止了。为了替基督和自己复仇，一年一度的这个夜晚，人们把元帅、主教、富商、大地主、宪兵司令都扔进火堆里；赤身裸体的人高兴地看着那些被打扮得雍容华贵、体内塞满爆竹的布木偶痛苦地扭曲着，在火焰中嘭嘭炸开。

从即刻起，权贵们再也不能忍受圣周里的这些活动。刚从里斯本远道而来的王室需要安静和尊重。一艘英国船解救了葡萄牙王子和他的整个王室，以及他的金银珠宝，把他们带到这片遥远的土地。

这个行之有效的计谋让葡萄牙王国免遭拿破仑·波拿巴（他已攻占西班牙和葡萄牙）的攻击，也为英国在美洲提供了一个有效的活动中心。英国人在拉普拉塔河流域已经遭遇沉痛的打击。他们被驱逐出布宜诺斯艾利斯和蒙得维的亚，现在在盟友无条件的帮助下，他们由里约热内卢深入内陆。

(65，171)

1809 年：丘基萨卡

呼 声

美洲的独立呼声在丘基萨卡爆发。当西班牙反抗法国侵略者们的斗争到达鼎沸之时，美洲也斩木揭竿。克里奥人拒绝接受拿破仑的哥哥约瑟夫·波拿巴占据马德里的王位。

丘基萨卡是第一个发出呼声的地方。美洲的萨拉曼卡爆发起义，宣布西班牙将失去在西印度地区的领地。

丘基萨卡原名是拉普拉塔伊查尔卡斯，将会更名为苏克雷，它坐落在两座情侣山的山麓。从庭院、花园里飘出阵阵柑橘花的馨香，大街上人来人往，贵族多于平民。没有什么比长袍医生和削发修士更常见：医生们像他们的金柄手杖一样腰杆挺直；修士们手持圣水器，四处走动向房屋洒圣水，他们极具丘基萨卡的特色。

在这里，世界仿佛停滞不动，无险无忧。但令人震惊的是，呼唤自由的粗粝之声却是从这张早已习惯用假声说拉丁语的嘴里发出。

很快，拉巴斯、基多和布宜诺斯艾利斯就发出回响。北方，墨西哥
也……

(5)

1810 年：阿托托尼尔科[1]

瓜达卢佩圣母对抗雷梅迪奥斯圣母[2]

人群在尘土蒙雾中辟路前行，穿越阿托托尼尔科村镇。

——"美洲万岁，打倒恶政！"

米格尔·伊达尔戈神父扯下教堂里的瓜达卢佩圣母的画像，把它
系在长矛上。旗帜在人群的上方飘扬。

——"我们的瓜达卢佩圣母万岁！打倒西班牙佬！"

革命情绪爆发，宗教热情高涨；多洛雷斯教堂的钟声响个不停，
伊达尔戈神父呼唤人们起来战斗，墨西哥的瓜达卢佩圣母对西班牙的
洛斯雷梅迪奥斯圣母宣战。印第安圣母向白人圣母发起挑战；在特佩
雅克山上选中一位贫苦印第安人作为使徒的圣母向拯救了逃离特诺奇
蒂特兰城的埃尔南·科尔特斯的圣母发起挑战。遵从副王总督的命令，
我们的洛斯雷梅迪奥斯圣母将披上将军服，行刑队将会把瓜达卢佩圣
母旗帜打得千疮百孔。

在天使长加百列把瓜达卢佩圣母的像画在特佩雅克神殿里之前，
这位墨西哥人的母亲、女王、神祇被阿兹特克人称为托南津。年复一
年，人们举行宗教游行前往特佩雅克，跪着爬到她显灵的那块岩石
上，爬到钻出玫瑰花的那道裂缝处，啜饮那里的泉水，祈求爱、奇
迹、护佑和安慰。他们一路念念有词："圣母玛利亚，圣洁的母亲，

---

[1] Atotonilco，墨西哥著名村镇，镇上有被联合国教科文组织列为世界遗产的阿托托尼尔科
圣殿。

[2] Virgen de los Remedios，完整的名字是 los Remedios，但原文中有些地方把 los 省略，因此
翻译时根据原文翻译成雷梅迪奥斯或洛斯雷梅迪奥斯。

纯洁的母亲，你是上帝最着魔的圣母，你是上帝最喜欢的圣母。你为上帝筑起暖巢。圣母玛利亚，圣母玛利亚。"

现在瓜达卢佩圣母为墨西哥的独立而杀伐前行。

（178）

1810 年：瓜纳华托

皮 皮 拉 [1]

伊达尔戈的军队从崎岖不平的山间一路披荆斩棘，蜂拥而至，他们投石进攻，涌入瓜纳华托城。矿区人民加入起义大军。尽管遭遇国王步枪军的抗击，人群依然涌上大街，如浪潮般席卷士兵，猛烈攻击西班牙政权的棱堡——格拉纳迪塔斯谷仓：在这个拥有三十间大厅的拱顶之下，存着五千法内加 [2] 的玉米，无以数计的银条、金条和珠宝首饰。殖民地的权贵们惊慌失措，与他们的财富一起被关在那里。

这些衣着光鲜之人徒劳地哀求怜悯。砍头、抢劫、接连不断的醉酒狂欢，印第安人扒光死去权贵的衣服，想看看他们有没有尾巴。

皮皮拉——矿区的工人是这次进攻的英雄。据说，他背负着一块巨大的石板，像乌龟一样穿过枪林弹雨，用一盏燃烧的松明和许多沥青点燃了谷仓的大门。据说，皮皮拉叫胡安·何塞·马丁内斯，据说他还有其他名字，那些现在在或曾经在瓜纳华托矿坑里的所有印第安人的名字。

（197）

---

[1] El Pípila（1782-1863），原名是胡安·何塞·德洛斯雷耶斯·马丁内斯·阿马罗（Juan José de los Reyes Martínez Amaro），他是瓜纳华托的矿工，外号叫皮皮拉，后加入伊达尔戈的革命队伍。在格拉纳迪塔斯谷仓久攻不下之时，他听从伊达尔戈的命令，扛着大石板，拿着火把，穿过枪林弹雨，点燃了谷仓正门，并等待了约七分钟，直到正门倒下。

[2] fanegas，是西班牙传统的农业容器单位和农业土地测量单位，根据卡斯蒂利亚的标准，一法内加相当于 55.5 升，但是不同地区容量大小不同。

1810 年：瓜达拉哈拉

伊达尔戈

众所周知，在多洛雷斯镇上，伊达尔戈神父有一个在街上边走路边看书的坏习惯。他戴着宽檐帽，遮挡太阳，马匹或者宗教裁判所的人没有撞倒他纯粹是个奇迹，因为比阅读更危险的是他所读的东西。神父缓步穿过多洛雷斯大街小巷的尘雾，总是用一本法文书遮住脸，众多的关于社会契约、人权和公民自由的书中的一本。如果他不打招呼，不是因为他粗鲁，而是因为他渴求启蒙之光。

伊达尔戈神父带领着与他一起制作盆钵瓮罐的二十个印第安人起义。一个星期后，起义军达到五万人。于是宗教裁判所对他发起攻击。墨西哥的宗教裁判所判他为"异教徒，宗教背叛者，否认玛利亚圣洁的污蔑者，物质主义者，放荡形骸之徒，通奸罪的辩护者，具有煽动性，分裂教会，极端崇拜法国的自由"。

瓜达卢佩圣母带领起义军攻入瓜达拉哈拉。米格尔·伊达尔戈下令摘去墙壁上的费尔南多国王的肖像，颁布废除奴隶制，没收欧洲人的财产，取消印第安人的税赋，归还被抢占的耕地，以此作为对宗教裁判所的回应。

（127，203，321）

1810 年：皮耶德拉库埃斯塔 [1]

莫雷洛斯

他是乡村神父，与伊达尔戈一样。与伊达尔戈一样，他出生在米却肯山区塔拉斯科印第安人所在的土地上。在米却肯，两个半世纪前，巴斯克·德·基罗加主教就已经创立了他的公社乌托邦——救赎

---

[1]　Pie de la Cuesta，墨西哥南部格雷罗州的一个海边小镇，位于文中提及的米却肯州的南边。

之地，但之后被瘟疫摧毁，又因为成千上万的印第安人被赶往瓜纳华托矿山进行强制劳作而荒废。

——"通过暴力我进入南方的炽热土地。"

何塞·玛利亚·莫雷洛斯是一位牧羊人、赶马人，卡拉夸罗教区的神父。他参加革命。他带着二十五个长矛手和几杆火枪上路。在他系在头上的白头巾后面，队伍在不断壮大。

为了寻找藏匿在棕榈树后面的阿托亚克印第安人，莫雷洛斯穿过皮耶德拉库埃斯塔小镇。

——"谁住在这里？"

——"上帝。"印第安人说。

莫雷洛斯对他们说，从这时起，听到"谁住在这里"的呼声时，人们要回答"美洲"。

(332，348)

1811 年：布宜诺斯艾利斯

莫 雷 诺

马里亚诺·莫雷诺认为大量财富集中在少数人手里就像是不流经土地的一潭死水。在不推翻专制统治的情况下为了不更换专制者，必须征用殖民地贸易中积聚的寄生资本。为什么要以天价的利息在欧洲去寻找内部更为富余的金钱呢？必须要从国外进口机器和种子，而不是斯托达德钢琴和中国瓷瓶。莫雷诺认为，新独立国家里政府必须化身为大企业主。他认为，革命必须残酷、狡猾，对待敌人无情，警惕旁观者。

他迅速拥有权力，或者他认为他拥有了权力。

——"感谢上帝"，布宜诺斯艾利斯的商人们舒了口气。马里亚诺·莫雷诺——地狱恶魔，死在远洋。他的朋友弗兰克和贝鲁蒂流亡他乡。颁布了囚禁卡斯特利的公告。

科尔内略·萨阿韦德拉下令查收莫雷诺出版并散播的卢梭的《社会契约论》，并警告在拉普拉塔河流域没有罗伯斯庇尔生存的任何空间。

（2，267）

1811 年：布宜诺斯艾利斯

卡斯特利

他们是两个人：一个是笔杆子，一个是演说家。一个为罗伯斯庇尔书写，他就是马里亚诺·莫雷诺，而另一个负责说话。一位西班牙指挥官说："*所有人都是邪恶的，但是卡斯特利和莫雷诺是最最邪恶的。*"胡安·何塞·卡斯特利——伟大的演说家，正被囚禁在布宜诺斯艾利斯。

被保守派篡夺的革命牺牲了革命者。诉状堆积成山：卡斯特利是好色之徒、酒鬼、赌徒、渎神者。这位囚徒、印第安人的鼓动者、穷人的正义之士、美洲事业的代言人却不能为自己辩护。口腔癌击垮了他，必须切去他的舌头。

布宜诺斯艾利斯的革命陷入沉寂。

（84）

1811 年：波哥大

纳里尼奥

*我们已经换了主人。*哥伦比亚的安东尼奥·纳里尼奥[1]写道。

从头至尾由他亲手创建、领导并主编的报纸《琐事》已荡然无存。纳里尼奥宣称哥伦比亚的爱国主义起义正在演变成化装舞会，他

---

[1] Antonio Nariño（1765—1823），西语美洲新格拉纳达总督区（现委内瑞拉、哥伦比亚、厄瓜多尔所在区域）的军人和政治家，他是该地区独立的先驱。

倡议宣布彻底的独立。同时他倡议赋予贫困人投票权，承认衣不蔽体的平民与锦衣玉食的贵胄们享有同等的意愿表达权，但他的倡议只不过是沙漠中的呼喊。

*我们已经换了主人。*他写道。几个月前，人们冲入波哥大的马约尔广场，男人们把副王总督关押囚禁，女人们把副王总督夫人扔到青楼。何塞·安东尼奥·加兰——自治市民们的指挥官——的幽灵攻击愤怒人群的头。于是医生、主教、商贾、大地主和奴隶主们大为惊骇：发誓要以一切代价，避免重犯法国自由党人的错误，他们帮助副王总督夫妇秘密潜逃。

*我们已经换了主人。穿着浆洗笔挺的衬衣和缀满扣子的外套的骑士们统治哥伦比亚。大教堂的教士布道说：哪怕到了天堂也存在等级，五个手指头也各不相同呢。*贵妇们低下头手画十字，黑纱罩下的一头蓬发上戴着卷发筒、鲜花和饰带。名流委员会发布了他们的首批指令。在众多的爱国措施中，委员会决定剥夺那些被剥夺的印第安人所剩的唯一财产。以减去他们的赋税为借口，委员会夺走了印第安人的公社土地，强迫他们为大庄园干活。在大庄园的庭院中央挂着一套枷锁。

（185，235）

吉他伴奏民谣：颠倒的世界

勾画颠倒的世界
漏洞百出中我们看到：
狐狸逐猎狗
小偷追律师。
脚在上
嘴踩地
火灭水
瞎子教识字

牛坐大车
人拉车。

在人的岸边
坐着一条河，
磨马
给刀喂水。

（179）

1811 年：奇拉帕

大 肚 囊

在墨西哥，军队正在平定人民的叛乱。伊达尔戈在奇瓦瓦被枪杀。据说，经过四个月的严刑拷打，他背弃了他的理想。现在，独立得依靠跟随莫雷洛斯的起义军。

伊格纳西奥·洛佩斯·拉永向莫雷洛斯发出一个紧急警告通知：*据可靠消息，副王总督已聘请一位杀手诛杀阁下。恕难告知阁下杀手详情，唯知是个大肚囊……*

信使一夜狂奔，换人不换马，在凌晨抵达奇拉帕营地。

晌午，杀手前来表示愿意为国家事业效力。莫雷洛斯双臂交叉，听着一大串的爱国大论。他沉默不语，让杀手坐在他的右手边，邀请他共享午餐。莫雷洛斯细嚼慢咽，盯着杀手吃饭，而杀手则看着盘子，时间仿佛凝固。

晚上，他们一起进膳。杀手边吃边说，却又哽咽不言。莫雷洛斯礼貌地端坐着，搜寻着对方的眼睛。

——"我有个不好的预感。"他突然说道，等待着抽搐声，椅子的窸窣声，最后他松了口气，"我又要犯风湿病了。雨水的原因。"

他阴郁的眼神切断了微笑。

他点燃一支烟，凝视着烟气。

杀手不敢起身。磕磕巴巴地表示感谢。莫雷洛斯把脸凑过去：

——"我可能有点奇怪。"他说。

他证实了杀手的惊颤，数着他额头沁出的汗珠。缓慢地问：

——"您困了吗？"

接着又问：

——"您能赏光与我共寝吗？"

他们并排躺下，中间放着一盏即将燃尽却仍不甘死去的蜡烛。莫雷洛斯背对着他。呼吸沉重，或许打鼾。曙光来临前，他听到马蹄渐行渐远的声音。

上午，他请副手为他写一个短笺。

给伊格纳西奥·洛佩斯·拉永的信：*感谢告知。在这个军营里没有人的肚囊大过我。*

(348)

1811 年：东岸平原

没有人比其他人更多

牧民骑手们说："没有人比其他人更多。"土地不可能有主人，因为空气也没有主人。没有什么屋顶胜过繁星闪烁的星空，也没有什么荣誉比得上在碧浪翻滚宛若大海的大草原上漫无目的纵马驰骋的自由自在。

空旷的平川上有着满地打滚的牛羊，有几乎一切的一切。高乔人只吃肉，因为葱郁的植物是牧草，而牧草是给牛吃的。烤肉配着烟草和烧酒，他们弹着吉他，吟唱着故事奇闻。

高乔人是被庄园主们利用却又驱逐的"*闲散人*"，他们围拢在何塞·阿蒂加斯身边举矛起义。烈火点燃了乌拉圭河东岸平原。

(277，278)

1811 年：乌拉圭河两岸

出埃及记

布宜诺斯艾利斯与副王总督签订协议，撤回了围攻蒙得维的亚的军队。何塞·阿蒂加斯拒绝履行把他的土地归还给西班牙人的停战协议，他发誓将会继续战斗，哪怕是用牙齿，用指甲。

这位首领向北撤离，在北方组织独立军，溃散的人们跟随他的足迹相聚和重组。他们四处召集粗野的高乔人、雇工、农民和爱国的庄园主。妇女们向北走，要么照顾伤员，要么紧握长矛；教士们向北走，沿途为新出生的士兵施洗礼。装束厚实的人选择气候恶劣的地方，冷静的人走危险的路。向北走的有文人、刀神、口若悬河的医生、因犯了某种死罪而忧心忡忡的盗匪。向北走的有拔牙的赤脚医生和奇迹创造者、船上和堡垒里的逃兵、逃逸的奴隶。印第安人焚毁他们的营地，带着弓箭和套索加入队伍。

长长的车马和徒步的人们一路向北前行。随着他们的步伐，这片人们深爱着的故土、将称作乌拉圭的土地逐渐荒凉。这片土地也随着她的子女们迁徙，跟他们一起走，留下一片荒芜。连灰烬也没有留下，甚至连沉寂也没留下。

（277）

1812 年：科恰班巴

妇女们

在科恰班巴，许多男人逃走了。妇女们，一个也没逃。山头上，呼号声连绵不断。科恰班巴的女人们被逼入绝境，在火圈中心抵抗。被五千名西班牙人围困的她们依靠破烂的锡炮和几杆火绳枪顽抗到底，战斗至最后一口气。

漫长的独立战争将会得到回应。当军队士气不振时，曼努埃尔·贝尔格拉诺将军将会喊出为恢复平静、鼓舞士气的那些一贯正确的话。将军将会向那些犹豫的士兵发问："科恰班巴的妇女们在这里吗?"

（5）

1812 年：加拉加斯

玻利瓦尔

一场地震摧毁了加拉加斯、拉瓜伊拉、圣菲利普、巴基西梅托和梅里达。这些是委内瑞拉地区已经宣布独立的城市。在克里奥人起义的中心加拉加斯，一万名死者躺在瓦砾下面。当人们在石堆里搜寻时，只能听到连连的祈祷声和咒骂声。

上帝会是西班牙人？地震吞没了爱国党人竖起的绞刑架，那些为新诞生的共和国唱过感恩颂歌的教堂无一幸存。在被夷平的拉斯梅塞德斯教堂那里，带着西班牙王室盾徽的柱子屹立不倒。忠于国王的城市科罗、马拉开波、瓦伦西亚和安达斯图拉没有遭受一丁点的损伤。

加拉加斯，空气在燃烧。废墟上尘土飞扬，碍人视线。一位神父在对人群发表鼓动性演说。神父宣布上帝已不能忍受他人这般嘲弄。

——报仇!

人们围在他的周围，这里之前是圣哈辛托修道院。神父被抬到神坛的废墟之上，要求对那些惹怒上帝的罪人进行惩罚。

——报仇! 基督的鞭子在咆哮，他指责的手指指向一位爱国官员，此人正双臂交叉地观看这一场景。人群转身面对这位矮小、瘦骨嶙峋、身着光鲜制服的官员，拥上去想压扁他。

西蒙·玻利瓦尔没有恳求也没有退却，而是进攻。他手握马刀，穿过愤怒的人群，爬上神坛，挥刀把惊恐的神父砍翻在地。

人们，缄默无语，四散开去。

（116）

1813 年：奇潘辛戈

独立要么是革命要么是谎言

在过去的三场战役中，莫雷洛斯赢得了墨西哥的大部分土地。未来共和国的国会，四处漂泊的国会追随这位考迪罗的足迹。议员们卧地而眠，与士兵同食同饮。

就着油脂蜡烛的火光，莫雷洛斯编写了国家宪法的基本要素。他主张建立一个自由、独立、信奉天主教的美洲，主张以所得税来取代印第安人的赋税，主张增加穷人的日薪；查收敌人的财产；确立贸易自由，但设定关税壁垒；取消奴隶制和严刑拷打，消灭以肤色划定社会等级的血统制度，因此界定美洲人与非美洲人的唯一标准是恶习和美德。

富裕的克里奥人惶恐不安。莫雷洛斯的军队所到之处，征用财物，分割庄园。这是反抗西班牙的战争还是农奴们的起义？这样的独立对他们不利。他们将会进行另一场独立。

（348）

1814 年：圣马特奥

博 维 斯

在委内瑞拉，对于富裕的克里奥人来说，"独立"这个词仍然只不过是意味着"贸易自由"。

西班牙人的首领——红胡子、绿眼睛的赫拉克勒斯是黑人和棕色人的首领。奴隶们纷纷逃走去寻找何塞·托马斯·罗德里格斯·博维斯——博维斯大人。草原牧场地区的上万名骑士焚烧种植园，以上帝和国王的名义砍死了庄园主。博维斯的旗帜是一个黑底的骷髅头，承诺会烧杀抢劫和报仇雪恨，承诺会与那些试图从西班牙独立出来的可可豆寡头势力做殊死的抵抗。[1]在圣马特奥平原，博维斯骑着马径直闯入玻利瓦尔家的豪宅，用刀尖在主门厅的大门上刻下自己的大名。

长矛不后悔，子弹也不后悔。在用铅弹之前，博维斯开枪连击，因为他喜欢看受害者们的脸色。他把最显赫家族的小姐们分给最勇敢的士兵。他把小旗帜插入爱国者们的后颈，一番挑逗之后，他像斗牛一样享受着与爱国者们的搏斗。他砍头就像是开玩笑一般。

不久之后，一根长矛将会刺穿他。他们将会绑住他的双脚，埋葬他。

（160）

1815 年：圣克里斯托弗 - 埃卡特佩克

湖泊来寻他

在特斯马拉卡荆棘丛生的丘陵地带，西班牙人抓住了何塞·玛利亚·莫雷洛斯。在屡次失误和失败之后，他们在黑莓丛里抓住了他。他独自一人，衣衫褴褛，没有武器，连马刺都没有。

他们用锁链拴住他。他们辱骂他。欧亨尼奥·比利亚萨纳中校问他：

——"假如您是胜利者，我是失败者，您会怎么做？"

——"我给您两个小时来忏悔，"莫雷洛斯神父说，"然后，我枪毙您。"

他们把他带到宗教裁判所的秘密监狱。

他们让他跪下。他们从背后处决了他。

副王总督说造反者羞愧而死。墨西哥人民说湖水听到了步枪扫射的声音，涌起层层波浪，决堤而出，前来带走了他的躯体。

（178，332）

---

[1] 博维斯利用草原牧民与克里奥人的矛盾，以为牧民分配土地为诱饵，组织了以草原牧民为主的军队，与玻利瓦尔率领的爱国军作战。

1815 年：巴黎

大海或图书馆的领航员

朱利安·梅里特是旅行作家，他向欧洲公众讲述了他在南美的历险。其间，他描述了在智利的基约塔非常流行的"*一种非常生动、极具挑逗性的舞蹈*"，这种舞蹈是"*由黑人们从几内亚*"带过去的。梅里特假装毫不知情地抄袭了旅行家安东尼·赫尔姆斯八年前在伦敦发表的关于蒙得维的亚的一种黑人舞蹈的描述。同样地，赫尔姆斯也逐字逐句地照搬了堂珀内蒂 1770 年在巴黎出版的书。而珀内蒂以亲眼所见描述了蒙得维的亚的奴隶舞蹈，而他的文字竟然与让·巴比提斯特·拉巴特教士描述海地黑人的话语一模一样，而那本书半个世纪前在海牙出版。

从加勒比到智利的基约塔市，途经蒙得维的亚，从海牙到巴黎，经过伦敦，拉巴特教士的那些话比作者本人走了更多的路。不需要护照，也不需要伪装。

(19)

1815 年：尤卡坦的梅里达

费尔南多七世

尤卡坦的领主们穿着浆挺的衣服，穿过梅里达武器广场，庄严威武地列队进入大教堂。阳光照耀下，尘土飞扬中，广场白蒙蒙一片。教堂门廊阴影处售卖玉米粽子和项链的印第安小贩们不明白为什么钟声敲得那么欢庆，也不知道领主们高举的旗帜上那位戴着王冠的人像是谁。

殖民地的贵族们正在欢庆马德里传来的新消息。延迟了很久他们才知道法国人已经被赶走了，费尔南多七世统治西班牙了。信使们说在国王的身边听到这样的呼喊："*枷锁万岁！*"弄臣们的摇铃叮当作响，费尔南多国王下令逮捕或枪毙那些把他推上王位的游击队员，恢复宗教裁判所，归还教士和贵族的特权。

（339）

1815 年：库鲁苏瓜帝亚

拉普拉塔河流域的皮革期

长矛顶端半月形的利刃在寻找逃跑动物的蹄爪。只要刺一刀：骑手找准目标猛刺一刀，小牛腿就瘸了，气息奄奄地倒地。骑手跳下马来，斩去牛头，开始剔骨。

不总是这般屠杀。更容易的是大声把逃跑的畜群驱赶到畜栏里，在那里屠宰，成千上万的野牛和野马仓皇奔向死亡；而比这更容易的是黑夜里突袭深山里沉睡的动物。

高乔人扒下毛皮，绷在木桩上放在阳光下晾晒。剩下的身体部分，不喜欢吃的就留给乌鸦。

罗伯逊兄弟——约翰和威廉是苏格兰商贩，他们拿着帆布口袋在这片土地上四处搜寻，口袋里塞着满满的金币，好像香肠。从库鲁苏瓜帝亚驻地，他们向戈雅镇输送了一万张皮革，共计六十车。

巨大的木头轮子吱吱呀呀地转着，刺棒敦促牛儿向前。牛车踏过平原，翻过山岗，走过河滩，蹚过涨水的小溪。傍晚时分，牛车围在篝火旁。高乔人抽着烟，喝着马黛茶，炭火上的烤肉渐渐变成金黄色，浓郁的肉香弥散在空气中。享用完烤肉后，吉他声响起，故事娓娓道来。

从戈雅镇出发，毛皮将被继续运抵布宜诺斯艾利斯港口，将会漂洋过海前往利物浦的制革厂。不久之后，当这些毛皮变成英国生产的靴子、鞋、皮鞭重返拉普拉塔河时，价格将会翻几番。

（283）

1815 年：布宜诺斯艾利斯

显贵们在欧洲寻王

鹅毛笔写下：*何塞·阿蒂加斯，叛国贼*。

向他许诺黄金和官衔，他都无动于衷。测量衡重的行家里手们——布宜诺斯艾利斯的显贵们在估量阿蒂加斯的生死价值。他们准备支付六千杜罗[1]来买这位叛变地区首领的脑袋。

为了赶走这片土地上的高乔恶魔，卡洛斯·德·阿尔韦亚尔把这片土地献给英国人。"这些省份，"阿尔韦亚尔给卡斯尔雷勋爵致函，"希望无条件地归属大英帝国。"他向卡斯尔雷勋爵请求："*正当拉普拉塔河沿岸的居民投入大英帝国宽大的怀抱时，大英帝国不能让他们听天由命……*"

曼努埃尔·德·萨拉特阿远赴伦敦，寻觅一位能统治布宜诺斯艾利斯的王。内陆地区的共和联邦派威胁到港口地区的特权，恐惧摧毁了一切誓言。马德里的曼努埃尔·贝尔格拉诺和贝尔纳迪诺·里瓦达维亚原本是狂热的共和派人士，他们进谏由费尔南多七世的弟弟弗朗西斯科·德·葆拉亲王为王。布宜诺斯艾利斯港口地区的使者们承诺给予包括拉普拉塔河流域、智利和秘鲁在内的世袭权力。新独立的王国将以蓝白色绘制国旗，自由和产权神圣不可侵犯，位居公爵、侯爵和伯爵爵位的尊贵的土生白人将组成议会。

没有人接受这个提议。

(2，278)

1815 年：普里菲卡西翁营地

阿蒂加斯

阿蒂加斯将军统治这里，紫红色的高原沟壑纵横，河水汹涌咆

---

[1] 在西班牙及西班牙语美洲国家，1 杜罗是值 1 比索的银元。

哮，怒吼沸腾，卷起无数漩涡。贫穷的克里奥人修建的这上千个炉灶以及皮革做窗的泥草棚屋是拉普拉塔河内陆地区联邦的首府。在政府的茅屋前，马儿在等待信使们扬鞭疾驰，送去指令带来呈文。这位南方首领的戎装上没有穗饰也没有勋章。

牧场之子阿蒂加斯曾经当过走私贩，也追捕过走私贩。他知道每一条河流的走向，知道每一座山的秘密，知道每个地区牧草的气味；他更知道这些孤僻骑手内心深处的感受。他们一无所有，只能献上生命，在这令人迷惑的漩涡中挥矛而战。

阿蒂加斯的旗帜在这片乌拉圭河和巴拉纳河浸润、一直延伸到科尔多瓦山区的土地上飘扬。从西班牙独立之后，那些拒绝成为布宜诺斯艾利斯殖民地的内陆省份共享这片广袤的空间。

布宜诺斯艾利斯港口背靠着这片它轻视却又畏惧的土地。商贩们从瞭望塔里探出身子，等待不带来任何国王，但会带来新衣服、新话题和新思想的船队。

面对欧洲商品潮涌般来袭，阿蒂加斯想修筑一条保护"我们的艺术或工厂"的堤坝，仅让机器、书籍和药品自由进入；布宜诺斯艾利斯篡夺垄断的全省贸易转向蒙得维的亚港口。阿蒂加斯的联邦军不需要国王，而是需要代表大会和议会；让众人哗然至极的是，这位首领颁布实施农业改革。

（277，278）

1816年：东岸平川地区

农业改革

在布宜诺斯艾利斯，他们大发雷霆。在乌拉圭河东岸，阿蒂加斯征用了贝尔格拉诺家、米特雷家、圣马丁岳父、贝尔纳迪诺·里瓦达维亚、阿斯库埃纳加·伊德·阿尔马格罗和迪亚兹·贝雷兹的土地。在蒙得维的亚，人们称农业改革为"犯罪计划"。阿蒂加斯关押了卢卡斯·欧贝斯、胡安·玛利亚·佩雷兹和一些跳米奴哀舞和变戏法的艺人,用铁链拴住他们的脚。

对于这片土地的主人——因为国王的恩赐、诈骗或掠夺而蚕食了这片土地的人——来说,高乔人要么是人肉大炮要么是庄园的奴隶,谁要是拒绝这样,就必须把他钉在树上或喂他一颗子弹。阿蒂加斯希望每个高乔人都拥有一小块土地。

穷人们涌入庄园。东部平川在经历战争的摧毁后,开始重新修建起棚屋、秧田和畜栏。被践踏的同胞们变成了践踏者。在独立战争中奋不顾身的人们拒绝回到无依无靠的生活。蒙得维的亚的市议会把阿蒂加斯的士兵恩卡纳西翁·贝尼特斯称为"逃犯、恶徒、盲流和捣乱分子",而此人马不停蹄地在"一群恶人"面前分土地、分牛羊。在他的长矛背后,穷人们得到了庇护,但是这个大字不识、胆大、或许凶狠的棕色人从来没有雕像,没有任何一条大道以他的名字命名,街道也没有,哪怕是镇上的小路也没有。

(335)

1816 年:奇科特山

战争的艺术

在奇科特山,保皇派的步兵部队把上秘鲁的一小股爱国党人团团围住。

——"我不要束手就擒!"士兵佩德罗·洛埃萨叫了一声,就跳下悬崖。

——"我们为祖国而死!"指挥官欧塞维奥·里拉宣告,他助跑也准备跳崖。

——"愚蠢的人才会死!"乐队的鼓手长何塞·桑托斯·巴尔加斯截住了他。

——"我们把留茬地烧了吧。"军士胡利安·雷纳加提议道。

高高的麦秸燃烧起来，风把火焰吹向敌方。火势汹涌，四下蔓延。围攻者丢下步枪和子弹带，慌忙逃窜，祈求造物主的原谅。

(347)

1816 年：塔拉武科[1]

胡安娜·阿苏杜伊

胡安娜接受过教理问答教育，一出生就要成为丘基萨卡修道院的修女，但她现在是独立游击队的中校。她的四个儿子，只有一个幸存，他出生在战马嘶鸣、炮声隆隆的战场；她丈夫的头正挂在西班牙长枪上。

胡安娜策马立于山头，面对她的队伍。她的蓝色披巾在风中飘舞。她一手紧握缰绳，一手挥剑斩首杀敌。

她吃下的一切东西都变成了勇气。印第安人不叫她胡安娜，而是叫她帕恰玛玛[2]，叫她大地母亲。

(126)

1816 年：太子港

佩蒂翁

海地满目疮痍，被法国封锁，被所有国家孤立。打败了拿破仑的奴隶们宣布独立，但没有得到任何一个国家的承认。

岛一分为二。

北部，亨利·克里斯多夫自封为帝。在桑苏西城堡里，新晋黑人贵族，梅尔梅拉达公爵、李莫纳达伯爵跳着米奴哀舞，而头戴白色假

---

[1] Tarabuco，玻利维亚地名。

[2] Pachamama，"大地之母"的意思，她是安第斯地区许多印第安部落信奉的神灵。

发的黑人奴仆鞠躬服务，仿照凡尔赛宫修建的花园里黑人轻骑兵在梳理羽毛帽。

南部，亚历山大·佩蒂翁领导共和国。佩蒂翁把土地分给以前的奴隶，他试图在被战火夷为平地的种植园废墟上，创建一个由贫穷但是自由、有武装的农民组成的国家。

海地南部的海滩上，西蒙·玻利瓦尔登陆，他前来寻求庇护和帮助。他从牙买加来，在那里他甚至卖掉了他的手表。没有人相信他的事业。那些闪闪发光的军事远征只不过是海市蜃楼。弗朗西斯科·德·米兰达被锁在加的斯军火库的墙上，奄奄一息；西班牙人收复了委内瑞拉和哥伦比亚，这些地区留恋过往或者仍然不相信爱国者们许诺的未来。

新年的这一天，玻利瓦尔刚到，佩蒂翁就接待了他，送他七艘船，二百五十人，滑膛枪、火药、粮食和钱。他只提了一个条件。佩蒂翁的父亲是法国人，母亲是黑人，他一出生就是奴隶，他要求玻利瓦尔在即将要解放的土地上给予奴隶们自由。

玻利瓦尔握紧他的手。战争将会调整方向，或许美洲也会。

(115, 116, 202)

1816 年：墨西哥城

《癞皮鹦鹉》

拉丁美洲第一部小说诞生在苏莱塔大街的一家印刷厂。在三卷本里，何塞·霍阿金·费尔南德斯·德·利萨尔迪讲述了佩里基略·萨尼恩托[1]的倒霉遭遇；读者们嗜读成瘾，祝贺不已。当第四卷即将面世时，副王总督下令禁止出版，但已经没有办法抓捕这个人物。

---

[1] 小说以主人公的名字命名 "El Periquillo Sarniento"，因为上学时，佩里基略穿着绿上衣、黄裤子，像个鹦鹉，又因为"萨尼恩托"这个姓读音近似"癞"，所以同学们给他取了个外号叫"癞皮鹦鹉"。

　　佩里基略是西班牙流浪汉在美洲的后代，他已经赢得了墨西哥的大街小巷。他四处走动，褪去习俗的约束；他从赌棍的桌上跳到公证员的办公室，从理发师的椅子跳到监狱的地上。他不太享受他的冒险。神父用训诫布道压垮了他。利萨尔迪是启蒙思想的说教者，他把所有的游戏都变成道德训教。

（9，111，303）

1817 年：智利的圣地亚哥

魔鬼在行动

　　为了不弄脏手，优雅的年轻人抽烟时把香烟安在金制烟斗上，但智利的圣地亚哥到处是垃圾场。北边的房子远眺着马坡桥河边的垃圾堆，南边卡尼亚达的废物场蔓延一片。太阳从圣卢西亚山上的垃圾堆上冉冉升起，落日余晖映照在圣米格尔和圣巴勃罗郊区的垃圾场上。

　　从那些垃圾场的某一个里钻出了一个访客，昨晚，他穿过城市，像一道硫磺闪光，让街灯里脂油蜡烛的火光摇曳不定，并且他停留在康巴尼亚庙宇的附近，四处窥探或者威胁，直到守夜人唱响 11 点的报时：

　　——"最最最圣洁的圣母玛利亚！……"

　　魔鬼急忙逃走。

　　他丢失的一只鞋挨家挨户地走遍圣地亚哥。一位神父把它放在托盘上，用餐巾罩上，端着它四处走动。修女们手画十字祈福。

（256）

1817 年：智利的圣地亚哥

马努埃尔·罗德里格斯[1]

谁谈及美洲的解放，谁就得签他的判决书。谁收到了来自门多萨的信，就得走上绞刑架或行刑墙。监视法庭听任智利圣地亚哥的人们检举揭发。

从门多萨出发，朝着门多萨，爱国者们正在重组被西班牙粉碎的军队。抵抗的风吹来吹去，越过科迪勒拉山系山顶的皑皑白雪，不留下一丝痕迹。

在圣地亚哥斗鸡时，信使随口发出一个指令；在盛大的歌舞晚会上，他发出另一个指令。与此同时，他在郊区的两场赛马比赛的间隙，收到一份报告。在一所大房子门口，信使三次轻叩门环，宣布到来，与此同时，他骑着骡子出没在崇山峻岭，纵马驰骋在草原上。当游击队员经过圣费尔南多村镇时，投入袭击梅利皮亚的战斗中。攻打兰卡瓜时，游击队员在坡马雷下马，喝上一杯酒。

西班牙统治者悬赏马努埃尔·罗德里格斯——信使、游击队员——的头，但是他的头四处游走，藏在教士的风帽里、赶马人的大檐帽里、流动小贩的篮子里或者贵族的长毛绒有篷马车里。没有人能逮住他，因为他四处飞行却又纹丝不动，他朝内而出，向外而入。

（106）

1817 年：蒙得维的亚

史诗般的景象

一支庞大的军队从里约热内卢袭来，从陆路和海上同时袭来，任务是消灭何塞·阿蒂加斯，目的是不让他煽动性的形象留下任何记忆

---

[1] Manuel Rodríguez（1785-1818），智利独立战争的革命先驱。

的阴影。巴西军队烧杀抢掠，宣称将会把这些平原地区的强盗清理干净；莱科尔将军承诺将重新恢复受到损伤的财产权和继承权。

莱科尔大张旗鼓地进入蒙得维的亚。拉腊尼亚加神父与弗朗西斯科·哈维尔·德比亚纳向庄园的救世主们献上城市的钥匙，当金银袖饰、勋章和羽翎装饰的前所未有的奢华游行队伍经过时，贵妇们纷纷抛投鲜花和蓝色丝带。大教堂的钟声早已厌烦鸣丧，连续响个不停。香炉摇摇晃晃，商人们摇摇晃晃，不停地鞠躬、吻手。

（195，278，335）

1817 年：基多

曼努埃拉·萨恩斯[1]

基多诞生于火山之间，海拔高，远离大海；在大教堂和王宫之间，在马约尔广场上，曼努埃拉诞生了。她降生在基多，降生在绸缎床的布鲁塞尔床单上，她是堂西蒙·萨恩斯秘密爱情的女儿，而西蒙镇压了此地起义的克里奥人。

十五岁时，曼努埃拉身着男人服装，抽烟，驯马。她不是像女士那样侧身坐在马上，而是双腿分开骑在马上，并且不用马鞍。她最好的朋友是她的黑奴霍纳塔斯。霍纳塔斯像猫一样喵喵叫，似鸟儿一样歌唱，如蛇一般逶迤走路。当曼努埃尔十六岁时，她被关进一座修道院里，这座常年祈祷且罪孽深重的城市里有许多这样的修道院，在那里，教士们帮助年迈的修女们体面地死去，帮助年轻的修女们正派地生活。在圣卡塔琳娜修道院里，曼努埃拉学习刺绣，学习弹奏古钢琴，学习伪装妇德，学习翻白眼昏厥。十七岁时，她疯狂地迷上了军队生活，于是与国王的官员福斯托·德鲁亚尔一起逃走了。

二十岁时，她像闪电一般。所有的男人都想成为这颗珍珠的牡

---

[1] Manuela Sáenz（1795–1856），生于基多，主张独立的爱国者，是拉美独立战争中的女英雄。她也是玻利瓦尔的情妇。

蛎。她嫁给了德高望重的英国医生詹姆斯·索恩。婚礼庆典持续了整整一个星期。

(295)

1818 年：科洛尼亚的营地
底层人的战争

阿蒂加斯的军队已经是赤裸裸的纯粹的普通百姓。那些除了马身无长物的人，那些黑人们以及那些印第安人，都知道在这场战争中他们赌上了他们的命运。他们从旷野和河流之间成群结队而来，手持长矛和匕首，袭击装备良好、人数庞大的巴西军队，之后，他们迅速地如飞鸟般散去。

当被入侵的土地上吹起了进攻的号角声时，布宜诺斯艾利斯的政府向"那些有财产可损失的人"发动了宣传攻势。一份"秩序之友"签署的宣传册上称阿蒂加斯为"妖魔、骗棍、贪婪之徒、祖国之鞭、新阿提拉[1]、世纪的耻辱、人类中的败类"。

有人把这些册子带到营地里。阿蒂加斯盯着火堆，没有移开目光。
——"我的人不识字。"他说。

(277)

1818 年：科连特斯[2]
小安德烈斯

——"他们拥有主要的权利。"印第安人拥护的阿蒂加斯说过这

---

[1] Attila，古代欧亚大陆匈奴人的领袖和皇帝，史学家称之为"上帝之鞭"，在西欧他被视为残暴和掠夺的象征。

[2] Corrientes，位于阿根廷东北部巴拉纳河畔，临近巴拉圭。

话，而印第安人为了忠诚于他，伤亡惨重。

安德烈斯·瓜库拉里是首领，他又叫小安德烈斯，瓜拉尼人，是阿蒂加斯的养子。几个月前，他带领军队，以弓箭抵抗步枪，攻占了科连特斯，粉粹了布宜诺斯艾利斯的联军。

如果不是因为风尘仆仆、衣衫褴褛，小安德烈斯率领的印第安人不会赤身裸体地进入城市。他们带来了一些印第安儿童，这些孩子曾经是科连特斯人的奴隶。他们吃了闭门羹，四周一片沉寂。驻军的将领把他的财富锁在花园里，公证人因惊吓过度而死。

印第安人已经许久粒米未进，但他们不巧取豪夺，也不乞求施舍。他们甫一到达，就为显要家族们奉上了一台戏剧表演。巨大的银白色纸质翅膀铺在甘蔗做的支架上，把印第安人变为看护天使。他们表演了耶稣会时期的古老哑剧《圣伊格纳西奥的诱惑》，但没有一个观众，因为没有人去观看。

——"难道他们不想来参加印第安人的庆典？"

小安德烈斯点燃一支粗粗的香烟，烟雾从他的耳朵和眼睛里飘散出来。

黎明时分，战鼓雷鸣，敦促士兵拿起武器。长矛尖顶后背，科连特斯德高望重的贵族们不得不剪除广场上的青草，把街道清扫得一尘不染。整整一天，绅士们都一直忙着如此崇高的任务。那天晚上，戏院里，掌声雷动，把印第安人都振聋发聩了。

小安德烈斯一直统治着科连特斯，直到阿蒂加斯召唤他。

印第安人启程出发，渐行渐远。他们戴上那些巨大的白色翅膀。天使们朝着地平线疾驰而去，太阳照亮了他们，却留下雄鹰展翅的影子。

（283）

1818 年：巴拉纳河

爱国海盗们

小安德烈斯的部队沿河而下，朝圣达菲而去。巴拉纳河上，这些爱国海盗的小船队陪伴着印第安人一起，顺流而行。

独木舟、划艇和几艘安装好大炮的双桅帆船让巴西的商船寸步难行。阿蒂加斯的三色旗帜在河流、海洋上飘扬、战斗。海盗们在两船相接的千钧一发之际，劫掠敌方的舰队，把劫掠所得运到遥远的安的列斯群岛。

佩德罗·坎贝尔是这支由船只和小艇组成的舰队的司令。

几年前，坎贝尔与英国侵略者们一起抵达这里。之后他脱离他们，纵马扬鞭，驰骋平原。很快，这位戴着耳环、红发蓬生、目光凶狠、四处窥探的爱尔兰高乔人已小有名气。当阿蒂加斯封他为海盗首领时，坎贝尔已经多次在克里奥人的决斗中遭人砍杀，欠下几条人命，但从没背叛他人。所有人都知道他的银匕首是一条从不在背后咬人的蛇。

（277，283）

1818 年：阿普雷河畔的圣费尔南多 [1]

殊死之战

玻利瓦尔骑在马上，面对着屡遭失败、垂头丧气的军队。朝圣者的大披风罩住了他的脸，阴影里他的目光坚毅、炯炯有神，脸上露出忧郁的微笑。

玻利瓦尔骑在亡者拉法埃尔·洛佩斯的坐骑上。马鞍上死者姓氏的首字母银光闪闪。死者是西班牙官员，他趁着玻利瓦尔在吊床上熟睡之际，朝这位爱国者首领开枪。

---

[1] San Fernando de Apure，委内瑞拉城市。

攻打北部的战斗失败了。

在阿普雷河畔的圣费尔南多，玻利瓦尔检阅剩余部队。

当他宣布即将把这场战争、这场圣战、这场殊死之战打到哥伦比亚和秘鲁，打到波多西山顶时，那些蓬头赤脚、精疲力竭、衰颓沮丧的士兵心中暗想或小声嘀咕道："他疯了。"

（53，116）

1819 年：安戈斯图拉
课本插图：制宪大会

在奥里诺科河航行的一艘小船上，在帐篷底下，玻利瓦尔向各位记录员口述了他的宪法草案。在营地里，篝火的烟雾帮他驱散蚊子，他倾听、修改并再次口述草案。另外一些船只从加拉加斯、巴塞罗那[1]、库马纳、巴里纳斯、圭亚那和玛格丽塔岛载来议员。突然，战争风向改变了，或许是向玻利瓦尔的顽强致敬，转瞬间，半个委内瑞拉回到爱国者的手里。

议会议员们在安戈斯图拉港口登陆，这个小镇的房子是由一个小孩画的。在一家玩具印刷厂里，每周都印刷《奥里诺科邮报》。从这片雨林，共和思想的喉舌发布克里奥人中博学之士的文章，发布啤酒、折刀、马鞍以及志愿兵从伦敦抵达的消息。

鸣炮三响向玻利瓦尔和他的议员们致敬。飞鸟四散而逃，但有一只金刚鹦鹉无动于衷，以一个挑衅者的姿态走来走去。

议员们走上石头台阶。

安戈斯图拉的镇长弗朗西斯科·安东尼奥·塞亚宣布会议开始。他在致词里，把这座爱国小镇与孟菲斯、底比斯、亚历山大城和罗马相提并论。大会确认玻利瓦尔担任军队首领和全权总统，并成立了

---

[1]　此巴塞罗那是委内瑞拉境内的城市。

内阁。

之后玻利瓦尔登上讲台。他发出警告："无知的人分不清事实与想象，把正义与复仇混淆……"他陈述了有必要成立一个大哥伦比亚的思想，在英国大宪章的基础上，奠定了他的宪法草案的基础。

（202）

1820 年：博克龙[1]通道

结　局

南方三大港口：里约热内卢、布宜诺斯艾利斯和蒙得维的亚都不能抵抗内陆首领何塞·阿蒂加斯率领的骑兵部队。

但是死亡已经带走了他的大部分人马。东部战役中，一半人葬身在鸷鸟腹中[2]。小安德烈斯在狱中奄奄一息。拉瓦列哈、坎贝尔和其他忠诚之士被捕入狱，还有一些背叛了他们。弗鲁克托索·里维拉[3]认为阿蒂加斯有罪，指控他把"所有权交给专制主义和无政府摆布"。河间地区的弗朗西斯科·拉米雷斯[4]宣称"阿蒂加斯是南美诸恶之因，万恶之根"，埃斯塔尼斯劳·洛佩斯[5]在圣达菲也翻了个跟头。

拥有土地的考迪罗们与港口的商人们促成了共同的事业，而革命的首领则连连惨败。最后剩余的印第安人和黑人们继续跟随他，他的最后一位将领安德烈斯·拉托雷率领的一队衣衫褴褛的高乔人继续跟

---

[1]　Boquerón，巴拉圭地名，西北界玻利维亚，西南邻阿根廷。

[2]　原文是 carancho，生长在南美南部的一种卡拉卡拉鹰，是猛禽，在此译为鸷鸟。

[3]　Fructuoso Rivera（1784-1854），早年参加独立战争，是乌拉圭第一任宪法总统，乌拉圭红党创始人。1820 年，当阿蒂加斯的联邦军被彻底打败后，里维拉转而投靠巴西军队。

[4]　Francisco Ramírez（1786-1821），阿根廷河间地区的首领，曾加入阿蒂加斯的联邦军，后与阿蒂加斯有矛盾，转而与之对抗，将阿蒂加斯赶到了科连特斯。1821 年，在与曾经的盟友埃斯塔尼斯劳·洛佩斯的军队交战中丧命。

[5]　Estanislao López（1786-1838），1818-1838 年担任圣达菲省长。洛佩斯曾加入阿蒂加斯的联邦军，后见联邦军屡战屡败，转而与布宜诺斯艾利斯的中央集权派达成和平协议。

随他。

在巴拉纳河畔，阿蒂加斯选了最好的骑手。他把剩下的所有钱——四千帕塔贡[1]交给骑手，让他送给被关押在巴西的将士们。

之后，他把长矛插在岸边，渡河而去。他逆流而上，向巴拉圭流亡，此人不愿意美洲的独立成为陷害美洲最贫穷子民的一个圈套。

（277）

您

您头也没回地走上流亡之路。我看见您，我正在看着您：巴拉纳河像蜥蜴一样缓缓流淌，您骑着马小跑前进，破旧的披风在风中飘动，您渐行渐远，消失在密林深处。

您没有向您的土地告别。她或许也不相信您。抑或您自己也不知道这一走就是永别。

景色变得灰蒙蒙的。您战败离去，您的土地已无法呼吸。这片土地上诞生的子女们，来到这片土地并爱着她的人们将会让她恢复呼吸吗？这片土地孕育的人，进入这片土地的人，将无愧于承受如此深沉的忧伤吗？

您的土地，我们南方的土地，她将会无比需要您，堂何塞。每当贪婪之徒伤害她、羞辱她时，每当愚蠢之辈认为她沉默不语或贫瘠荒芜时，她都将会怀念您。因为您——堂何塞·阿蒂加斯，淳朴之人的将军——是她说出的最好的词语。

---

[1] 帕塔贡是古银币。

1821 年：劳雷尔蒂营地

圣巴塔萨尔[1]、黑国王、最会魔法的国王

许多巴拉圭人从附近的村镇和遥远的地方赶来看这些有着黑夜皮肤的奇怪人种。巴拉圭人没见过黑人。那些被阿蒂加斯解放的黑奴，追随着首领的流亡之路来到这里，在劳雷尔蒂建立村镇。

巴塔萨尔陪伴着他们，巴塔萨尔是被选中向降临到世间的上帝问候的黑人国王。他们寻求圣巴塔萨尔的庇护，经营菜园；正是因为他，拉普拉塔河平原地区响起了从非洲带来的战鼓声和战歌。1 月 6 日来临时，阿蒂加斯的随从们——阿蒂加斯军穿上红色绸缎的斗篷，戴上鲜花花冠，载歌载舞，请求会魔法的国王让奴隶制永不恢复，请求国王保佑他们，不让邪恶之神腐化他们的意志，不让牝鸡司晨。

(66)

1821 年：卡拉博博

派 斯

十五岁时他为杀戮而生。他杀戮是出于自卫，他不得不逃离山林，成为委内瑞拉广袤无垠大草原上的一位游牧骑士。他是骑士们的首领，叫何塞·安东尼奥·派斯，人称草原人派斯，他带领游牧好手们一起骑着光背马疾驰飞奔，挥舞着长矛和绳索，势如破竹般发起攻击。他骑着一匹白马，因为白马跑得最好。当他不战斗时，就识字和学拉大提琴。

这些衣不蔽体的草原人，在博韦斯时代曾为西班牙服务，现在在卡拉博博之战中打败了西班牙。在难以进入的西部丛林、沼泽地和灌木丛中，他们抢起大刀开山辟路，突袭并战胜敌人。

玻利瓦尔任命派斯为委内瑞拉武装力量的指挥官。草原人派斯陪

---

[1] 圣巴塔萨尔即基督教中东方三王中的巴尔撒泽王。耶稣诞生后，东方三王带着礼物前来拜见，每年的 1 月 6 日是基督教里的东方三王节。

同他一起进入加拉加斯城，与他一样，头上戴着鲜花花冠。

在委内瑞拉，定局已成。

（202）

1822 年：瓜亚基尔
圣 马 丁

在瓜亚基尔举行会晤。在加勒比海与太平洋之间，开辟了一条胜利拱门之路：玻利瓦尔将军从北部而来。自南方来了何塞·德·圣马丁将军，他翻越安第斯山脉，寻求解放智利和秘鲁。

玻利瓦尔说话，许诺。

——"我累了。"圣马丁打断了他，简洁利落。玻利瓦尔不相信他；或许是怀疑他，因为他还不知道荣誉也能让人疲倦。

圣马丁戎马三十载，从奥兰打到迈普。他当士兵时为西班牙而战，成为久经沙场的将军时为美洲而战。为美洲而战，从未背弃过她：当布宜诺斯艾利斯的政府命令他镇压阿蒂加斯的联邦军时，圣马丁没有听从命令，而是带领军队进入山地，继续进行解放智利的事业。布宜诺斯艾利斯方面不原谅他，现在拒绝给他提供面包和盐。利马方面也不喜欢他，称他为"何塞国王"。

在瓜亚基尔出现分歧。伟大的棋手圣马丁回避下棋。

——"我厌倦了指挥。"他说，但是玻利瓦尔听出其他的话："要么您要么我，两人一起，容纳不下。"

之后，有宴会和舞会。玻利瓦尔在大厅中央跳舞，女士们为他争夺起来。喧哗之声让圣马丁头晕。子夜过后，他不辞而别，走向码头。行李已经放在双桅帆船上。

他下令起航。他在甲板上缓缓踱步，狗儿陪伴，蚊子萦绕四周。船只离岸起航，圣马丁回头凝望着这片逐渐远去、越来越远的美洲大陆。

（53，54）

1822 年：布宜诺斯艾利斯

歌　鸟

在莫龙村落的边缘，公共墓穴吞没了一位诗人的尸骨，直到昨天他还抱着吉他，还有名字。

最好是脚步轻盈

如鹰翱翔，无痛无苦……

巴尔托洛梅·伊达尔戈是阿蒂加斯营地里的行吟诗人，他一生短暂，却一直站在歌唱与战斗的旋风里。他流亡并死于异乡。饥饿的狗群咬碎了他的肺。伊达尔戈在布宜诺斯艾利斯的大街小巷里穿梭，在广场上徘徊，兜售他创作的歌颂自由者、揭发敌人的歌谣。这些歌谣没给他带来什么吃的，却让他生活得更久；因为当他的身体没有裹上裹尸布，赤身裸体地躺在大地上时，他的歌谣，也是赤身裸体的，也是低贱的，却飞上天空。

（125）

1822 年：里约热内卢

疯狂的贸易

《里约热内卢日报》发布了刚刚从伦敦运来的新奇事物：修整街道的机器、治愈肺病的仪器、榨木薯的机器、绞车、蒸馏器、蒸汽炉、望远镜、双目镜、折刀、梳子等等。还有加衬垫的马鞍、银质马镫、锃亮的马具和车上的灯笼。

大街上还能看到一些孤独的骑手，停着几台破旧的金色轿子；但最新式的英国车子的两翼在石子路上碾过时，时尚却让它擦出火花。里约热内卢的大街上危机四伏。车速过快造成事故多发，马车夫的权力膨胀。

白色手套，高顶礼帽，马车夫坐在高高的座位上，飞扬跋扈地扫视着下面的其他黑奴，享受着在走路的人群中引起恐慌的快感。他们是出名的酒鬼、皮条客和优秀的吉他手，他们是现代生活中不可缺少的人。如果配套一匹快马和一个熟练的黑人车夫，一辆车的售价不菲。

（119）

1822 年：基多

十二名仙女在马约尔广场等他

十二名仙女在马约尔广场等他，每一个手里都捧着一顶王冠。音乐响起，烟花齐鸣，马蹄踩踏在长长的石板街上，发出的连续声响就像下雨的滴答声。玻利瓦尔走在队伍的前头，进入基多：他是体弱多病的斗士，不安分的人，金质佩剑比他的身躯还长。鲜花和绣花手帕从阳台上如雨洒下。阳台是圣台，在那里，基多的女士们展露出活力十足的胸部，蕾丝和披巾之间几乎裸露的胸部。曼努埃拉·萨恩斯站起来，像装饰船头的人像一般光彩夺目，她垂下一只手，那只玉手松开一顶月桂花冠。玻利瓦尔抬头，投射目光，缓慢地刺中。

那天晚上，他们一起跳舞。他们跳了令人眼花缭乱的华尔兹，旋转起来，就像世界在围着你转，与此同时，这位举世无双的女人的千层衬裙摩挲，沙沙作响，一头乌黑长发在空中飞舞。

（202，249，295）

1823 年：利马

热烈鼓掌后他们的手肿了

他从卡亚俄骑马而来，沿途两列士兵开道，鲜花铺路。利马鸣一百响礼炮、挂一百面旗帜、做一百场演讲、举办百人宴会来欢迎玻利瓦尔将军。

议会赋予他驱赶西班牙人的全权，当时西班牙人重新掌控了半个秘鲁。托雷·塔格莱侯爵献给他一本拿破仑传记、一套托雷多折刀和一些华丽的话语：*"胜利在安第斯的冰冷山巅上等待给您戴上月桂花冠，里马克的仙女们已经定好赞歌的调，准备庆祝您的凯旋！"*战争部部长对命运女神下令：*"展开你壮丽的翅膀，从钦博拉索的山脚飞到我们安第斯山的山巅，在那里等待不朽的玻利瓦尔，为他的前额戴上秘鲁的月桂！"*

在里马克，唯一保持沉默的是*潺潺流动的河水*。

(53，202)

1824 年：利马

无论如何

他从卡亚俄骑马而来，沿途两列士兵开道，鲜花铺路。利马升起国王的旗帜，夹道欢呼这位西班牙人的莫奈特将军。旗帜招展，演讲也振振有词。托雷·塔格莱侯爵感激涕零，恳求西班牙拯救秘鲁，让秘鲁免受"哥伦比亚的魔鬼"、该死的玻利瓦尔的威胁。

利马宁愿继续躺在成堆的盾徽上，做着殖民地的阿卡狄亚城[1]的美梦。副王总督们、圣徒们和贵族们，流浪汉和风尘女子在美洲阴森的荒漠中央，相互叹息和互表敬意。天空阴沉沉的，遮云蔽日，久旱无雨，却派出天使来保护城墙。城墙里面，空气中弥漫着茉莉花香；城墙外面，孤寂和危险威逼袭来；城墙里面，随处可见亲手礼、游行、列队行进：任何一个官员都效仿国王，任何一位教士都模仿教皇。在宫殿里，灰浆仿造大理石；在七十座黄金白银的教堂里，仪式效仿信仰。

---

[1] Arcadia，古希腊伯罗奔尼撒半岛中部一高原地区，在后世的西方文学作品中，常以阿卡狄亚形容田园牧歌式的生活。

在远离利马的一个叫帕蒂维尔卡的海边小镇上，玻利瓦尔生病了。他发着高烧，写道："吾闻周遭皆灾祸之声……一切均向生而生，却殁于眼前，似闪电划过……尘土、灰烬。一切成空。"整个秘鲁，除了几个山谷，重又回到西班牙的手中。布宜诺斯艾利斯和智利的独立政府已经放弃了解放这片土地的事业，甚至于秘鲁人自身也好似无意于此。

——"现在，您打算怎么办？"有人问这位疲惫受伤的孤独的人。

——"夺取胜利。"玻利瓦尔说。

(53，202，302)

1824 年：蒙得维的亚

来自理发师椅子上的城市报道

门上铜线穿过小洞，挂着一个微风难以吹动的铜脸盆，表示此处可剃须、拔牙、拔火罐。

纯粹出于习惯或者为了赶走夏日的昏睡，安达卢西亚的理发师不停说话、唱歌，同时，刚刚把顾客的脸上涂上泡沫。在说话声和歌声的间隙，折刀发出沙沙的声音。理发师一只眼睛盯着折刀，折刀在奶油泡沫里开路；另一只眼睛盯着街上的蒙得维的亚人，他们在满是灰尘的大街上艰难前行。语言比折刀更锋利，没有人能幸免不被擦破皮。刮脸的时候顾客是理发师的囚犯，沉默不语，不能动弹，倾听着这些习俗和事件的报道，时不时地试着用眼角去瞅瞅很快走过的受害者。

几头牛过去，把一位女死者送去墓地。牛车后面，一位修士在拨念珠。甚至在理发店里能听到挽钟的声音，这是按照常规，第三阶级的人去世时的告别挽钟。折刀停留在半空中，理发师手画十字，从他的嘴里蹦出一些没有任何损害的话。

——可怜的人，她从来都不幸福。

罗莎莉亚·比利亚格兰的尸体正在穿过被阿蒂加斯的敌人们占领的城市。许久以来她一直以为自己是另一个人，以为她住在另一个时代，另一个世界。在慈善医院里，她亲吻墙壁，与鸽子争论。罗萨莉亚·比利亚格兰是阿蒂加斯的妻子，她命赴黄泉，连支付一副棺材的钱也没有。

(315)

1824 年：胡宁草原
寂静的战争

玻利瓦尔重建他的军队，以他坚持不懈的勇猛的魔力，在秘鲁的胡宁草原取得胜利。世界上最好的骑兵抡起马刀、挥舞长矛，所向披靡。在整场战斗中没有鸣一枪一炮。

美洲的军队是杂牌军，有拉普拉塔河畔的高乔人、智利农民、大哥伦比亚的草原人，他们把缰绳绑在膝盖上进行战斗；还有秘鲁和厄瓜多尔的爱国者，圣洛伦索、迈普、卡拉博博和皮钦查的英雄。他们手持瓜亚基尔的长矛，穿着卡哈马尔卡的斗篷；他们的马匹配着兰巴耶克的马鞍、特鲁希略的马蹄铁。追随玻利瓦尔的还有英国人、德国人、法国人，甚至有被新大陆争取过来的西班牙人，在瓜迪亚纳河[1]、莱茵河或塞纳河的遥远战争中取得经验的欧洲人。

太阳落山时，受伤人的生命也完结了。在玻利瓦尔的帐篷里，索尔斯比中校奄奄一息，他是英国人，曾跟随拿破仑参加博罗季诺战役；不远处一条小狗吠叫着陪伴在一位西班牙军官的身边。在整个胡宁战役中，这只狗一直紧挨着它朋友的马匹一起奔跑。现在米勒将军想抓住它或赶走它，但没有任何办法。

(202)

---

[1] Guadiana，伊比利亚半岛上的长河。

1825 年：拉巴斯

玻利维亚

帝国的旗帜倒落在安东尼奥·何塞·德·苏克雷的脚下。苏克雷二十三岁当上将军，三十岁任大元帅，他是玻利瓦尔最喜欢的军官。阿亚库乔草原上的雷鸣之战肃清了秘鲁和整个大陆上的西班牙权力。

当消息传到利马时，玻利瓦尔跳上餐桌，踩着盘子起舞，打碎了酒杯和瓶子。

之后，玻利瓦尔和苏克雷并肩骑马走在拉巴斯城的胜利拱门下。那里诞生了一个国家。曾经归属于利马总督区和布宜诺斯艾利斯总督区的上秘鲁现在叫玻利瓦尔共和国，以后将改名为玻利维亚，为的是让他的子民永远记得解放者的名字。

何塞·马里亚诺·鲁伊洛瓦是具有高超演讲术的教士，妙语连珠，他已经准备了一篇精彩的欢迎致辞。然而命运希望鲁伊洛瓦死在玻利瓦尔能够听到致词之前。致词是希腊语写成的。

（202）

1825 年：波多西

课本插图：山巅的英雄

在波多西，玻利瓦尔登上银山山顶。玻利瓦尔说话，历史将说话："这座山的深处是宇宙的奇迹和嫉妒……"新祖国的旗帜迎风招展，所有教堂的钟声齐鸣。"我一点也不尊重这笔财富，当我把它……"玻利瓦尔的双臂拥抱上千里地。山谷让火炮声不停回响，话语的回声不断："……与自由之旗从遥远灼热的海边成功地带来荣誉相比时……"历史将会提及站在高处的这位伟人。它将不会说到这位男人脸上的满脸皱纹，这并不是被岁月耕耘的沟壑，而是由爱与痛深深切割的伤痕。历史也不会提到当他自波多西的天空中像女人一般拥抱大地时，小马驹们踢打他肚子的事情。大地就像"那位"女人：那位为他磨剑的女人，一个眼神就剥光他并原谅他的女人；那位懂得倾听他的女人，每当他讲话时，她在大炮的轰鸣、演讲和欢呼声中去倾听他："你将会孤独一人，曼努埃拉。我也将孤身一人，在这个世界的中心。除了战胜我们的荣誉，将别无慰藉。"

(53，202，238)

1825 年：波多西

英国的债务价值一个波多西

注定会独立自由的西班牙殖民地仍低头走路。自独立第一天起，他们的后颈就拖着一块沉重的石头，石头越来越大，压弯了腰：英国债务，源于英国在武器和士兵上的援助，在高利贷者和商人们的运作下，债务翻倍。债权人与中间人是炼金术的行家，他们把任何一块鹅卵石变成黄金饰品；英国商人在这片土地上找到了他们最有利可图的市场。新国家担心西班牙的收复行动，亟需英国的官方承认；但如果不事先签订保证他们的工业产品自由进入的《友谊和贸易协定》，英国谁也不承认。

"我比厌恶西班牙人还厌恶债务。"玻利瓦尔给哥伦比亚的桑坦德将军写信说道。他还说，为了支付债务，他已经把波多西的矿山以二百五十万比索的价格卖给了英国人。此外，他写道："我已经对秘鲁政府做出指示，让他们把所有的矿山、所有的土地和财产，以及政府所有的税收都卖给英国人，因为他们的国家债务，不低于二百万。"

波多西的富饶山每况愈下，现在属于伦敦一家公司，虚构的"波多西、拉巴斯和秘鲁矿业联合公司"。与投机倒把高涨状态下的其他荒唐行为一样，名字比资产长：公司宣称有一百万英镑，但只筹措到五万。

(40，172，234)

银山的诅咒

波多西现在产银很少，她曾经产银那么多。银山不愿意生产。

在两个多世纪里，银山倾听印第安人在她的内部呻吟。那些印第安人被惩罚到矿坑挖矿，他们祈求矿脉耗尽。终于，银山诅咒了贪婪。

自那时候起，神秘的骡子商队总是夜晚到达，进入银山，偷偷地运走整车整车的银子。没有人能看见他们，没有人能抓住他们，夜复一夜之后，银山逐渐空了。

每当有骡子因为矿物非常重而断了腿，天亮时路上就会有一只甲虫困难地瘸腿走路。

（247）

1826 年：丘基萨卡

玻利瓦尔与印第安人

在美洲的西班牙殖民地，法律从来不会被执行。无论法律好坏，实际上从来不存在法律，保护印第安人的许多国王特许证也不起作用，只不过是在不断的重复中承认他们的软弱；严禁犹太人走动和小说传播的命令也毫无作用。这些传统不能阻碍有学识的克里奥人、将军或博学之士相信宪法是实现公众幸福的确实有效的汤药。

西蒙·玻利瓦尔热情地撰写宪法。现在他向议会提交了以他名字命名的新共和国的宪法草案。根据这份草案，在玻利维亚将有终身总统，将设立三个立法机构：评议院、参议院和监察院。玻利瓦尔说，"监察院有点像古雅典的最高法院和古罗马的监察院。"

不识字的人将没有投票权，即只有一小部分的精英男性拥有投票权。几乎所有的玻利维亚人说的都是克丘亚语或艾马拉语，不会说卡斯蒂利亚语，也不识字。

与哥伦比亚和秘鲁一样，玻利瓦尔已经颁布在新成立的国家里废除原住民的赋税，废除印第安人的劳役制，他还下令把公社的土地分成小块，分给个人所有。为了让占这个国家大部分比例的印第安人能够受到欧洲文明之光的照耀，玻利瓦尔把他以前的老师西蒙·罗德里格斯请到丘基萨卡，让他奉命创建学校。

(42, 172)

1826 年：丘基萨卡

该死的创造性想象

玻利瓦尔的老师西蒙·罗德里格斯已经回到美洲。堂西蒙在大洋彼岸生活了二十五年，在那里他是巴黎、伦敦和日内瓦社会党人的朋友；他与罗马的排字工人、维也纳的化学家一起工作，甚至在俄罗斯的荒原小村庄里教人识字。

在经过长久的欢迎拥抱之后，玻利瓦尔任命他为这个新成立国家的教育部长。

利用丘基萨卡的一所示范小学，西蒙·罗德里格斯开始了他反对传统的以谎言和恐惧为主的教育模式的工作。虔诚的修女们大声训斥，圣师们哇哇大叫，喧闹之中狗吠喧天。恐惧：疯癫的罗德里格斯想把金摇篮里长大的孩子与那些甚至前一夜睡在大街上的混血人混在一起上学。他想干什么？他想让那些孤儿带他升天吗？或者收买他们，让他们陪他下地狱吗？教室里听不到朗读教理问答手册，听不到圣器室的拉丁语，也听不到语法规则，而是听到锯子和锤子的声音，这噪音让教士和讼师们难以忍受，他们从小被教育成厌恶体力劳动。"这是一所妓女和小偷的学校！"那些认为身体是罪恶、妇女是饰物的人朝天大喊：在堂西蒙的学校里，男孩们和女孩们坐在一起，所有人都黏连在一起，甚至于，边玩边学。

丘基萨卡的检察官带头组织了"反对前来腐化年轻人道德的萨

梯[1]"的运动。不久之后，苏克雷大元帅——玻利维亚的总统要求西蒙·罗德里格斯辞职，因为他没有按照规定细致地汇报工作。

（296，298）

西蒙·罗德里格斯的思想："为了教人思考"

作者被认为是疯子。请让他把这些疯癫之语传给那些即将出生的父母吧。

应无种族差异、无肤色差异地教育所有人。我们不能误导自己：没有普通大众的教育，就没有真正的社会。

讲授不是教育。讲授，将会让人知道；教育，将会让人行动。

命令背诵不理解的东西是训练鹦鹉。任何时候都不能让一个不明缘由的孩子做任何事情。如果孩子习惯永远看到所受命令背后的理由，当他看不见理由时会想念它，会询问缘由。教会孩子们刨根问底，当他们被命令时能询问为什么，让他们习惯于听从理性，而不是像低能的人服从权威，也不像愚蠢的人听从习俗。

学校里，男生女生必须一起学习。首先，因为这样，男性能从幼年起就学会尊重女性；其次，女性能够学会不畏惧男性。

男性必须学会三个主要技能：泥瓦工手艺、木匠手艺和铁匠手艺，因为土、木、金能够创造出最需要的东西。必须对女性进行指导和培训，让她们不因为生活所迫而堕落成娼，不为了生存而把婚姻当作投机的买卖。

一无所知的人，任何人都能欺骗他；一无所有的人，任何人都能买他。

（297）

---

[1] Sátiro（Satyr），希腊及罗马神话中半人半兽的森林之神，好色之徒。

1826 年：布宜诺斯艾利斯

里瓦达维亚

在拉普拉塔河边悬崖峭壁之上，在拉普拉塔河的泥泞岸边，坐落着这座侵占了全国财富的港口。

在布宜诺斯艾利斯的圆形剧场里，英国领事坐在了以前西班牙副王总督享用的包厢里。克里奥爱国者们使用法国的词汇，戴英国的手套；这样他们就进入了独立的生活。

约克郡和兰卡夏以阿根廷模子生产的商品如潮水般从泰晤士河涌来；在伯明翰，人们仔细地仿制用来加热马黛茶的传统铜锅，生产这个国家使用的木马镫、套索和绳结。内陆省份的作坊和织布厂难以抵抗这种冲击。仅一艘船就可以运来两万双廉价的靴子，利物浦生产的斗篷比卡哈马尔卡做的斗篷便宜五倍。

阿根廷的钱币在伦敦印制，而以英国股东居多的世界银行独占阿根廷的货币发行权。通过这家银行，拉普拉塔河矿业协会得以运营，该协会每年支付贝尔纳迪诺·里瓦达维亚[1]一千二百英镑的薪酬。

坐在这把即将非常神圣的椅子上，里瓦达维亚让公共债务和公立图书馆成倍增加。布宜诺斯艾利斯这位博学广识的律师乘坐着四匹大马拉着的马车，宣布他要当这个他毫不了解并且轻视的国家的总统。在布宜诺斯艾利斯的城墙那边，那个国家憎恨他。

（55，271，342）

1826 年：巴拿马

孤独的国家

初生婴儿说了他最初的话，也是他最后的话。参加受洗礼的嘉宾

---

[1] Bernardino Rivadavia（1780-1845），是拉普拉塔联合省（现阿根廷）的第一任总统。

中，只有四位到达巴拿马。与其说是受洗礼，毋宁说是临终敷圣油的仪式。痛苦，神父的痛苦缩小了玻利瓦尔的脸。怜悯和同情在他听来都非常空洞。

为西语美洲的统一敲响丧钟。

在英国的庇护下，玻利瓦尔组织新生国家统一建成一个国家。他没有邀请美国和海地，"*因为他们不同于我们的美洲规则*"；但是他想让大英帝国加入这个西语美洲集团，希望它能抵抗西班牙的收复进攻。

伦敦对新领地的统一毫无兴趣。巴拿马的议会除了训导性的宣言，再也孕育不出别的任何东西，因为古老的副王总督区已经分立为新国家，彼此之间分崩离析，且依附于海外新帝国。殖民地的经济不向新生国家而是朝着一个大群岛敞开大门，矿山和种植园进行外向型生产，城市青睐百货商场而非工厂。独立的国家正逐渐四分五裂，而玻利瓦尔在梦想着建立一个大国家。他们之间甚至没有签订任何一个贸易协定，但欧洲的商品铺天盖地地涌来，几乎所有国家都购买了自由贸易的教义，而这是英国出口的最主要的产品。

在伦敦，首相乔治·坎宁在下议院展示了他的战利品。

（202，207）

1826 年：伦敦

坎 宁

王冠上的珍珠在说话。平民出身的乔治·坎宁是英国外交大臣，他在下议院神化了他的杰作。坎宁张开双臂，张开他雄鹰的翅膀：

——"*我呼吁新世界，以改变旧世界的力量对比。*"帝国的设计师宣称。

在某个角落里，传来一丝嘲笑声，接着是长久的沉寂。昏暗里，坎宁站起身来，幽灵般的侧影瘦削笔直，于是全场爆发了下议院从未有过的最大的欢呼声。

英国是全球的轴心。卡斯尔雷勋爵为帝国计划呕心沥血，直到一天夜晚，他气郁难舒，用刀割喉而死。卡斯尔雷勋爵的继任者坎宁甫一上任，就宣布骑士时代已经过去。军人的荣耀必须让位于外交策略。走私贩为英国做的贡献远多于将军们；商人和银行家们争夺世界霸权的真正的战争时代已经来临。

猫的耐心比老虎的愤怒更行之有效。

(171, 280)

1828 年：波哥大
这里的人恨她

人们不降低音量时，称她为"外地人"或"梅萨丽娜[1]"；背地里说她说得更难听。他们说，正是因为她，玻利瓦尔被阴影笼罩，遍体鳞伤，满是皱纹，在床上烧尽了他的才华。

曼努埃拉·萨恩斯曾在阿亚库乔挥矛作战。她扯下一个敌人的胡髭，而此胡髭成了为爱国军的护身符。当利马叛乱反对玻利瓦尔时，她女扮男装，拿着一把手枪和一袋钱，走遍军营。在波哥大这里，她穿着上尉的衣服，在两名穿着轻骑兵军装的黑人妇女的护卫下，在樱桃树影下散步。几天前的一个晚会上，她枪决了一个挂在墙上的布偶，布偶下面写着：叛徒弗朗西斯科·德葆拉·桑坦德去死。

战争年代，桑坦德在玻利瓦尔的荫庇下成长：是玻利瓦尔把他任命为副总统。而现在桑坦德企图在某一次化装舞会或叛国行动中暗杀"无冕皇帝"。

波哥大的巡夜人，手持灯笼，发出最后的声音。教堂的钟声回应了他，吓坏了恶魔，让他躲藏起来。

子弹嗖嗖，卫兵们倒下。杀手们闯入楼上。感谢曼努埃拉，她欺

---

[1] Mesalina，是古罗马帝国时期第四任皇帝克劳迪乌斯的皇后，极度淫荡，在与情人通奸时被杀。

骗他们，转移了他们的注意力，玻利瓦尔才得以跳出窗户逃走了。

（53，202，295）

1828 年：波哥大

摘自曼努埃拉·萨恩斯致其夫詹姆斯·索恩的信函

不，不，别再这样了，天啊，看在上帝的份上！为什么您让我写信，不履行我的决定？好吧，您除了让我忍住痛苦向您说一千次的不，您还想怎样？先生，您非常优秀，无可比拟，我永不说您的不是。但是，我的朋友，为了玻利瓦尔将军我放弃您是有些不合适，而要我放弃另一位没您一样高贵品质的丈夫，我将会一无是处。

……我清楚地知道，在您称之为荣耀的庇护下，我根本不能与他在一起。我不让他做我的丈夫而是让他做我的情人，您认为我不正派？哎，我们不因为那些臆造出的社会成见而相互折磨彼此。

您放了我吧，我亲爱的英国佬。我们做另外一件事：在天上我们再次结婚，而在人间，不……在那里一切都是英国人的风格，因为单调的生活是为您的国家保留的（我说的是爱情方面，在其他方面，在贸易和航海术上谁又能比您的国家更强呢？）。爱让你们舒适，并不享乐；谈话了无风趣，走路缓慢；致意时鞠躬，起立和坐下时小心翼翼；讲笑话却不笑。这些都是神圣的礼节，但是我一个普通的凡人，我为我自己笑、为您笑，为这些英国的繁文缛节笑，我要是去了天上该多糟糕啊……

（238）

1829 年：科连特斯

邦 普 朗

在跨越九千里格的路程中，在识别七万株植物后，他发现了美洲。当他回到巴黎，美洲令他怀念。因为怀念的昭示，埃梅·邦普朗知道他属于他搜集的蕨根和花草所生长的那同一片土地。那片土地在召唤他，而欧洲从未如此召唤他，于是，他再次远渡重洋。

他在布宜诺斯艾利斯当老师，在上巴拉纳地区的马黛茶园里当农夫。在那里，巴拉圭的最高终身独裁者加斯帕尔·罗德里格斯·德·弗朗西亚的士兵逮捕了他，乱棍揍他，并用独木舟把他带到河的上游。

他在巴拉圭被囚禁了九年。据说，以恐惧和神秘为手段掌控大权的独裁者弗朗西亚说他是间谍。国王们、皇帝们和总统们替他说情，请求释放这位杰出的学者，但是所有的斡旋、命令、请求和威胁都毫无作用。

在北风萧萧的一天，独裁者判决了他，北风让独裁者的心肠坚硬。在南风习习的一天，独裁者决定释放他。因为邦普朗不愿意离开，独裁者驱逐了他。

邦普朗没有被囚禁在牢房里。他在地里劳作，种棉花、甘蔗、橙子；他创建了一个烧酒酿制厂、一个木工作坊和一家医院；他为整个地区的妇女和母牛接生，他送给大家治疗风湿病和发烧的特效糖浆。巴拉圭爱这位穿着肥大衬衣的赤脚囚犯，爱这位寻找奇怪植物的人，爱这个如此不幸却又如此幸运的人；现在他走了，因为士兵们强行带走他。

他刚刚越过边境，在阿根廷的土地上，他的马匹就被偷走了。

(255)

1829 年：巴拉圭的亚松森

弗朗西亚，至高无上者 [1]

巴拉圭没有小偷，没有富人，也没有乞丐，就像地球上不存在这样的人一般。在鼓声而非钟声的召唤下，孩子们去上学。尽管所有人都识字，但没有一家印刷厂，也没有图书馆，不能收到外面的任何书籍、日报或公报，因为长期弃用，邮局业已消失。

河流上游有大自然的天然屏障和邻国的包围，整个国家非常警惕，提防阿根廷或巴西的进攻。为了让巴拉圭人后悔独立，布宜诺斯艾利斯方面切断了他们的入海通道，停靠在码头的船只日渐腐朽，但是他们在贫困中仍坚守尊严。尊严是这个国家的孤独：加斯帕尔·罗德里格斯·德·弗朗西亚站在这片广阔的沼泽地上统治和监视一切。独裁者一个人居住，独自吃面包和自己土地上生产的盐，而他吃的所有菜事先都由狗尝过。

所有的巴拉圭人都是间谍或被监视。每天清晨，理发师阿莱杭德罗一边磨刀，一边向最高独裁者呈递当天的第一份报告，汇报各种传闻和阴谋。夜深人静时，独裁者用望远镜捕捉星星，而她们也告诉他敌人们正在暗中谋划什么。

(82, 281)

1829 年：里约热内卢

外债的雪球

佩德罗王子宣誓自封为巴西皇帝已逾七年。这个国家依靠叩击英国银行家的大门才获得独立：佩德罗的父亲若奥国王早就把银行洗劫

---

[1] 巴拉圭著名作家奥古斯托·罗亚·巴斯托斯（1917-2005）1974 年出版了独裁小说《我，至高无上者》，描绘了巴拉圭独裁者加斯帕尔·罗德里格斯·德·弗朗西亚的统治下的巴拉圭的重大事件和形势，探究了独裁者的言行和心理。此处的标题可以看作是对该小说的呼应。

一空，甚至把最后一粒金银都带到里斯本了。很快，第一笔百万英镑从伦敦抵达。海关的收益以抵押品作为担保，国内中间人从每笔贷款中收取 2% 的佣金。

现在巴西的欠债是借贷的两倍，债务像雪球一般翻滚增大。债权人支配一切，每个巴西人从一出生就负债。

在隆重的演讲中，佩德罗皇帝披露国库已经枯竭，"一贫如洗"，国家面临全面崩溃。但是他宣布了拯救方法：皇帝决定"采取措施来彻底摧毁现存灾难的根源"。他解释了那些极端措施在于新的贷款，巴西希望从伦敦的罗斯柴尔德家族和威尔逊家族获取新的贷款，利息昂贵但体面。

与此同时，各大报纸报道为皇帝与阿美莉公主的婚礼，正在准备上千场庆典。报纸的布告栏里售卖或出租黑奴，刚从欧洲贩卖而来的奶酪和钢琴、布料华美的英式礼服和波尔多的红酒。金汤达大街上的环球酒店招聘"不酗酒也不嗜烟的外国白人厨师"，欧维多大街 76 号需要"一位会说法语的照顾盲人的侍女"。

(186，275)

1830 年：玛格达莱纳河
船儿下行驶向大海

绿色的土地，黑色的土地，远处云雾模糊了山峦。玛格达莱纳河带着西蒙·玻利瓦尔驶向下游。

——"不。"

利马的大街上，以前曾赠予他钻石佩剑的同一伙人正在焚烧他的宪法法典。波哥大大街上，那些曾称颂他为"国父"的人正在焚烧他的肖像。在加拉加斯，正式宣布他是"委内瑞拉的敌人"。远在巴黎，诽谤他的文章甚嚣尘上，懂得如何夸耀他的朋友却不知道如何捍卫他。

——"我不能。"

这就是人的历史？这个迷宫，这个虚幻的影子游戏？委内瑞拉人民诅咒那些在偏远地区丧失了一半子民却没给予任何补偿的战争。委内瑞拉从大哥伦比亚共和国脱离出去，厄瓜多尔也分裂出去。同时，玻利瓦尔躺在一艘小船肮脏的帐篷里，沿玛格达莱纳河下行驶向大海。

——"我再也不行了。"

在委内瑞拉黑人仍然是奴隶，尽管法律上不是。在哥伦比亚和秘鲁，颁布的"教化"印第安人的法律是保证合法剥夺他们。玻利维亚重新收缴印第安人作为印第安人的殖民税。

这些是……这些是历史？所有的伟大都变得矮小。在每一个承诺的背后都冒出了背叛。杰出之辈变成贪婪的地主。美洲子民四分五裂。

被选中的继承者苏克雷曾经免遭毒药和匕首的暗杀，现在却倒在前往基多的森林里，被一颗子弹撂倒在地。

——"我再也不行了。我们走吧。"

凯门鳄和木头在河面上漂动。玻利瓦尔皮肤暗黄，双目无光，浑身哆嗦，神志不清，他顺着玛格达莱纳河而下驶向大海，驶向死亡。

（53，202）

1830 年：马拉开波

总督宣布：

……万恶之魔、无政府主义的火把、国家的压迫者玻利瓦尔已辞世。

（202）

1830 年：瓜希拉

分而治之

美国驻瓜希拉的领事 J.G. 威廉森是大哥伦比亚共和国解散的先知

和主角，他向国会提交了一份信息确凿的报告。他提前一个月就宣布委内瑞拉会分离出去，并终止了不适合美国的关税。

12 月 17 日西蒙·玻利瓦尔去世。11 年前的另一个 12 月 17 日，大哥伦比亚共和国成立，起初由哥伦比亚和委内瑞拉组成，后有厄瓜多尔和巴拿马加入。大哥伦比亚共和国与他一同死去。

另一位美国领事威廉·都铎在利马为反对玻利瓦尔——哥伦比亚危险的疯子——的美洲计划而策划阴谋。让都铎担心的不仅仅是玻利瓦尔反对奴隶制的斗争——对美国南部地区产生坏的影响，而是从西班牙独立出来的美洲"过分强大"，后者尤其令都铎担忧。因此，领事说"英国和美国有共同的、强大的政府理据"来反对一个新强国的发展。与此同时，英国海军上将弗莱明在瓦伦西亚和卡塔赫纳之间穿梭往来，怂恿分裂。

(207, 280)

1830 年：蒙得维的亚
课本插图：宪法宣誓

约翰·庞森比勋爵已经说过："英国政府绝不会允许在南美的东部海岸主宰一切的只有两个国家：巴西和阿根廷。"

因为伦敦的影响，以及伦敦的保护，乌拉圭成为一个独立国家。拉普拉塔河流域最反叛的省份已经把巴西人驱逐出他们的土地，从老树干上脱离出来，获得自己的生命。布宜诺斯艾利斯港口也终于摆脱了阿蒂加斯起义的这片充满敌意的牧场带来的噩梦。

在蒙得维的亚的主教堂里，拉腊尼亚加神父向上帝献上感恩的赞美诗。热忱点亮了神父的脸庞，就像几年前，他站在同一个布道坛，为巴西侵略者吟诵感恩诗一样的神采奕奕。

在市政厅的阳台前举行宪法宣誓仪式。贵妇们——法律中不存在——参加了新国家的法律宣誓仪式，就像这由她们负责一样：她们一只手扶着她们头上巨大的压发梳，因为在刮风的日子很危险，另一只手拿着一把画有爱国题材的扇子，打开摆在胸前。浆洗过的笔挺而高高的衣领让绅士们不能转头。广场上，在一片大礼帽的海洋中，回响着宪法条文，一条接着一条。根据新共和国的宪法，那些曾经用胸脯抵挡过西班牙、布宜诺斯艾利斯和巴西的子弹的男人将不能成为公民。乌拉圭不是为贫穷的高乔人而建立的，不是为正在被逐步灭绝的印第安人建立的，也不是为黑人建立的，他们仍然不知道已有一部法律还他们自由了。宪法规定，用人、小工、列兵、流浪汉、醉鬼和文盲均不能投票，也不能担任公职。

傍晚时分，圆形剧场里人头攒动。那里将首演罗西尼的歌剧《幸福的欺骗》或者叫《无知的胜利》，这是这座城市第一次上演完整版的歌剧。

（278）

1830 年：蒙得维的亚

祖国或者坟墓

乌拉圭诗坛的第一位诗人是弗朗西斯科·阿库尼亚·德·菲格罗亚[1]，他初涉文坛时，创作了一首十一音节的八行诗，是献给西班牙军队荣誉的赞歌。当阿蒂加斯率领的高乔人攻占蒙得维的亚时，他逃到里约热内卢。在那里，他向葡萄牙王子和他的整个宫廷献上了赞美的诗篇。之后，堂弗朗西斯科跟随巴西入侵者们回到了蒙得维的亚，他总是背着一把里拉琴，成为了入侵部队的游吟诗人。几年之后，在把巴西军队驱赶出境后的第二天，缪斯们向堂弗朗西斯科的耳朵里吹进了十音节的爱国主义诗行，文字的月桂将戴在独立英雄们的头上；现在这位卑鄙的诗人正在写新生国家的国歌。我们乌拉圭人将永远被

[1] Francisco Acuña de Figueroa（1791-1862），乌拉圭作家和诗人，被认为是"国家第一位诗人"，创作了乌拉圭和巴拉圭的国歌歌词。

迫站着听他的诗句。

（3）

1832 年：智利的圣地亚哥

民族工业

在智利，绅士们也紧跟法国的时尚来穿衣、跳舞，模仿拜伦花式打领带，餐桌上遵循法国厨师的要求；按英国方式喝茶，以法国方式喝酒。

当比森特·佩雷斯·罗萨莱斯创建他的酒厂时，他在巴黎购买了最好的蒸馏器，大量的阿拉伯式烫金花饰的商标，商标上用精美的英文字写着"窖藏干邑白兰地[1]"。在他办公室的门上，他让画了一幅大海报：

> 直接进口

口感可能不是非常非常好，但也非常非常接近；没有人得胃溃疡。生意非常兴隆，工厂供不应求，但是堂比森特受到了爱国主义的攻击，决定不再继续进行这种背叛行为。

——"这么好的荣誉只能属于智利。"

他把欧洲商标扔进火堆，办公室门上挂上新海报，比原来的还要大。

> 民族工厂

现在酒瓶换了新装：商标是这里印刷的，上面用西班牙语写着

---

[1] 原文为英语 Old Champagne Cognac。

"智利白兰地"。

一瓶也没有卖出去。

（256）

智利圣地亚哥市场上的叫卖声

——矮胖小姑娘们的康乃馨和罗勒！

——饼——干！

——漂亮的扣子，一雷亚尔一串！

——火柴，卖火柴了！

——皮带，马鞍上的肚带，像手套一样软！

——您施舍点吧，看在上帝的份上。

——牛肉，卖牛肉啦！

——给我这个可怜的盲人施舍点吧！

——扫——帚！最后几把了！

——雪茄，抽雪茄吗？

——神奇的奖牌，可单卖，也可整盒地卖！

——看一看，瞧一瞧啊，好吃的白兰地蛋糕！

——防身刀！

——锋利的刀片！

——谁要买绳子啊？

——美味的面包，快来买啊！

——颈铃，最后一个啦！

——卖西瓜啦，我的乖乖！

——美味的面包，纯手工揉制的新鲜面包！

——西——瓜！

——美味的面包！热腾腾的面包！

（288）

1833 年：阿雷基帕

羊　驼

——"幸福的生灵。"弗洛拉·特里斯坦[1]说。

弗洛拉在秘鲁旅行，这是她父亲的祖国。在群山之中，她发现了"唯一一个人类没能让其堕落的动物"。

温顺的羊驼比骡子更灵活，爬得更高。它们抵御寒冷、抗疲劳，能够负重。它们无私地给山区的印第安人提供运输、奶、肉以及它们身上的干净、闪亮的绒毛。但是它们从不让人捆绑，也不让人虐待，不接受任何命令。当它们停止女王般的行进时，印第安人恳求它们继续前进。如果有人踢打、辱骂或威胁它们，羊驼们就倒在地上，昂起长长的脖子，转动眼睛看向天空——造物主创造出的最美丽的眼睛，然后轻轻地死去。

——"幸福的生灵。"弗洛拉·特里斯坦说。

(337)

1833 年：圣比森特

阿 基 诺

阿纳斯塔西奥·阿基诺[2]的头落入刽子手的筐里。

---

[1] Flora Tristán（1803-1844），法国社会主义女权运动的先驱，工会的创始人之一，画家保罗·高更的外祖母。父亲出身于秘鲁阿雷基帕的贵族家庭，但他的早逝让弗洛拉与母亲的生活陷入困境。在经历了失败的婚姻和漫长的子女监护权的争夺战之后，弗洛拉决定向父亲的家族索要一份继承权以获得经济独立。于是1833-1834年，弗洛拉在秘鲁生活了一年，虽然没有获得继承权，但她把这一年的旅行写成一本书《一个流浪者的漫游》。她的婚姻和秘鲁的经历让她变得激进，她生命的最后十年都用来为工人的权利和妇女的解放而书写和行动。

[2] Anastasio Aquino（1792-1833），萨尔瓦多的印第安人领袖，在中美洲联邦共和国期间，他率领萨尔瓦多的农民起义。

愿他在战争中安息。萨尔瓦多印第安人的首领已经向强取这片土地的强盗们刺了三千枪。他战胜了用香烟火点燃射击的滑膛枪，他剥光了一座教堂里最大圣坛上圣何塞的衣服。他身披基督的父亲的披风，颁布法律，让印第安人永远不再是奴隶，也不再是士兵，不再因饥饿或醉酒而死亡。但是更多的军队来了，他不得不躲到深山老林里。

他的代理人，一个叫"小铃铛"的人，把他交给了敌人。

——"现在我是一只没有尖牙利爪的老虎。"阿基诺看着自己被脚镣、铁链五花大绑时说道，他向纳瓦罗神父忏悔，说他整个一生中，只害怕他妻子的愤怒和眼泪。

——"我已准备好玩捉迷藏。"当被蒙住眼睛时，他说。

（87）

1834 年：巴黎

塔夸贝

在凯瓜伊的岬角，里维拉将军的骑兵团以精准的枪法完成了教化的任务。现在乌拉圭，一个活着的印第安人都不剩了。

政府把最后四名恰卢亚人[1]赠送给巴黎的自然科学研究院。把他们当成行李装在船上的货舱里，与其他的包裹和手提箱在一起。

法国公众付费去观看这些野蛮人，一个消失种族中的稀有标本。科学家记录他们的手势表情、习惯和人体测量数据；从头颅的形状他们推测，这些人智力低下，性格暴烈。

两个月之前，这四个印第安人听任自己死亡。院士们争夺这些尸体。

只有塔夸贝勇士存活下来。他与他刚出生的女儿一起逃走，谁也不知道他们怎么到了里昂城，在那里他们消失了。

塔夸贝曾经是搞音乐的。当公众离开后，他在博物馆里演奏音

---

[1]　charrúa，指的是原生活在拉普拉塔河流域北部的土著居民。

乐。他用口水蘸湿的一根小棍子来摩擦一张弓，在鬃毛弦上弹奏出甜美的颤音。躲在帘子后偷窥的法国人评价说，他演奏出非常柔软、低沉的声音，几乎无法听清，像是在低声倾诉。

(19)

1834 年：墨西哥城
爱是给予

每扇门的后面都有一只装满醋的葫芦在守候。每一座圣坛上都有上千支蜡烛在祈福。医生们放血，用氯化物烟熏消毒。彩色的旗帜标明遭到瘟疫袭击的房子。悲伤的圣歌和哀号表明装满死人的车辆正在经过空无一人的街巷。

省长颁布通告，禁止食用一些食物。据他认为，塞馅儿辣椒和水果把霍乱带到了墨西哥。

在圣灵大街上，一位车夫正在切一个大南美荔枝。他躺在车夫座位上，准备慢慢享用水果。有个路人让他目瞪口呆：

——"野蛮人！你不知道你这是自杀吗？你不知道那个水果会把你送进坟墓吗？"

车夫犹豫不决。他盯着肥美多汁的果肉，不能决定是不是下嘴去啃。最终，他起身，走了几步，把南美荔枝给了坐在街角的老婆：

——"你吃了吧，我的心肝。"

(266)

1835 年：加拉帕戈斯群岛
达 尔 文

一座座黑色的小山冒出海面，冲出薄雾。在岩石上，大如牛的巨龟像午睡一般慵懒地移动。隐蔽处，无翼龙——鬣蜥快速游动。

——"这是地狱之都。"小猎犬号[1]的船长说。

——"连树都感觉到很糟糕！"船抛锚时，查尔斯·达尔文肯定地说。

在这片岛屿——加拉帕戈斯群岛上，达尔文尝试揭示"*谜中之谜*"；在这里，他推测出地球上生命生生不息演变的关键。在这里，他发现雀鸟已经进化了它们的喙，啄开坚硬的大粒种子的鸟喙已经变成坚果夹子的形状，在仙人掌里寻花蜜的鸟喙则像钳子。达尔文发现，同样的情况发生在龟类的甲壳和脖颈上，这与龟类是在陆地上进食还是偏爱吃高处的果实有关。

"*加拉帕戈斯群岛上有我所有见解的根源*。"达尔文将会这么书写。"*我经历了一个又一个的惊奇*。"现在，他在旅行日记上这么写道。

四年前当"小猎犬号"从英国的港口出发时，达尔文仍然逐字逐句地相信《圣经》上的每句话。他认为上帝就像今天认为的那样花了六天时间创建了世界，像亚瑟主教肯定的那样，在公元前 4004 年 10 月 12 日周六的早上 9 点，上帝完成了他的工作。

（4，88）

1835 年：哥伦比亚

得克萨斯

十五年前，一个马车队吱吱呀呀地经过得克萨斯的荒漠草原，猫头鹰和丛林狼的哀号表示出不欢迎他们。墨西哥把土地出让给这些带着奴隶和犁镐、从路易斯安那远道而来的三百户家庭。五年前，得克萨斯的美国拓殖者已经达到两万人，还有许许多多从古巴或畜栏里——弗吉尼亚和肯塔基的骑手们把小黑孩们养得肥肥壮壮——购买

---

[1] 1835 年，达尔文跟随英国皇家海军"小猎犬号"（Beagel，又译作"贝格尔号"）勘察船来到加拉帕戈斯群岛。

的奴隶。现在，拓殖者们竖起了自己的旗帜，一只熊的图案的旗帜，他们拒绝向墨西哥政府缴纳赋税，拒绝履行墨西哥在全国领域废除奴隶制的法律规定。

美国的副总统约翰·卡尔霍恩[1]认为上帝创造黑人就是为了让他们为上帝的选民砍柴、拾棉花、拖车运水。纺织厂需要更多的棉花，棉花需要更多的土地和黑人。去年卡尔霍恩说：*"有足够的理由让得克萨斯加入美国。"* 彼时，杰克逊总统以运动员的肺来鼓吹边境线，早已派他的好朋友山姆·休斯顿去得克萨斯。

粗鲁的休斯顿一路拳打脚踢、开山辟路，成为将军，并宣布得克萨斯独立。这个新的国家土地面积比法国还要大，很快它将成为美国星条旗上的另一颗星。

反对墨西哥的战争爆发了。

(128，207)

1836 年：圣哈辛托

自由世界在增长

山姆·休斯顿以每英亩四分的价格出售土地。美国的志愿兵从四面八方涌来，装载着武器的舰队从纽约和新奥尔良赶来。

彗星已经在墨西哥的天空发出了灾难的预示。没有人认为这是新闻，因为自从杀死伊达尔戈和莫雷洛斯的刽子手们宣布独立，把国家据为己有以来，墨西哥就一直生活在永恒的灾难中。

战争没持续多久。墨西哥将军圣安纳抵达时呼吁血战，于是在阿拉莫他屠杀、枪决；但在圣哈辛托，在一刻钟里他失去了四百人。圣安纳交出得克萨斯以换取自己的性命，他带着败军、他的私人厨师、他那把价值七千美元的佩剑、无数的勋章和一车厢的斗鸡回到墨西哥。

---

[1] John Calhoun（1782-1850），美国政治家，他坚定地站在美国南方的庄园奴隶主的立场，强烈支持奴隶制。

休斯顿将军自封为得克萨斯的总统，庆祝胜利。

得克萨斯的宪法确保主人对奴隶拥有永久的权利，把他们当作合法取得的财产。"扩大自由区"是胜利之师的口号。

(128)

1836年：阿拉莫

边陲英雄特写

得克萨斯战争刚刚爆发时，当幸运仍然向墨西哥军队微笑时，大卫·克洛科特[1]上校被刺刀刺杀倒地。他倒在阿拉莫的防御工事里，与他的英勇的逃兵队伍的旗帜倒在一起，黑美洲鹫结束了他的历史。

美国在不断吞并印第安人和墨西哥人的土地中肥胖起来，却失去了他们的一位西部英雄。大卫·克洛科特拥有一把名叫贝斯帝的猎枪，能一枪射死五只熊。

克洛科特很有可能是丹尼尔·布恩的儿子，布恩是前个世纪的传奇拓荒者，勇猛和孤独的杀手，他憎恨文明，却通过向从印第安朋友那里盗窃来的土地上安排垦殖者而挣钱。他也很有可能是纳蒂·班波的父亲，班波这个小说人物如此出名，甚至变成有血有肉之人了。

自从费尼莫尔·库柏[2]出版《最后一个莫西干人》以来，高贵而又粗鲁的猎手纳蒂·班波已经融入美国的日常生活。大自然已经教给

---

[1] Davy Crockett（1786-1836），美国政治家，与时任美国总统安德鲁·杰克逊在对待印第安人的问题上有矛盾。杰克逊力主驱逐印第安人，而克洛科特倾向于与印第安人和平共处。后因输掉众议员的选举，1836年1月14日，克洛科特和其他65人一同投奔得克萨斯独立政府。1836年2月6日，克洛科特领着12人来到了阿拉莫。2月23日，墨西哥的圣安纳率领一支7000人的队伍围攻阿拉莫。3月6日，攻破阿拉莫的北墙，189名得克萨斯人全部丧生，克洛科特也战死。

[2] James Fenmore Cooper（1789-1851），美国浪漫主义作家，被誉为美国长篇小说之父。代表作品是《皮袜子故事集》，丛书的主角是从小被印第安莫西干人收养的白人猎手纳蒂·班波，绰号皮袜子。小说反映了英法殖民主义者掠夺印第安人土地而爆发的战争，描述了印第安部落的生活和最后的灭亡。其中《最后一个莫西干人》最为出名。

他关于道德的一切，他的能量来自群山和森林。他丑陋，大嘴里只有一颗牙齿，但是无所求地保护两位美丽的白人处女，感谢他，她们才成功地穿过丛林和欲望。纳蒂·班波用许多语言来赞美沉默，当他说他不害怕死亡时他没有撒谎，当他一边满怀忧伤地杀死印第安人一边钦佩他们时，他也没有撒谎。

（149，218）

1836 年：哈特福德

柯尔特

塞缪尔·柯尔特，工程师，在康涅狄格的哈特福德登记他发明的左轮手枪的专利。这是一种转轮可旋转、弹巢能装五发子弹的手枪，二十秒钟可连续射击五次。

从得克萨斯州来了第一份订货单。

（305）

1837 年：危地马拉城

莫拉桑

教士们的暴风雨爆发了。拉法埃尔·卡雷拉是插入恐惧的闪电，在整个危地马拉回荡着雷鸣声：

——"宗教万岁！外国佬去死！莫拉桑去死！"

教堂里所有的蜡烛都点燃了。修女们飞快地祈祷，在九秒里念完了九个九日祭的祷文。唱诗班吟唱着圣母祷词，以同样的热情咒骂莫拉桑。

中美洲联邦共和国总统弗朗西斯科·莫拉桑[1]是"外国异教徒"，他已经释放了神秘主义的愤怒。莫拉桑，出生在洪都拉斯，他不仅把中美洲各省联合起来建立了统一的国家，而且把侯爵伯爵们都降到纯粹的公民级别，创建了公立学校来教授大地的事物，丝毫不教授天堂的事情。根据他的法律，坟墓已不再需要十字架，婚礼也不再需要神父；婚床上孕育的孩子与没有预先合同、在畜栏的牧草上创造的孩子没有区别，两个都有一样的继承权。更为严重的是：莫拉桑实行政教分离，颁布信仰或无信仰的自由，取缔了上帝的职员收取的什一税和实物税，并出售他们的土地。

教士们宣布在危地马拉肆虐的瘟疫是莫拉桑的罪责。不断有人死于霍乱，许多爆炸性的指责从布道坛上纷纷落下：莫拉桑在水中投毒，敌基督者已与魔鬼签下协定，把死者的灵魂出卖给魔鬼。

山区的人们起来反抗下毒者。猪倌拉法埃尔·卡雷拉领导了反抗。他二十岁出头，但身上已中了三枪。他穿着教士的无袖圣服，佩戴勋章，檐帽上插着一枝绿色的树枝。

（220，253）

1838 年：布宜诺斯艾利斯

罗 萨 斯

驯马和驯人高手胡安·曼努埃尔·德·罗萨斯是拉普拉塔河流域的考迪罗。他会弹吉他、会跳舞，众人围绕火堆旁时，他能讲最令人害怕或最引人发笑的故事，但是他心硬如大理石，甚至连他的孩子们都叫他"主公"。厨娘因为把鸡肉做坏了就被他下令监禁起来，而他

---

[1] Francisco Morazán（1792-1842），洪都拉斯的军人和政客。1827-1838 年间，他统治中美洲联邦共和国，立志要把中美洲变成一个强大、进步的国家，但他的自由主义改革措施遭到保守派的强烈反对，国家长期陷入战乱。1837 年，危地马拉的农民拉法埃尔·卡雷拉领导反对派进行攻击，联邦共和国分崩离析。1840 年莫拉桑被迫流亡。

也因为无意中违反了他自己颁布的规定而自行鞭打自己。

他执政时期是最辉煌的时期；他的屠宰场是最有组织性的。罗萨斯拥有自布宜诺斯艾利斯港口到印第安人驻营地之间绵延不绝的最好的牧场。

罗萨斯统治国家。他颁布了海关法，保护阿根廷生产的商品：斗篷、草垫、鞋、马车、船、红酒和家具，他禁止外国商人进入内陆河流。

《两个世界》杂志要求法国向"西班牙征服的堕落子民们"进行教化和训导。法国舰队在勒布朗海军上将的指挥下，开始封锁布宜诺斯艾利斯——阿根廷唯一一个有资格进行海外贸易的港口。

(166, 271, 336)

1838 年：布宜诺斯艾利斯

《屠场》

埃斯特万·埃切维里亚[1]创作了拉普拉塔河文学史上的第一部短篇小说。在《屠场》里，罗萨斯的独裁统治就是一群持刀的暴民对布宜诺斯艾利斯一位毫无防卫的医生的追捕。

埃切维里亚出生在贫民窟，在争吵中长大，在巴黎接受打磨，他蔑视群氓。城南的一座屠宰场为作家提供了最好的场景，让他能够描述狗与剜肉的黑女人们争夺内脏的场景，让作家讲述那些下流话是如何从普通百姓的嘴里喷涌而出，就像鲜血从牲畜们的脖颈喷出一般。小说中的刽子手穿着高乔人的奇利帕裤[2]，脸上溅满了血，他刺入匕首，直到刀柄没入牲畜的脖颈；之后，他把穿着礼服、骑着马并拒绝

---

[1] José Esteban Echeverría（1805—1851），阿根廷浪漫主义重要作家，代表作是《屠场》。

[2] chiripá，奇利帕裤，阿根廷等国农民用一块长方形的布裹在大腿后再从腿中掏到前面腰部，用皮带系好，穿在衬裤外。

屈从的知识青年关进了畜栏。

（104）

关于美洲同类相食的外篇

在最后一次骑兵冲锋中，上校胡安·拉蒙·埃斯通巴派出骑兵来对抗贱民百姓。反对西班牙的战争已经结束了，但是更为残忍的是正在进行的阿根廷人反对阿根廷人的战争。埃斯通巴上校高举军刀，号叫："冲啊！"在猛烈的厮杀和刀砍中，马匹猛冲入空旷的地平线。

这个被撕碎的国家因愤怒而疯狂。独立战争的英雄相互吞食。埃斯塔尼拉奥·洛佩斯收到用羊皮包着的潘乔·拉米雷斯的头后，把头放在铁笼子里，整个晚上都在高兴地看着它。在法昆多落入陷阱，被子弹打中一只眼睛之前，格雷戈里奥·拉马德里背着枷锁，拖着法昆多·基罗加的母亲游街。在一个畜栏里的牛粪堆上，胡安·拉瓦耶枪杀了曼努埃尔·多雷格；从那时起，多雷格的魂魄就一直跟着拉瓦耶，咬住他的脚后跟，直到抓住他，开枪把他射杀在情人赤裸的身体旁边，为的是拉瓦耶能有幸死在女人的身体里。

（55，103，110）

1838 年：特古西加尔帕

中美洲四分五裂

当莫拉桑在危地马拉对付那些被修女们煽动起来而群情激昂的人们时，中美洲联邦共和国四分五裂。

一个接着一个，这个国家每个地区被缝接起来的脆弱的线逐渐崩裂。哥斯达黎加和尼加拉瓜打破联邦协议，洪都拉斯也宣布独立。特古西加尔帕用大鼓、铙钹和演讲来庆祝她自己孩子的失败。十年前，他就是从这里开始了伟大的统一事业。每个省的怨恨、嫉妒和贪婪、年久的毒药，比莫拉桑的激情更厉害。中美洲联邦共和国已经肢解成四个碎块。很快，将变成五个碎块，再之后，六个碎块。可怜的碎块。相互之间，他们感受更多的是仇恨，而不是同情。

（220）

1839 年：科潘

以五十美元出售一座圣城

以五十美元的价格出售一座圣城，美国驻中美洲的大使约翰·劳埃德·斯蒂芬斯 [1] 买下了她。她是位于洪都拉斯的玛雅城邦科潘，紧挨着一条河，被雨林侵占。

在科潘，神祇变成了石头，诸神挑选或惩罚的人也变成了石头。在科潘，一千多年前，曾经居住着博学的天文学家，他们发现了启明星的秘密，以从未有过的精准测量出太阳年。

时间侵蚀但并没有战胜那些有着美丽雕饰和雕花台阶的庙宇。神灵仍然在圣坛上出现，在面具的羽毛后面玩捉迷藏。灌木丛里竖立的石碑上，美洲虎和羽蛇仍然张开咽门；从那些沉默却永不哑口的石头那里，人和神呼吸。

（133）

1839 年：哈瓦那

鼓声倾诉，身体讲述

古巴的最高统帅决定：只要是在节日里并且在工头的管控下，种

[1] John Lloyd Stephens（1805-1852），美国探险家、作家和外交家。因对中美洲的古文明感兴趣，在美国驻中美洲的领事去世之时，他主动申请做代办。1839 年，他与英国人弗雷德里克·卡瑟伍德一起探险，发现了位于洪都拉斯的玛雅古城科潘，开启了中美洲考古学之路。

植园里可以举行鼓舞活动。

工头们将负责避免鼓声传递反叛之音。黑人的鼓，有活力的鼓，不单独击奏。鼓与其他鼓交谈，雄性鼓召唤，雌性鼓传递爱，危险的是它与人和神交谈。当鼓呼唤他们时，神灵会赶来，进入身体，从那里开始飞翔。

远古时代，蝎子阿科克为摆脱无聊而把尾刺刺入一对夫妻的身体。从此之后，黑人们就跳着舞从母亲的肚子里钻来。他们一边跳舞一边说着爱、痛或愤怒；他们一边跳舞，一边穿过残忍的生活。

（22，222，241）

1839 年：哈瓦那

报刊广告

经济版
出售动物

- 出售一名黑克里奥女人，年轻健康，没毛病，非常恭顺、忠诚，做饭能手，能比较熟练地洗衣熨烫，特别善于带孩子，售价 500 比索。欢迎垂询，道伊斯大街 150 号。

　　　　　　　　　　　　　　　　　　3 月 11 日

- 出售一匹品种优良的骏马，52 英寸高……

出租家庭物品

- 做家务的黑人妇女。短工和各种工作的男黑人，另有小黑人可陪孩子玩。详情请咨询道伊斯大街 11 号。

　　　　　　　　　　　　　　　　　　3 月 21 日

- 出售上好水蛭，刚刚从半岛运来的……

（276）

1839 年：瓦尔帕拉伊索

照 明 人

在智利的港口瓦尔帕拉伊索的林科纳达街区，上坡路上，一座普通的房子门口有一个牌子：

> 美洲的光明与美德
> 是脂油蜡烛、耐心、肥皂、
> 容忍、强力胶、对工作的爱

里面，有厨房的油烟味和小孩子的吵闹声。这里居住着西蒙·罗德里格斯。玻利瓦尔的老师在自己家里开设了一所学校和一家小工厂。他教授孩子们创造的快乐。他通过制作蜡烛和肥皂来支付开销。

（298）

1839 年：韦拉克鲁斯

"天啊，请给我一个丈夫，无论年老、独臂还是瘫子"

西班牙大使首次踏上墨西哥的土地。在韦拉克鲁斯，除了窥伺死人的黑美洲鹫他没有看到其他的鸟。他挽着妻子的胳膊出门，在悲伤的大街上游逛，想了解这个国家的习俗。

在一座教堂里，大使看到一位挨打的圣徒。单身的女子向圣徒投石头祈求奇迹。年轻的姑娘们心怀希望投出石头，相信最精准的投掷会给她们带来最好的丈夫；而色衰老妇已经不期望从圣安东尼·德·帕杜亚那里得到丈夫和安慰，出于报复她们不停地砸他、大声辱骂他。她们让可怜的圣安东尼精疲力竭，脸部破损、胳膊残缺、胸部只剩一个大窟窿。在他的脚部，她们给他献上鲜花。

（57）

1840 年：墨西哥城

化装舞会

墨西哥城里来自法国的女式时装设计师和发型师四处奔走不停，从这家奔到那家，从这位贵妇身边奔到另一位贵妇身边。在为穷人举办的大型慈善舞会上，谁将是最优雅的呢？谁的美貌将会脱颖而出？

西班牙大使的夫人卡尔德隆·德拉巴尔卡太太试穿墨西哥的民族服装——普埃布拉谷地的特色衣服。映照出形象的镜子明亮清晰：白色的花边蕾丝衬衣，红裙子，绣花衬裙上的亮片闪闪发光。卡尔德隆太太把彩色腰带一圈圈地缠绕在腰间，她中分头发，用一根发卷把辫子扎起来。

整座城的人都知道了。部长委员会召集会议以防止危险。三位部长——外交部、政务部和战争部部长——造访大使府邸，向他呈交了官方警告。重要的夫人们不敢相信这一切，纷纷晕倒、吸盐、摇着扇子。如此高贵的夫人穿着如此不般配的服装！而且是在大庭广众之下！朋友们纷纷建议，外交部门施压：当心，避免引起混乱，这样的服装是声誉可疑的妇女们的特有装扮。

卡尔德隆·德拉巴尔卡夫人放弃了这套民族服装。她将不会穿成墨西哥妇女的样子去参加舞会。她将打扮成意大利拉齐奥地区的农妇。另外一位赞助舞会的贵妇将打扮成苏格兰女王。其他夫人将装扮成法国的交际花，瑞士、英格兰或阿拉贡的农妇，或者裹上土耳其的古怪的面纱。

音乐将在珍珠和钻石的海洋里徜徉。舞姿不优美：不是脚的问题，而是鞋子太小太磨脚了。

(57)

墨西哥上层社会：一次探访如此开始

——您好吗？您都好吧？

——乐意为您效劳。您呢？

——没什么变化，乐意为您效劳。

——您昨晚睡得怎样？

——乐意为您效劳。

——我真是太高兴了！夫人，您好吗？

——悉听尊便。您呢？

——万分感谢。您先生好吗？

——乐意为您效劳，没什么变化。

——请您入座。

——小姐您先请。

——不，夫人，您请。

——哎呀，好吧，听您的，我不拘礼了。我讨厌客套和礼节。

（57）

墨西哥城里一天的叫卖

——先生，买炭吗？

——黄油！黄油，只卖一个半雷亚尔！

——上等的腊肉！

——有润油脂卖吗？

——卖纽扣啦！

——山楂，新鲜的山楂！

——您要香蕉、橙子、橘子吗？

——卖镜子啦！

——热腾腾的玉米饼！

——谁想要普埃布拉的凉席啊？五根细枝条编织的凉席。

——蜂蜜蛋糕！奶酪、蜂蜜、炼乳和上好的糖浆做的。

——糖果！可可三明治！蛋白饼！

——最后一张彩票，最后一张，只要半个雷亚尔！

——土豆饼！

——谁要买坚果？

——炼乳土豆饼！

——亲爱的，鸭子！热气腾腾的鸭子！

——玉米粽子，玉米粽子！

——买烤栗子吗？

（57）

墨西哥上层社会：医生如此告别

床边：

——夫人，谨听遵令。

——非常感谢，先生。

床脚处：

——夫人，请把我看作您最卑微的仆人！

——先生，上午好。

停在桌子边：

——夫人，亲吻您的脚。

——先生，吻您的手。

门附近：

——夫人，我家简陋的房子，房子里的一切，还有我自己，虽然一无是处，以及我所有的一切，都是您的。

——非常感谢，先生。

他转过身去开门，但打开门后转身朝向我。

——再见，夫人，我是您的奴仆。

——再见先生。

他终于出去了，但之后在半开半掩的门缝里，他露出头：

——祝您安好，夫人！

（57）

1840 年：墨西哥城

修女如此开始修道院生活

> 汝已择良径
> 将无人能分尔
> 被选之人

十六岁时，她与世界说再见。她坐车穿过那些她将再也看不到的大街小巷。再也看不到她的亲戚朋友们参加了圣特雷莎修道院的仪式。

> 无人无人无物
> 能分尔

她将与耶稣的其他妻子一起进餐，就着陶制汤碗，餐桌中央放着一个颅骨。她将为她没有犯过的罪恶忏悔，为他人享受的神秘罪行忏悔，用带刺的腰带和带荆棘的花冠来折磨肉体进行赎罪。她将永远一人独眠在禁欲的床上，她将穿上扎皮肤的衣服。

> 远离伟大巴比伦的战争
> 腐化诱惑危险
> 远离

她身上覆盖着鲜花、珍珠和钻石。她们摘去她身上所有的装饰物，脱去她的衣服。

> 永不

在管风琴的伴奏下，主教劝诫并祝福。主教的戒指—— 一块巨大的紫水晶，在跪身在地的姑娘头上画十字。修女们唱歌：

圣母颂……

她们给她穿上黑色的衣服。修女们围在教堂的大蜡烛圈周围，屈膝跪地，脸贴地面，黑色的两翼展开。

帘子拉上，就像盖上棺材盖。

（57）

1842 年：哥斯达黎加的圣何塞

虽然时间将你遗忘，大地没有

在危地马拉城，贵妇们和教士们为山区考迪罗拉法埃尔·卡雷拉能长时间独裁统治做准备。让他试戴三角帽、试穿制服、试戴佩剑；教他穿着漆皮靴子走路，教他写自己的名字，教他认识金表上的时间。猪倌卡雷拉将会继续按照其他方式来履行自己的职责。

在哥斯达黎加的圣何塞，弗朗西斯科·莫拉桑准备去死。艰难的勇气。莫拉桑作为一个热爱生活、如此有活力的男人，很难去死。他整晚都双眼紧盯着牢房的屋顶，说着再见。世界已经很大。将军拖延着告别。他原本想统治时间多一些，仗少打些。许多年过去，他一直为建立大中美洲国家而挥舞军刀打仗，而这个国家却固执地四分五裂了。

在军号响起之前，吹号鸟鸣叫起来。吹号鸟的歌声来自高空之上，来自童年的深底，就像以前一样，一直都是这样，来自黑暗的尽头。这一次，它宣告最后一次黎明。

莫拉桑面对行刑队。他露出头，他亲自下令准备武器。他下令瞄准，调准靶心，他下令开枪。

子弹齐射，把他归还给大地。

（220）

1844 年：墨西哥城
斗　鸡

教会作为地主和放债人，拥有半个墨西哥。另外半个属于一小群显贵，而印第安人被困在他们的公社里。总统职位的所有人是洛佩斯·德·圣安纳将军，他十分关心公共和平和他的斗鸡们的身体健康。

圣安纳执政时怀抱着某一只公鸡。他就这样接见主教和大使，为了照顾一只受伤的公鸡，他放弃参加内阁会议。他建立了比医院更多的斗鸡场，颁布了比教育法令更多的斗鸡规则。斗鸡饲养者们与赌棍和上校们的遗孀（从来不曾是）一起成为他的私人陪同。

他非常喜欢一只花斑公鸡，这只鸡装成母鸡的样子，在对手面前搔首弄姿，直到把对手弄晕，再杀死它；但是在所有的鸡中，他最喜欢凶猛的佩德里多。他把佩德里多从韦拉克鲁斯带来，同时也带来了那里的土，让它能够没有乡愁地在土上打滚。圣安纳亲自把它的鸡距[1]绑在斗鸡场上。他与赶脚人和流浪汉交换赌注，咀嚼对手公鸡的羽毛，诅咒它厄运。当他分文不剩时，他把他的勋章扔到斗鸡场上。

——我在五上压八注。

——如果你喜欢的话，在四上压八注。

一道闪电穿过飞旋的羽毛，佩德里多的踢刺刺中了眼睛或者刺穿了任何一个冠军的咽喉。圣安纳非常高兴，杀手竖起羽冠，拍打着翅膀，放声高歌。

（227，309）

1844 年：墨西哥城
圣　安　纳

圣安纳皱着眉，发愣：他正在想某一只在战斗中倒下的公鸡或者

---

[1]　鸡距指雄鸡的爪子。

在想他自己的腿，他失去的那条腿是军人荣誉中最令人尊重的象征。

六年前，在一次反对法国国王的小规模战争中，炮击轰掉了他那条腿。弥留之际，在床榻上，残疾的总统向他的秘书们口述了一个十五页的简洁口信，向国家道别；但是他又活过来了，重新执政，就像他早已习惯一样。

一只庞大的队伍陪伴着那条腿从韦拉克鲁斯抵达首都。那条腿被罩在大氅下，在圣安纳的护卫下抵达，圣安纳从车窗里探出他的白色羽毛檐帽。车后，浩浩荡荡地跟着主教、部长、大使和一支由轻骑兵、重骑兵和胸甲骑兵组成的军队。那条腿在成排的彩旗中穿过成百上千的鲜花拱门，穿过一座座村镇。沿途中，它一直接受大家的祈祷、演说、赞歌、圣歌、鸣炮、敲钟致意。在抵达墓地时，总统在陵园前宣布向死亡提前带走的他的部分身体表达最后的致敬。

自那时起他残缺的那条腿就让他疼痛。今天，疼得比任何时候都厉害，疼得受不了了，因为叛乱的人们已经打破了保存那条腿的陵墓，正拖着那条腿在墨西哥大街上游街。

（227）

1845 年：布埃尔塔·德奥夫利加多 [1]
商人的入侵

三年前，英国舰队打败了天朝帝国。在封锁了广东和所有海岸线后，英国入侵者们打着贸易自由和西方文明的大旗，强迫中国人吸食鸦片。

中国之后，是阿根廷。布宜诺斯艾利斯港口的常年封锁收效甚微或者说毫无用处。胡安·曼努埃尔·德·罗萨斯自己的形象令人景仰，在装扮成国王的小丑们的围绕下执政，他仍然拒绝开放阿根廷的河

[1] Vuelta de Obligado，阿根廷地名，1845 年在巴拉那河上爆发了罗萨斯领导的阿根廷联邦军与英法联军的战争。

道。英国和法国的银行家们和商贾们自几年前就宣布要惩罚这种傲慢行为。

许多阿根廷人在战斗中伤亡，但是最终世界两大强国的战舰用大炮轰断了横在巴拉那河上的锁链。

(271，336)

1847 年：墨西哥城
征　服

"在我们眼前墨西哥闪闪发光。"世纪初时，亚当斯总统[1]惊奇不已。

第一次蚕食时，墨西哥失去了得克萨斯。

现在，美国已经把整个墨西哥放入盘中。

圣安纳将军深谙撤退之道，逃往南方，留下战壕里一长串的剑和尸体。屡战屡败，他撤走他的军队，战士流血受伤、忍饥挨饿，从来没有俸禄，与他们一起撤退的还有骡子拖着的破旧大炮，在大炮后面跟着用篮子装孩子、酒和土豆饼的妇女队伍。圣安纳将军的军队是官员多于士兵的军队，只有能力杀害贫穷的同胞。

在查普特佩克城堡里，几乎都是孩子的墨西哥士官生们没有投降。他们以一种不源自希望的顽强抵抗着炮轰。石头倾泻而下，压在他们的身体上。在石头缝中，胜利者们插上了星条旗，旗帜在烟雾中升起，飘扬在广阔的山谷里。

征服者们进入首都。墨西哥城：八名工程师，两千名教士，两千五百名律师，两万名乞丐。

人们蜷缩着嘟囔。从屋顶平台上，石头如雨而下。

(7，127，128，187)

---

[1] 美国第二任总统约翰·亚当斯。

1848 年：瓜达卢佩 – 伊达尔戈镇

征服者们

在华盛顿，波尔克总统宣布他的国家版图已经像整个欧洲一样大。没有人能阻止这个年轻国家的吞噬攻势。向南向西，美国通过杀戮印第安人、碾压邻居或购买来扩张。他已经从拿破仑那里购得路易斯安那，给西班牙一亿美元得到了古巴岛。

但是征服的权利更加光荣，更加廉价。与墨西哥的条约在瓜达卢佩 – 伊达尔戈镇签订。枪逼胸口的墨西哥向美国割让了一半的领土。

（128）

1848 年：墨西哥城

爱尔兰人

墨西哥城的马约尔广场上，胜利者们在惩罚。他们鞭打反叛的墨西哥人。对于爱尔兰逃兵，用烧红的烙铁在他们的脸上打上烙印，然后把他们挂在绞刑架上。

爱尔兰圣帕特里克兵营与入侵者们一起抵达，却与被侵略者们一起战斗。从北方到莫里诺 – 德雷伊，爱尔兰人把墨西哥的命运——厄运变成了他们的。在保卫丘鲁武斯科修道院的战斗中，弹药耗尽，许多人死亡。囚徒们在绞刑架上摇来晃去，面部被焚毁。

（128）

1848 年：伊比拉伊

白斗篷老者在一座红石房里

他从不喜欢城市。他喜爱的是巴拉圭的一个菜园和他的车——

一辆装满了药草的独轮车。一根棍子帮助他走路，快乐歌歌手、黑人安西纳帮助他种地，帮他每天晒太阳，不背光。

——何塞·阿蒂加斯，为您效劳。

他为偶尔从乌拉圭赶来的访客奉上马黛茶和尊敬，言辞很少。

——那么，在那里仍然听得到我的名字。

他八十多岁，流亡二十八年，拒绝回去。他信仰的理念和热爱的人们仍然战败。阿蒂加斯清楚地知道世界和记忆的沉重，他宁可缄口。没有任何一种草药可以治愈内心的创伤。

（277）

多明戈·福斯蒂诺·萨米恩托眼中的何塞·阿蒂加斯

他是一个不折不扣的拦路强盗。他统治着一帮为政治革命鲁莽行事的印第安人，三十年的杀戮抢劫为他发号施令提供了许多不可思议的称号，其中就掺杂着阿蒂加斯一个可怕的名字：强盗头子……谁听命于他？印第安人，一小部分人或野蛮人，他领导这些人为一个最野蛮、最残忍，白人最敌视的权利而斗争。他野蛮，所以几乎从不去城市，远离任何与自由政府相关的人文传统；虽然是白人，却指挥着一群比他更没教养的土著人……当我们要赋予他某种政治思想和人类情感时，根据阿蒂加斯的背景和行为，我们感受到一种理性的反叛和白种人天性的反叛。

（311）

1848 年：布宜诺斯艾利斯
恋人（I）

主人公：

卡米拉·奥戈曼：二十年前生于布宜诺斯艾利斯一座有三个庭院的房子里。她接受过圣洁教育，为的是在一条正确而狭窄的道路上逐渐成为圣女、妻子和母亲。这条道路通往平静的婚姻生活、针线活、钢琴晚会、黑纱裹头念珠祈祷。她与索科罗教堂的教区神父一起私奔。这是她的主意。

拉迪斯劳·古铁雷斯：神父，二十五岁。图库曼省长的侄子。自从在大蜡烛烛光中把圣饼放在屈膝跪地的那个女人的舌头上之后他就无法入眠。最终他扔下弥撒书和教士袍，让小天使们和钟楼的鸽子们都逃走了。

阿道尔夫·奥戈曼：每次就餐前他都坐在桃花木长桌的首席背诵十诫。他与纯洁的妻子共同生育了一位教士儿子、一位警察儿子和一个私奔的女儿。他是模范父亲，他是第一个因为这个有辱家庭门面的"骇人事件"而请求做戒性惩罚的人。在呈交给胡安·曼努埃尔·德·罗萨斯的信件里，他要求对"这件全国最不堪忍受、闻所未闻的事件"采取严厉手段。

费利佩·埃洛东多·伊帕拉西奥：宗教事务所的文书。他也致函罗萨斯，要求逮捕这对恋人，并处以坚定的惩罚，以免将来出现类似的罪行。在他的信中，他澄清说，古铁雷斯的任命与他没有任何关系，因为那是主教的事情。

胡安·曼努埃尔·德·罗萨斯：下令追捕那对恋人。信使们从布宜诺斯艾利斯纵马疾驰而去。他们带着描述这对逃跑恋人样貌的小册子。卡米拉：白人，黑色的眼睛，目光柔和，个高体瘦，身材匀称。拉迪斯劳：皮肤黝黑，身材清瘦，满脸胡须，头发卷曲。罗萨斯承诺将主持正义，为让教会满意，尊重法律，也为避免出现后续的伤风败俗、放荡和混乱局面。整个国家都在防备。

参演的还有：

反对派的报纸：自蒙得维的亚、瓦尔帕莱索和拉巴斯，罗萨斯的敌人们呼吁公共道德。《智利信使报》上写道："拉普拉塔河的卡里古拉暴政下，习俗极度腐化，已严重至此：布宜诺斯艾利斯不虔诚的、渎圣的教士们与上层社会的少女私奔，而无耻的暴政者没有采取任何措施来制止那些骇人听闻的伤风败俗行为。"

马匹：驮着恋人们朝北方去，避开城市，奔向旷野。拉迪斯劳骑的是高腿金毛马，卡米拉骑着浅灰色、胖胖的短尾马。它们与骑马的人一起睡在露天里。它们毫不疲倦。

行李：他的行李中有一顶羊毛斗篷、几件衣服、两把刀、两把手枪、一个打火石、一根真丝领带和一个玻璃墨水瓶。她的行李中有一条真丝长形披肩、几件衣服、四件细绳胸衣、一把扇子、一双手套、一把梳子和一个碎了的金耳坠。

(166，219)

恋人（II）

他们本不应是两个人，黑夜纠正了错误。

1848 年：桑托斯－卢加雷斯 [1]
恋人（III）

夏天时，他们私奔了。在巴拉那河畔的戈雅港口度过秋天。在那里他们改名换姓。冬天，他们被发现，被揭发，被逮捕。

他们被关在不同大车里，运往南方。车轮在路上留下道道痕迹。

---

[1] Santos Lugares，意为"圣地"。

他们被关在不同的牢房里，被关在桑托斯 – 卢加雷斯的监狱里。

如果他们道歉，将被原谅。卡米拉，已有身孕，她不后悔。拉迪斯劳也不后悔。他们的双脚被钉上铁链，一位神父往脚镣上洒圣水。

他们被蒙住双眼，在庭院里被枪杀了。

（219）

1848 年：巴卡拉尔

塞西略·齐

玉米穗已经说话，通告了饥饿。大片的甘蔗种植园正在吞噬墨西哥尤卡坦地区玛雅公社的玉米地。像在非洲购买人力一样，用甘蔗酒支付报酬。鞭子说："印第安人靠后背听话。"

战争爆发了。厌倦了为其他人的战争战死，玛雅人响应空心树干做的大鼓的号召，赶去战斗。他们从灌木丛中钻出来，从黑夜里钻出来，从虚空中钻出来，一手拿着砍刀，一手擎着火把：焚毁庄园，烧死庄园主和主人的孩子们，也烧毁了那些让印第安人和印第安人的子女们沦为奴隶的债务文件。

玛雅的旋风卷起骚乱，摧毁一切。塞西略·齐[1]率领一万五千名印第安人猛攻扫射的大炮，于是狂妄的尤卡坦巴亚多利德城——它自认为非常高贵，与卡斯蒂亚一般高贵——沦陷了，巴卡拉尔城沦陷了，许多村镇和驻军营地也一个个沦陷。

塞西略·齐呼唤古老的反叛者哈辛托·卡尼克和最古老的先知契伦巴伦一起来消灭敌人。他宣布鲜血将会流入梅里达广场，淹没人们的脚踝。他向占领的每一个村镇的圣徒主保们献上甘蔗酒和烟火：如果圣徒们拒绝改旗易帜，继续为他的主人服务的话，塞西略·齐会挥刀将其斩首，扔进火堆里。

（144，273）

---

[1] Cecilio Chi（1820–1848），领导了墨西哥尤卡坦半岛玛雅人驱逐白人的起义斗争。

1849 年：普拉特河河畔

一个叫天花的骑士

今年，每四个波尼[1]印第安人中有一个死于天花或霍乱。而他们的宿敌基奥瓦人[2]在老大叔塞恩迪的帮助下幸免于难。

这位老无赖在这片草原上游逛，越来越伤心，他徒劳地寻找鹿和野牛，沃希托河为他带来红色的泥土而不是清澈的河水，这证实："我的世界完了。""很快我的部落基奥瓦将会像奶牛一样被围住。"老大叔塞恩迪陷在这样的忧郁之中，四处游走。他看见在远远的东方，破晓时太阳没有升起，而是一片漆黑，一片巨大的黑块笼罩在草原上，愈来愈大。当黑块临近时，他发现黑块是一个穿着黑衣、戴着黑色高帽、骑着黑马的骑士。骑士脸上有凶恶的疤痕。

——"我叫天花。"他自我介绍。

——"从没听说过。"塞恩迪说。

——"我远道而来，从海的另一边来。"陌生人解释，"我带来死亡。"

他问起基奥瓦人。老大叔塞恩迪知道要改变他的方向。他解释说基奥瓦人人口少且贫穷，没什么价值，相反，他推荐了波尼印第安人，因为他们人数多、漂亮且强大，他指引了波尼人居住的河流。

（198）

1849 年：圣弗朗西斯科

加利福尼亚的黄金

成群的智利人从瓦尔帕莱索赶来。他们带来一双靴子、一把匕

---

[1] 波尼人是北美大平原印第安部族，16 世纪初到 19 世纪晚期一直居住在美国中西部地区内布拉斯加州普拉特河沿岸。

[2] 基奥瓦人是北美印第安部族，是最晚向美国投降的部落之一。

首、一盏灯和一把铲子。

现在，圣弗朗西斯科[1]海湾的入口叫"金门"。直到昨天，圣弗朗西斯科还是墨西哥的耶瓦斯布埃纳斯镇。在这片通过征服战争从墨西哥强夺过来的土地上，有每个达三公斤重的纯黄金块。

海湾没有地方停靠如此多的船只。锚触底，冒险者们就飞向远处的山上。没有人浪费时间去惊讶或打招呼。赌棍穿着漆皮短靴陷入泥地里。

——我的灌铅骰子万岁！我的第十张牌万岁！

只要一踏上这块土地，穷光蛋就变成国王，曾经蔑视他的美女要怨恨而终。比森特·佩雷斯·罗萨莱斯刚刚抵达，听到了同胞们的想法："我现在能干了！因为在智利，哪个人有了钱还是蠢货呢？"在这里谁浪费时间，就是浪费金钱。不绝于耳的锤子声，鼎沸人声，分娩的嘈杂喧嚷声；凭空涌现许多摊铺，提供工具、酒和干肉来换取装满金粉的皮质包袋。乌鸦哇哇地叫，来自各个国家的人们吵吵嚷嚷，整日整夜里，商品如旋风般涌来：大衣袍和海员短上衣、俄勒冈的皮革、马乌莱[2]的便帽、法国的匕首、中国的檐帽、俄罗斯的靴子、牛仔们腰带上闪光的子弹。

一位长相不错的智利女人戴着花边檐帽，穿着紧身胸衣，她勉强微笑着。人们用担架抬着她走过碎玻璃瓶铺路的泥潭。在这个港口，她是罗萨里多·阿梅斯蒂卡。当她在多年（年数是秘密）之前出生在基利库拉[3]时，她叫罗萨里多·伊斯基耶多，之后在塔尔卡瓦诺叫罗萨里多·比利亚塞卡，在塔尔卡时叫罗萨里多·托罗，在瓦尔帕莱索时叫罗萨里多·蒙塔尔瓦。

在一艘船船尾的甲板上，拍卖商向人们拍卖女人。他一位一位地展示并赞扬道，"诸位请看看这腰身多棒多年轻多漂亮多……"

——"谁出价更高？"拍卖商催促着，"谁出价更高来买这朵无

---

[1] 即旧金山，因为旧金山译名是与 1851 年墨尔本新金山的发现为对照的，此处采取音译。

[2] Maule，智利地名。

[3] 基利库拉和后面的塔尔卡瓦诺、塔尔卡、瓦尔帕莱索都是智利的地名。

与伦比的鲜花？"

（256）

1849 年：埃尔莫利诺

他们曾经在这里

男人叫嚷着，黄金在沙粒、岩石中燃烧。黄金的火花在空中跳跃；黄金顺从地从加利福尼亚的河流和小溪的底部来到男人的手里。

埃尔莫利诺是黄金河边冒出的许多营地中的一个。一天，埃尔莫利诺的淘金者注意到，在远处的柏树山林上总是持续不断地升起几缕轻烟。晚上，他们看到一排火光在风中摇曳。有人认出这些信号：印第安人的信号，他们正在召集战争来抵抗闯入者。

很快，淘金者组织了一支配有一百七十把来复枪的分队，进行突袭。他们带来一百多名囚犯，枪毙了十五名来杀一儆百。

（256）

灰　烬

自从做了那个白兔子的梦以后，老者就不说别的事情。他说话困难，而且许久不能站起身来。岁月已经湿润了他的双眼，无可挽回地压弯了他。他住在一个筐子里，把脸埋在尖尖的双膝后面，摆出回归大地之腹的姿势。他钻进筐子里，由某一个儿子或孙子背着四处走动，给所有人讲述他的梦：*白兔子将把我们吞了*。他结结巴巴地说。*将吞掉我们的种子、我们的草、我们的命*。他说，白兔子将坐在一个比鹿还大的动物身上抵达，一种长着圆形蹄脚、脖子上长毛的动物。

老者没能看到加利福尼亚这片土地上的淘金热。在淘金者骑马到来之前，他就宣布：

——旧的根须已经准备好生长。

人们把装着他的筐子放在他事先挑选好的柴火上，烧死了他。

（229）

1849 年：巴尔的摩

坡

在巴尔的摩一个酒馆的门口四仰八叉地躺着一个奄奄一息的人，快被自己的呕吐物窒息。凌晨时分，一只怜悯之手拖着他去医院；再也没了，永远没了。

埃德加·爱伦·坡是衣衫褴褛的走村串乡的喜剧演员的儿子，是流浪诗人，他承认自己桀骜不驯、胡言乱语，曾受到无形法庭的审判，曾被无形的钳子折磨。

他沉迷于寻找自我。他不寻找加利福尼亚黄金，不，他寻找自我。

（99，260）

1849 年：圣弗朗西斯科

李维斯牛仔裤

暴力和奇迹的光芒没有刺瞎李维·斯特劳斯的眼睛，他刚刚从遥远的巴伐利亚赶来。一瞬间他就注意到，在这里乞丐能变成百万富翁，但在纸牌或扳机的咔嚓声中，富翁又能变成乞丐或者尸体。在另一瞬间，他发现在加利福尼亚的矿区里裤子都变成了布条，于是他决定给他带来的粗布找到最好的出路。他不会卖遮阳篷也不会卖帐篷。他要卖裤子，在河里或矿坑里进行挖掘类粗活的粗人穿的粗布裤子。为了针脚不开裂，他用铜铆钉加固。后来，在腰部下方，李维把他的名字印在一个皮标签上。

很快，整个西部的牛仔们把这些蓝色尼姆哔叽布做的裤子据为己有，太阳怎么晒、穿了多少年，裤子都不会破损。

（113）

1850 年：圣弗朗西斯科
发展之路

智利人佩雷斯·罗萨莱斯在加利福尼亚的矿区四处寻找好运。在得知在离圣弗朗西斯科几英里远的地方以极高的价格售卖充饥的食物时，他弄到了几袋生虫的干肉和几罐蜜饯，并买了一只小艇。当他正准备离开码头时，一名海关人员用步枪对准他的脑袋：

——站住。

这只小艇不能在美国的任何河里航行，*因为这只艇是在国外建造的，不是用美国木头做的龙骨*。

自第一任总统执政以来，美国就保护国内市场。它向英国供应棉花，但关税封住了英国布匹的脚步，也封住了任何一个可能有损于它自己工业产品的脚步。南方的种植园主们想买英国的衣服，因为质量更好，价格更低，他们抱怨北方的纺织厂强行销售给他们又丑又贵的布料，从初生婴儿的尿布到死者的裹尸布都又丑又贵。

（162，256）

1850 年：布宜诺斯艾利斯
次发展之路：多明戈·福斯蒂诺·萨米恩托的思想

我们不是工业家也不是航海家，未来许多世纪里欧洲将为我们供应他们的制成品，以换取我们的原材料。

（310）

1850 年：拉普拉塔河

世纪中叶的布宜诺斯艾利斯和蒙得维的亚

诗人泽维尔·马米耶自法兰西学院的座椅上航行来到拉普拉塔河的码头。

欧洲列强已经与罗萨斯达成一项协议。布宜诺斯艾利斯的封锁已经解除。当走在秘鲁大街上时，马米耶以为他走在维维安大道上。在玻璃橱窗里，他看到里昂的丝绸和《时尚杂志》，大仲马和桑多[1]的小说以及缪塞的诗集；但是在市政厅门廊的阴影处穿着士兵制服的光脚黑人在来回走动，高乔人马匹的踢踏声在地面上回响。

有人向马米耶解释说，高乔人在没有亲吻刀片、为无沾成胎圣母宣誓之前，不会伤害任何人。如果死者是他喜欢的人，刽子手会把死者扛到马上，把他绑在马鞍上，好让他骑着马进入墓地。更远处，在郊区的广场上，马米耶看见了车子、潘帕斯的船，它们从内陆地区运来皮革和小麦，返回时带上从勒阿弗尔或利物浦运来的毛料和烧酒。

诗人跨过河。七年来，蒙得维的亚一直背部受敌，奥里韦将军领导的高乔军队对其进行围攻，但是城市幸存下来，面朝河海，感谢法国船只往码头上倾倒商品和钱。蒙得维的亚有一份报纸叫《法国爱国者》，大部分的居民是法国人。马米耶记录道，在罗萨斯敌人的避难所里，"富人变成了穷人，所有人都疯了"。为了给女朋友的长发上戴上一朵山茶花，追求者付出一盎司的黄金，家里女主人送给客人一束用白银、红宝石和祖母绿的圆环箍扎的忍冬花。对于蒙得维的亚的贵妇们来说，先锋主义女性与保守女性之间的战争看起来比抵抗乌拉圭农民的战争更加重要，而后者是真的杀人战争。先锋女性头发极短，保守女性则梳着浓密的卷发。

（196）

---

[1] 儒勒·桑多（Rules Sandeau, 1811–1883），法国作家。他与年轻时的乔治桑有过一段很短的恋情，两人合作创作小说，发表时署"儒勒·桑"之名。后乔治桑独立发表小说，就另起笔名"乔治·桑"。

1850 年：巴黎

大 仲 马

亚历山大·仲马卷起上等的细亚麻布衣袖，大笔一挥就写就了史诗般的篇章：《蒙得维的亚或一个新特洛伊》。

因为这份想象力的职业业绩，这位善于幻想和暴饮暴食的小说家报价五千法郎。他称蒙得维的亚的小山丘为"高山"，把外国商人攻打高乔骑兵的战争变成了希腊史诗。朱塞佩·加里波第[1]率领的为蒙得维的亚而战的军队前面举的不是乌拉圭的旗帜，而是经典的骷髅加上两根交叉骨头的黑色旗；但是在大仲马写的连载小说里，在保卫这座几乎是法国城市的战斗中，全都是烈士和大力士。

(101)

1850 年：蒙得维的亚

四岁的洛特雷阿蒙

伊齐多尔·迪卡斯[2]诞生在蒙得维的亚港口。双层城墙的防御工事把乡村和围困的城市隔开。伊齐多尔在炮火纷飞中惶然长大，看着悬挂在马匹身上的垂死之人经过。

他的鞋向海边走去。他站在沙滩上，迎着风，向大海询问，小提琴演奏出的音乐将去向何方，夜晚降临时太阳将去向何方，死人将去向何方？伊齐多尔问大海，他的母亲去了哪里？他已想不起那个女人，他也不会叫她的名字，不能想象她的模样。有人对他说，其他死人把她赶出了坟墓。大海说了那么多，但什么也没回答；孩子逃到上

---

[1] Giuseppe Garibaldi（1807–1882），意大利军人和政客，1835–1847 年住在南美的巴西和乌拉圭，率领军队抵御阿根廷军队对蒙得维的亚的进攻。

[2] Isidoro Ducasse，是洛特雷阿蒙（Comte de Lautréamont, 1846–1870）的原名，法国诗人，童年在乌拉圭度过，代表作《马尔多罗之歌》，被誉为超现实主义的先驱。

面的悬崖，为了不摔下去，使出所有的力量抱住一棵大树哭起来。

（181）

1850 年：昌－圣克鲁斯

说话的十字架

尤卡坦的印第安战争持续了三年。十五多万人死亡，十万人逃走。人口减少了一半。

反叛将军之一梅斯蒂索人何塞·玛利亚·巴雷拉带领印第安人来到雨林深处的一座洞穴里。在那里，在一棵最高的桃花心木的树荫下，一汪清泉提供了清澈的泉水。从桃花心木上出现了一个小十字架，十字架会说话。

十字架用玛雅语说：

——尤卡坦起义的时间已经到了。每个时刻，我都在慢慢下降，都在被刀砍，被剑刺，被棒打。我在尤卡坦游走，为的是赎买我亲爱的印第安人……

十字架有一个指头大小。印第安人给它穿上衣服，穿上绣花无袖上衣[1]和裙子，用彩色的线装饰她。她将把分散的人集中在一起。

（273）

1851 年：拉塔昆加[2]

"我赤身裸体，四处流浪……"

——我们不想米提亚人、波斯人、埃及人，我们想想印第安人。理解一个印第安人比理解奥维德更重要。校长先生，请开启您的印第

---

[1] Huipil，一种彩色绣花衬衣或连衣裙，墨西哥南部和中美洲印第安人和梅斯蒂索人的特色服装。

[2] Latacunga，厄瓜多尔中部城市。

安人学校。

西蒙·罗德里格斯给厄瓜多尔拉塔昆加镇的学校提了些建议：希望有一位克丘亚语的教授取代拉丁文教授，希望教授物理学而非神学。希望学校创立一个陶瓷厂和玻璃厂，希望设立泥瓦工、木工和铁匠学位。

沿着太平洋海岸线和安第斯山，堂西蒙四处游历，走过一座座村镇。他从来不愿意成为一棵树，而愿意成为风。二十五年里他一直在美洲的道路上趋走风尘。自从苏克雷把他驱逐出丘基萨卡以来，他创建了许多学校和蜡烛工厂，出版了两本无人问津的书。他凭借自己的双手一个字母一个字母地做出这些书，因为没有一个排字工人能够排版这么多的等级分类和一览表。这位四处流浪、秃顶丑陋、大腹便便、皮肤被晒得黝黑的老人背着一个箱子，箱子里塞满了纯粹因为缺钱和缺读者支持而被判刑的书稿。衣服他没有背。除了身上穿的他没有其他衣服。

玻利瓦尔过去一直称他为"我的老师，我的苏格拉底"。他说："您把我的心灵塑造得伟大而美好。"当疯癫的罗德里格斯就西语美洲的悲惨命运发表冗长的演说时，人们咬紧牙关忍住不笑。

——我们瞎了，瞎了！

几乎没有人听他说话，没有人相信他。人们把他当作犹太人，因为他所到之处"播种"无数，而且他不给孩子们取圣徒的名字，而是叫他们玉米穗、瓜瓜、胡萝卜和其他异教名。他三次更换姓氏，他说他出生在加拉加斯，但是他也说，他出生在费拉德尔菲亚、桑卢卡尔－德巴拉梅达。据说，他在智利康塞普西翁的一座学校被地震夷平，因为当上帝知道堂西蒙赤身裸体地在学生面前教授解剖学时，送来了一场地震。

堂西蒙日益孤独。这位美洲最勇敢、最可爱的思想家日益孤独。

八十岁时，他写道：

——"我曾经想把大地变成所有人的乐土。我把它变成了我的地狱。"

西蒙·罗德里格斯的思想：我们要么创造要么迷失

请看欧洲如何创造，请看美洲如何模仿！

一些人看到港口停满外国船只、房子变成外国家具的仓库就认为是繁荣……。每天都有一批成衣邮包到达，甚至包括印第安人的帽子。很快，将会看到一个个金色的小包裹，带着王冠的徽章，包着为那些习惯于吃土的年轻人准备的由新产地提供的漂白土。

妇女们用法语忏悔！传教士说西班牙语来赦免罪孽！

美洲不应该奴颜媚骨地模仿，而应该创新。

欧洲的睿智和美国的繁荣是美洲思想自由的两大敌人。新共和国不愿同意任何一个没有许可证的东西进入……为国家机构的成立，那些国家的国家元首唯一咨询的是理性，而这点他们已经在自己的土地上找到。他们模仿原创，因为他们试图模仿一切！

我们将要去哪里寻找模板？我们是独立的，但不是自由的；我们是土地的主人，但不是我们自己的主人。

让我们打开历史，为了那些还不曾书写的历史，让我们每个人在他的记忆中读出这段历史。

（285）

1851 年：拉塞雷纳

先　驱

弗朗西斯科·毕尔巴鄂[1]说："不幸是不会思考、不会往记忆中

[1]　Francisco Bilbao（1823-1865），智利作家、哲学家和政治家。父亲是自由派领导人，1829
年因保守派胜利而全家移民。1839 年举家回到智利。1844 年，因发表被智利当局认为
不当的言论，毕尔巴鄂去巴黎居住四年，回国后与圣地亚哥·阿科斯等人一起创立"平
等社会"，宣传自由思想，反对保守派统治。他多次组织和参加起义，失败后逃走，逃
往秘鲁、欧洲，最后定居布宜诺斯艾利斯。1855-1857 年他在欧洲游历，1856 年在巴黎
一次讲座上他使用"拉丁美洲"这个名称来指代包含墨西哥、中美洲和南美洲的这片区
域，被认为是最早使用这一术语的人之一。

存储除了痛苦之外的回忆。"他还说，人对人的剥削让人没有时间去成为人。社会分成两类人：无所不能的人和做一切事情的人。为了让这个被山掩埋的巨人——智利复苏，必须消灭那种让建筑宫殿的人无家可住、制作华服的人衣衫褴褛的体制。

智利的社会主义先驱们还不满三十岁。弗朗西斯科·毕尔巴鄂和圣地亚哥·阿科斯是穿燕尾服的年轻人，在巴黎接受教育，已经背叛了他们的阶级。为了寻求一个*"团结的社会"*，这一年里，他们在全国发动了好几起军事反叛和人民起义，反对保守派、教士和私有财产。

年终最后一天，位于拉塞雷纳市的最后一座革命堡垒倒塌了。许多*"赤色分子"*倒在行刑队面前。毕尔巴鄂以前曾化装成女人逃走，这一次他从屋顶逃走，穿着教士服，带着弥撒书踏上流亡之路。

（39）

1852 年：智利的圣地亚哥

"独立对穷人意味着什么？"
智利人圣地亚哥·阿科斯在狱中自省

自独立以来，政府一直都是、现在也是属于富人的。穷人们曾是士兵、国家的民兵，曾投票选举指挥他们的人为长官，曾耕种土地，曾挖渠开沟，曾开采矿山，曾拖车搬运，曾建立国家，曾长期挣一个半雷亚尔的钱，曾挨过鞭打、被枷锁套住……穷人曾拥有光荣的独立，像战马一样，在查卡布科和迈普的战场上，向国王的军队冲锋。

（306）

智利人民歌唱天堂的荣耀

圣彼得，守护神
下令寻找肉和酒，
卷猪肉，
炖猪蹄儿
一杯烈酒令人醉
一篮土豆饼
让天国的
小天使们
高高兴兴
不倦不累

天色渐晚
圣安东尼说：
"哎呀，诅咒恶魔们
篝火燃烧起来
我要尽情娱乐
像其他人一样
轻轻地
给圣克拉拉一件披风
无人察觉
我只给她。"

（182）

1852 年：门多萨

手　纹

在阿根廷，连圣台上的小天使们都戴着红腰带。谁要是反对，就是挑战独裁者的愤怒。与罗萨斯的许多敌人一样，费德里科·马耶尔·阿诺尔德博士也遭到流放和监禁。

不久前，这位年轻的布宜诺斯艾利斯的老师在智利的圣地亚哥出版了一本书。这本书用法文、英文和拉丁文的引文装点，是这么开篇的：几近二十载！三座城市驱逐我出境，四座监狱迎接我入内。但是我把我的思想自由地投掷到独裁者的脸上！现在我重新向世界投出我的思想，我等待命运为我准备的一切，我毫无畏惧。

两个月后，在街道拐角处，费德里科·马耶尔·阿诺尔德博士倒在血泊中。但不是独裁者的命令，而是费德里科的岳母堂娜玛利亚花钱雇人行刺的。她是一位脾气很糟糕的门多萨女人，因为不喜欢这个女婿，就下令了结他的性命。

(14)

1853 年：拉克鲁斯

耶稣会的财富

她知道。所以乌鸦跟随着她，每天清晨去做弥撒的路上，它飞在她身后，在教堂的门口等她。

前不久她刚满一百岁。当她快死之时，她将会说出秘密。如果不说，上天将会惩罚她。

——"从现在开始三天以后。"她承诺。

三天之后，

——"下个月。"

一个月后，

—— "或许明天吧。"

当紧逼她时，她就像母鸡那样眯起眼睛，装迷糊，或者摇晃着腿笑起来，好像高龄就可以无赖一样。

拉克鲁斯整个镇上的人都知道她知道秘密。当她帮助耶稣会教士们把财富埋在米西奥内斯[1]的树林里时，她还是个小孩，但她一直没有忘记。

有一次，趁她不在的时候，邻居们打开了她每天一直坐着的古旧箱子。里面，没有装满金盎司的布口袋。在箱子里，他们找到了她十一个孩子的干枯脐带。

弥留之际到了。全镇的人都围在床尾。她的嘴像鱼嘴一样一张一翕，似乎想说话。

她圣洁地离世。这个秘密是她一生中的唯一，她临走也没交出它。

（147）

1853 年：派塔[2]

三 人

她已经不穿成首领的模样，不开枪，不骑马。她的双腿不走路，满身肥肉；但是她像根柱子一样坐在轮椅上，用世界上最美的双手剥橙子和番石榴。

周边围着许多泥罐，曼努埃拉·萨恩斯在自家门廊的阴影里发号施令。远处，在死亡颜色的群山之间，派塔海湾延展开来。曼努埃拉被流放到秘鲁这座港口，靠制作蜜饯和水果罐头为生。船只停下来购买。在这片海滩，她的食品享有盛名。一小勺的食物都让捕鲸人垂涎。

夜幕降临时，曼努埃拉就饶有兴致地把残渣扔给流浪狗，而她以

[1] Misiones，耶稣会传教驻地。

[2] Paita，秘鲁西北部港口。

不忠诚于玻利瓦尔的那些将军的名字来给这些狗命名。当桑坦德、派斯、科尔多瓦、拉马尔和圣克鲁斯争夺骨头时，她圆圆的脸庞有了生气。她用扇子盖住没牙的嘴，笑起来。她笑得浑身发颤，身上的诸多蕾丝摇曳不已。

有时候，一个老朋友从阿莫塔佩镇来看她。走南闯北的西蒙·罗德里格斯坐在曼努埃拉身边的摇椅上，他俩一起抽烟、聊天、沉默。两个曾经最爱玻利瓦尔的人——老师和情人。一旦英雄的名字进入聊天中，他俩就转换话题。

当堂西蒙走后，曼努埃拉请人帮她拿来银保险箱。她用藏在胸口的钥匙打开箱子，抚摸着玻利瓦尔曾经给"他唯一的女人"写的信，破旧的信纸上仍然可以看到："我想看见你，再次看见你，抚摸你，感受你，品尝你……"于是她请人拿来镜子，细细地梳头，或许他会在睡梦中来看她。

(295，298，343)

1854 年：阿莫塔佩
见证者讲述西蒙·罗德里格斯如何辞世

堂西蒙一看到阿莫塔佩的神父进来，就欠身坐在床上，请神父坐在房间里唯一一张椅子上，开始给他讲一个关于物质主义的演讲。神父目瞪口呆，几乎都没有心情说几句话来打断他……

(298)

1855 年：纽约
惠 特 曼

由于没有编辑，诗人自掏腰包出版了《草叶集》。

沃尔多·爱默生[1]，民主神学家，颂扬这本书，但是报纸攻击该书乏味、淫秽。

在沃尔特·惠特曼壮丽的挽歌里，人群和机器在咆哮。诗人拥抱上帝，也拥抱犯罪的人；他拥抱印第安人，也拥抱消灭印第安人的拓殖者；他拥抱奴隶也拥抱奴隶主，拥抱受害者也拥抱刽子手。在新世界的纸醉金迷里，在健硕而势不可当的美洲，所有的罪孽都得到救赎，不需要为过去支付任何的债务，进步的风让人变成亲密的同伴，释放了人的男子气概和美丽。

（358）

1855 年：纽约
梅尔维尔

满脸胡须的航海者是一个没有读者的作家。四年前，他发表了一个船长在世界各地的大海上搜捕白鲸的故事，血淋淋的鱼叉去寻找邪恶，但是没有人关注这个故事。

在这个情绪高涨的年代，在全面扩张的北美土地上，赫尔曼·梅尔维尔[2]的声音不合时宜。他的书籍怀疑文明，而文明把恶魔的角色归因于野蛮，迫使恶魔像亚哈船长在浩瀚的大洋上对莫比·迪克所做的一样去行事。他的书籍拒绝那种唯一且强制性的真理—— 一些自认为是上帝选民的人压迫另一些人。他的书籍怀疑恶习与美德，认为这两个均是同一个虚无的影子，并指出太阳是唯一值得信赖的明灯。

（211，328）

---

[1] Ralph Waldo Emerson（1803–1882），美国思想家、文学家和诗人。他秉持超验主义的宗教思想，积极推动民主政治，倡导独立、自由、民主和个性的美国文化。

[2] Herman Melville（1819–1891），美国作家，代表作《白鲸》，小说描述了亚哈船长兜遍世界大洋追捕白鲸莫比·迪克，最终与白鲸同归于尽的故事。

1855 年：华盛顿管辖区

印第安酋长西雅图警告："诸位终将被自己的残渣窒息而死"

土地不是白人的兄妹，而是敌人。当白人征服了土地之后，就继续赶路。但是万物相连。发生在土地身上的事情，将会发生在土地的子女身上……

城市的喧嚣刺我耳膜……

空气对于红色皮肤的人是颇为珍贵的。因为我们所有人——动物、树木和人都共同呼吸。几天之后，将死之人就闻不到自身身体的臭味……

我们将在哪里度过我们的余生这不重要。我们的日子不多了。几个小时，几个冬季。白人也会如此，或许在其他部族之前。诸位继续污染你们的床榻，终有一晚诸位将被自己的残渣窒息而死。

（229）

遥远的西部

难道有人真的听老酋长西雅图的话？印第安人像美洲野牛和麋鹿一样正遭受惩罚。他们不是死于枪击，就是死于饥饿或悲伤。自从在保留地里衰弱憔悴以来，老酋长西雅图一直在孤独地讲述强夺和灭绝，他说有谁知道关于那些穿留在树木精气之中的他的部落人民的事情。

柯尔特左轮枪嗡嗡作响。与太阳同行，白人拓殖者们向西部进发。钻石一样的光芒在群山之上指引他们。应许之地让犁地播种的人变得容光焕发。很快，在这片仙人掌、印第安人和蛇虫居住的荒凉之地上冒出了大街和房屋。据说，那里的气候非常健康，为了能让墓地开张，不得不用枪杀人。

处于青少年时期的资本主义贪心且攻击性强，它改变了一切所及之物。森林存在是为了让斧子砍倒它，沙漠存在是为了让火车穿越；

河流因藏金而有价值，山峦因产煤或铁而宝贵。没有人走路。所有人匆忙而急迫地奔跑，追随着财富和权力那漂泊不定的身影。空间存在是为了让时间来打败它，时间存在是为了让进步把它献给祭台。

（218）

1856 年：格拉纳达 [1]
沃 克

田纳西的儿子立刻开枪，埋葬，没有碑文。他双目灰暗。他不笑也不喝酒。他吃饭是完成任务。自从他又聋又哑的未婚妻去世以来，他一直没碰过女人；上帝是他唯一值得信赖的朋友。他自称是上帝指定要升天的人。他身穿黑衣，讨厌别人碰他。

威廉·沃克 [2] 是南方的绅士，自立为尼加拉瓜的总统。红色的地毯铺满格拉纳达的马约尔广场。阳光下小号闪闪发光。当沃克屈膝，单手放在《圣经》书上宣誓时，乐队奏响美国军队进行曲。二十一响礼炮向他祝贺。他用英语发表演讲，然后高举水杯，为美国的总统、他的同胞和尊敬的同行干杯。美国大使约翰·惠勒将沃克与克里斯托弗·哥伦布相提并论。

去年，沃克率领一支敢死队到达尼加拉瓜。*凡是阻碍我军队前进的人我都下令处决。*他招募的掠夺兵们进入圣弗朗西斯科和新奥尔良的码头，就像刀切肉一样。

尼加拉瓜的新总统恢复了三十多年前中美洲已经废除的奴隶制，重新实施黑人贩卖、奴役制和强制劳动。他颁布英语是尼加拉瓜的官方语言，为愿意前来的美国白人献上土地和拥抱。

（154，253，314）

---

[1] 尼加拉瓜地名。

[2] William Walker（1824-1860），出生在美国的田纳西州，1855 年他利用尼加拉瓜国内政治动荡，率领雇佣军进入该国，推翻当地政府的统治，自立为总统。

1856 年：格拉纳达

曾 经

五个或者一个都没有[1]。尼加拉瓜很小。威廉·沃克希望征服整个中美洲。

莫拉桑的祖国的五个部分联合起来反对海盗，他们击垮了沃克的军队。人民战争杀死许多美国人，而霍乱杀死更多的人，霍乱让人畏缩、让人灰暗并结束人的生命。

奴隶制的耶稣遭受失败的打击，跨过尼加拉瓜湖。成群的鸭子和感染了瘟疫的苍蝇围追着他。

在回到美国之前，沃克决定惩罚格拉纳达城。希望它城里不留一个活口。它的居民一个不留，它的泥顶房一座不留，种满橙子的沙地大街一条不留。火焰蹿上半空。

在已成废墟的码头下面，插着一个长矛。长矛上挂着一块兽皮充当的悲伤旗帜。上面绣着红色的字，英文的：这里曾是格拉纳达。

(154，314)

沃克：《捍卫奴隶制》

美国文明的敌人——因为奴隶制的敌人们是这样的——看起来比朋友更聪明。

为纪念那些长眠在尼加拉瓜土地上的勇士们，南方必须有所作为。为了捍卫奴隶制，那些勇士们远离家园，面对热带气候，临危不惧，坚韧不拔，最后献出生命……如果南方仍有精力——谁会怀疑这点呢？——继续与反对奴隶制的士兵对抗的话，希望他唤醒阻碍他的昏昏欲睡，重新准备好战斗。

---

[1] 原文为英文。

真正适合实施奴隶制的地方是热带美洲地区；那里有它统治的基础，在那里，只要稍作努力奴隶制就能得到发展……

（356）

1858 年：希拉河[1] 河源

阿帕切人的圣地

在这里，在河流起源的山谷里，在亚利桑那高高的岩石之间，矗立着三十年前庇护杰罗尼莫[2]的那棵树。那时，他刚刚从母亲的肚子里出来，被毯子包裹着。人们把毯子挂在树枝上。风摇晃着婴儿，同时一个苍老的声音向树乞求：

——希望他健康成长，能看到你无数次结出果实。

这棵树位于世界的中心。站在它的树荫下，杰罗尼莫将永远不会混淆南北，也不会不辨善恶。

四周铺展的是阿帕切人[3]广阔的家园。自从他们的第一个人——暴风雨之子披上战胜了光之敌人的鹰的羽翼之后，他们就一直居住在这片粗犷的土地上。在这里，永远都有可以捕猎的动物，有采不尽的治疗疾病的药草，也不缺少死后长眠的岩石洞穴。

几个奇怪的人骑着马来了，他们扛着长长的绳子，拿着许多木杖。他们的皮肤好像失血过多一样，说着从未听过的语言。他们在地上插下彩色的标志，向一个白色的圆牌询问，而圆牌摇晃指针来回答他们。

杰罗尼莫不知道这些人来这里是测量阿帕切人的土地，以便售卖。

（24，91）

---

[1] Río Gila，美国西南部河流，源自新墨西哥州西南部。

[2] Jerónimo（1829–1909），美国阿帕切族印第安人的首领，反对美国的迁移法，率领印第安人进行抗击，最后兵败投降。

[3] Apache，美国西南部一印第安部族。

1858 年：卡斯基耶
杰罗尼莫

阿帕切人手无寸铁地进入卡斯基耶市场，市场位于索诺拉和大卡萨斯之间的南部地区。他们要用美洲野牛皮和鹿皮来换粮食。墨西哥士兵摧毁了他们的营地，带走了他们的马匹。在死人堆里，躺着杰罗尼莫的母亲和妻子，还有他的三个孩子。

当他的同伴聚集在一起，悲伤地投票说，他们被包围了，没有武器，只能离开时，杰罗尼莫沉默不语。

他坐在河边，一动不动，看着他的手下跟着首领"红袖子"离开，死人留在这里。最终，杰罗尼莫也离开了，一步三回头地离开了。他跟随着他的人，保持一定距离，只是为了听到阿帕切人撤退时脚步轻柔的摩擦声。

在朝着北方的漫长旅途中，他一直没有开口。当抵达他自己的地盘时，他焚毁了他的皮革搭建的房子，他母亲的房子，他自己的一切东西，他妻子、他母亲的东西，他焚毁了他孩子们的玩具。之后，他背对着火，仰头高歌一曲战歌。

(24)

1858 年：圣博尔哈
愿死亡死亡

他疼痛的身体正渴望着与美洲的土地融在一起。埃梅·邦普朗知道，自从那个遥远的日子里他与洪堡一起登陆踏上加勒比海岸时，他终将在这里终老以长留于此。

邦普朗死于他的死亡，死在泥土和麦秸做的棚屋里，非常平静。他知道星辰不会死去，蚂蚁和人类不会停止诞生；他知道将会有新的三叶草，树枝上将会有新的橙子或阳光；他知道腿边蚊子围绕，靠自己站立起来的小马驹儿将会伸长脖颈寻找乳头。这位长者告别世界，就像一个婴儿每天睡觉时告别这一日一样。

之后，一个酒鬼用匕首刺尸体；但是人类邪恶的愚蠢行为是无关紧要的小节。

1860 年：昌－圣克鲁斯
尤卡坦反叛者们的仪式中心

——"我的父亲没把我与富人们放在一起，也没有把我与将军们、有钱的人、那些说他们有钱的人放在一起。"十字架之母在尤卡坦说。她是从泉水边上的桃花心木上冒出来的。当士兵们斧砍刀削地砍倒桃花心木，并焚烧了印第安人给穿上衣服的小十字架时，她已有了自己的孩子。从一个十字架到另一个十字架，这句话保存了下来：

——我父亲把我与穷人们放在一起，因为我就是穷人。

在十字架的周围，诸多十字架的周围，昌－圣克鲁斯逐渐扩大，成为尤卡坦雨林地区反叛的玛雅人供奉的最大圣地。

阿塞雷多上校率领的远征军的士兵们进入时没有遇到任何抵抗。他们没有遇到一个印第安人，并被眼前所见惊得目瞪口呆：玛雅人修建了一个墙壁坚固、拱顶高耸的宏伟教堂，上帝之家，上帝－美洲虎之家。在塔顶，从巴卡拉尔城卸下的钟铃来回晃荡。

在这座圣城，空无一人，十分瘆人。军用水壶里水已很少，但阿塞雷多上校禁止饮用水井里的水。六年前，另外一些士兵喝了之后呕吐、死亡，而躲在灌木丛里的印第安人问他们水是不是非常清洌。

士兵们等待、绝望、挨过那些日子。与此同时，印第安人从成百上千的村庄和上千个玉米田里赶去那里。他们带着步枪或者砍刀和一小袋的玉米粉。他们在树丛里聚集兵力。当阿塞雷多上校决定撤退时，他们迅猛地横扫军队。

被抓捕的没受到任何损伤的乐队将教授孩子们音乐，将在教堂里演奏波尔卡舞曲，十字架居住在教堂里并发话，她周围围着玛雅神祇。在那里，在教堂里，人们领受玉米和蜂蜜做的圣餐，一年一度选举十字架的翻译和战争统帅，选出的人戴上金耳环，但与所有人一样种玉米。

（273，274）

1860 年：哈瓦那

危机中的诗人

以每公里死十三个人的代价，古巴修建了一条铁路，从奎内斯甘蔗田往哈瓦那港口运送蔗糖。这些死人有非洲的、爱尔兰的、加纳利群岛的、中国澳门的，他们是人贩子从很远的地方运来的奴隶和贫苦的短工，而蔗糖业的繁荣需要越来越多这样的人。

十年前，第一船尤卡坦玛雅奴隶们抵达古巴。一百四十名印第安战俘被以每人二十五比索的价格售卖，儿童则免费。之后，墨西哥总统圣安纳把贩卖的垄断权交给了曼努埃尔·玛利亚·希梅内斯上校，价格上涨至每个男人一百六十比索，每个女人一百二十比索，儿童八十比索。玛雅战争一直持续进行，因此古巴以金钱和步枪来实施的贷款也一直持续进行：尤卡坦的政府向每一个卖出的奴隶征收人头税，因此，用印第安人来支付与印第安人作战的费用。

西班牙诗人何塞·索里利亚[1]在坎佩切港口购买了一批印第安人，打算卖到古巴。一切就绪就等装船时，在哈瓦那那边，黄热病杀死了他的资本合伙人西普里亚诺·德拉斯·卡希加斯，现在《唐璜·特诺里奥》的作者只能在咖啡种植园里写诗来自我安慰。

（222，273）

---

[1] José Zorrilla（1817—1893），西班牙诗人和剧作家。他 1844 年写的剧本《唐璜·特诺里奥》（*Don Juan Tenorio*）是唐璜故事的一个版本。

1861 年：哈瓦那

蔗糖劳动力

很快，哈瓦那城将举办赛诗会。文学团体的知识分子们提出一个伟大的中心议题：他们希望该竞赛能致力于向西班牙申请六万名新奴隶。如此，诗人们将支持进口黑人计划，因为该计划已经得到《海军日报》的支持和地方法院检察官的合法祝福。

蔗糖生产缺劳动力。从马里埃尔、柯希玛和巴塔瓦诺海滩非法私运来的黑人稀少且昂贵。三个甘蔗园的主人已经草拟了这份计划，因为"古巴已经枯竭、荒芜"，他们恳请西班牙当局"体察她可怜的叹息，向她供应黑人"、顺从且合法的奴隶，"古巴的经济繁荣靠他们"。他们确信，把他们从非洲带过来将是一件易事："他们看到西班牙船队抵达时，将会非常开心地奔向船只。"

(222, 240)

蔗糖的话

哈瓦那的栅栏上装有螺旋形的铁艺线条，柱子上雕刻着石膏花饰；屏风是木制雕花，玻璃像孔雀尾巴一样多彩。神学家们和神父们使用阿拉伯花饰般的语言，诗人们追求从未使用过的韵律，散文家们热衷于最为华丽的形容辞藻。演说家们追逐句号，这个跳动着的稍纵即逝的句号：句号在副词或者括号的后面探出头来，演说家向它投去许多词语；为了能抓住它，他延长了演讲，但是句号总是逃去更远的地方，于是这种追逐无穷尽地持续下去。

相反，账本却使用现实中的残酷语言。在整个古巴的甘蔗园里，每一个黑人奴隶的出生或购买被当作动产登记，并计算出每年以三个百分点的速度贬值。人的疾病相当于阀门的缺陷，一条生命终结等同于失去一头牲畜：被杀死的牲畜是公牛。吉贝木的母猪死了。黑人多明戈·蒙东戈死了。

（222）

1861 年：布尔朗

灰衣军抵抗蓝衣军[1]

在华盛顿城附近爆发了内战的第一场战役。许多民众坐着车或骑着马赶去围观。刚开始流血，人们就仓皇逃跑，吓得鬼哭狼嚎，策马疾驰；很快首都的大街上挤满了身体残缺的人和垂死之人。

两个不同的国家直到现在一直共享同一份地图、一面旗帜和美国的国名。一份南方的日报在"国外新闻"版报道说亚伯拉罕·林肯赢得了大选。几个月内，南方各州另组国家，于是战争爆发。

新总统林肯代表北方的思想。在竞选时，他就宣布这种一半国土自由一半奴隶的情况不可持续下去，他承诺将用农场取代大庄园，以更高的价格来抵抗欧洲工业的竞争。

北方和南方：两片领域，两个时间。在北方，工厂的产量已经超过农村，持续不断有人发明创造出电报机、缝纫机和收割机，新的城市从四面八方涌现，纽约有一百万人口，码头上已经容纳不下装满绝望的欧洲人的船只，他们前来寻找新祖国。在南方，名门望族和怀旧情绪笼罩，到处是烟草园和广阔的棉花种植园：四百万黑人奴隶为英国兰开夏郡和曼彻斯特的纺纱厂生产原材料，绅士们为妹妹被玷污的名誉或者为家族的良好声望而决斗，贵妇们坐着四轮马车在开满鲜花的原野上散步，黄昏时分在府邸的檐廊上晕倒。

（70）

---

[1]　美国南北战争中，北方联邦军穿深蓝色上装和天蓝色长裤，南方联盟军穿灰色军大衣。

1862 年：弗雷德里克斯堡 [1]

战争画笔

靠着一堵墙坐着，双腿交叉放在地上，年轻的士兵双目失神。长了几个月的胡子压在军大衣敞开的衣领上。士兵的一只手抚摸着躺在他膝盖上睡觉的小狗的头。

约翰·盖瑟是宾夕法尼亚州的新兵，在战争杀戮中，他给自己和战友们画像。有一时刻，铅笔把他们留在前往炮火纷飞中挖出的壕沟的路上：士兵们扛着来复枪，或者擦拭来复枪，或者吃着饼干和腌肉的口粮或者悲伤地注视着——悲伤地注视着却什么也没看见抑或看见了视力所及更远的地方。

（69）

1863 年：墨西哥城

"美洲的阿尔及利亚"

根据巴黎报刊的报道，"美洲的阿尔及利亚"是墨西哥的新名字。拿破仑三世的军队进攻并占领了首都和主要城市。

在罗马，教皇高兴地跳起来。被侵略者赶走的贝尼托·胡亚雷斯的政府因亵渎上帝以及上帝在墨西哥的财产而有罪。胡亚雷斯曾让教会一无所有，夺去了他们神圣的什一税，夺去了他们名下像天空一样宽广的大庄园，夺去了政府对他们爱的庇护。

保守派加入征服者的行列。两万墨西哥士兵帮助三万法国士兵，这些法国士兵曾攻打克里米亚、阿尔及利亚和塞内加尔。拿破仑三世援引拉丁精神、拉丁文化和拉丁民族来占领墨西哥，顺便他还要求支付一大笔不可思议的贷款。

---

[1] 1862 年末的弗雷德里克斯堡战役是南北战争中期一场重要战役，北方的联邦军损失惨重。

奥地利哈布斯堡王朝的马西米连诺将在光彩夺目的妻子的陪伴下，担任新殖民地的负责人，他是欧洲众多没有工作的亲王之一。

（15）

1863 年：伦敦
马 克 思

拿破仑三世将在墨西哥问题上头破血流，如果在那之前没有人绞死他的话。—— 一个在伦敦靠借贷过日子的贫穷但博学的先知这么宣称。

在修改和打磨一本将改变世界的作品的初稿时，卡尔·马克思没有错过世界上所发生事情的一切细节。在信函和文章中，他称呼拿破仑三世为"做皇帝的托尔梅斯河边的小拉撒路"[1]，认为他对墨西哥的入侵是"无耻行径"。他还公开指责英格兰和西班牙，认为他们想把墨西哥的领土作为战利品与法国瓜分；他谴责所有那些盗窃国家的国家，这些国家已经习惯于把成千上万的人送进屠宰场，以便高利贷者和人贩子扩大他们的生意范畴。

马克思已经不相信：发达国家的帝国扩张是进步对落后的胜利。相反，十五年前，当恩格斯为美国入侵墨西哥鼓掌（恩格斯认为，这样墨西哥的农民就变成了无产阶级，主教们和封建贵族们的基座就倒塌了）时，他就与恩格斯一条战线。

（129，201）

---

[1] 源自西班牙 16 世纪的流浪汉小说《小癞子》（原名《托尔梅斯河边的小拉撒路》），小说中，卑贱贫苦的小拉撒路伺候一个又一个的主人，四处流浪，认清主人们的贪婪奸诈与堕落，最后也学会了欺诈。

1865 年：拉巴斯
贝 尔 苏

大量起义的印第安人把权力归还给贝尔苏。曼努埃尔·伊西多罗·贝尔苏[1]，"贝尔苏大大"，是穷人的复仇者，是神学家的刽子手，他在人群的围拥下返回拉巴斯。

几年前，当他统治时，玻利维亚的首都一直在他骑着的马屁股的控制之下；国家的主人们发动了四十多次军事政变，都没有推翻他。外国商人仇恨他，因为贝尔苏禁止他们进入，在面对英国工厂生产的斗篷的入侵时，他保护科恰班巴的手工业者。丘基萨卡的讼棍们害怕他，因为他们的血管里淌的是墨水或白水；矿区的主人们从来不能给他下达指令，也密谋着推翻他。

瘦削英俊的贝尔苏回来了。他骑着马，步伐缓慢地进入总统府，像乘船漫游一般。

(172)

摘自贝尔苏向玻利维亚人民做的动员演讲

请贵族们摘去头衔、私人动产交出地基的时钟已经敲响了……私人动产是玻利维亚大部分犯罪行为的主要根源，是玻利维亚人民应持续战斗的原因，是被世界道德永远谴责的自私主义的绝对原则。反对私产，反对产业主，反对继承！打倒贵族！土地是我们所有人的！停止人对人的剥削！

(213)

---

[1] Manuel Isidoro Belzu（1808-1865），玻利维亚的军事考迪罗，善于发动普通民众。1848-1855 年间，担任玻利维亚的总统。1864 年他起兵反抗执政的梅尔加雷霍将军，在人民的支持下取得胜利，但后来梅尔加雷霍在总统府杀死了贝尔苏，这让支持贝尔苏的印第安人和梅斯蒂索人非常沮丧。

1865 年：拉巴斯

梅尔加雷霍

马里亚诺·梅尔加雷霍[1]是贝尔苏最凶残的敌人，他是一个能把一匹马扛在肩上的赫拉克勒斯。他出生在塔拉塔，长满高草的高地地区，他的父亲爱过之后就跑了。他出生在复活节的周日：

——*上帝选择让我出生在他复活的时候。*

在学走路之前，他已学会骑马，马头在绿茵草地上时隐时现；在吮吸母亲的乳房之前，他已经尝过让人打滚或飞翔的玉米酒，玻利维亚最好的玉米酒，塔拉塔的奶，用的是由老妇人最卑鄙的唾液咀嚼并吐出的玉米。当他挥舞拳头、长矛或军刀把人们高高举起或分开，在肉搏战中衣衫褴褛，已经无人能阻挡他时，他还不会写自己的名字。

他杀了很多人。他在光天化日下杀人，也在月黑风高之夜杀人，他永远反叛，爱挑事，他两度被判死刑。在狂欢和喝彩声中，他经历了流放和掌权。前天夜里，他睡在宝座上，昨晚他就躺在山脊上；昨天他坐在巨型大炮上，率领他的部队进入拉巴斯城，红色披风斗篷在风中像旗帜一般飘展，今天他凄惨而孤单地穿过广场。

(85)

1865 年：拉巴斯

史上最短促的政变

现在是贝尔苏的时刻。败将梅尔加雷霍前来投降。梅尔加雷霍穿过广场，穿过喧嚷之声。

——"贝尔苏万岁！"

在二层宽敞的大厅里，贝尔苏在等候。梅尔加雷霍进入总统府。

---

[1] Manuel Mariano Melgarejo（1820–1871），1864 年通过政变上台实施独裁统治，直到 1871 年。

他黑色的胡须盖住他健硕的胸膛，他没有抬头，走上台阶。人群在广场上高呼。

——"贝尔苏万岁！贝尔苏大大！"

梅尔加雷霍朝贝尔苏走去。总统起身，张开双臂。

——"我原谅你。"

敞开的窗户外呼声雷动。

——"贝尔苏大大！"

梅尔加雷霍被拥抱着，开枪。枪声响起，身体倒地。

胜利者走上阳台。他展示尸体，并问道：

——"贝尔苏已经死了！谁活着？"

（85）

1865 年：阿波麦托克斯[1]

李将军交出他的红宝石佩剑

北方的士兵势不可当地全面前进，等待命令发起最后的进攻。彼时，一片尘雾飞扬，从敌方那边逐渐扩大。从饥肠辘辘、精疲力竭的灰色军团那边，走出一名骑士。他举着一根棍子，上面绑着一片白布条。

在最后的几场战斗中，南方的士兵们在他们的背上写上自己的名字，以便在死人堆里他们能被认出来。被摧毁的南方早已输了战争，但因为顽强的荣誉感而坚持作战。

现在，战败的罗伯特·李将军戴着手套，交出他那把镶有红宝石的佩剑。战胜方的将军尤里塞斯·格兰特没有佩戴军刀、徽章，军装的衣扣敞开，抽着烟或嚼着烟草。

战争已经结束了，奴隶制已经结束了。随着奴隶制的结束，阻碍

---

[1] 南北战争中，1865 年 4 月 9 日李将军率领的南方联盟军在阿波麦托克斯（Appomattox）向格兰特（Ulysses S. Grant）将军率领的北方联邦军投降。

工业全面发展、美国国内市场扩大的壁垒业已倒塌。六十万年轻人战死沙场。其中，一半的黑人穿着蓝色军服为北方战斗。

(70)

1865 年：华盛顿
林 肯

亚伯来自肯塔基州。在那里，他的父亲挥斧落锤，茅屋就修葺成功：墙壁、屋顶和树叶床。每天，斧头劈柴火。有一天，斧头从树林里砍来把亚伯的母亲埋在白雪之下所需的木料。当锤子敲击木钉的时候，亚伯还是一个孩子。每个周六，母亲将再也不能做白白的面包了，也永远不能眨着她那双永远迷惑的双眼，因此斧头带来了木头，修了一只木排，父亲带着孩子们沿河去了印第安纳州。

他来自印第安纳州。在那里，亚伯用粉笔写出他的第一个字母，他成为该区最好的伐木工人。

他来自伊利诺伊州。在伊利诺伊州，他爱上了一个叫安的女子，与另一个叫玛丽的女子结婚。玛丽说法语，开创了斯普林菲尔德城里穿圈环裙的时尚潮流。玛丽坚信亚伯将是美国的总统。当她在生育男孩子们时，他在写演讲词，某首回忆的诗，在他记忆中的伤心岛屿，沐浴在流光中的魔幻岛屿。

他来自华盛顿的国会大厦。他从窗户探出身子，观察奴隶市场，那是像关押马匹一样关押黑人的畜栏。

他来自白宫。他入主白宫，承诺将进行农业改革，保护工业。他宣布，谁剥夺别人的自由将不配享有自由。他入主白宫，发誓说即使有一天他一个朋友也没有，他仍会在心中守着一个朋友，在政治统治上他亦会如此。他在战争年代执政，在战争年代他履行了他所有的承诺。每天清晨就可以看到他穿着拖鞋站在白宫门口，等待报纸。

他不慌不忙地来。亚伯拉罕·林肯从不匆忙。他像鸭子一样走路，完全依靠他的大脚。当人群为他欢呼时，他像座塔矗立在人群中。他走进剧院，缓慢地走上楼梯，朝总统包厢走去。包厢里，在鲜花和旗帜上，阴影处留下他瘦削脑袋和长脖子的剪影。昏暗中，闪烁着美国最甜蜜的双眸和最忧伤的微笑。

他从胜利而来，从梦境而来。今天是受难节，李将军投降已有五日。昨夜，林肯做了一个梦，梦见一片神秘的海，一艘奇怪的船正朝着迷雾笼罩的岸边航行。

林肯从他整个一生走来，正缓缓走向华盛顿喜剧剧院包厢赴约。

一颗崩掉他脑袋的子弹已经朝他射来。

(81, 188)

1865 年：华盛顿
致　敬

有多少黑人因为偷裤子或看了白人妇女的眼睛而被绞死？一个多世纪前焚烧纽约的奴隶们叫什么名字？有多少白人追随伊莱贾·洛夫乔伊[1] 的脚步？洛夫乔伊的印刷机被两次扔进河里，他在伊利诺伊州被杀，而没有人因为这一事件而被追捕或惩罚。美国废除奴隶制的历史上有无数的主角人物，黑人、白人均有。例如下面几位：

- 约翰·鲁斯沃姆和塞缪尔·科尼什创建了第一份黑人报纸[2]；西奥多·维尔德成立了第一所接纳妇女和黑人的高等教育中心。
- 丹尼尔·佩恩在查理斯顿开办黑人学校整整六年，普鲁登斯·克兰德尔是康涅狄格州贵格会学校的老师，因为接纳了

---

[1]　Elijah Lovejoy（1802-1837），美国反奴隶制出版人，因为支持废奴，被奴隶制的支持者们开枪打死。

[2]　1827 年 3 月 16 日，约翰·鲁斯沃姆和塞缪尔·科尼什发行了美国历史上第一份反奴隶制的黑人报纸《自由日报》（Freedom's Journal）。

一名黑人女孩而失去了她的白人学生，她遭到辱骂、被人投石、被关押入狱；她曾经工作的学校成为废墟。

● 加夫列尔·普罗瑟为他在弗吉尼亚的兄妹寻找自由，结果他找到了为他准备的绞刑架；大卫·沃克四处奔走，佐治亚州政府悬赏一万美元买他的人头，他宣称要杀死一个取你性命的人就像你口渴时喝水一样，他一直这么宣称直到他消失或者说被消失。

● 纳特·特纳 [1] 在一次日食中看见了一个标语，上面写着最后的将是最早的，他因为有杀人怒症而变得疯癫。约翰·布朗长着猎人的大胡子，双眼冒火，他袭击了弗吉尼亚的一个军火库，他计划从一个机车仓库攻打海军陆战队，之后，他拒绝了他的律师宣布他是疯子，庄重地走向绞刑架。

● 威廉·劳埃德·加里森是人贩子的坚决反对者，他脖子上被套上麻绳，被拖着在波士顿的大街上游街；亨利·伽奈特在圣堂里布道时说，顺从的奴隶违背了上帝的旨意；布鲁克林的牧师亨利·沃德·比彻说，在某些时候，来复枪比《圣经》更管用，因此，送到南方奴隶手中的武器被称为"*比彻的圣经*"。

● 哈里特·比彻·斯托，在她的《汤姆叔叔的小屋》里，许多白人被纳入该事业中；诗人弗朗西斯·哈珀找到了确切的词汇来咒骂权力和金钱；路易斯安那州的奴隶所罗门·诺瑟普每天从黎明时分的鹿角响起开始，能够在棉花种植园里传播生命的证据。

● 弗雷德里克·道格拉斯，是马里兰州的逃跑奴隶，在纽约他

---

[1] Nat Turner（1800–1831），美国黑人奴隶，是反奴隶制起义的代表人物，非常迷信，经常把所见之事看作是上帝的神谕。1831 年 2 月 12 日纳特生活的弗吉尼亚州出现日食，他把这看作是必须组织起义的讯号，遂决定 7 月 4 号起义。8 月 13 日，太阳呈蓝绿色，他认为这是最后的通告，8 月 21 人他正式发动反奴役暴动，以暴力对抗暴力，凶猛杀死 55 名白人，包括男人、女人和幼儿。暴动很快被镇压，11 月 11 日纳特被判处绞刑。

对独立日的宣言进行起诉，他宣称自由与平等听起来像空洞
的戏虐性模仿。

● 哈里特·塔布曼，大字不识的农民，他组织三百多名奴隶，
　跟随着北极星，朝加拿大逃跑。

（12，210）

1865 年：布宜诺斯艾利斯

三重无耻行径

当历史在北美洲赢得一场战争时，在南美洲，爆发了一场历史上
将会输的战争。半个世纪前消灭了何塞·阿蒂加斯的三个港口：布宜
诺斯艾利斯、里约热内卢和蒙得维的亚准备要摧毁巴拉圭。

在加斯帕尔·罗德里格斯·德·弗朗西亚、卡洛斯·安东尼奥·
洛佩斯以及他的儿子弗朗西斯科·索拉诺这三位非常极权的考迪罗的
连续独裁统治下，巴拉圭已经变成了危险的典范。邻国有被传染的严
重危险：在巴拉圭，地主不统治土地，商人们不经营买卖，高利贷者
也不令人窒息。国家在外围遭遇封锁，就朝内部增长，一直在增长，
不听从世界市场和外国资本的命令。当其他国家因债务缠身而顿足跺
脚时，巴拉圭不欠任何人一个子儿，它靠自己的双腿走路。

英国驻布宜诺斯艾利斯的大使爱德华多·桑顿是这个残酷祛魔仪
式的最高祭司。阿根廷、巴西和乌拉圭将把刺刀插入那些狂妄之徒的
胸口，祛除恶魔。

（47，60，83）

1865 年：布宜诺斯艾利斯

用蜘蛛黏液编织的联盟

查乔·佩尼亚洛萨满头蓬发、系着束发带的脑袋插在长矛枪上，像一棵小树长着奇形怪状的树冠，点缀在一座广场的中央。查乔和他的马曾经是不可分割的一体：他们在他没有马的时候逮捕了他，并背信弃义地砍了他的头。"为了平息暴民"，他们展示了拉里奥哈平原上高乔战士的头颅。多明戈·福斯蒂诺·萨米恩托向刽子手们表示祝贺。

与巴拉圭的战争延长了另一场持续了半个世纪的战争：吸血鬼港口布宜诺斯艾利斯反对内陆省份的战争。乌拉圭人贝南西奥·弗洛雷斯与米特雷和萨米恩托合作消灭反叛的高乔人。作为补偿，他得到乌拉圭总统的职位。巴西的舰队和阿根廷的武器强制让弗洛雷斯上台执政。自从炮轰了毫无保护的城市派桑杜之后，入侵乌拉圭就正式开始了。派桑杜抵抗了一个月，直到抵抗将领莱昂德罗·戈麦斯被枪杀倒在燃烧的瓦砾堆上。

于是，两国联盟变成了三国联盟。在英国的祝福和英国贷款的帮助下，阿根廷、巴西和乌拉圭政府投身去拯救巴拉圭。他们签署了一个协定。协定说，他们以和平的名义发动战争。巴拉圭必须为自己的被灭亡付费，胜利者将会给他们提供一个合适的政府。以尊重巴拉圭领土完整为旗号，协议保证把国土面积的三分之一赠给巴西，把整个米西奥内斯地区和广阔的查科地区判给阿根廷。战争还打着自由的旗号。拥有二百万奴隶的巴西承诺给予没有一个奴隶的巴拉圭自由。

（47，244，291）

1865 年：圣何塞

乌尔基萨

传说，他亲吻一个女人的手，让她怀孕。他收集子女和土地。他的子女有一百五十个，不算上那些可疑的；他的土地，谁知道有多少里格的田地呢？他酷爱镜子、巴西的勋章、法国的瓷器和帕塔贡银币[1]的叮当声。

胡斯托·何塞·德·乌尔基萨是阿根廷沿海地区的德高望重的考迪罗，经年前他打败了胡安·曼努埃尔·德·罗萨斯，他对巴拉圭战争存有疑虑。当他以极好的价格向巴西军队售卖三万匹自己庄园的马，并签订了向联盟军队提供腌肉的协定之后，他的疑虑消除了。疑虑消除后，他下令枪毙任何一个反对杀死巴拉圭人的人。

(271, 291)

1866 年：库鲁派蒂

米 特 雷

战舰的碎片漂浮在水上，漫无方向。巴拉圭的海军已经战亡，但是联盟军的战舰不能继续溯流而上去进攻。库鲁派蒂和乌迈塔的大炮阻拦了战舰，在两座堡垒之间铺着一串细颈大肚瓶，或许是水雷，从这边岸边一直铺到对岸。

在阿根廷总统、三国联盟军最高统帅巴尔托洛梅·米特雷的命令下，士兵们把刺刀刺入库鲁派蒂的防御土墙上来发起猛攻。军号催促着一群群士兵连续不断地进攻。很少有人抵达壕沟，没有人能到达栅栏那里。巴拉圭人瞄准射击任何一个大白天里坚持出现在露天的敌人。在大炮轰鸣、鼓声雷动之时，步枪射击的噼啪之声不绝。巴拉圭的堡垒吐出火舌，当浓烟散去，薄雾缓慢飘走后，成千上万的尸体像兔子一样被击落，落入沼泽地里。巴尔托洛梅·米特雷穿着黑色大礼服，戴着单翘檐帽，手里拿着望远镜，保持着谨慎的距离，观察着他的天才军队的战果。

---

[1]　帕塔贡是一种古银币。

他以令人钦佩的真诚撒谎，已经向入侵军队承诺，三个月内将抵达亚松森。

（61，272）

1866 年：库鲁派蒂

战争画笔

坎迪多·洛佩斯是米特雷的士兵，他将描绘库鲁派蒂的惨烈之战以及以前他参加过的战斗，他也会画出军营里战争中的日常生活。他将用左手作画，因为在库鲁派蒂一颗手榴弹炸飞了他的右手。

他不会模仿任何人画画，也没有人会模仿他。平日里他将在布宜诺斯艾利斯的一家店里卖鞋，周日他将画画："战争是这样的。"因为深爱回忆，愚笨的左手将变得智慧，但是没有一个艺术家会对他投来一丁点儿的关注，也不会给予任何严肃的评价，也没有人有兴趣购买独臂士兵的这些记忆。

——"我是拿着画笔的记录者。"

孤单一人的坎迪多·洛佩斯将会画一群群的人。在他的作品里，没有明晃晃的军刀和矫健的战马的特写，没有奄奄一息的英雄把手放在淌血的胸口发表遗言，也没有光荣女神在空中高挺胸脯的隐喻。通过他孩童的双眼，无以数计的小锡兵和旋转木马将列队行进，整齐划一地玩着这个恐怖的战争游戏。

（100）

1867 年：卡塔马尔卡平原

费利佩·巴雷拉

阿根廷五个省份的好斗骑士们造反了。羊毛剪刀绑在长矛上，向排成列的大炮挑衅，寻求肉搏战；在骑马厮杀的漫天尘土中，喊声震天："巴拉圭万岁！"

从安第斯山到卡塔马尔卡平原地区，费利佩·巴雷拉，一直鼓动乡亲们起来反抗布宜诺斯艾利斯港口——阿根廷的强权者、美洲的否认者。他——卡塔马尔卡的考迪罗宣布国家破产了，为了消灭另一个兄弟国家，他自己国家拖欠了几百万的贷款。他的骑士们在额头缠上写有"美洲联盟"的标记，心中充满由来已久的愤怒："身为外省人，就是没有祖国的乞丐。"巴雷拉是瘦长条的高乔人，脸上只有颧骨和胡须，马背上出生马背上长大，他是无路可走的穷人们的沙哑的发声人。内陆省份的"志愿者们"被绊马绳捆着，被赶到巴拉圭的沼泽地里，被关在畜栏里，当他们造反或逃跑时，就给他们喂子弹。

（239）

1867 年：拉里奥哈平原地区

刑 讯

巴勃罗·伊拉萨巴尔上校审讯拉里奥哈地区造反的平原人。他审讯他们，或者说是把他们钉在枷锁上，或者剥去他们的脚皮，让他们走路，或者用没有刀刃的小刀一点点地割他们的脖子。

布宜诺斯艾利斯港口为那些起义的省份准备了各式各样的劝服工具。最有效的工具之一是所谓的"夹刑"。把囚犯弯腰绑在枷锁上，用浸湿的皮绳把囚犯捆成弓状，捆在两只步枪之间，因此当皮绳干了之后，脊柱就吱吱作响，最后断成碎片。

（214）

1867 年：拉巴斯

关于外交——国际关系学

骑着奥洛菲尔内斯——他作战和节日庆典时的坐骑，梅尔加雷霍总统到达拉巴斯大教堂。他坐在华盖下的天鹅绒扶手椅上，聆听庄严的弥撒。他穿着智利军队将军的军装，胸前佩戴着巴西皇家勋章的大绶带。

在经历了这么多的奔波和杀戮之后，梅尔加雷霍已经学会不相信任何人和事物，甚至是他自己的衬衫。据说，有时他会扯下衬衫，对它射击，把它打得千疮百孔。

——"命令的人下命令，手指放在扳机上。"

这个世界上只有两个生物不会让这位铁腕将军忽视，再没有其他人：一个是他的马奥洛菲尔内斯，另一个是美女胡安娜·桑切斯。当那匹黑马探着身子来到总统桌边，与部长们、主教们和将军们一同喝啤酒时，智利大使举杯为奥洛菲尔内斯干杯，祝奥洛菲尔内斯健康。巴西大使为胡安娜·桑切斯的身体戴上项链、王冠和手镯，梅尔加雷霍的情人以前从没见过甚至都没想到过这些首饰。

胸前缀满了巴西的勋章，梅尔加雷霍向巴西割让了六万五千平方公里的玻利维亚拥有的亚马孙雨林。变身为智利军队的将军后，梅尔加雷霍向智利交出了阿卡塔马沿海沙漠的一半土地，那里盛产硝石。智利和英国资本正在那里开采欧洲贫瘠土地最为垂涎的肥料。由于阿塔卡马沙漠的截断，玻利维亚开始失去了它的出海口。

(85, 107, 172)

阿塔卡马沙漠里一块岩石上的雕刻

安东尼娅，我为你而死。

知名不具

恰尼亚西约的法官正在抢劫

把我的三盎司付给我，拉蒙。

市长是一个蠢货。

堂 T.P. 说他不是穆拉托人。

（256）

1867 年：波哥大

一部叫《玛利亚》的小说出版

贵妇们在吊床上摇来晃去，肤如象牙的玉颈后鬈发飘飘，摇晃吊床的绅士们穿得如丧考妣，脸色像煮熟的鸡。一队黑人头上顶着篮子，远远地、安静地站在远处，好像为他们站在那里、打扰了而请求原谅。种植园的花园里，弥漫着咖啡的香气和栀子花的芬芳，豪尔赫·伊萨克斯用眼泪蘸笔。

整个哥伦比亚在呜咽。埃弗拉因没有准时到达。当他在大海上航行时，他的表妹玛利亚，一种不可治愈的遗传病的受害者，呼出最后一口气，以处女之身升入天堂。墓前，埃弗拉因把爱人的遗物紧紧攥在胸前。玛利亚给他留了一块她绣的、她弄湿的手帕，几片与她一样美丽、也与她一样凋谢的百合花瓣，从她那曾经像卡斯蒂利亚的玫瑰一般优雅而现已僵硬的手上滑落的戒指和圣物盒里的一缕青丝。当死亡冰冻她的百合花色的双唇时，她勉强亲吻到这缕青丝。

（167，208）

1867 年：克雷塔罗

马西米连诺

胡亚雷斯[1]的军队和墨西哥人民组织的上千个游击队驱赶法国人。国王马西米连诺[2]倒在泥地里，高呼"墨西哥万岁"。

最后，拿破仑三世撤走了军队，教皇憎恨马西米连诺，保守派称他为败坏王。拿破仑曾下令让他治理这个法国新殖民地，但马西米连诺不听从命令。教皇希望能归还他们的财产，保守派以为他能让墨西哥祛除自由邪魔，但是马西米连诺与胡亚雷斯的战争如火如荼，他颁布的法律与胡亚雷斯的一模一样。

雨中，一辆黑色的马车抵达克雷塔罗。战胜入侵者的胡亚雷斯总统探身看了看敞开的没有鲜花覆盖的棺材，里面躺着长着缺乏生气的蓝色双眸的大公，他以前喜欢穿着墨西哥牛仔的服装——宽檐帽，衣服上有闪光装饰片，在杨树林路上散步。

(94, 143)

1867 年：巴黎

原创还是复制，这是个问题

厄瓜多尔寄出的画布油画作品抵达巴黎世界博览会。所有这些画都是对欧洲最著名的作品的精准复制。目录上高度赞扬厄瓜多尔的艺术家，说"虽然他们没有伟大的原创价值，但他们至少以杰出的忠诚复制了意大利、西班牙、法国和弗兰德派大师的作品"。

与此同时，另一种艺术在厄瓜多尔的印第安人市场和普通大众的郊区繁荣发展。那是一种被人轻视的手工活计，把泥土、木头、麦

---

[1] Benito Juárez（1806–1872），贝尼托·胡亚雷斯，又译作贝尼托·华雷斯，墨西哥历史上第一位印第安人总统。

[2] Maximiliano，又译为马克西米利安，马克西米连（Maximilian）。

秸、鸟的羽毛、海里的贝壳和面包屑变成美妙的东西。这种艺术被称
为手工艺，有冒昧请原谅。学院派专家们不做这个，而是那些吃跳蚤
心脏或蚊子肠的穷苦人才做这个。

（37）

厄瓜多尔穷人之歌

你饿吗？
饿。
那吞饮你的痛苦吧。
杀死一只蚊子
饮它的血
留着肠子
做凉菜。

（65）

1869年：墨西哥城
胡亚雷斯

在瓦哈卡的石头上雕刻着这位战胜了罗马教皇和拿破仑三世的墨
西哥印第安人的头像。没有微笑，没有言语，总是穿着高领燕尾服，
总是黑色，贝尼托·胡亚雷斯是被一群神学家围绕的岩石，这些拥有
金口才、金笔杆的杰出学究围在他的身边讨论、演讲、背诵。

当胡亚雷斯上台执政时，墨西哥的神父比教师多，教会是一半
江山的主人，自由派为这个无知落后的病态国家开出药方：文明的药
剂。现代化进程的治疗方法需要和平与秩序。必须结束那些比疟疾或
者肺炎杀死更多人的战争，但是战争的瘟疫无情地纠缠着胡亚雷斯。

首先是与神父们和保守派的战争，之后是反对法国入侵的战争，随后是反对那些拒绝退休的英雄们——军事考迪罗的战争，以及与拒绝失去公社土地的印第安人之间的战争。

墨西哥的自由派盲目信奉普选和言论自由，哪怕普选只是少数人的权利，言论自由也是少数人的权利。他们相信教育救国，哪怕寥寥可数的学校都位于城市里，因为相比印第安人，毕竟自由派与文艺更好相通。随着大庄园的发展，他们梦想着有雄心壮志的庄园主去开拓荒地，梦想着神奇的铁轨、冒烟的机车、冒烟的烟囱，从欧洲带来进步的思想、人和资本。

作为萨波特克印第安人的孩子，胡亚雷斯本人也相信，如果墨西哥复制美国的法律，会像美国一样成长；如果消费英国的产品，将会变成与英国一样的实业国家。这位战胜了法国的胜利者引进法国的思想，认为墨西哥将会成为一个秉持启蒙思想的国家。

(142，143，316)

1869 年：圣克里斯托弗 – 拉斯卡萨斯
大地和时间都不会沉默

地下的死人聊天聊得很热闹，大地震动起来。墓穴就像赶集日的广场。以前起义倒下的恰帕斯玛雅人在庆祝新鲜事。自从遥远的那一天，第一个强权者——女人与狗的孩子，向公社的土地扑上去开始，这里一直就有矛刺斧削的战斗。死人们相互交谈，说着高兴的事情，他们通过睡梦向活着的人祝福，告诉他们一些耳朵听不到的真实。

这里的印第安人再一次起义了。债务奴隶印第安人摧毁庄园，焚烧监狱，捍卫公社拥有的最后的几块土地。尽管是胡亚雷斯的政府，他们仍在公社种地。

山上的神祇也庆祝。他们是那些改变带来病毒或贪婪的风向的神。

(155，274)

1869 年：墨西哥城

胡亚雷斯与印第安人

"因为作乱，因为是强盗，因为是狂热的社会主义者"，一年前，胡里奥·洛佩斯被枪毙。胡里奥·洛佩斯曾站在查尔科地区的印第安人前面，宣誓向富人作战，他组织起义，要求归还被侵占的土地。

查尔科的印第安囚犯们被强迫穿上军装，被强迫去与尤卡坦起义的印第安人作战。每一场战争中*"被平息的人"*变成下一场战争中*"平息叛乱的人"*，战败的叛乱者被强迫去杀死叛乱者，这般，胡亚雷斯总统的政府不断派军去与尤卡坦的玛雅人和恰帕斯的玛雅人、纳亚里特的科拉人和米却肯的塔拉斯科人、索诺拉的雅基人和北部的阿帕切人作战。

为了收复公社的土地，印第安人掀翻了庄园的界标：最早的死人倒下了，空气已经完全变成了火药味儿。胡亚雷斯的宪法想把印第安人变成小业主和自由劳动者。胡亚雷斯的法律禁止使用枷锁和脚镣，禁止债务奴隶和饥饿工资。与此同时，事实是印第安人原本公共拥有的土地也被剥夺了，他们被迫成为大庄园的奴隶或城市里的乞丐。

贝尼托·胡亚雷斯出生在山间，出生在格拉塔奥湖边与他相似的岩石之间。他学会用墨西哥上百种印第安语言中的一种来命名世界。之后，他在慈悲之人的庇护下，成为博学之人。

(142，274)

1869 年：伦敦

拉 法 格

当保尔·拉法格[1]追求劳拉·马克思时，社会主义科学的创立者

---

[1] Paul Lafargue（1842-1911），法国工人运动活动家，第二国际和法国工人党的主要创建者之一。他出生在古巴，大部分时间生活在法国。1868 年与马克思的女儿劳拉结婚。他的一部重要著作是 1880 年发表的《论懒惰权》。

正在完成对《资本论》第一卷的修订。卡尔·马克思不喜欢古巴人这种热情的进攻，要求他以"英国人最安静的方式"来求得拥有绿眼睛的女儿的芳心。他还要求他提供经济保障。马克思被驱逐出德国、法国和比利时后，在伦敦度过了最艰难的日子，被债务追咬，有时候连买报纸的一便士都没有，流亡的贫困已经杀死了他的三个孩子。

但是他没能赶走拉法格。他一直知道他不能赶走他。当马克思与拉法格开始相爱相杀时，拉法格非常年轻。现在，因为这个古巴梅斯蒂索人，马克思的第一个外孙、海地穆拉托女人和牙买加印第安女人的曾孙出生了。

（177，279）

1869 年：阿科斯塔 – 纽

巴拉圭倒下了

巴拉圭倒下了，被马蹄践踏；巴拉圭倒下了，继续战斗。随着教堂的钟声，发射出最后几颗炮弹——石头和沙子，同时，三国联盟的军队向北部进攻。伤员们扯去绷带，因为他们宁愿流血牺牲，也不想为敌军服务，也不想被打上奴隶的烙印去巴西的咖啡种植园劳作。

在亚松森，甚至连坟墓也不能免遭洗劫。在皮里韦维，入侵者们摧毁了由妇女、残疾人和老人们守卫的战壕，点火烧了医院，连同里面的伤员一起。在阿科斯塔 – 纽，安上羊毛或草做的胡须乔装的儿童军进行抵御。

杀戮持续进行。没有死于枪弹的人死于瘟疫。每一个死者都令人难过。每一个死者看起来是最后一个，却是第一个。

（61，254）

1870 年：科拉山

索拉诺·洛佩斯

这是能呼吸的死人队伍。巴拉圭最后的士兵跟随着陆军元帅弗朗西斯科·索拉诺·洛佩斯[1]的脚步迁移。看不到靴子也看不到背带，因为已经被吃了，但是也看不到溃疡和破烂衣衫，在树林里走路的士兵们浑身是泥，赤身裸体，泥做的面具，泥做的铠甲，他们的皮肤像被烧制的陶器，太阳用沼泽泥和沙漠里的红灰一起烧制而成。

陆军元帅洛佩斯不投降。他高举着佩剑，带领这最后一次行军，迷茫地不知向何处去。他发现阴谋或者他臆想了阴谋，因为背叛罪或因为虚弱，他下令杀死他的兄弟、他所有的姻亲，他也下令杀死了主教、一名部长和一名将军……由于缺少火药，处决由长矛完成。许多人由于洛佩斯的宣判而倒下，更多的人是因为精疲力竭而倒下，他们留在半路上。大地收回属于她的一切，骨头给追击者留下踪迹。

大量的敌军在科拉山收紧包围圈。他们在阿基达万河边打倒洛佩斯，用长矛伤了他，再用剑刺杀他。由于他还在咆哮，又开枪再次杀死他。

（291）

1870 年：科拉山

埃莉萨·林奇

被胜利者包围着，埃莉萨·林奇用指甲为索拉诺·洛佩斯挖墓穴。

号角已不再响起，子弹不再呼啸，手榴弹也不再爆炸。苍蝇叮咬着陆军元帅的脸，攻击他裸露的身体，但是除了红色的尘雾，埃莉萨什么也没看见。当大地在这徒手刨挖中裂开缝隙时，她诅咒这该死的

---

[1] Francisco Solano López（1827–1870），1862–1870 年担任巴拉圭的总统，巴西、阿根廷和乌拉圭组成三国联盟入侵巴拉圭时，他是军队最高统帅。

一天；地平线上太阳迟迟不落山，因为在她没有结束她的诅咒之前，白天不敢退去。

这位金发的爱尔兰女人在用锄头和木棒武装的妇女纵队战斗，是洛佩斯最坚定的顾问。十六年的共处，她生了四个孩子，昨天晚上，他第一次对她说爱她。

（25）

瓜拉尼语

在被摧毁的巴拉圭，语言幸存下来。

印第安人的语言——瓜拉尼语有着神奇的力量，被征服者的语言被征服者变为自己的语言。尽管有禁令与不屑，瓜拉尼语是这个废墟之上的国家语言，它将继续是国家语言，尽管法律不愿意。在这里，蚊子将继续叫"恶魔的指甲"，蜻蜓将继续叫"恶魔的马驹儿"；星星将继续叫"月亮之火"，黄昏将继续是"夜之口"。

战争期间，巴拉圭的士兵用瓜拉尼语称呼他们的圣徒，打信号，做演讲，用瓜拉尼语唱歌。现在，逝去之人用瓜拉尼语沉默。

（152）

1870 年：布宜诺斯艾利斯
萨米恩托

阿根廷的总统多明戈·福斯蒂诺·萨米恩托[1]收到了来自巴拉圭的军事捷报。他下令乐队鸣奏小夜曲，并写道："一位暴君让整个

---

[1] Domingo Faustino Sarmiento（1811-1888），阿根廷政治家和作家，1868-1874 年担任阿根廷总统，持实证主义观点，大力发展教育和工业，主张从欧洲引进移民。《法昆多，又名文明与野蛮》是其代表作。

瓜拉尼人民死亡，这是一个意外。必须净化那片长有所有人类毒瘤的土地。"

萨米恩托是动物保护协会的创始人，他不加掩饰地发表种族主义言论，并毫不手软地实践。他崇拜美国人，"*他们免遭各种低等种族的混血*"，但是自墨西哥以南，他只看到了野蛮、污垢、迷信、混乱和疯癫。那些黑暗把他掩埋，让他着迷，他一手举着军刀一手擎着油灯发起攻击。作为统治者和总统，他修建了许多公墓和学校，积极发扬屠宰、节省和阅读的贵族美德。作为作家，他发表了许多卓越的文章，以支持消灭高乔人、印第安人和黑人，并用北欧白人农民取而代之。他还主张穿燕尾服，梳英国人的发型。

(310，311)

1870 年：里约热内卢
镜子中上千盏枝形烛台摇曳生辉

镜子中上千盏枝形烛台摇曳生辉，丝绸鞋在伊塔马拉蒂男爵府邸里锃亮的地面上画着华尔兹圆圈。帝王夫妇穿过熙攘的客人，穿过一间间客厅，不停地吻手，水晶叮当作响，伴随着他们的脚步，美妙的军乐和喧嚷的欢呼声打断了舞蹈。绅士们看起来像企鹅，贵妇们像蝴蝶，贵妇们紧紧裹在圈环裙里，蕾丝花边舒展，不止一个人穿着阿尔忒弥斯小姐引进的欧洲胸衣，它们完美地配合呼吸的起伏变化。伴着法国香槟和时尚的音乐，巴西庆祝战胜了巴拉圭。

赶去赴宴的马车与扛着恶臭的锅和桶的黑人队伍相互交织。成群的苍蝇追随着黑人队伍，他们朝里约热内卢的海滩走去。每天黄昏，奴隶们把主人们的粪便倒进美丽海湾的水里。

(204)

1870 年：里约热内卢
马 瓦

在庆祝摧毁巴拉圭的同时，胜利的国家为吞食战败国的领土争夺起来。

在里约热内卢，有一个人皱着眉参加那场盛大的宴会。当听见大家谈论新边界时，他耸了耸肩。伊里内奥·埃万赫利斯塔·德索萨是佩德罗二世御赐的马瓦男爵，他从不想打这场战争。从一开始他就预测这是一场持久战，且造成大量流血牺牲，而且赢得战争的一方也会损失惨重。胜利的桂冠将会属于巴西帝国吗？光荣会照耀和平吗？帝国会繁荣昌盛，好似战争从未发生过吗？马瓦男爵是伦敦罗斯柴尔德家族在巴西的合伙人，他知道现在毁灭者们欠英国银行的债务是原先的两倍。作为大型种植园的主人，马瓦知道咖啡种植园在战场上失去了几千黑人奴隶。已经习惯资助战胜国的预算，发行战胜国货币的马瓦也知道，他们已经用一文不值的债单来装裱自己。或许他知道——谁知道呢？——这场刚刚结束的战争是他个人破产的开始：债权人最终将连他的金镜片也会抢走。在他生命的最后几年，他重又变成那个被一个航海员抛弃在里约热内卢码头的孤单小男孩。

(109)

1870 年：瓦索拉斯
咖啡大亨们[1]

南部帕拉伊巴河河谷生产全世界消费的大部分咖啡，同时也生产每平方米里最大数量的子爵、男爵和侯爵。

---

[1] 19世纪初，巴西开始在帕拉伊巴河谷大规模垦殖咖啡，19世纪30年代至80年代是咖啡谷的巅峰时期，咖啡庄园主们积累了大量财富，并支持巴西与阿根廷、乌拉圭三国联盟攻打巴拉圭的战争，因此受封爵位，成为咖啡大亨。

自巴西的王位上，佩德罗二世现在给咖啡园的奴隶主们颁发新的贵族称号，感谢他们为巴拉圭战争贡献了大量金钱。

没有一个种植园里的奴隶少于一百人。仍是黑夜时分，铁铃铛响起，奴隶们在水塘里洗漱，高声感谢我主耶稣恩赐，然后就被五股鞭催赶着朝山上走去开始工作。

主人的孩子是由黑人助产士接生来到世界，黑人保姆给他们喂奶，黑人女仆教他们唱歌，给他们讲故事、做饭。他们跟着黑人孩子一起玩耍，跟着黑人少女发现爱。但是自很早起，他们就知道谁是财产的主人，谁是财产。与表妹或外甥女结婚将会加强家族的统一性，让门第贵族身份永远世袭下去。

(327)

1870年：圣保罗
纳 布 科

所有人都靠黑人奴隶过活。不仅仅是咖啡大亨们和甘蔗园主们，任何一个自由的巴西人，不管贫穷与否，都至少有一个奴隶为他工作。

若阿金·纳布科[1]在激烈的演说中揭露这种深层的侵染。纳布科生来就是地主和职业政客，他宣布如果巴西的土地和政治隶属于一小撮的家族，整个国家依靠奴隶的背的话，巴西将不能进入现代世界。

诗人若泽·博尼法西奥领导圣保罗大学的废奴主义小组。除了纳布科，与他一起工作的还有其他优秀的知识分子，如卡斯特鲁·阿尔维斯、鲁伊·巴尔博萨和路易斯·伽马，其中路易斯·伽马以前被自己的父亲卖到巴伊亚，他后来得以逃脱并检举奴隶制。

(74)

[1] Joaquim Nabuco（1849-1910），巴西政治家、外交家，是巴西废奴运动的积极推动者，是巴西文学院的创始人之一。

1870 年：布宜诺斯艾利斯

北 区

穿着绿色衬衣的骑手吹响宣告危险的号角。车体咔哒咔哒地响，铃铛震动喧闹，行人惊逃：一辆崭新的电车以每小时十公里的疯狂速度疾驰驶过铁轨。布宜诺斯艾利斯一家日报承诺将预留一个专栏，每天报道那些受害者。

说实话，电车杀死了一两个人，但是没过多久，就没有人再谈起它的狂怒杀人。黄热病已经侵入布宜诺斯艾利斯，每天杀死三百人。

由于这场瘟疫，诞生了拉查卡里塔公墓，因为没有地方埋葬那么多的穷人。同样，北区也诞生了，因为富人们逃出了他们传统的棱堡。五月广场以南的十个街区向来决定整个阿根廷的命运，因为消费高而一派繁荣。那里，直到现在还居住着政客或在巴黎咖啡馆洽谈生意的绅士和在伦敦商店购物的贵妇们。现在，黄热病驱逐他们。黄热病在下区疯狂肆虐，到处是垃圾堆和水坑，成为蚊子的摇篮和瘟疫的温床；逃走的人空出的大房子变成了大杂院。直到现在还是一家人居住的房子里，将会挤进两百号人。

这座散落在拉普拉塔河畔的城市已经扩大了许多。两个世纪前，布宜诺斯艾利斯是一个边远的凄凉小镇。今天，这里居住着十八万人，其中一半是外国人：泥瓦匠、洗衣妇、鞋匠、短工、厨娘、巡夜人、木工，以及其他由信风从地中海带来的乘船而来的人。

（312）

1870 年：巴黎

二十四岁的洛特雷阿蒙

他是一个有言语障碍、对任何事都不疲倦的人。他每天晚上坐在钢琴前，一边弹奏和弦一边写作。清晨时分，他狂热兴奋的双眼令人生怜。

伊齐多尔·迪卡斯，虚构的洛特雷阿蒙伯爵，死了。那位诞生、成长于蒙得维的亚战乱中的男孩，那位向拉普拉塔河－海提问的男孩死在巴黎一家旅馆里。编辑一直没敢把他的《马尔多罗之歌》送到书店。

洛特雷阿蒙曾经为虱子和鸡奸者写过赞歌。他曾经歌颂妓院的红灯和偏爱鲜血不爱红酒的昆虫。他曾经辱骂喝醉酒、创造我们的神，他曾宣称从一只母鲨鱼的肚子里出生更好。他是一个能够感受美和疯狂的废人。他曾跳入深渊，在坠落的过程中，发现了凶猛的形象和惊世骇俗的文词。他写就的每一页纸，当撕扯它时会尖叫。

(181)

1871 年：利马

胡安娜·桑切斯

破坏者梅尔加雷霍倒台了。印第安人扔石头追着他砸，他从玻利维亚逃走了，流亡到利马，在郊区的一间陋室里艰难度日。他曾享有的权力中只留下了一件血色的斗篷。印第安人杀了他的马奥洛菲尔内斯，并割下了它的双耳。

他每晚都在桑切斯家门口哀号。梅尔加雷霍悲哀的高声号叫让利马战抖。胡安娜不开门。

胡安娜到总统府时十八岁。梅尔加雷霍把自己和她一起关了三天三夜。护卫队的人听到尖叫声、碰撞声、咆哮声、呜咽声，但没有听到一句话。第四天，梅尔加雷霍露面了：

——"我爱她就像爱我的军队一样！"

宴会的桌子变成了圣餐台。正中央，大蜡烛中间，胡安娜赤身裸体，成为女王。当梅尔加雷霍高举冒烟的白兰地酒杯，唱着崇拜的诗句时，部长们、主教们和将军们都跪下向这位美人致敬。她移开视线，像大理石雕像般站立着，除了头发，一丝不挂。

她沉默不语，胡安娜一句话也不说。每当梅尔加雷霍出门打仗时，就把她关在拉巴斯的一间修道院里。回来时，他抱着她回到总统府。她沉默不语，每个夜晚她都是处女，每个夜晚她为他诞生。当梅尔加雷霍夺去印第安人的公社土地，赠给她八十个产权，并把整个一个省送给她的家人时，胡安娜一句话也没说。

现在，胡安娜也沉默不语。她在利马的宅邸大门紧闭，她不露面，也不理睬梅尔加雷霍绝望的号叫。甚至也不对他说：

——"你从来没有拥有过我。我也不曾在那里。"

梅尔加雷霍哭泣、咆哮，他的拳头像雷声一样落在大门上。在这个门口，他高叫着这个女人的名字，死于两颗子弹。

（85）

1873 年：滕普营地

"曼比人"

黑人们举着明亮的火把和其他照明工具，上下摆动、旋转、跳跃，他们痛苦、愉快地号叫着与诸神交谈。对于《纽约先驱报》的记者来说，如此混乱的场景就像这里的季节一样令他难以理解，因为在古巴，无穷无尽的夏季里同时存在着所有的季节：当他发现，同一棵树上，同一时间，一根树枝上繁花锦簇而另一根树枝变黄凋零时，他狠狠地眨了眨眼睛。

这就是曼比人所在的土地，位于古巴东部的雨林里。"mambí"在海那边的刚果意思是"强盗、作乱的"，但是在这座岛上，"mambí"指的是通过斗争翻身为人的奴隶。

在加入爱国军之前，曼比人曾经是逃居山野的黑奴。《先驱报》的记者计算出：五年里这场殖民战争已经夺去了八万西班牙人的生命。许多士兵死于疾病或子弹；更多的人死于曼比人的砍刀。这场战争把甘蔗园变成了武装堡垒，抵抗外部黑人的进攻，防止内部黑人逃跑。

在这些衣衫褴褛、几乎赤身裸体的曼比人的营地里，一切都共享。因为没有咖啡，记者就喝糖蜜水；几天之后，他发誓永远厌恶甘薯和硬毛鼠——一种小动物，人们在树洞或岩洞里抓住它并吃它。这场战争可能永远持续下去，记者写道：在这里，当附近没有河流时，藤本植物馈赠水，树木提供水果、吊床、凉鞋和浓荫，好让人们坐在树荫下，一边疗伤，一边讲笑话和冒险故事。

(237)

1875 年：墨西哥城
马 蒂

当他在哈瓦那创建两份昙花一现的报纸——《瘸腿魔鬼》和《自由祖国》时，他刚刚剃去胡须；因为他渴望西班牙的殖民地——古巴独立，他被判监禁和服劳役。以前，当还在孩提时代时，他渴望翻译莎士比亚，他点燃了文字，他在一个被吊在绞刑架上的黑奴面前发誓要报仇。在他最早的诗行里，他已经预测他将为古巴而死，死在古巴。

从监狱里，他被流放了。脚踝上的铁印仍没消除。没有人比这位殖民地的西班牙军士的儿子更爱古巴。没有人比这位流亡的爱提问的人更像孩子。他对这个世界是如此惊诧，如此愤慨。

何塞·马蒂在墨西哥第一次参加学生和工人的游行时，才二十二岁。帽商们宣布罢工。他们得到了理发师兄弟会、装订工人兄弟会、排字工人、裁缝和"思想工人"知识分子们的支持。同时，因为反对开除三名医学院的学生，爆发了第一次大学生罢课。

马蒂为帽商们组织了诗歌朗诵慈善会，在他的文章里，描述了与工人们一道在墨西哥城大街上游行的大学生们。所有人手挽手，所有人都穿着做礼拜的节日服装。他写道："这群满腔热情的青年是有理的。但就算他们搞错了，我们也爱他们。"

(129，200，354)

1875 年：锡尔堡

南方最后的美洲野牛

当白人从堪萨斯抵达时，南部的平原上到处都是美洲野牛，它们就像高高的野草一样繁殖。现在，风中弥漫着腐烂气息。被剥了皮的野牛躺在草地上。几百万张牛皮被运往欧洲东部。野牛的灭绝不仅仅带来金钱，据谢里登将军的解释，此外，它是"取得持久和平、为文明进步开路的唯一手段"。

在锡尔堡保留地，基奥瓦印第安人和科曼奇印第安人已经找不到野牛。他们跳舞向太阳神乞求捕猎丰收也毫无作用。联邦政府的配额，那点可怜的配额，不够他们生存。

印第安人逃到遥远的帕罗杜洛峡谷，那是南部平原地区野牛最后的栖居地。在那里，他们找到了食物和其他一切：他们用皮革盖房子、做毯子和衣服；牛角和牛骨做勺子、刀和箭镞；牛的筋腱做成绳子和网，牛膀胱做水囊。

很快，士兵们来了，卷起阵阵尘土，火药纷飞。他们烧毁茅屋和粮食，杀死上千匹马，把印第安人赶回到他们的保留地。

为数不多的基奥瓦人逃走了。他们在草原上徘徊，直到饥饿打败他们。在锡尔堡他们投降了。在那里，士兵们把他们关在一个畜栏里，每天给他们投喂生肉块。

(51，229)

更远的地方，更深的地方

南方最后一群野牛聚在一起开会，讨论时间不长。所有事情都讨论了，黑夜绵长。野牛们知道，它们已经不能保护印第安人了。

当黎明的曙光从河面上升起，一个基奥瓦妇女穿过雾霭看到最后的牛群经过。牛群的首领步伐缓慢地走在前面，后面跟着母牛们、小牛们和仍然活着的寥寥无几的公牛。当它们抵达斯科特山山脚时，它们停在那里等待，一动不动，低垂着脑袋。于是，山张开嘴，野牛们走进去。在那里，在世界的深处是一片翠绿和新鲜。

野牛们都进去后，山合拢了。

（198）

1876 年：小巨角河

坐 牛

当他说话时，没有一个词语疲倦、跌落。

"别再撒谎了。"他说。八年前，美国政府通过郑重的条约向苏族人承诺，苏族人将永远是布拉克山的主人，那里是苏族人世界的中心，是苏族战士们与神祇说话的地方。两年前，在这片地区发现了黄金。去年，政府命令苏族人放弃这片捕猎原野，让淘金者在岩石和源泉之处寻找黄金。

"我已经说了很多了，别再撒谎了。""坐牛"是联盟的酋长，他把草原地区苏族、夏安族和阿拉帕霍族的几千战士们召集在一起。他已经跳了三天三夜。他双目紧盯着太阳。他知道。

黎明之前他醒来。他赤裸的双脚被露水沾湿，接受大地的跳动。

天方晓白，他举目望向远方的群山。那里，卡斯特将军来了。那里，第七骑兵团来了。

（51，206）

1876 年：小巨角河
黑 鹿

九岁时，他听到了那些声音。他知道所有的长有腿、翅膀或根须的生物都是同一个太阳父亲和同一个大地母亲的孩子，我们都喝着大地母亲的乳汁长大。那些声音告诉他，他将让长在苏族大地中心的生命之树枝繁叶茂，能让圣杖繁花锦簇，他将会乘坐着暴风雨的云层，杀死干旱。那些声音也告诉他将会有战争和痛苦。

十岁时，他第一次看到白人。他以为那是一个病人。

十三岁时，黑鹿正在小巨角河里洗澡时，尖叫声响起，通知士兵们来了。他爬上山丘，从那里他看见漫天尘土，如云笼罩，到处是轰响和厮杀声，从尘云中跑出许多马鞍上空空如也的马。

(51, 230)

1876 年：小巨角河
卡 斯 特

当他们和平地在一起吸烟时，夏安族的首领黑罐已经警告他了。如果卡斯特背叛诺言就得死，但没有一个印第安人愿意去剥他的头皮、弄脏自己的手。后来，卡斯特烧了这个营地，火焰中，黑罐首领被子弹穿膛。

现在，乔治·阿姆斯特朗·卡斯特是第七骑兵团中的又一个死人，印第安人在小巨角河[1]畔将他消灭。前一夜，卡斯特修剪了他的金发。他被剃光的头仍完整无缺，他的脸是那种从没被打败的人最愚蠢的模样。

(51, 91, 198)

---

[1] 1876 年 6 月 25 日在小巨角河畔发生了美军与北美地区以苏族为首的印第安联盟之间的战役（Battle of Little Big Horn），印第安人歼灭了卡斯特率领的美国历史上最有名的美军第 1 骑兵师第 7 骑兵团。

1876 年：战冠溪 [1]

水牛比尔

小巨角河战役结束不久，几个士兵袭击了在一条小溪边露营的夏安族印第安人，连续射击中，"黄手"酋长倒下了。

水牛比尔是第一个赶到的。他一刀就剥下夏安族酋长的头皮，然后向远方城市的舞台纵马飞奔。西部的故事将会随着它的发生逐渐变为表演。战争还没结束，剥皮者已经在费拉德尔菲亚、巴尔的摩、华盛顿和纽约售卖他的史诗功绩。为了纪念卡斯特将军并为他复仇，水牛比尔在座无虚席的剧院大厅前高举手臂：一只手亮着匕首，另一只手攥紧鲜血淋淋的人皮并挂着一串多彩的羽毛。英雄穿着装饰繁复的墨西哥服装，腰间配着两把左轮手枪，斜挎着十五发子弹的温彻斯特杠杆步枪。很快舞台将照亮全国畅销的西部牛仔小说的封面。

水牛比尔，最杰出的西部牛仔，他一生中从没有放过牛。他是征服西部的活生生的象征，是不朽的超人，他以消灭印第安人和美洲野牛而蜚声，他以不停地讲述他自己的勇猛和射击精准而扬名。当他为堪萨斯太平洋铁路工作时，人们称他为水牛比尔：他说，在一年半的时间里，他开了四千二百八十枪，杀死了四千二百八十头野牛，尽管女人们不许他这么干劲十足。

（157）

1876 年：墨西哥城

离　开

圣安纳将军已经十一次担任墨西哥总统。他通过出售国家的土地，通过向狗、马和窗户征税来收买将军们的忠诚；但他经常不得不

---

[1]　原文是 War Bonnet Creek。

化装成穷人逃离总统府。虽然他擅长打败仗，但他为自己树立了很多高举佩剑、纵马驰骋的青铜雕像，他颁布法令把他的生日变成国家节日。

当他流亡归来时，他所有的朋友和敌人都已经死了。圣安纳陷坐在扶手椅里，怀里总是抱着一只公鸡，他抚摸着以前的勋章或者挠挠他那只木头腿。他双目失明，但他以为他看得见王公和总统的车辇停在他的门前；他双耳失聪，但他相信他听得见人们的祈祷声，人们乞求他接见、原谅或者给予工作。

——"让他们等着！"圣安纳大声训斥，"让他们闭嘴！"同时，他最后一个仆人帮他换下尿湿的裤子。

现在人们把他抬出他的家，他那所已经抵押出去、总是空荡荡的贝尔加拉大街的家，送他去公墓。公鸡们面对着人民，挑衅地走在棺材的前面。

(227，266)

1877 年：危地马拉城

教 化 者

危地马拉的总统胡斯托·鲁菲诺·巴里奥斯[1]闭上眼睛，倾听着铁轨和蒸汽机的喧嚣声划破修道院的寂静。

没有人能阻止世界市场里的合成染料，也没有人购买危地马拉出售的洋红色草、靛蓝和胭脂虫。现在是咖啡的时代。市场需要咖啡，咖啡需要土地和劳动力、火车和港口。"为了实现这个国家的现代化"，巴里奥斯驱逐寄生的僧侣，夺去教会大片的土地，分给他最亲密的朋友们。他还征用印第安公社的土地。他颁布法令废除集体财产，实施强制短工制。"为了让印第安人融入国家"，自由政府把印第

---

[1] Justo Rufino Barrios（1835–1885），1873–1885 年担任危地马拉共和国总统。在任期间，进行了许多诸如促进经济发展、政教分离、世俗婚姻、免费教育等自由派的改革。

安人变成新咖啡种植园的农奴。强制劳役的殖民体制复辟了。

士兵们走遍各个庄园，分配印第安人。

（59）

1879 年：墨西哥城
社会主义者和印第安人

"说这话让人难过，但必须得说。"阿尔韦托·圣达菲上校自特拉特洛尔科的监狱里宣布：西班牙统治下的印第安人更幸福。"今天他们被郑重地称为自由人，但他们是奴隶。"

社会主义者圣达菲曾组织特克斯梅鲁坎山谷的印第安人起义反抗。他说，墨西哥的万恶之源是人民的贫苦，而造成人民贫苦的原因是，土地集中在少数人的手里，没有发展国家工业，"因为我们所有的一切都来自国外，而我们可以自己来做。"他自问："我们是宁可失去独立成为美国的殖民地，还是愿意改变这个摧毁我们的社会结构呢？"

在《社会主义者》报上，胡安·德·马塔·里维拉也宣称，殖民时期印第安人生活得更好，他要求归还印第安人的土地：没有任何法律赋予那些强盗们权利，让他们窃取暴力和卑劣行径的果实。

与此同时，格尔达山的农民们在宣传他们的"社会主义计划"。他们控诉剥削的大庄园制，揭发它是一切不幸的根源；他们控诉强迫印第安人为大地产主服务的政府。他们提议：把大庄园变为村镇，归还公社的财产——耕地、水、山和牧场。

（129，274）

1879 年：乔埃莱 – 乔埃尔岛

凭借雷明顿步枪

在雷明顿步枪的射击下，阿根廷士兵们占领了印第安人两万里格的土地。

伦敦市场需要越来越多的奶牛，边境线爆炸了。为了潘帕斯的大庄园能够向南方和西部扩张，连发枪腾空了"空地"。他们清理了巴塔哥尼亚的野蛮人，烧毁了土著人的驻营地，把印第安人和美洲鸵鸟当作靶标。因与高乔人和巴拉圭人打仗而开始军旅生涯的胡里奥·阿亨蒂诺·罗加将军达到了职业的光辉顶峰。

在内格罗河的乔埃莱 – 乔埃尔岛，四千名尘土满面的士兵在做弥撒。他们向上帝献上胜利。荒漠运动已经完成。

幸存的人——印第安人，边境线上的战利品，男男女女，被分配到各个庄园、小堡垒、马厩、厨房和床上。据费德里科·巴尔瓦拉中校统计，有一万多人。巴尔瓦拉说，感谢阿根廷夫人们的慷慨无私，野蛮人的孩子们换下了奇里帕裤，穿上了长裤，有了人的模样。

（353）

1879 年：布宜诺斯艾利斯

马丁·菲耶罗和高乔人的黄昏

何塞·埃尔南德斯在布宜诺斯艾利斯出版了《马丁·菲耶罗》的第二部分。这是一位创造了祖国，最后却没有祖国的高乔人的临终挽歌。许久以来，在拉普拉塔河的原野上流传着这首光辉灿烂诗歌的第一部分，它的诗句就像牛肉、马黛茶和香烟一样是基本需求。

大庄园里的奴隶和堡垒里的民兵在篝火边围成圈悲伤地吟诵歌谣，回忆着那位桀骜不驯的老兄的行为，那个目无国王、也无视法律的人的故事，于是他们也找回了关于他们失去的自由的回忆。

（158）

1879 年：太子港

马 塞 奥

当五名杀手扑上去时，被流放的安东尼奥·马塞奥爬上前往圣多明各的贝勒埃车的车顶。那是一个满月之夜，但是马塞奥逃脱了连续射击，飞奔藏匿在草丛中。西班牙驻海地的领事已经向刽子手们承诺支付两万金比索。马塞奥是古巴独立战士中最有名望、最危险的人。

在战争中他失去了父亲，失去了十四个兄弟姐妹；他将回到战争中。当骑士团挥舞砍刀向大炮炮口猛击发出铮铮之声，喧嚷一片时，马塞奥纵马冲在前面。他在战斗中赢得了所有的晋升，这让几个白人长官非常不满：一个近乎黑人的人竟然晋升为大将军。

马塞奥为真正的革命而战。他说："这指的不是取代西班牙人。"独立不是最终的目的，而是第一个目标。从独立开始，必须改变古巴，人民不做主的话，殖民地不会成为祖国。大地产主克里奥人根本不相信这个人，因为他说私人财产权一点也不神圣。

(262)

1879 年：钦恰斯岛

鸟 粪

小岛上耸立的一座座山丘完全是由粪便堆垒而成的。几千年里，几百万只鸟在秘鲁南部海岸完成它们的消化代谢。

印加人知道这些鸟粪能够让任何一种土地复苏，哪怕是那些看起来已死的土地；但是欧洲不知道秘鲁肥料的神奇能力，直到洪堡带回第一批样本。

秘鲁，曾经依靠黄金白银赢得世界声誉，现在感谢鸟的善意，这一荣誉能够永续。船队满载着难闻的鸟粪朝着欧洲航行，返航时，带回意大利卡拉拉原产大理石做的雕像，用来装点利马的林荫道。船舱里装满了英国的服装和波尔多的红酒，英国服装已经摧毁了南部山区的纺织厂，波尔多红酒消灭了莫克瓜的国家大葡萄园。整栋房子从伦敦搬到卡亚俄。从巴黎进口整套的奢华酒店，厨师和一切配套设施一起进口。

四十年后，岛屿已平坦无丘。秘鲁已经卖了一千二百万吨的鸟粪，已经花费了双倍的钱，现在他陷入困境。

(43，44，289)

1879 年：阿塔卡马沙漠和塔拉帕卡沙漠
硝 石

战争没有因鸟粪而爆发，因为鸟粪已所剩无几。是硝石让智利军队投身征服沙漠的战争，与秘鲁和玻利维亚的联盟军作战。

从贫瘠的阿塔卡马沙漠和塔拉帕卡沙漠里，冒出欧洲山谷的一片葱绿。沙漠里孤寂无人，只有蜥蜴藏在石堆里，成群的骡子驮着硝石向太平洋的港口走去，这凝结的雪花将会让欧洲肥力耗尽的土地重获新生。在这片荒芜的世界里没有任何阴影，除了那些裸露在阳光下逐渐干结的闪闪发光的硝石山丘和贫苦的工人——沙漠里的战士们用破旧不堪的面粉袋做制服，用丁字镐做长矛，以棍当剑。

硝石或硝酸盐在生死攸关的交易中变得不可或缺。不仅仅因为它是最令人垂涎的肥料。此外，与煤炭和硫磺混合，它能变成火药。农业需要它，蒸蒸日上的战争工业也需要它。

(35，268)

1880 年：利马

中 国 人

智利入侵、摧毁。智利军队穿着英国军装，装备着英国武器，摧毁了秘鲁沿海的乔里伊奥斯、巴兰科和米拉弗洛莱斯村镇，没有留下任何垒砌的石头。秘鲁军官派印第安人去送死，他们自己高嚷着逃走："祖国万岁！"

有许多中国人，在秘鲁的中国人，为智利战斗。他们是从大庄园逃逸的中国人，他们高唱感恩之歌进入利马城，感谢入侵将军帕特里西奥·林奇——红色大公，救世主。

几年前，那些中国人被英国、葡萄牙和法国的人贩子从澳门和广东港口装船贩卖过来。每三个人里只有两个能活着抵达秘鲁。他们在卡亚俄港口被标价出售：利马的报纸称他们是"新进鲜货"。许多人被烙上烧红的铁印。修建铁路、棉花种植园、糖厂、开采鸟粪、种植咖啡需要许多奴隶劳动力。开采鸟粪的岛屿上，守卫们时刻不敢大意，因为一不小心，中国人就跳进海里自杀。

利马的溃败引起整个秘鲁的混乱。在卡涅特省的山谷里，黑人们起义。在狂欢节的尾期，行圣灰礼的周三，几个世纪的仇恨爆发了。羞辱仪式：黑人们，甚至是前不久仍是奴隶或者依然被当作奴隶的黑人们，为积压许久的怨恨进行报复，挥舞棍棒和砍刀去杀中国人，而这些人也是奴隶。

（45，329）

1880 年：伦敦

为懒惰正名

保尔·拉法格被法国警察追捕，又被英国的寒冬惩罚——尿出的尿都变成了钟乳石。他在伦敦写就了一篇反对把人变成可怜的机器奴仆的有罪体制的新辩护词。

"资本主义的道德是对神的道德的拙劣的戏虐性模仿",马克思的古巴女婿如此写道。与神父们一样,资本主义教育工人们,说他们生在这座伤心之谷,就是为了工作和受苦;并怂恿他们把妻子儿女交给工厂,让他们承受每天十二小时的折磨。拉法格拒绝"令人作呕地对劳动的长子——进步之神大唱赞歌",他主张恢复懒惰的权利,恢复尽情享受人类激情的权利。懒惰是诸神的馈赠。甚至基督在山上的传道中都已表明。拉法格宣称,终有一天,比《圣经》里的蝗灾更可怕的饥饿和苦役的折磨将会结束,那时大地将会喜悦地摇晃起来。

(177)

1881 年:林肯市

比利小子

——"我要给您提个建议,博士。"

直到一分钟之前,比利小子[1]还在一所牢房里等待绞刑。现在他在台阶的最高处瞄准治安官。

——"我开始累了,博士。"

治安官朝他扔来手铐的钥匙,当比利弯腰时,响起了左轮手枪声。治安官应声倒地,一颗子弹射中眼睛,银制的星徽被打得粉粹。

比利二十一岁,柯尔特枪托上已有二十一个印痕,这还不算他杀死的没有记录的阿帕切人和墨西哥人。

——"我要是你就不做,外乡人。"

他十二岁开始他的职业生涯。那时,一个无赖侮辱他的母亲,他挥舞着滴血的刀子,疯狂地逃跑了。

(131,292)

---

[1] Billy the Kid 是美国西部的神枪手,犯罪分子,据说一生谋杀了 21 人,22 岁时被警察击毙。本文应该讲述的是他 22 岁那年从警察局逃脱的事件。

1882 年：圣约瑟夫

杰西·詹姆斯

杰西和他的"詹姆斯兄弟们"曾经与南方的拥奴军一起作战，之后，他们成为被征服之地的复仇天使。纯粹为了满足荣誉感，他们抢劫了十一家银行、七辆邮政列车和三辆公共马车。杰西喜欢吹牛，无精打采，但不会随意放下武器，他已经送十六个身份不明的人去了另一个世界。

一个周六的夜晚，在密苏里州的圣约瑟夫，他最好的朋友从后背向他开了一枪。

——"你啊，小子，擦干眼泪，给每个人准备一份糖浆吧。你看看他们是否清除道路上的垃圾。我将告诉他们他曾经是什么。他们知道他曾经是什么吗？他比亚利桑那州的骡子还要顽固。"

(292)

1882 年：俄克拉荷马草原

西部牛仔的黄昏

半个世纪前，俄克拉荷马的传奇野马让华盛顿·欧文大为惊叹，并激发了他的创作灵感。桀骜不驯的草原王子曾是一支长着鬃毛的白色箭矢，而今天成为了负重的牲畜或温顺的坐骑。

同样，西部征服运动的冠军西部牛仔们曾是正义天使或复仇的强盗，现在成为士兵或遵守时间的短工。带刺的铁丝以每天一千公里的速度前进，冷藏火车穿越美国大平原。叙事民谣和小说回忆马车车队的美好时代：猪油润滑的木轴发出咿咿呀呀的幽怨声，丛林狼和印第安人的号叫声，水牛比尔正在证明怀旧能够变成暴利的工业。但是西部牛仔只不过是众多轧棉机、脱谷机、打稻机和捆草机中的又一台机器。

(224, 292)

1882 年：纽约

您也可以赢得人生

幸福之路已不仅仅通向西部草原。现在也是大城市的时代。火车的汽笛声像神奇的笛子，唤醒那些睡乡村午觉的年轻人，邀请他们加入钢筋水泥建筑的新乐园。汽笛声承诺，只要努力工作，品德高尚地住在高楼大厦的办公室或工厂里，每一个衣衫褴褛的孤儿都能变成生意兴隆的企业主。

一位作家霍雷肖·阿尔杰[1]把这些梦想卖出了几百万本。阿尔杰比莎士比亚更出名，他的小说比《圣经》更畅销。他的读者和创作的人物都是温顺的雇工，自从下了火车或下了越洋的大船后就不停地奔跑。实际上，这些轨迹仅保留在一小股的生意竞技者身上，但是整个美国社会都在集体消费自由竞争的幻想，甚至是瘸子也梦想着赢得比赛。

（282）

1882 年：纽约

约翰·D.洛克菲勒的创世纪

起初，我用煤油灯创造了光。那些曾经嘲笑过油脂蜡烛或鲸脑油蜡烛的黑暗撤退了。有早上，有晚上，这是头一日。

第二日，神试探我，允许恶魔来诱惑我，给我提供了许多朋友、情人和其他各种挥霍。

我说：让石油朝我而来吧。我创建了标准石油公司。我看着一切运转正常。有早上，有晚上，是第三日。

第四日，我以上帝为楷模。像他一样，我威胁和诅咒那些拒绝服

---

[1] Horatio Alger（1834—1899），美国作家，他创作了一百多部关于奋斗与成功的小说，讲述底层社会的人如何通过奋斗成为令人尊重的中上阶级人士的故事。

从我的人；像他一样，我实施敲诈和惩罚。与上帝压倒了所有竞争者一样，我也毫不留情地碾压了匹兹堡、费拉德尔菲亚的对手们。对于后悔的人我承诺原谅他们，并给予永久的和平。

我结束了宇宙的无序状态。哪里有混乱，我就进行整顿。我以前所未有的规模计算成本，制定价格，征服市场。我对几百万的劳动力进行合理分配，不再浪费时间、能源和原材料。我排除了人类历史上的偶然性和命运论。在我创造的空间里，我没有给脆弱和无能力的人保留一点位置。有早上，有晚上，是第五日。

我给我创建的杰作赋予一个词"托拉斯"。我看着一切运转正常。我看着整个世界围绕我监视的双眼旋转，有早上，有晚上，是第六日。

第七日我施舍。我把神赐给我让我继续他的完美作品的钱都汇总在一起，给穷人们捐出了二十五美分。然后我休息。

（231，282）

1883 年：俾斯麦城[1]

北方最后的美洲野牛

美洲野牛已经是蒙大拿地区的稀有之物，黑脚印第安人啃食以前的骨头和树皮。

"坐牛"领导了北部草原上苏族人的最后一次捕猎。在奔跑了许久之后，他们捕获了寥寥可数的动物。根据传统，他们每杀死一头动物，苏族人就向"看不见的大野牛"请求原谅，并承诺甚至连死去动物的毛发都不会浪费。

很快，北太平洋铁路将庆祝铁路横跨两大洋完工。这是横跨美国大陆的第四条线路。配有气动刹车和卧铺车厢的煤炭机车跑在拓殖者的前面，朝着曾属于印第安人的草原奔去。新的城市从四面八方涌

---

[1] Bismarck city，美国北达科他州城市，1872 年为修建北太平洋铁路的基地，在此地兴建居民点，因德国出资修建该铁路，遂以当时德国首相俾斯麦之名命名该城。

现。巨大的国内市场成长起来，并组成有机整体。

北太平洋铁路当局邀请"坐牛"酋长在铁路开通剪彩仪式上发表讲话。"坐牛"从施舍给苏族人的保留地赶来，他登上鲜花覆盖、彩旗招展的包厢，面对着美国的总统、出席的部长和重要人士以及在场的公众，说：

——"我恨白人。你们是强盗，是骗子……"

翻译是一名年轻的官员，他翻译道：

——"我以一颗热情真挚的心欢迎诸位……"

"坐牛"打断了公众的热烈掌声，说：

——"你们已经夺走了我们的土地，你们把我们变成了无家可归的人……"

公众站着欢呼，为这位穿戴着羽饰的战士欢呼；而翻译冒着冷汗。

（224）

1884 年：智利的圣地亚哥

资金的魔法师吃士兵的肉

"我们的权利源自胜利——各国的最高法律。"战胜方的政府说。

太平洋战争——硝石战争已经结束了。从海路和陆路，智利已经彻底打败了敌人。阿塔卡马和塔拉帕卡广袤的沙漠地带并入智利版图。秘鲁失去硝石和鸟粪枯竭的岛屿。玻利维亚失去出海口，被困在南美的心脏。

智利圣地亚哥在庆祝胜利。伦敦为胜利收款。不鸣一枪一炮、不费一分一毫，约翰·托马斯·诺斯[1]化身为硝石之王。用智利银行借贷的钱，诺斯以极低的价格购买了秘鲁国家以前交给矿区老产业主们

[1] John Thomas North（1842-1896），英国商人和投资者，通过太平洋战争攫取了智利的硝石开采权，成为硝石之王。

的债券。战争刚一爆发，诺斯就购买了这些债券，在战争结束之前，智利政府客气地承认这些债券的合法所有权。

（268，269）

1884 年：万卡约

国家付钱

陆军元帅安德列斯·阿维利诺·卡塞雷斯[1]与他的印第安游击队员们一起已经进行了三年、两百里格的持续不断的战斗，在秘鲁的山区抵御智利入侵者。

公社的印第安人称呼有着凶蛮络腮胡须的陆军元帅是"大人"，为了追随他，许多人为忽视他们的祖国献出了生命。在利马，印第安人也是炮灰，社会新闻记者里卡多·帕尔马把战争的失败归咎于"那个下贱堕落的种族"。

相反，直到不久前，卡塞雷斯元帅还肯定地说，秘鲁战败是因为他们自己的商人和官僚。直到不久前，他还拒绝接受割让秘鲁很大一块领土的和平协议。但是，现在，卡塞雷斯已经改变主意了。他想当总统。他必须做出功绩。必须遣散印第安武装力量，因为他们虽然抵抗智利人入侵，但也攻占了庄园，正在威胁神圣的大庄园秩序。

元帅召集科尔卡游击队的队长托马斯·莱梅斯。莱梅斯率领一千五百名印第安人来到万卡约。他前来请示：

——"听候指示，我的大人。"

但是莱梅斯刚一抵达，他的部队就被解除了武装。他刚刚跨过军营的门槛，就被枪托撂倒了。之后，他坐着，被蒙着眼睛枪毙了。

（194）

---

[1] Andrés Avelino Cáceres（1833-1923），秘鲁军人，曾参加太平洋战争，是抵御智利军队入侵的英雄。在 1886-1890 和 1894-1895 期间两次担任秘鲁宪法总统。

1885 年：利马

"恶来自上层"，曼努埃尔·冈萨雷斯·普拉达[1]说

在少数权贵人士的统治下，秘鲁在呻吟……假如我们的残渣能榨出哪怕一毫克的黄金，那些人会把我们放在榨糖机轧棍间压成薄片，他们会把我们放在蒸馏器上蒸馏，他们会把我们放在金属焚烧炉里烧成炭……他们就像这该死的土地一样，收下种子，吸入水分，但从来不产果实……

在与智利的战争中，他们已经证明了他们的胆怯，他们甚至都没有勇气去捍卫开采鸟粪和硝石的权利……我们曾经被侮辱、遭践踏、流血牺牲，就像不属于任何国家一样；但与智利的战争没有给予我们任何教训，也没有让我们纠正任何恶习。

（145）

1885 年：墨西哥城

"一切属于所有人"

特奥多罗·弗洛雷斯[2]说："一切属于所有人。"他是米斯泰克部落的印第安人，他是三场战争的英雄。

——"重复一遍。"

孩子们重复："一切属于所有人。"

特奥多罗·弗洛雷斯捍卫墨西哥，抵御了美国的入侵，与保守党作战，抗击了法国军队。胡亚雷斯总统奖励他三座土地肥沃的庄园。他没有接受。

---

[1] Manuel Gonzáles Prada（1844-1918），秘鲁的作家、思想家和无政府主义者，他猛烈抨击秘鲁社会和政治，支持世俗教育，曾担任秘鲁国家图书馆馆长。

[2] Teodoro Flores（？ -1893），墨西哥自由派军人，是墨西哥革命先驱弗洛雷斯·马贡兄弟们的父亲。

——"土地、水、森林、房子、牛、收成，这一切属于所有人。重复一遍。"

孩子们重复。

屋顶平台朝向天空，几乎远离了屎尿的气味和油炸的油烟，比较安静。在这里可以呼吸新鲜空气，聊天，而在下面的院子里，男人们为争抢女人动刀子，有人大叫圣母，狗儿嚎叫带来死亡的预兆。

——"给我们讲讲山上的事情吧。"最小的儿子说。

父亲讲述他们如何在特奥蒂特兰－德尔卡米诺生活。在那里，能工作的人工作，按需分配。禁止任何人超需索取，那是很严重的犯罪。在山上，以静默、鄙视或驱逐的方式进行犯罪惩罚。是胡亚雷斯总统把监狱带到了那里，以前那里不知道什么是监狱。胡亚雷斯带去了法官和地契，下令分配公共土地。

——"但是我们根本不理睬他给我们的那些纸。"

特奥罗多·弗洛雷斯十五岁时学习卡斯蒂利亚语。现在他希望他的孩子们成为律师，保护印第安人，不落入神学家们的陷阱。因此，他把他们带到首都，带到这个脏得像猪圈的嘈杂之地，与无赖和乞丐们挤在一起艰难度日。

——"上帝创建的一切以及人类创建的一切，都属于所有人。重复一遍。"

夜复一夜，孩子们听他说话，直到睡意袭来。

——"我们所有人出生时都一丝不挂，都是平等的。我们都是兄弟姐妹。重复一遍。"

(287)

1885 年：科隆

普雷斯坦

三十年前科隆城市诞生，因为横跨两大洋、穿越巴拿马的火车需要一个终点站。这座城市诞生在加勒比海的沼泽之上，城市里有热病和苍蝇，有脏乱不堪的旅馆和岗亭，有给寻找加利福尼亚黄金的冒险者们提供的妓院，有给中国苦力的破旧棚屋，那些中国工人铺架铁路，死于瘟疫或悲伤。

今年，科隆烧起来了。大火吞噬了木头长廊、房子和市场。佩德罗·普雷斯坦承担责任。普雷斯坦是教师、博学之士，几近黑人，总是戴着圆顶高帽和蝴蝶结，走在泥土大街上总是完美得不可挑剔。他领导了人民起义。上千名美国水兵冲上巴拿马的土地，宣称要保护铁路和其他的所有美国财产。普雷斯坦用生命、心灵和礼帽捍卫受压迫的人，现在被吊在绞刑架上。

罪行诅咒科隆。为了赎罪，从现在开始直到永远，每隔二十年这座城市将会燃烧一次。

（102，151，324）

1886 年：奇维尔科伊

马 戏 团

天亮时分，马戏团的带篷大马车走出晨雾，行走在奇维尔科伊[1]茂密的树林里。

下午，大帐篷上彩旗招展。

有环城的化装狂欢胜利大游行。波德斯塔兄弟的"马戏、体操、杂技和克里奥戏剧团"带来了一位日本的杂耍艺人和一只会说话的狗、训练有素的鸽子、奇异儿童和四个小丑。演出宣称滑稽小丑佩皮诺88号和高空秋千小组"已经赢得了伦敦、巴黎、维也纳、费拉德尔菲亚和罗马观众的赞美"。

但是马戏团表演的最精彩的节目是阿根廷历史上第一部克里奥人

---

[1] Chivilcoy，阿根廷布宜诺斯艾利斯省中西部城市。

的戏剧《胡安·莫雷拉》，是一部民歌对唱、挥刀对决的哑剧，讲述了一个被警察、法官、市长和杂货店主追捕的高乔人的悲惨故事。

(34)

1886 年：亚特兰大
可口可乐

药剂师约翰·彭伯顿因为配制出爱情汤药和防秃洗发剂而赢得了一些威望。

现在他发明了一种缓解头痛、消除恶心症状的药。他的新产品是由从安第斯带来的古柯叶和来自非洲的具有提神刺激作用的可乐树籽提炼而成。水、糖、焦糖和一些秘密之物构成了配方。

很快，彭伯顿将会以两千三百美元的价格卖掉该发明。他坚信这是一剂良药。假如有预言家告诉他刚刚创造了下个世纪的象征，他一定会笑到爆炸，而不会引以为豪。

(184)

1887 年：芝加哥
每年五一他们将会复活

绞刑架在等待他们。他们是五个人，但是林格引爆了含在嘴里的炸药胶囊而提前死亡。菲舍尔不慌不忙地穿衣，哼唱着《马赛曲》。帕森是以语言为鞭子或刀子的煽动者，在守卫把他的双手绑到后背之前，他紧握着同伴们的手。英格尔是神枪手，他要了波尔多红酒，给大家讲笑话逗乐。斯比斯曾写了"以生命的入口描画无政府主义"等如此多的话语，现在沉默不语地准备进入死亡的入口。

戏院看台上的观众双目紧盯着绞刑架。"一个手势，一个声响，一个机关弹出……那里，他们跳着可怕的舞蹈，在空中转着圈，死了。"

何塞·马蒂为芝加哥无政府主义者的被处决写了纪实报道。每年的五月一日，全世界的工人阶级将会让他们复活。这仍然是未知之数，但在越不期待的地方，马蒂总是描写新生婴儿的啼哭，就像他听到了一般。

(199)

1889 年：伦敦

诺　斯

二十年前他跳上瓦尔帕拉索的码头时，蓝宝石的双眼下留着火红的卷曲络腮胡子，口袋里只带着十英镑，背上背着一包衣服。在做第一份工作时，在塔拉帕卡一座小矿坑的矿道尽头，他遭受痛苦而认识了硝石。之后他成为伊基克港口的商人。太平洋战争期间，当智利、秘鲁和玻利维亚三方拼着刺刀厮杀时，约翰·托马斯·诺斯玩弄花招，摇身变成战场的主人。

现在，硝石之王诺斯在法国生产啤酒，在比利时生产水泥，在埃及拥有有轨电车，在黑非洲开木工厂，在澳大利亚开采金矿，去巴西开采钻石。在英国，这位平民出身、触觉敏锐的米达斯[1]已经购买了皇家军队的上校军衔，领导肯特郡的共济会，是保守党的杰出成员，王公大臣们是他的座上宾。据说，他所住宫殿的铁大门是智利士兵们从利马大教堂拆下来的。

在他启程前往智利的前夕，诺斯在梅特洛珀勒酒店举行了告别舞会。上千名英国人参加。梅特洛珀勒酒店的大厅里灯火通明，犹如白昼，美酒佳肴琳琅满目。硕大的菊花图案的徽章中央"N"字母熠熠

---

[1]　Midas，米达斯王是希腊神话中的人物，曾求神赐予金手指，能点物成金。希腊神话中"金手指的故事"和"驴耳朵的故事"都与他有关。

生辉。当这位全能之主装扮成亨利三世的模样走下楼梯时，响起一片热烈的欢呼声。他挽着装扮成公爵夫人的妻子走在前面，后面跟着装扮成波斯公主的女儿和装扮成黎塞留红衣主教的儿子。

《时代周刊》的战地记者加入诺斯庞大的随从队伍，将跟随他一起重返他的智利王国。混乱的日程在等待着他。在那里，在用子弹占领的沙漠地带，诺斯是硝石、煤炭和水的主人，统治银行、报社和铁路；但是在圣地亚哥城里，有一位总统品位很差，拒绝他的礼物。这个人叫何塞·曼努埃尔·巴尔马塞达[1]。诺斯准备前去推翻他。

(269, 270)

1889 年：蒙得维的亚
足 球

伦敦，维多利亚女王七十大寿。在拉普拉塔河畔，人们用踢球来庆祝。

在拉布兰科阿达小场地里，在女王睥睨之下，布宜诺斯艾利斯球队与蒙得维的亚球队争抢足球。在彩旗招展的看台上，竖着世界上许多海洋和大部分陆地之主的女王肖像。

布宜诺斯艾利斯队以 3 比 0 赢得比赛。没有令人扼腕的死亡，虽然还没有制定罚球规定，但靠近对方球门的人会有生命危险。为了靠近点射门，必须冲破如林大腿的斧砍刀削，每场比赛都是需要铮铮铁骨的战斗。

足球是英国人的游戏。铁路公司、煤气公司和伦敦银行的官员们以及途经的海员们踢足球，但是现在一些克里奥人混进金色大胡子的

---

[1] José Manuel Balmaceda（1840-1891），1886-1891 年间担任智利总统，进行自由派改革，但遭到议会的反对，形成总统派与议会派的对立。议会派得到贵族、经济寡头和外国资本家（以硝石之王诺斯等为主）的支持。1891 年内战爆发，总统派失败，巴尔马塞达自杀。

炮兵中间，正在证明狡诈是撂倒守门员的利器。

（221）

1890 年：拉普拉塔河
同 伴 们

每年有五万多工人抵达拉普拉塔河，绝望把这些欧洲人带到了这片海岸：意大利国旗向经过阿根廷海岸皮埃蒙特人聚居地的埃迪蒙托·德·亚米契斯 [1] 问候，在布宜诺斯艾利斯或蒙得维的亚的工人活动中，能听到用西班牙语、意大利语、法语或德语发表的演讲。

每十名工人或手工艺人中就有八个是外国人，他们中间有意大利的社会主义者和无政府主义者、法国的巴黎公社社员、西班牙第一共和国的人士、德国和中欧的革命者。

在拉普拉塔河的两畔爆发了罢工。在蒙得维的亚，有轨电车司机每天工作十八个小时，磨房和意面工厂的工人每天工作十五个小时。没有星期日，布宜诺斯艾利斯政府的一位官员已经公开发布他的发现：懒散是一切恶习之母。

布宜诺斯艾利斯庆祝拉丁美洲的第一个五一。主要演讲人何塞·威尼格 [2] 用德语向芝加哥的烈士们致敬，他宣布全世界社会主义的时代即将到来。与此同时，穿着宽长袍、拿着钢笔、握着佩剑或穿着教士服的人呼吁驱逐那些仇恨秩序的外国人。受神灵启示的作家米格尔·卡内 [3] 起草了一份法案，旨在把外国煽动者驱逐出阿根廷。

（140，290）

---

[1] Edmundo de Amicis（1846-1908），意大利著名儿童文学作家，著名作品是《爱的教育》。

[2] José Winiger，德国社会主义者，19 世纪七八十年代，在阿根廷的许多德国社会主义者创立了"先锋俱乐部"。1890 年 5 月 1 日在布宜诺斯艾利斯召开了拉丁美洲历史上第一次劳动节的纪念集会，提出了八小时工作、禁止雇用童工等呼吁，威尼格在集会上发表演说。两个月后成立了阿根廷地区的劳动者联合会，这是拉丁美洲第一个工人运动中心。

[3] Miguel Cané（1851-1905），阿根廷作家、政治家，是阿根廷文学史上"八〇年一代"的代表人物。

1890 年：布宜诺斯艾利斯

大 杂 院

狂欢节时，穷人和富人支付同样价钱的门票进入哥伦布剧院，但是进了门后，体力劳动者和脑力劳动者各就其位，谁也不能亵渎神圣、搞错位置。下层的人在舞池里跳舞，上层的人在包厢和大厅里享乐。

布宜诺斯艾利斯就像这座剧院。社会地位高的人住在北区两层或三层的法式洋楼里，单身老女人们独自睡觉，她们宁可带着处女身去死也不愿与出身低微的某个外国人混血。统治者用一串串的珍珠和刻在餐盘上的纹章来装点祖先的门面或者创造祖先，他们炫耀地使用萨克森、塞勒夫或利摩日的瓷器、沃特福德的玻璃制品、里昂的挂毯、布鲁塞尔的桌布。他们从大乡村的隐居生活过渡到美洲巴黎的疯狂炫耀。

在南部，被大地打击的人们拥挤地生活在一起。在被遗弃的有三重庭院的殖民地大院子里，或者在特别搭建的大杂院里，从那不勒斯、维哥、比萨拉比亚来的工人们轮流睡觉。床铺从来不冷，在被火盆、洗脸盆和用作摇篮的抽屉挤满的空间里，床数量不够。在唯一一个厕所门口等待的队伍很长，免不了争吵打架。安静是不可奢望的享受。但是有时候，在节日的夜晚，手风琴、曼陀林琴或摇弦琴唤回了洗衣妇、女裁缝、主人和丈夫的女仆们久违的歌声，宽慰了那些整日里鞣制皮革、装罐头、锯木头、扫大街、扛包裹、砌墙刷墙、装烟草、碾麦子、烘制面包的男人们的孤独之心。与此同时，他们的孩子们擦着靴子，大声喊出白天的罪恶。

(236, 312)

独自一人

在加利西亚的村镇里，当有人移民之后，人们说："少了一簇火。"

但是在那边，他是多余的人，在这边，他希望自己不是多余的。他像骡子一样工作、承受一切、默默不语，他是一个沉默寡言的人，在异地他乡他占的空间都不及一条狗。

在这边，人们嘲笑他、蔑视他，因为他甚至都不会写自己的名字，而体力劳动是下等人的事情。相反，这边的人们尊敬专横霸道的人，为那些通过使诈和运气而挫败最傲气之人锐气的圆滑人士鼓掌。

孤独的移民睡得很少，但是他刚一闭上眼睛，葱郁山林里和大雾笼罩的悬崖上的仙女或女巫就来找他。有时候，他做噩梦。于是他溺死在河里。不是在任何一条河里，而是在那边的某条河里。他们说，谁要是能渡过那条河，就会失去记忆。

跳探戈舞

探戈是欢快的米隆加舞蹈的忧伤之子，诞生于贫民窟的畜栏和大杂院的庭院里。

在拉普拉塔河两畔，它是臭名昭著的音乐。工人们和恶棍们，拿锤子和拿刀的人一起在地上跳着探戈，男人跟男人跳，因为女人不能跟上这么大胆且断续的步伐或者因为肌肤如此亲密接触的拥抱让女人感觉像妓女卖弄风情：舞伴双方滑落、摇晃、舒展身体，各种扭摆、精雕细琢地展现自己。

探戈来源于内陆深处的高乔人的曲调，也来自海上水手们的歌谣；源自非洲奴隶也源自安达卢西亚的吉卜赛人。从西班牙带来了吉他，从德国带来六角手风琴，从意大利带来曼陀林琴。马车夫奉上牛号角，移民工人献上孤独的伴侣——口琴。以迟缓的步伐，探戈走遍军营、酒馆、流动马戏团的驯马场和贫民窟妓院的庭院。现在街头手风琴艺人带着它在布宜诺斯艾利斯和蒙得维利亚的周边地区走街串巷，逐渐向中心靠近，船只把它带到巴黎，让巴黎疯狂。

(257，293，350)

1890 年：哈特福德
马克·吐温

小说家伸手把柯尔特武器工厂的高级职员汉克·摩根扔到遥远的亚瑟王朝。电话、自行车和甘油炸药穿越到了卡梅洛特山谷里魔法师梅林和加拉哈德骑士的时代；在那里汉克·摩根编辑出版报纸并以非常低廉的两分钱的价格售卖，他创建了西点军校，并指出世界不是柱子支撑的平面。虽然汉克·摩根来自一个已经知道垄断的社会，他把自由竞争、自由贸易和自由选举的好消息带到了封建城堡。他试图用棒球来替代马上的厮杀，以民主制取代世袭君主制，用成本计算来替代荣誉法则，但都失败了，最终他下令实施电刑，烤焦了三万名身穿盔甲的英国骑士，而这一手段早已在美国印第安人身上试验过。冒险以死亡告终，汉克被冒险受害者们所散发的腐烂瘴气熏得窒息。

马克·吐温在他位于哈特福德的家里完成了这本《康州美国佬在亚瑟王朝》。他宣布："这是我的天鹅之歌。"他一直跳跃着生活，追逐一笔转瞬即逝的百万美元。他当过记者和探险者、广告员、淘金工人、水手、投机商人、小玩意儿发明人、保险公司负责人、运气糟糕的企业主，但是在一次次的破产倒闭之间，他都利用这些创造或回忆了汤姆·索亚和哈克·费恩，找到方式邀请我们所有人与这对年轻人一起，乘着竹筏在密西西比河上漂流。他做这些纯粹是因为高兴而去，并不是因为着急抵达。

(149，341)

1890 年：翁迪德尼
朔 风

造物主没有创造印第安人：他歌唱他们，为他们跳舞。

通过歌唱与跳舞，造物主现在宣布，这片古老而奄奄一息的土地将很快被新土地的绿色旋风摧毁。先知沃沃卡从另一个世界带来了这些话：在新的土地上，美洲野牛将会复活，死去的印第安人将会重获新生，一场凶猛的洪水将会淹死白人。没有一个强权者能够幸存。

先知沃沃卡的舞蹈和歌声从西方传来，穿过落基山脉，在平原地区扩散。这片区域上曾经人数最多、最为强大的苏族人庆祝来自天堂的通知，庆祝饥饿和流亡生活的结束：他们每天从天亮开始唱歌跳舞，直至夜深。

圣诞节后第四天，步枪齐发的声音打断了苏族人驻扎在翁迪德尼[1]营地里的庆祝仪式。士兵们像杀死野牛一样开枪扫射妇女、儿童和为数不多的男人。暴风雪拍打在死人身上，把他们封冻在皑皑白雪上。

(51，91，230)

苏族先知之歌

我是雷鸣之国，我已经说过
我是雷鸣之国，我已经说过
你将会活着
你将会活着
你将会活着

---

[1] Wounded Knee，音译为翁迪德尼，又译作伤溪河。1890 年 12 月 29 日在伤溪河印第安人驻营地发生的战争标志着印第安人反抗移民的武装起义结束，苏族著名首领"坐牛"死于这次事件中。

你将会活着

（38）

1891 年：智利的圣地亚哥

巴尔马塞达

何塞·曼努埃尔·巴尔马塞达想推动民族工业的发展，"靠我们自己生活和穿着"，他预感到硝石时代将会过去，将只会给智利带来悔恨。他想效仿美国、英国、法国和德国，在工业发展初期实施类似的刺激和保护措施。他提高工人工资，在全国范围内推广建立公立学校。他在智利狭长的身躯上建了一条铁路和公路交通的纵贯线。在他当总统期间，神圣的英国资本经历了被亵渎的严重风险：巴尔马塞达曾想对铁路实施国有化，停止银行的高利贷，抵制硝石公司的贪婪。

巴尔马塞达想法很多，而且也做到了许多；但是约翰·托马斯·诺斯用于收买良知、歪曲正义的巨大预算做到的更多。媒体对"权力熏心的恺撒、仇恨自由和外国企业的暴君"发起炮轰，主教们和议会议员们的呼声也不甘示弱。作为呼应，军人发动叛乱，于是爆发民族流血事件。

《南美周刊》宣布政变胜利的消息："智利将重归旧日美好时代。"银行家爱德华多·马特也表示庆祝："智利的主人是我们——资本和土地的主人。其他一切是被控制、可出售的大众。"

巴尔马塞达开枪自杀。

（270）

1891 年：华盛顿

另一个美洲

何塞·马蒂在美国居住了十年。在这个充满多样性、朝气蓬勃、任何新鲜事物都不让人害怕的国度里，他欣赏的事物有许多，但在他的文章里，同样揭示出这个年轻国家怀有帝国野心，把贪婪上升为神圣权利，以及消灭印第安人、侮辱黑人、歧视拉丁人的残忍种族主义。

马蒂说，在布拉沃河[1]以南有"另一个美洲，我们的美洲，咿呀学语的地方"，在欧洲和北美洲的镜子里都认不出她完整容貌的地方。他说，她是西语美洲，主张收回古巴构成完整的整体，而北方也主张收回古巴，但是是为了吞噬它。此美洲与彼美洲的利益不一致。马蒂问："与美国的政治经济联盟适合西语美洲吗？"他回答："两只雄鹰或两只绵羊联合在一起不会像一只雄鹰和一只绵羊联合在一起那么危险。"去年在华盛顿举办了第一届泛美会议，现在马蒂作为乌拉圭的代表，参加了该对话的后续会谈。谁谈及经济联盟，即谈论政治联盟。购买的民族下命令，出售的民族提供服务……想死的民族只出售给一个民族，想存活的民族则会出售给更多的民族……想获得自由的民族请在多个同样强大的民族之间分配你的贸易。即使必须选定一个民族，也宁可选择那个需求更少的一个，没那么轻视你的那个……

马蒂已经为"另一个"美洲献上自己的一生：他希望复苏自征服以来被杀死的一切事物，他希望揭露她并反抗她，因为不爆发出来的话，她身上隐藏的叛逆的身份将难以显露。

——我伟大的美洲母亲能怎么怪罪我呢？

马蒂是欧洲人的儿子，但也是美洲的儿子，是伟大祖国古巴的爱国者，他感到他的血管里流淌着伤痕累累的民族的血液，这个民族诞生于棕榈树或玉米的种子，称呼银河是"灵魂之路"，月亮是"黑夜

---

[1] 布拉沃河是美国与墨西哥的界河，在美国被称作格兰德河。

的太阳"或"沉睡的太阳"。因此他回应偏爱外国的萨米恩托，写道：
"没有文明与野蛮的战争，有的是伪博学与大自然之间的战争。"

（112，354）

1891 年：纽约
何塞·马蒂相信：思想开始属于我们

……了解即解决。了解国家并按照我们的了解来治理国家是让国家摆脱独裁统治的唯一方法。欧洲大学必须让位于美洲大学。即使不教授希腊古雅典最高执政官的历史，也必须详尽讲授从印加到现在的美洲历史。我们的希腊比不属于我们的希腊更好。我们更需要它。民族政治家必须取代外国政治家。把世界移植进我们的共和国，但是主干必须是我们共和国的主干。被打败的迂夫子们闭嘴，因为没有一个祖国比我们苦难的美洲共和国更让人骄傲……

我们曾是一个面具，穿着英国的裤子、巴黎的马甲、美国的夹克、西班牙的帽子……在脚穿草鞋、头系发带来到这个世界的国家里，我们曾是肩章和托加长袍……没有一本欧洲书，也没有一本美国佬的书能够交给我们打开西语美洲之谜的钥匙……

各民族站起身来，相互问候。"我们怎么样？"他们相互问起来，然后一个接着一个地说他们如何。柯希玛地区出现问题，他们不会跑去但泽[1]寻找解决办法。双排扣礼服大衣是法国的，但是思想开始属于我们……

---

[1] 但泽是波兰滨海城市，本书原文为 Danzig，估计是借用德语表达，波兰语为 Gdańsk，则译为格但斯克。前文的柯希玛是古巴东部小城。

1891 年：瓜纳华托

康塔拉纳斯大街三十四号，瞬间影像

炮手罩上罩盖，弯下身瞄准。受害者是瓜纳华托的贵族绅士，他不笑、不眨眼也不呼吸。他没法逃脱：身后的幕布已放下，幕布上用石膏画了郁郁葱葱的景色，道具楼梯延伸到远方。周围摆着纸做的花，纸板做的柱子和栏杆环绕，严肃的显贵把手搁在椅子扶手上，非常庄重地面对着风箱照相机的炮口。

整个瓜纳华托人都接受康塔拉纳斯大街三十四号照相馆的炮击。罗穆亚尔多·加西亚 [1] 为身份高贵的先生以及他们的夫人子女拍照，男孩子们套着挂着怀表的大马甲显得个小如侏儒，女孩子们被许多丝绸和绶带装饰的大檐帽压扁了，像小老太太一样严肃。他为肥肥的神父和穿着军礼服的军人拍照，为刚领圣餐的人和新婚夫妇拍照，也为穷人拍照，他们远道而来，只要梳妆整齐，穿上最好的、熨帖的服装，摆好姿势，坐在曾在巴黎获奖的墨西哥艺术家的照相机面前就可以了。

魔术师罗穆亚尔多·加西亚把人变成了雕塑，向凡胎俗骨售卖永恒。

(58)

1891 年：普利西马德尔林孔 [2]

生　命

他没有跟任何人学过画画，他画画是因为喜欢。埃梅内希尔多·布斯托斯以实物收费或以四雷亚尔的价格卖一幅肖像画。普利西

[1] Romualdo García，墨西哥摄影师，1889 年在巴黎世界博览会上获奖，后在瓜纳华托开设照相馆，留下了许多珍贵的照片。

[2] Purísima del Rincón，墨西哥瓜纳华托州下属地区。

马德尔林孔镇没有摄影师，但有画师。

四十年前，埃梅内希尔多·布斯托斯为镇上的美人儿莱奥卡蒂娅·洛佩斯画了一幅肖像画，惟妙惟肖。自那以后，普利西马镇上经历了非常成功的葬礼和婚礼，有了许多小夜曲，有了酒馆里一次又一次的掏心挖肺，某个姑娘跟着流动马戏团的小丑私奔了，大地不止一次地颤抖，不止一次地从墨西哥城派来新的官员；随着日子缓缓流逝，在艳阳高照和阵雨绵绵之间，埃梅内希尔多·布斯托斯一直在给他看见的活人画画，也给他仍记得的死人画画。

他还种菜、做冰淇淋，各种行当都会做。他在自家地里或是替别人种玉米和豆角，他忙着给庄稼除虫。他用他在龙舌兰叶子上收集的霜来做冰淇淋，当冰冻渐消时他做橙子罐头。此外他绣国旗，修整漏水的屋顶，圣周时领导鼓乐队，装饰屏风、床和棺椁。他用极细的笔触描画庞波萨·洛佩斯女士，向圣母表示感谢，感谢圣母把她从病榻之上拽起来；他还为雷夫西奥·塞戈维亚女士画了一幅肖像画，展现了她的动人魅力，甚至连她额头上的一丝卷发也画出来了，并在脖子上画了一根镀金发带，上面写着雷夫西奥。

他为别人画画，也画他自己：新刮的胡子、短发，颧骨突出，皱着眉头，穿着军装。在画像的背面写着：*埃梅内希尔多·布斯托斯，普利西马德尔林孔镇的印第安人，生于 1832 年 4 月 13 日，我为我自己画像是为了知道 1891 年 6 月 19 日我是否还能画画。*

（333）

1892 年：巴黎

运河丑闻

法国法庭裁定巴拿马运河公司破产。工程中断，丑闻爆发。突然间，法国成千上万的农民和小资产者的积蓄化为乌有。公司计划在征服者们寻找和梦想的两洋通道上开凿一个大口子，但它犯了巨大的诈骗罪，贿赂政客和让记者缄口而挥霍掉的几百万的数字已经公布出来。弗里德里希·恩格斯自伦敦写道："巴拿马事件很有可能把所有资产阶级的肮脏龌龊撕得粉碎。把运河变成一个深不可测的深渊已然是一个奇迹……"

没有人提到那些安的列斯群岛的工人、中国和印度工人，在山间开凿运河，黄热病和疟疾以每挖一公里就杀死七百人的速度在消灭那些工人。

(102，201，324)

1892 年：哥斯达黎加的圣何塞

一位叫鲁文·达里奥的尼加拉瓜年轻诗人的预言

新的世纪将会看到血染大地的最大革命。大鱼吃小鱼？或许是，但很快我们会有报应。贫穷当道，工人肩上扛着诅咒的大山。除了卑鄙的黄金，一切都一钱不值。穷困的人们就是永恒的屠宰场里永远挨宰的畜群……

没有力量能够遏制致命复仇的洪流。必须要高唱一首新的《马赛曲》，它就像耶利哥的号角，将会摧毁无耻之徒的宅邸……在救赎灾难的轰鸣声中，上天将会怀着害怕的喜悦看到对傲慢罪犯的惩罚，对酗酒贫困的最严厉、可怕的报复。

(308)

1893 年：卡努杜斯

安东尼奥·孔塞莱罗

许久以来先知们在巴西东北部灼热的土地上四处奔走。他们宣布塞巴斯蒂安国王将会从拉斯布鲁马斯岛上归来，将会惩罚富人，把黑人变成白人，把老人变成年轻人。他们宣称，在世纪结束时，沙漠将变成大海，大海将变成沙漠；大火将会吞噬沿海城市、狂热的金钱崇拜者和犯罪狂人。在累西腓、巴伊亚、里约热内卢和圣保罗的废墟之上，将会建立一座新的耶路撒冷城，在那里耶稣将会统治千年。先知们宣布，穷人们的时刻即将来临：还有七年上天就会降临人间。到那时就不再有疾病和死亡，在新的人间王国和天堂，所有的不公正将得到匡正。

虔诚的安东尼奥·孔塞莱罗[1]走村串乡，身材瘦削、风尘仆仆，后面跟着一个连祷游行合唱队。他肤色犹如破旧的皮质盔甲，胡须像黑莓丛林，身上的长袍是一件已成破布条的寿衣。他不吃不睡，把他收到的救济品施舍给不幸的人。对于妇女，他背对着与她们说话。他拒绝服从共和国无情政府的命令，在邦孔塞柳镇的广场上他把征税告示扔进火堆里。

他被警察追捕，逃到沙漠里。他与二百名朝圣者一起，在一条季节河流的河床边上建立了卡努杜斯公社。这里的地面上热气腾腾，炎热不让雨水落地。他们在光秃秃的小山上搭起了简陋的泥草房。在这片黑色土地的中央——应许之地，建起了通往上天的第一个台阶，安东尼奥·孔塞莱罗以胜利的姿势高举着耶稣像，进行末日审判：富人们、不信教的人和轻佻的女人都将被消灭。水将被鲜血染红。只会有一个牧羊人和一群羊。很多的帽子，很少的头……

(80, 252)

---

[1] Antônio Conselheiro，此人原名为马西埃尔，他以穷人的福音传教师身份在巴西腹地传播原始基督教教义，被人们称为"劝世者"安东尼奥。1893 年孔塞莱罗在邦孔塞柳镇上焚毁了政府的征税告示，率领 200 人举行抗税斗争，并在一条河边建立了卡努杜斯公社，建立起一个共同劳动、平分产品、居民一律平等的原始公有形式的社会。到 1897 年 1 月，卡努杜斯起义者已达 3 万人，并占领了附近 60 个地主庄园。巴西政府先后 4 次出兵镇压，前 3 次均被起义农民击溃。1897 年 6 月的第四次围剿，起义军战败后，9 月 22 日安东尼奥病死。10 月 5 日卡努杜斯陷落，起义失败。欧克里德斯·达·库尼亚的《腹地》就是对卡努杜斯战争的反思。

1895 年：卡约霍索 [1]

自由在雪茄体内旅行

他从不睡觉，吃得很少。何塞·马蒂召集人马，筹措资金，写文章写信，做演讲，做读诗会，做讲座，讨论、组织，购买武器。二十多年的流亡生活并没能熄灭他的光芒。

一直以来他都知道不进行革命古巴将不能自主。三年前，他在佛罗里达的这片海滩上建立了古巴革命党。革命党诞生于坦帕和卡约霍索的烟草作坊里，得到了古巴流亡工人的庇护，他们或倾听过马蒂真人的演讲，或从印刷的纸上听过马蒂的演讲。

作坊就像工人大学。在大家安静工作的时候有一个人朗读书或文章是传统，如此，烟草工人们每天能接收到各种思想和讯息，能在世界、历史和想象的奇妙空间里遨游。借朗读者之口，人类的话语发射出来，钻进抽去烟叶梗的妇女们的耳朵里，钻在大腿或桌子上拧烟草叶子、做雪茄的男人们的耳朵里。

经马克西莫·戈麦斯 [2] 和安东尼奥·马塞奥 [3] 将军同意，马蒂发出起义的命令。命令隐藏在一支哈瓦那雪茄烟里，从佛罗里达的作坊里旅行到古巴。

（165，200，242）

1895 年：普拉伊塔斯

登　陆

四十年后，马科斯·德尔·罗萨里奥将会记得：

---

[1]　Cayo Hueso，也可意译为"骨殖之岛"。

[2]　Máximo Gómez（1836-1905），生于多米尼加，后成为古巴军官，参加古巴的十年战争（1868-1878）和独立战争，是卓越的战略家。

[3]　Antonio Maceo（1845-1896），古巴独立战争的军事领导人，有"青铜巨人"的称号。

"初次见面时，戈麦斯将军不喜欢我。他对我说：您想在古巴得到什么？您在那儿丢了东西吗？"

马科斯将会拍手，拍去沾上的灰尘：

"戈麦斯将军是一位了不起的老头儿，强壮，非常强壮，非常敏捷，他说话声音很大，有时他站起来，恨不得吞下你……"

他将穿过菜园去寻找阴凉：

"最后我们找到一艘船，把我们放在古巴海岸附近。"

他将会展示吊床上的铁环：

"这就是那艘船上的。"

他将会躺在网上，点燃一支烟：

"船把我们扔在海上，海浪很恐怖……"

船上有两个多米尼加人和四个古巴人。风暴戏弄他们。他们已经宣誓古巴将会获得自由。

"漆黑的夜晚，伸手不见五指……"

红色的月亮升起来与云层搏斗。小船与饥饿的大海搏斗。

"那个老头儿站在船头。他握着舵杆，马蒂扶着罗盘。一阵海浪掀翻了将军的舵杆……我们与大海搏斗，大海想要吞噬我们，不想让我们到达古巴大地……"

难以置信的是，船并没有摔到悬崖上粉身碎骨。小船在海浪里出没颠簸：猛一转弯，海浪展开，露出了一片小海滩，一小块马掌大的沙地：

"戈麦斯将军跳上海滩，他一踏上陆地，就亲吻大地，像公鸡一般歌唱。"

(258，286)

1895 年：阿罗约翁多[1]

深　林

马科斯·德尔·罗萨里奥将会兴致勃勃地谈论起马蒂，一点也不伤心：

"我见他时，以为他太过瘦弱。之后我发现他是一个活力十足的人，从这纵身一跳跳到那里……"

马蒂教他写字。马蒂抓住马科斯的手，教他写 A 字母。

"他是上过学的读书人，他是崇高的人。"

马科斯照顾马蒂，为他做了干叶铺垫的舒适床垫，为他端来可可汁。在普拉伊塔斯登陆的六个人变成了一百人、一千人……马蒂背着背囊，武装带上挎着来复枪，爬进大山，鼓动人们起义。

"当我们爬山时，全都负重前进。有时他摔倒了，我准备去搀扶他时，他总是说：不，谢谢，不用。他有一个脚镣做的戒指，脚镣是他还是一个孩子时西班牙人给他戴上的。"

（286）

1895 年：双河营地

马蒂的遗嘱

在营地里，马蒂在衬衣衣袖上给他最亲密的朋友、墨西哥人马努埃尔·梅尔卡多写了一封信。他讲述了他的生活每天都在经历危险，他说为他的国家献出生命是值得的，"我的任务是争取古巴独立，及时阻止美国在安的列斯群岛扩张，阻止那股更加强大的力量降临到我们美洲大地上。我至今所做的一切以及即将要做的一切都是为了这个目的。必须在沉默中完成它……"马蒂写道，古巴人正流着鲜血阻止"我们美洲的民族被那个轻视我们的混乱且野蛮的北方兼并……我曾

---

[1]　Arroyo Hondo，意为深深的小溪。

在魔鬼的体内居住过，我了解他的五脏六腑，我的投石器就是大卫的投石器[1]"。接下来，他写道，"这是生死攸关的事，容不得犯错。"

之后，他改变了语气。他有其他事情相告："现在，我给你讲讲我自己。"但是当他开始向朋友袒露心扉时，黑夜阻止了他，抑或是羞耻之心阻止了他。"有一段如此纤细真诚的感情……"他写道，这是他写的最后一句话。

次日中午，一颗子弹把他掀下了马。

(199)

1895 年：尼基诺奥莫

他将叫桑地诺

在这所泥砖垒砌的房子门口聚集着许多人，他们被哭声吸引过来。

刚出生的婴儿像一只翻过身来的蜘蛛摇手蹬腿。没有东方三王从遥远的地方赶来庆贺，但是一个农民、一个木匠和一个去市场路过的妇女给他留下了礼物。

接生婆给产妇端来一碗薰衣草汤，给婴儿喂了一口蜂蜜，这是他尝到的人世间的第一种味道。

之后，接生婆把像极了树根的胎盘埋在菜园的一个角落里。她把它埋在一个极佳的位置，日照充足，它将变成尼基诺奥莫这里的土壤。

几年后，刚刚从这个胎盘里出来的婴儿也将变成土壤，整个尼加拉瓜反叛的土壤。

(8, 317)

---

[1] 投石器是牧人赶狼的武器，身为牧童的大卫带着投石器上战场，两军阵前打倒了巨人哥利亚，然后用哥利亚的剑割下他的头，树立威信，最后成为犹太人的王。米开朗基罗的《大卫》雕像上可以看到他肩上扛着投石器。

1896 年：太子港

化　装

根据海地的宪法，自由黑人的共和国讲法语，信仰基督教。神学家们感到羞愧，因为尽管有法律规定和惩罚措施，几乎所有的海地人仍然说克里奥尔语，几乎所有人仍然相信伏都神灵，这些神灵在树林和人体内自由游荡。

政府要求农民们做一个公开宣誓：

"我发誓如果我随身带着或在我的家里或土地上存有偶像物神和迷信物品，我都将毁掉它，我发誓永远不会降低身份参加迷信活动……"

（68）

1896 年：双河河口

安　魂　曲

——"就是这里吗？"

一年过去了，马克西莫·戈麦斯把一切逐渐告诉卡利斯托·加西亚。古巴独立的老一辈战士们从孔特拉梅斯特雷河带路出发，其后跟随着他们的军队。戈麦斯将军讲述道，那个中午，马蒂胃口很好，之后，他像往常一样诵读了几首诗，就在那时听到几声枪声，紧接着是排枪扫射。所有人都跑去骑马。

——"就是这里吗？"

他们来到一片荆棘丛生的荒地，那是去往帕罗·皮卡多的路口。

——"在这里。"有人指着说道。

砍刀开路的人清理出一小片空地。

——"我从没听过他抱怨，也没见过他屈服。"戈麦斯说道。

易动怒的格鲁尼翁补充道：

——"我给他下了命令……我建议他留下来的。"

他身体体积大小的一小片空地。

马克西莫·戈麦斯将军扔下一块石头。卡里斯托·加西亚将军扔下一块石头。军官们和士兵们鱼贯经过,一块块的石头落下,发出粗粝的噼啪声。石头堆积起来,马蒂的祭台越堆越高,在古巴空旷的寂静中只能听到那些石头碰撞的噼啪声。

(105)

1896 年:帕皮提

弗洛拉·特里斯坦

那块巨大的光秃秃的布主动挑衅。保罗·高更绘画、围着它、上色,就像跟世界说再见,那只绝望的手写道:"我们从哪里来? 我们是谁? 我们到哪里去?"

半个多世纪前,高更的外祖母在她的一本书里问过同样的问题,并且至死都在追问。弗洛拉·特里斯坦的秘鲁家庭从来没有提起她,就好像她会带来厄运或者她是疯子或幽灵一般。住在利马的遥远童年时代里,当保罗问起他的外祖母时,他们这么回答:

——"去睡觉吧,太晚了。"

弗洛拉·特里斯坦已经为宣传革命、无产阶级的革命和解放被父亲、雇主和丈夫奴役的妇女革命燃烧了她短暂的生命。疾病和警察结束了她的生命。她死在法国。波尔多的工人们为她购置了棺木,并抬棺下葬。

(21)

1896 年：波哥大

何塞·亚松森·席尔瓦

　　他爱他的妹妹埃尔维拉，薰衣草的清香，安息香的香膏，波哥大最柔弱的空气精灵的偷偷的亲吻，为她他写出了他最好的诗行。夜复一夜他都去她的坟边看望她。在她的墓前，他感觉比在文学会里更好。

　　何塞·亚松森·席尔瓦[1]一出生就穿上了黑衣，纽扣眼里别着一朵花。这位瘦削的哥伦比亚现代派的创始人就这么生活了三十年，经历了一个又一个打击。做丝绸和香水生意的父亲破产了，夺去了他的口粮面包。在一次海难中，他的全部作品沉入海底。

　　最后一次，他因为亚历山大格式诗的节奏而争论到深夜。他站在门口，拿着灯，送朋友们离开。之后，他抽了他剩的最后一支土耳其烟，他最后一次对镜顾影自怜。没有一封信从巴黎寄来拯救他。不堪忍受债主的追讨和居心不良之人戏称他为"圣洁的苏珊娜"，诗人解开衬衣，用左轮手枪对准医生朋友在他心口用墨水画的十字架。

（319）

1896 年：玛瑙斯[2]

牛 奶 树

　　印第安人称它为"caucho"。一刀砍下去，牛奶流出来。把香蕉叶折成碗状，牛奶就被收集起来，经过日晒或烟烤，牛奶就逐渐变硬了，同时人类的手给它塑造出形状。自远古以来印第安人用这种野生的牛奶制作耐烧的火把，摔不烂的罐，防水的屋顶和能折弯、弹飞

---

[1] José Asunción Silva（1865–1896），哥伦比亚诗人，拉美现代派诗歌的先驱。他的妹妹埃尔维拉是他的好朋友。1891 年妹妹的离世给他巨大打击。1895 年经历海难沉船，他的诗稿遗失。1896 年因难偿欠债，身无分文，等不到朋友的资助，开枪自杀了。

[2] Manaos，巴西亚马孙州首府。

的球。

一个多世纪前，葡萄牙国王收到了来自巴西的无需活塞的注射器和防水的衣服。更早之前，法国学者康达明[1]曾经研究过这些无视地心引力的令人吃惊的橡胶的特性。

成千上万的鞋从亚马孙雨林流向波士顿港口。直到半个世纪前，查理斯·固特异和托马斯·汉考克[2]发明了一种不让橡胶脆断和软化的方法。于是美国开始每年生产五百万只防潮防雪、耐冷御寒的鞋，在英国、德国和法国涌现了许多大型工厂。

不仅仅是鞋子。橡胶让产品多样化，创造了许多需求。现代生活围绕着这棵一受伤就流奶的大树高速运转。八年前在贝尔法斯特，约翰·邓禄普用充气轮胎替代实心轮胎，这样他的儿子赢得了三轮自行车比赛冠军。去年，米其林为往来于巴黎和波尔图的汽车发明了可拆卸的充气轮胎。

亚马孙地区曾经似乎是猴子们、印第安人和疯子们的极佳保留地，现在变成了美国橡胶公司、亚马孙橡胶公司和其他依靠牛奶树哺乳的遥远公司们的禁猎区。

（33）

1896 年：玛瑙斯

橡胶的黄金时代

当蓬基耶利[3]的歌剧《拉焦孔达》开篇和弦响起时，幕布缓缓升起。这是玛瑙斯排场奢华、蚊虫萦绕的夜晚。意大利的抒情艺术家们

---

[1] 1736 年法国科学家康达明参加南美洲科学考察队，从秘鲁带回一些橡胶制品及记载橡胶树的有关资料，出版了《南美洲内地旅行纪略》，介绍了橡胶树的产地、采集胶乳的方法和用橡胶制成壶和鞋的过程。

[2] 1826 年汉考克发明了用机械使天然橡胶获得塑性的方法。1839 年美国人固特异发明了橡胶的硫化法，解决了生胶变黏发脆问题，使橡胶具有较高的弹性和韧性。

[3] Amilcare Ponchielli（1834—1886），意大利作曲家，代表作有《拉焦孔达》（又名《快乐的歌女》）和《阿尔古娜》。

正在举行亚马孙大剧院的开幕典礼，剧院的巨型大理石中殿是从欧洲运来的，与艺术家们一样直达雨林的心脏。

玛瑙斯和贝伦帕拉是巴西的橡胶之都，伊基托斯是位于秘鲁雨林的橡胶城。这三座亚马孙地区的城市以欧洲的方石铺路，每个夜晚从巴黎、布达佩斯、巴格达前来或雨林周边的烟花女子们来纵情声色。金制的指挥棒指挥乐队，金锭作为镇纸；一个鸡蛋贵如眼珠[1]。最为重要的人物喝的是高档进口的饮料，他们仿建了维希温泉，把他们的子女送到在亚马孙泥泞的河里穿行的商贩船上，前往里斯本或日内瓦学习。

谁在橡胶树林里工作呢？在巴西是那些被东北部的干旱鞭笞的人。许多农民从那些沙漠里来到这边需要他们变成鱼的沼泽地。通过合同，绿色监狱囚禁了他们，死亡早早降临，让他们脱离奴隶制和可怕孤独的苦海。在秘鲁，劳动力是印第安人。在看似永恒的橡胶时代里，许多部落消亡殆尽。

(299，325，334)

1897 年：卡努杜斯
欧克里德斯·达·库尼亚

整个白天大地冒着烟、吐着火，在膨胀。夜晚犹如一把冰斧降临时，大地颤抖、收缩。天亮时，大地分裂成碎块。

"地震的瓦砾，"欧克里德斯·达·库尼亚[2]在他的笔记本上记录，"风景变得像要逃跑一样。"他走遍大地的褶皱和河流的弯道，印第安人叫这片弯曲的干泥土路为"红蜜"。他在病恹恹的灌木丛里徒劳地寻找阴凉。在这里，空气把所触及的一切都变成石头。一个士兵脸朝

---

[1] 意为非常昂贵，此处采取直译。

[2] Euclides da Cunha（1866-1909），库尼亚是巴西作家，代表作是记录文学《腹地》，记录了卡努杜斯农民起义的始末。

上、双臂张开地躺在地上。他的额头上有一道黑色的疤痕。三个月前的肉搏战中他们杀死了他，现在他变成了他自己的雕像。

自远方，自卡努杜斯那个神圣的村庄里传来枪击声。单调的连续射击声持续了几天、几个月，偶尔被炮轰声和机枪扫射声打断。欧克里德斯很想知道这些神秘的农民哪来的力量，能够无畏地抵抗三十场的围攻。数千的农民因为虔诚地信仰"耶稣"安东尼奥·孔塞莱罗而献出生命。这场圣战的记者自问人们怎么能把这片荒凉之地与天堂混淆，怎么能把这个因为疯人院没有空位而出来的幻觉症患者看成耶稣。

怀着恶心和敬佩之情，欧克里德斯·达·库尼亚为圣保罗一家报纸的读者描述了他的所见所闻，一切令人惊恐万分。欧克里德斯是一位欧派的社会主义者，是蔑视梅斯蒂索人的梅斯蒂索人，以巴西为耻的巴西人，他是巴西共和国最为杰出的文人之一，而巴西在她新诞生的国旗上写上"秩序与进步"的宣言。当屠杀发生时，他正试图了解神秘的东北部腹地，那片沉积着怨恨和虔诚的狂热之地，在那里用祈祷来治愈消瘦的母牛们的"忧郁"症，用吉他庆祝孩童死亡。

（80）

1897 年：卡努杜斯

每一个死者身上子弹比骨头多

每一个死者身上子弹比骨头还多，但是卡努杜斯最后的守卫者们在一个巨大的木十字架后唱歌，仍然期待天使长们的降临。

第一纵队的指挥官下令拍摄安东尼奥·孔塞莱罗的令人震骇的尸体，"以便确认他的死亡"。他也需要确认这一点。指挥官坐在椅子上，乜斜着眼睛窥视着那把破布条和小骨头。

各种年龄、各种肤色的不幸的农民们已经在这位伤痕累累的老翁、共和国和罪恶城市的敌人周围围起了一堵人墙。必须调动五支远征军：五千名士兵围困卡努杜斯，二十门大炮在山头轰炸。这是一场喇叭口形枪铳对抗诺登菲尔德机枪的不可思议的战争。

战壕已经缩减为土坟，卡努杜斯公社仍然不投降。在这个没有地产、没有法律的乌托邦之地，贫苦的人共享这片贫瘠之地、少之又少的面包和广阔天空的信仰。

他们一所房子一所房子地战斗，一寸土地一寸土地地捍卫。

最后四个人倒下了。三个男人，一个孩子。

(80)

1897 年：里约热内卢

马查多·德·阿西斯

巴西作家们——分成许多派系，彼此看不顺眼——在科隆博和其他咖啡馆和书店里举行圣餐仪式和祝圣仪式。在那里，在神圣的氛围里，他们送别即将前往巴黎去莫泊桑墓前献上鲜花的同人。在那些殿堂里，伴随着玻璃碰撞的乐声，以神圣美酒的祝福，诞生了巴西文学院。第一任主席是马查多·德·阿西斯。

他是本世纪拉丁美洲的伟大小说家。他的书以爱和幽默的笔触揭露了懒惰成风的上流社会。而他，一个穆拉托人的儿子，征服了上流社会，比任何人都了解这个阶层。马查多·德·阿西斯撕去了包装的裱纸，撕去了装有欧洲风景的假窗户的假窗框，在露出泥墙的时候他朝读者挤了挤眼睛。

(62, 190)

1898 年：古巴海岸

水果即将落下

威廉·沙夫特将军一百四十五公斤的身躯在古巴东部海岸登陆。这具肉身来自北部的严寒地区，在那里将军四处杀死印第安人，在这里肉身融化在厚重得让人喘不过气来的羊毛军装里。沙夫特拖着身躯爬上马背，在马背上用望远镜俯瞰地平线。

他是来下命令的。根据他的一位军官杨将军所说：“起义的古巴人是一群堕落分子，不比非洲野蛮人更具自我管理的能力。”当西班牙军队面对爱国者们无情的围攻而溃不成军时，美国决定负责古巴的自由。如果美国插手，将不会有人能够赶走他们——马蒂和马塞奥已经警告过，现在他们插手了。

西班牙已经拒绝“以一个合理的价格”出售该岛，装甲舰“缅因号”的适时爆炸让美国的干涉找到了借口。“缅因号”在哈瓦那港口沉没，船上许多大炮和船员也随之沉没了。

入侵军队要求保护美国公民的安全，挽救被毁灭性战争威胁的利益和经济损失。但是在私下的交谈中，军官们解释说他们必须阻止在佛罗里达海岸的对面出现一个黑人共和国。

(114)

1898 年：华盛顿

万次私刑拷打

伊达·威尔斯[1]以美国黑人的名义，向麦金莱总统检举，称最近二十年里黑人已经经受了上万次的私刑拷打。伊达·威尔斯问，如果政府不保护美国境内的公民的安全，那有什么权利号召保护侵犯他国

---

[1] Isa Wells（1862–1931），美国全国有色人种协进会的共同创始人之一，一生致力于捍卫美国的民权和妇女权利。

的安全？难道黑人不是公民吗？抑或宪法只保障黑人有被活活烧死的权利？

被报纸和布道坛煽动起来的狂热的人们把黑人拖出监狱，绑在树上，活活烧死他们。之后这些刽子手在酒吧庆祝，在大街上当众宣扬自己的功绩。

以侮辱白人妇女为借口来抓捕黑人，而在这个国家里，黑人妇女被白人强奸被认为是正常事件，但是黑人被烧死的大部分案件里，他们无非是犯下了名声差、有偷盗嫌疑或没有礼貌这些不严重的罪过。

麦金莱总统承诺将调查该案件。

(12)

1898 年：圣胡安山
泰迪·罗斯福

泰迪·罗斯福[1]挥舞着大檐帽，纵马奔驰在他的"粗鲁骑兵们"的前边；当他从圣胡安山上下来时，手里紧紧攥着西班牙的国旗。他将会领受这场向古巴圣地亚哥开路的战斗的所有荣誉。而也一起参加战斗的古巴人，没有一个记者谈及他们。

泰迪相信帝国命运的伟大，相信他的拳头的力量。他在纽约学习拳击，为的是摆脱他童年时因为体弱多病、哮喘和极度近视所遭受的殴打和侮辱；当他成年后，他与冠军们交换拳套，捕狮子、牵斗牛、写书、大声做演讲。在书页间，在讲坛上，他推崇强悍种族的品质，认为他们生来就是统治者，是像他一样的战斗种族；他宣布每十个案件中有九个里没有一个印第安人比死去的印第安人更好（而他说，第十个案件，必须更加仔细地研究）。他自愿参加所有战争，他崇拜士

---

[1] Teddy Roosevelt（Theodore Roosevelt, 1858-1919），西奥多·罗斯福是美国第 26 任总统，参加过美西战争，在古巴的圣地亚哥战役中功勋卓越，获得圣胡安山英雄的称号。1901 年当选总统。

兵的最高品质：在战斗的兴奋时刻感觉自己内心像一匹狼，蔑视所有感情用事、为失去一两千人而伤心的将军。

为了尽快结束古巴的战争，泰迪已经计划派出一班美国兵去炮轰摧毁加的斯和巴塞罗那，但是在与古巴人的频繁作战中已经精疲力竭的西班牙，不到四个月就投降了。自圣胡安山上，胜利的泰迪·罗斯福骑马快速奔向纽约行政中心，奔向美国总统宝座。这位基督的狂热信徒更相信火药而非香炉，他稍作停留写道："任何一场和平的胜利都没有战争的最高胜利那么伟大。"

几年后，他将获得诺贝尔和平奖。

（114，161）

1898 年：波多黎各海岸

水果正在落下

拉蒙·埃梅特里奥·贝当塞斯[1]，长长的白胡须、忧郁的眼睛，流亡在巴黎，奄奄一息。

——"我不想要殖民地，"他说，"不想是西班牙的也不想是美国的殖民地。"

在波多黎各的独立先驱的弥留之际，迈尔斯将军的士兵们正唱着歌进入瓜尼卡海滩。士兵们子弹带上背着步枪，牙刷穿在帽子上，在甘蔗农民和咖啡农民们不动声色的目光下前进。

同样想要拥有祖国的欧亨尼奥·玛利亚·德·奥斯托斯[2]站在船甲板上，看着波多黎各的山丘，为这些群山不停变换主人而感到难过、屈辱。

（141，192）

---

[1] Ramón Emeterio Betances（1827–1898），是波多黎各独立的先驱，被认为是波多黎各独立运动之父。

[2] Eugenio María de Hostos（1839–1903），波多黎各的教育家、哲学家和作家，一生为波多黎各的独立、安的列斯群岛的统一、拉美的统一而斗争，因此被称为"美洲的公民"。

1898 年：华盛顿

麦金莱总统解释说根据上帝的直接旨意，美国必须拥有菲律宾群岛

夜复一夜我在白宫里走动，直到子夜时分；我毫无羞耻地承认不止一个夜晚我跪地请求全能的上帝给予光和指引。一天晚上，夜很深，我收到了他的指示——我不知道怎么收到的，但是我收到了：首先，我们不应该把菲律宾群岛还给西班牙，因为那将是软弱、丢脸的行为；第二，我们不应该把它交给我们在东方的贸易对手——法国和德国，因为那将是一个耻辱和糟糕的交易；第三，我们不应该把它交给菲律宾人，因为他们还没准备好自我管理，很快就会经历比西班牙统治时期更乱更无政府的状态；第四，我们别无选择，只能接纳所有的菲律宾人，教育他们，提升他们，教化他们，让他们信仰基督教，感谢上帝恩赐，我们将尽我们一切所能帮助他们，就像基督也为他人牺牲一样。于是我回到床上，沉沉地睡去。

（168）

1899 年：纽约

马克·吐温建议改国旗

"我举灯来到金门前。"自由之像欢迎赶来寻找应许之地的无以数计的欧洲朝圣者们，同时宣布，世界中心花了几千年时间从幼发拉底河转移到泰晤士河，现在转到了哈得孙河。

美国正处于帝国极度兴奋期，他在庆祝胜利征服夏威夷群岛、萨摩亚群岛、菲律宾群岛、古巴、波多黎各以及一个意味深长的叫强盗岛[1]的小岛。太平洋和安的列斯群岛周围的海已然成为美国的湖泊，

---

[1] 马里亚纳群岛之前曾被称为"强盗岛"。

联合果品公司正在创建；但是小说家马克·吐温是个扫兴老翁，他建议更改国旗：白色的条纹应该是黑色的，他说，应该用胫骨十字架和骷髅头来取代星星。

工会领袖塞缪尔·龚帕斯[1]要求承认古巴独立，检举那些在自由和利润之间选择时把自由扔给狗的那些人。而对于大报社来说，恰恰相反，认为寻求独立的古巴人是忘恩负义之徒。古巴是被侵占之地，美国的国旗——没有黑色条纹也没有骷髅头，飘扬在西班牙国旗以前飘扬的地方。一年内入侵部队军力翻倍。学校里教英语，新的历史书上讲述华盛顿和杰斐逊，不提马塞奥也不提马蒂。已经没有奴隶制，但在哈瓦那的咖啡园里出现了新的警告牌："白人专有。"市场无条件地向渴望蔗糖和烟草的资本打开。

（114，224）

1899 年：罗马

野姑娘杰恩

听说她睡觉时，左轮双枪挂在床横档上，在打扑克、喝酒和骂脏话方面也远胜于男人。听说，她曾与卡斯特将军一起在怀俄明战斗。据说从那时起，她一钩子钩住下颏骨撂倒了很多人。她在苏族人的布拉克山杀死印第安人，保护淘金者。他们传来传去地说，她在拉皮德城的主街上骑斗牛，曾劫持火车，在拉腊米堡爱上了美貌的治安官、狂野的比尔·希科克，为他生了一个女儿，给了他一匹叫撒旦的马，那匹马能够跪地帮助她下马。她总是穿着长裤，听说有时会脱了裤子。在大厅里没有比她更慷慨的女人，也没有女人在爱情和撒谎方面比她更无耻。

他们这么说，或许她从不存在，或许，今夜她不在狂野西部表

[1] Samuel Gompers（1850-1924），美国工会右翼领袖。

演的沙地上，年老的水牛比尔正在用他的又一个花招欺骗我们。如果不是因为观众的掌声，野姑娘杰恩自己也不会确认她就是这个四十四岁的毫不优雅的胖女人，是这个把大檐帽抛向空中、把它变成筛子的女人。

（169）

1899 年：罗马
新生帝国展示肌肉

在隆重的仪式上，水牛比尔从意大利国王的手上接过一只镶着钻石的金表。

狂野西部表演在欧洲巡演。对西部的征服已经结束，对世界的征服已经开始。水牛比尔率领着一支五百人的跨国军队。在他的马戏团里不仅仅有西部牛仔，还有威尔士亲王手下真正的长矛兵、法国共和国卫队的轻骑兵、德国皇帝的胸甲兵、俄罗斯哥萨克骑兵、阿拉伯骑兵、墨西哥骑手和拉普拉塔河的高乔人。第五骑兵团的士兵们扮演胜利者，被拖回保留地的战败者印第安人扮演龙套，在舞台的沙地上重演他们失败的场景。博物馆里的稀缺收藏品——一群美洲野牛为这些蓝色军服和戴羽毛的头盔增加了现实色彩。泰迪·罗斯福的"粗野骑兵们"为观众表演了他们刚刚结束的对古巴的征服，古巴、夏威夷和菲律宾的人们向胜利者的国旗献上了被羞辱的臣服。

演出的节目单用达尔文的话解释了征服运动：适者生存是不可避免的法则。水牛比尔以史诗般的话语颂扬了他的国家的公民道德和军事品德——消化吸收了半个墨西哥。许多群岛，现在在迈入 20 世纪时已经走上世界强国之路。

（157）

1899 年：圣路易斯

远　方

从嘴里喷出火，从高高的帽子里跳出兔子；从神奇的角里生出水晶小马。一辆车从躺在地上的女人身上轧过，但她一跃跳起来；另一个女人肚子上插着剑跳舞。一只巨大的熊服从英语下达的复杂指令。

他们邀请赫罗尼莫进入一个有四个窗户的小房子。突然小房子动起来，升到空中。赫罗尼莫吓坏了，探出脑袋：从那往下看，人们只有蚂蚁那么大。守卫的人笑起来。他们递给他望远镜，与他从战场上倒下的军官身上取下来的一样。通过镜子，远处的东西变得近了。赫罗尼莫对准太阳，强烈的阳光刺痛了他的双眼。守卫的人笑了，与他们一样，他也笑了。

赫罗尼莫是美国的战俘，是圣路易斯市场上吸引观众的一大热点。人们纷纷赶去看这个驯化的野兽。亚利桑那的阿帕切族的首领售卖弓箭，只要几分钱他就摆个姿势照相，或者尽他所能地画出他名字的字母。

（24）

1899 年：里约热内卢

杀人治疗术

魔术之手操控着咖啡的价格，巴西不能偿付伦敦、拉普拉塔河银行和其他焦急的债主们的债务。

"是时候做出牺牲了。"财政部长若阿金·穆蒂尼奥宣布。部长相信经济的"自然法则"，认为经济会根据"自然选择"惩罚弱小者，也就是说贫穷者，或者说惩罚几乎所有的人。希望政府从投机商手里接下咖啡业务？穆蒂尼奥愤怒地说，这将是对"自然法则"的践踏，是向社会主义前进的危险一步。他说，欧洲工人正在往巴西输入这种可怕的瘟疫：社会主义否认自由，把人变成蚂蚁。

穆蒂尼奥认为，民族工业不是"自然的"。民族工业不管多小，都正在逐渐消减种植园的劳动力，正在逐步提高劳动力的价格。穆蒂尼奥身为大地产制的守卫天使，将会致力于让人和土地的主人不为危机买单，这些主人丝毫无损地度过了废除奴隶制和共和国成立的时期。为了履行英国银行的偿付要求、平衡资金，部长把他所能找到的纸币扔进了火炉，取消了手头所有的公共服务，颁布了一系列向穷人征税的税收政策。

穆蒂尼奥因为素养而成为经济学家，同时还是专业医生，他在生理学领域进行了许多有趣的实验。在他的实验室里，他提取了老鼠和兔子的脑髓，砍去青蛙的头来研究身体的惊厥现象，身体仍在动，就像是还有脑袋一样。

（75）

1900 年：瓦努尼 [1]

帕蒂尼奥

骑手从满目荒凉中走来，骑着马走在荒凉之中，穿过冰一样的寒风，他缓缓地大步走在这个星球的荒芜之地。在他身后跟着一只驮着石头的骡子。

长久以来，这位骑手一直在岩石上打眼，用甘油炸药绳炸开岩洞。他从没见过大海，甚至也没去过拉巴斯城，但是他怀疑世界已经进入完全的工业时代，而工业吞吃直到现在仍被忽视的矿物。他不像如此多的其他人那样进入山林深处去寻找白银。他与别人不一样，他寻找锡，他进入大山的深处，直到最深处，最后他找到了。

西蒙·帕蒂尼奥 [2] 是一位被严寒拍打得伤痕累累的骑手，是一

[1] Huanuni，玻利维亚的地名。

[2] Simón Patiño（1860-1947），玻利维亚的锡矿巨头，是一位独具眼光的企业家，他是玻利维亚第一位跨国投资的商人。

个被判孤独且欠债的矿工，他来到瓦努尼村。在骡子身上的褡裢里，装着一段世界上最富裕的锡矿脉。这些石头将把他变成玻利维亚的国王。

（132）

1900 年：墨西哥城
波 萨 达

他为民歌和新闻配图。他的印刷品在市场、教堂门口和任何地方售卖：一个民谣歌手歌唱诺查丹玛斯的预言、特玛马特拉火车脱轨的令人毛骨悚然的细节、瓜达卢佩圣母的最近一次显灵或者这个城里某个街区一位妇女生了四只蜥蜴的悲惨故事。

经过何塞·瓜达卢佩·波萨达[1]的神奇之手创作，民歌将不会失去其流畅性，而故事也会不断发生。在他的绘画创作中，凶恶之人的刀和饶舌妇们的牙齿将一直锋利无比，恶魔将继续跳舞、燃烧，死亡继续微笑，胡须上沾有龙舌兰酒，"不幸的埃莱乌特里奥·米拉富恩特斯用一块巨大的石头砸向年迈的、其生命创造者的头"[2]。今年，波萨达的一幅版画庆祝墨西哥大街上出现了第一辆电车。现在，另一幅版画讲述了有轨电车撞上公墓前的送葬队伍，造成骨架散落的可怕事件。他的这些画印刷在粗制包装纸上，配着诗以便让人阅读和流泪，每个印刷品卖一分钱。

他的工作坊里乱糟糟地放着滚碾、容器、锌片、木楔子，所有都堆在报纸周围，上面像雨瀑一样悬挂着刚刚印好、等着晾干的纸。波萨达从早工作到晚上，刻印奇迹："一些小画而已"，他说。

---

[1] José Guadalupe Posada（1852-1913），墨西哥版画家、插画家和漫画家，以绘画墨西哥民俗风情、批评社会政治为主题的作品而见长。

[2] 这句话源自波萨达的一幅配图，图中有恶魔相伴的埃莱乌特里奥·米拉富恩特斯举着一块石头砸向趴在地上的父亲。

他时不时地出门抽一支烟休息一下，但总不会忘记戴一顶圆顶高帽遮住脑袋，披一个呢绒马甲遮住大肚囊。

每天，隔壁的美术学院的老师们都会从波萨达的工作坊门前经过。但他们从不伸头去看一眼，也不打招呼。

（263，357）

1900 年：墨西哥城
波菲里奥·迪亚斯

他在胡亚雷斯的阴影下长大。胡亚雷斯叫他"流着泪杀人的人"。

——"他哭着，哭着，一不留意，就枪决我。"

波菲里奥·迪亚斯已经统治墨西哥长达四分之一个世纪。官方记录员为后世记录下他打的呵欠和说过的警句。但当他说这些话时不会记录：

——"最好的印第安人在地下四米处。"

——"立刻杀了他们。"

——"那群马别烦我。"

"那群马"是立法人员，他们打瞌睡时点头投赞成票，他们称呼堂波菲里奥是"独一无二的、必不可少的、无可取代的人"。人民称他为"堂波菲里奥"，如此笑话他的朝臣：

——"几点了？"

——"总统阁下，您说几点就是几点了。"

他伸出小指说："特拉斯卡拉让我痛。"他指着心脏说："瓦哈卡让我心痛。"他手指着肝脏说："米却肯刺痛了我。"很快，这三个地方的州长就战抖着站在他面前。

他对背叛者和好奇人士实施企图逃跑就地正法的措施。在波菲里奥和平期的巅峰，墨西哥发展进步了。以前依靠骡子、马或鸽子传递的讯息现在通过七万公里的电报线传递。以前驿站马车经过的路上，现在有一万五千公里的铁轨。国家准时偿付债务，向世界市场提供矿物和食品。每个庄园里都立着一座堡垒：守卫员们站在雉堞之上监视印第安人，而他们甚至都不能更换主人。没有经济学校，但是堂波菲里奥的身边围绕着买地专家，他们总能在下一条铁路经过的确切地方购买土地。资本从美国过来，而思想和时尚则是从法国买来的二手货。首都喜欢自称是"美洲的巴黎"，虽然大街上仍然是穿白色农民短裤的人多于穿长裤的人；少数穿大礼服的人住在第二帝国风格的府邸里。诗人们称呼黄昏时分为"绿色时刻"，并不是因为叶子的绿光，而是为了纪念缪塞的苦艾酒。

（33，142）

1900 年：墨西哥城

弗洛雷斯·马贡兄弟们

人们徜徉在龙舌兰酒的酒河里，钟声绵延不绝，焰火响彻天空，孟加拉烟火照耀下刀子闪闪发光。人群抬着圣母像涌向阿拉梅达大街和其他禁止进入的大街，那里是穿紧身衣的贵妇们和穿大礼服的绅士们的圣地。自高高在上的灯拱处，圣母张开翅膀庇护和指引着他们。

今天是天使圣母节，墨西哥将举办一个星期的狂欢节。正当人们准备狂欢——他们好像应得此番狂欢——之际，诞生了一份新报纸，叫《重生》。这份报纸继承了被独裁政府关闭的《民主主义者报》的热忱和债务。弗洛雷斯·马贡三兄弟赫苏斯、里卡多和恩里克编写、发行和出售这份报纸。

弗洛雷斯·马贡兄弟们在惩罚中成长。自他们的父亲去世以来，他们不停地入狱出狱。在进出牢狱的间歇，他们学法律、做临时工、进行新闻斗争、以石头对抗子弹的上街游行。

——"一切属于所有人。"他们的父亲、印第安人特奥多罗·弗洛雷斯对他们说过这句话，那瘦削的面庞如今悬在天上的星辰之间。

他曾经对他们说过上千次："重复一遍。"

（287）

1900 年：尤卡坦的梅里达
剑 麻

尤卡坦地区每三个玛雅人中就有一个是奴隶，是剑麻的人质，而且他们的子女也将是奴隶，将继承他们的债务。土地与印第安人一起售卖，但是大型的剑麻种植园使用科学的方法和现代机器来运作，他们通过电报发送指令，得到纽约银行的资本支持。蒸汽式的剑麻刮麻机分离提取纤维；国际收割火车把它们运送到一个叫进步的港口。与此同时，每天夜幕降临时，看守们把印第安人关进棚屋。每天清晨，看守们骑着马把他们赶往一排排尖刺丛生的剑麻林。

剑麻的纤维可以捆绑大地上存在的一切事物，剑麻绳则可以捆绑大海上各种的船只。尤卡坦依靠剑麻发展繁荣起来，成为墨西哥最富裕的地区之一：在其首府梅里达，镀金的栅栏阻挡住骡子和印第安人，让他们不得踩踏那些粗劣模仿凡尔赛宫的花园。主教的车辇与罗马教皇的銮驾几乎一模一样，从巴黎找来了设计师来模仿建造中世纪法国风格的城堡，尽管现在的英雄们冒险不是去追求深锁闺房的公主们，而是去追捕自由的印第安人。

伊格纳西奥·布拉沃将军已经抵达梅里达，他目光锐利，长着白色的胡须，少言寡语，他此来是要消灭那些敲响了战争之鼓的玛雅人。圣贝尼托大炮向剑麻的解救者们致敬。在武器广场，在鲜花盛开的月桂树下，尤卡坦的主人们向布拉沃将军献上了为昌－圣克鲁斯城的征服者保留的银制佩剑，昌－圣克鲁斯城是雨林地区反叛者们的圣城。

之后，夜晚缓慢地垂下了眼睑。

（273）

摘自二十八营的墨西哥歌谣

我走了，我走了
我高兴地走了
因为玛雅印第安人
吓得要死

我走了，我走了
去向大海的另一边
那里印第安人已经
无路可逃

我走了，我走了
混血鬼，你留下陪着上帝吧
因为玛雅印第安人
已经成为柴火

我走了，我走了
因为冬日的天气严寒
因为玛雅印第安人
已经走向地狱

（212）

1900 年：塔比

铁 蛇

最前面，大炮轰鸣，掀翻了路障，压扁了奄奄一息的人。大炮的后面是士兵，几乎都是印第安人，他们点燃了公社的玉米地，用连发的毛瑟枪对抗用活塞装子弹的老式武器。在士兵们的后面是雇工们，几乎都是印第安人。他们铺设铁轨，立柱子来安架电报线和绞刑架。

铁轨像没有鳞片的大蛇，尾巴在梅里达，长长的身体朝昌－圣克鲁斯延伸，头部到达圣玛利亚，又跳到霍本皮奇，从霍本皮奇跳到塔比。它的两条铁舌快速而贪吃，毁灭雨林、切断路面，追捕、攻击并吞噬。在它飞速的前进中，它吞下自由印第安人，像排便一样排出奴隶。

昌－圣克鲁斯圣地注定毁灭。她诞生于半个世纪前，因为那个桃花心木的小十字架而诞生，小十字架出现在茂密树林里，说：

——"我的父亲派我来与诸位谈话，你们是大地。"

(273)

先　知

四个多世纪前，就在这里。

尤卡坦的祭司－美洲豹脸朝上躺在垫子上，倾听诸神的讯息。他们骑在他家房子的屋顶上，透过屋顶对他说话，用一种其他人都不懂的语言。

诸神的喉舌奇兰·巴兰提醒那些仍然还没发生的事情，并宣布未来将会如何：

——"木棍和石头将会起来战斗……狗将会噬咬它的主人……那些坐在借来的王位上的人必将吐出他们的吞噬之物。他们吞下的东西非常甜美，非常可口，但他们终将吐出来。篡位者将会走向水域的边际……将不再有人类的吞噬者……当贪欲停止之时，面孔将会自由，双手将会自由，世界的双脚将会自由。"

(23)

(《火的记忆》第二卷终)

参考文献

1. Abreu y Gómez, Ermilo, *Canek. Historia y leyenda de un héroe maya*, México, Oasis, 1982.

2. Acevedo, Edberto Oscar, *El ciclo histórico de la revolución de mayo*, Sevilla, Escuela de Estudios Hispanoamericanos, 1957.

3. Acuña de Figueroa, Francisco, *Nuevo mosaico poético*, prólogo de Gustavo Gallinal, Montevideo, Claudio García, 1944.

4. Adoum, Jorge Enrique, 《Las Galápagos: el origen de *El origen...*》, y artículos de Asimov, Pyke y otros en *Darwin*, 《El Correo de la Unesco》, París, mayo de 1982.

5. Aguirre, Nataniel, *Juan de la Rosa*, La Paz, Gisbert, 1973.

6. Ajofrín, Francisco de, *Diario de viaje*, Madrid, Real Academia de la Historia, 1958.

7. Alcaraz, Ramón, y otros, *Apuntes para la historia de la guerra entre México y los Estados Unidos*, México, Siglo XXI, 1970.

8. Alemán Bolaños, Gustavo, *Sandino, el libertador*, México/Guatemala, Ed. del Caribe, 1951.

9. Anderson Imbert, Enrique, *Historia de la literatura hispanoamericana*, México, FCE, 1974.

10. Anson, George, *Voyage autour du monde*, Amsterdam/Leipzig, Arkstée et Merkus, 1751.

11. Antonil, André João, *Cultura e opulencia do Brasil por suas drogas e minas*, comentado

por A. Mansuy, París, Université, 1968.

12. Aptheker, Herbert (Ed.), *A documentary history of the negro people in the United States*, Nueva York, Citadel, 1969.

13. Arciniegas, Germán, *Los comuneros*, México, Guarania, 1951.

14. Arnold, Mayer, *Del Plata a los Andes. Viaje por las provincias en la época de Rosas*, Buenos Aires, Huarpes, 1944.

15. Arriaga, Antonio, *La patria recobrada*, México, FCE, 1967.

16. Arzáns de Orsúa y Vela, Bartolomé, *Historia de la Villa Imperial de Potosí* (Ed. de Lewis Hanke y Gunnar Mendoza), Providence, Brown University, 1965.

17. Astuto, Philip Louis, *Eugenio Espejo, reformador ecuatoriano de la Ilustración*, México, FCE, 1969.

18. Atl, Dr., *Las artes populares en México*, México, Instituto Nal. Indigenista, 1980.

19. Aubry, Octave, *Vie privée de Napoléon*, París, Tallandier, 1977.

20. Ayestarán, Lauro, *La música en el Uruguay*, Montevideo, SODRE, 1953.

21. Baelen, Jean, *Flora Tristán: Feminismo y socialismo en el siglo XIX*, Madrid, Taurus, 1974.

22. Barnet, Miguel, *Akeké y la jutía*, La Habana, Unión, 1978.

23. Barrera Vásquez, Alfredo, y Silvia Rendón (Versión e introducción), *El libro de los libros de Chilam Balam*. México, FCE, 1978.

24. Barrett, S. M. (Ed.), *Gerónimo, historia de su vida* (Notas de Manuel Sacristán), Barcelona, Grijalbo, 1975.

25. Barrett, William E., *La amazona*, Barcelona, Grijalbo, 1982.

26. Basadre, Jorge, *La multitud, la ciudad y el campo en la historia del Perú*, Lima, Treintaitrés y Mosca Azul, 1980.

27. Bastide, Roger, *Les religions africaines au Brésil*, París, Presses Universitaires, 1960.

28. —*Les Amériques noires*, París, Payot, 1967.

29. Bazin, Germain, *Aleijadinho et la sculpture baroque au Brésil*, París, Du Temps, 1963.

30. Beck, Hanno, *Alexander von Humboldt*, México, FCE, 1971.

31. Benítez, Fernando, *Los indios de México* (tomo II), México, Era, 1968.

32. —*Los indios de México* (tomo IV), México, Era, 1972.

33. —*El porfirismo. Lázaro Cárdenas y la revolución mexicana*, México, FCE, 1977.

34. Benítez, Rubén A., *Una histórica función de circo*, Buenos Aires, Universidad, 1956.

35. Bermúdez, Óscar, *Historia del salitre, desde sus orígenes hasta la guerra del Pacífico*, Santiago de Chile, Universidad, 1963.

36. Bermúdez Bermúdez, Arturo, *Materiales para la historia de Santa Marta*, Bogotá, Banco Central Hipotecario, 1981.

37. Beyhaut, Gustavo, *America centrale e meridionale. Dall' indipendenza alla crisi attuale*, Roma, Feltrinelli, 1968.

38. Bierhorst, John, *In the trail of the wind. American indian poems and ritual orations*, Nueva York, Farrar, Straus and Giroux, 1973.

39. Bilbao, Francisco, *La revolución en Chile y los mensajes del proscripto*, Lima, Imprenta del Comercio, 1853.

40. Bolívar, Simón, *Documentos* (Selección de Manuel Galich), La Habana, Casa de las Américas, 1975.

41. Bonilla, Heraclio, *La independencia del Perú* (con otros autores), Lima, Instituto de Estudios Peruanos, 1981.

42. —*Nueva historia general del Perú* (con otros autores), Lima, Mosca Azul, 1980.

43. —*Guano y burguesía en el Perú*, Lima, Instituto de Estudios Peruanos, 1974.

44. —*Un siglo a la deriva. Ensayos sobre el Perú, Bolivia y la guerra*, Lima, Instituto de Estudios Peruanos, 1980.

45. —Boorstin, Daniel J., *The lost world of Thomas Jefferson*, Chicago, University of Chicago, 1981.

46. Botting, Douglas, *Humboldt and the Cosmos*, Londres, Sphere, 1973.

47. Box, Pelham Horton, *Los orígenes de la guerra de la Triple Alianza*, Buenos Aires/Asunción, Nizza, 1958.

48. Boxer, C.R., *The golden age of Brazil (1695/1750)*, Berkeley, University of

California, 1969.

49. Brading, D. A., *Mineros y comerciantes en el México borbónico (1763/1810)*, México, FCE, 1975.

50. Brooke, Frances, *The history of Emily Montague*, Toronto, McClelland and Stewart, 1961.

51. Brown, Dee, *Bury my heart at Wounded Knee. An indian history of the american West*, Nueva York, Holt, Rinehart and Winston, 1971.

52. Brunet, Michel, *Les canadiens après la conquête (1759/1775)*, Montreal, Fides, 1980.

53. Busaniche, José Luis, *Bolívar visto por sus contemporáneos*, México, FCE, 1981.

54. —*San Martín vivo*, Buenos Aires, Emecé, 1950.

55. —*Historia argentina*, Buenos Aires, Solar/Hachette, 1973.

56. Cabrera, Lydia, *El monte*, La Habana, CR, 1954.

57. Calderón de la Barca, Frances Erskine de, *La vida en México, durante una residencia de dos años en ese país*, México, Porrúa, 1959.

58. Canales, Claudia, *Romualdo García. Un fotógrafo, una ciudad, una época*, Guanajuato, Gobierno del Estado, 1980.

59. Cardoza y Aragón, Luis, *Guatemala: las líneas de su mano*, México, FCE, 1965.

60. Cardozo, Efraím, *Breve historia de, Paraguay*, Buenos Aires, EUDEBA, 1965.

61. —*Hace cien años. Crónicas de la guerra de 1864/1870*, Asunción, Emasa, 1967/1976.

62. Carlos, Lasinha Luis, *A Colombo na vida do Rio*, Río de Janeiro, s/e, 1970.

63. Carpentier, Alejo, *El reino de este mundo*, Barcelona, Seix Barral, 1975.

64. Carrera Damas, Germán, *Bolívar*, Montevideo, Marcha, 1974.

65. Carvalho-Neto, Paulo de, *El folklore de las luchas sociales*. México, Siglo XXI, 1973.

66. —《Contribución al estudio de los negros paraguayos de Acampamento Loma》, en la revista *América Latina*. Río de Janeiro, Centro Latinoamericano de Pesquisas em Ciências Sociais. enero/junio de 1962.

67. Casarrubias, Vicente, *Rebeliones indígenas en la Nueva España*, México, Secretaría de Educación Pública, 1945.

68. Casimir, Jean, *La cultura oprimida*, México, Nueva Imagen, 1980.

69. Catton, Bruce, *Reflections on the Civil War*, Nueva York/Berkeley, 1982.

70. —*Short history of the Civil War*, Nueva York, Dell, 1976.

71. Césaire, Aimé, *Toussaint Louverture*, La Habana, Instituto del Libro, 1967.

72. Clastres, Hélène, *La terre sans mal. Le prophetisme tupi-guarani*, París, Seuil, 1975.

73. Clavijero, Francisco Javier, *Historia antigua de México*, México, Editora México, 1958.

74. Conrad, Robert, *Os últimos anos da escravatura no Brasil*, Río de Janeiro. Civilização Brasileira, 1975.

75. Corrêa Filho, Virgilio, *Joaquim Murtinho*, Río de Janeiro, Imprensa Nacional, 1951.

76. Cortesão, Jaime, *Do Tratado de Madri à conquista dos Sete Povos*, Río de Janeiro, Biblioteca Nacional, 1969.

77. Coughtry, Jay, *The notorious triangle. Rhode Island and the african slave trade, 1700/1807*, Filadelfia, Temple, 1981.

78. Craton, Michael, *Testing the chains. Resistance to slavery in the British West Indies*, Ithaca, Cornell University, 1982.

79. Crowther, J. G., *Benjamín Franklin y J. Willard Gibbs*, Buenos Aires, EspasaCalpe, 1946.

80. Cunha, Euclides da, *Os sertões*, San Pablo, Alves, 1936.

81. Current, Richard N., *The Lincoln nobody knows*, Nueva York, Hill and Wang, 1981.

82. Chaves, Julio César, *El Supremo Dictador*, Buenos Aires, Difusam, 1942.

83. —*El presidente López. Vida y gobierno de don Carlos*, Buenos Aires, Ayacucho, 1955.

84. —*Castelli, el adalid de Mayo*, Buenos Aires, Ayacucho, 1944.

85. Daireaux, Max, *Melgarejo*, Buenos Aires, Andina, 1966.

86. Dallas, Robert Charles, *Historia de los cimarrones*, La Habana, Casa de las Américas, 1980.

87. Dalton, Roque, *Las historias prohibidas del Pulgarcito*, México, Siglo XXI, 1974.

88. Darwin, Charles, *Mi viaje alrededor del mundo*, Valencia, Sampere, s/f.

89. Davidson, Basil, *Black mother: Africa and the atlantic slave trade*, Londres, Pelican, 1980.

90. Debien, Gabriel, 《Le marronage aux Antilles Françaises au XVIIIe. siècle》, en *Caribbean Studies*, vol. 6, núm. 3, Río Piedras, Institute of Caribbean Studies, octubre de 1966.

91. Debo, Angle, *A history of the indians of the United States*, Oklahoma, University of Oklahoma, 1979.

92. Defoe, Daniel, *Aventuras de Robinsón Crusoe*, México, Porrúa, 1975.

93. Descola, Jean, *La vida cotidiana en el Perú en tiempos de los españoles (1710/1820)*, Buenos Aires, Hachette, 1 962.

94. Díaz, Lilia, 《El liberalismo militante》, en *Historia general de México*, varios autores, México, El Colegio de México, 1977.

95. Doucet, Louis, *Quand les français cherchaient fortune aux Caraïbes*, París, Fayard, 1981.

96. Douville, Raymond, y Jacques-Donat Casanova, *La vie quotidienne en NouvelleFrance. Le Canada, de Champlain a Montcalm*, París, Hachette, l964.

97. ―*Des indiens du Canada à l'éPoque de la colonisation française*, París, Hachette, 1967.

98. Duchet, Michèle, *Antropología e historia en el Siglo de las Luces*, México, Siglo XXI, 1975.

99. Dugran, J. H., *Edgar A. Poe*, Buenos Aires, Lautaro, 1944.

100. Dujovne, Marta, con Augusto Roa Bastos y otros, *Cándido López*, Parma, Ricci, 1976.

101. Dumas, Alejandro, *Montevideo o una nueva Troya*, Montevideo, Claudio García,

1941.

102. Duval Jr., Miles P., *De Cádiz a Catay*, Panamá, Editorial Universitaria, 1973.

103. Echagüe, J. P., *Tradiciones, leyendas y cuentos argentinos*, Buenos Aires, EspasaCalpe, 1960.

104. Echeverría, Esteban, *La cautiva/El matadero*(Prólogo por Juan Carlos Pellegrini), Buenos Aires, Huemul, 1964.

105. Escalante Beatón, Aníbal, *Calixto García. Su campaña en el 95*, La Habana, Ciencias Sociales, 1978.

106. Eyzaguirre, Jaime, *Historia de Chile*, Santiago de Chile, Zig-Zag, 1977.

107. —*Chile y Bolivia. Esquema de un proceso diplomático*, Santiago de Chile, Zig-Zag, 1963.

108. Fals Borda, Orlando, *Historia doble de la costa*, Bogotá, Carlos Valencia, 1980/1981.

109. Faria, Alberto de, *Irenêo Evangelista de Souza, barão e visconde de Mauá, 1813/1889*, San Pablo, Editora Nacional, 1946.

110. Felce, Emma, y León Benarós(Selección), *Los caudillos del año 20*, Buenos Aires, Nova, 1944.

111. Fernández de Lizardi, josé Joaquín, *El Periquillo Sarniento*, Buenos Aires, Maucci, s/f.

112. Fernández Retamar, Roberto, *Introducción a José Martí*, La Habana, Casa de las Américas, 1978.

113. Fohlen, Claude, *La vie quotidienne au Far West*, París, Hachette, 1974.

114. Foner, Philip S., *La guerra hispano-cubano-norteamericana y el surgimiento del imperialismo yanqui*, La Habana, Ciencias Sociales, 1978.

115. Franco, José Luciano, *Historia de la revolución de Haití*, La Habana, Academia de Ciencias, 1966.

116. Frank, Waldo, *Nacimiento de un mundo. Bolívar dentro del marco de sus propios pueblos*, La Habana, Instituto del Libro, 1967.

117. Freitas, Décio, *O socialismo missioneiro*, Porto Alegre, Movimento, 1982.

118. Freitas, Newton, *El Aleijadinho*, Buenos Aires, Nova, 1944.

119. Freyre, Gilberto, *Sobrados e mucambos*, Río de Janeiro, José Olympio, 1951.

120. Friedemann, Nina S. de (Con Richard Cross), *Ma Ngombe: Guerreros y ganaderos en Palenque*, Bogotá, Carlos Valencia, 1979.

121. —(con Jaime Arocha), *Herederos del jaguar y la anaconda*, Bogotá, Carlos Valencia, 1982.

122. Frieiro, Eduardo, *Feijão, agua e couve*, Belo Horizonte, Itatiaia, 1982.

123. Frota, Lélia Coelho, *Ataíde*, Río de Janeiro, Nova Fronteira, 1982.

124. Furst, Peter T., y Salomón Nahmad, *Mitos y arte huicholes*, México, Sep/ Setentas, 1972.

125. Fusco Sansone, Nicolás, *Vida y obras de Bartolomé Hidalgo*, Buenos Aires, s/e, 1952.

126. Gantier, Joaquín, *Doña Juana Azurduy de Padilla*, La Paz, Icthus, 1973.

127. García Cantú, Gastón, *Utopías mexicanas*, México, FCE, 1978.

128. —*Las invasiones norteamericanas en México*, México, Era, 1974.

129. —*El socialismo en México, siglo XIX*, México, Era, 1974.

130. Garraty, John A., y Peter Gay, *Columbia history of the world*, Nueva York, Harper and Row, 1972.

131. Garrett, Pat, *La verdadera historia de Billy the Kid*, México, Premiá, 1981.

132. Geddes, Charles F., *Patiño, the tin king*, Londres, Hale, 1972.

133. Gendrop, Paul, 《La escultura clásica maya》, en *Artes de México*, número 167, México.

134. Gerbi, Antonello, *La disputa del Nuevo Mundo*, México, FCE, 1960.

135. Gibson, Charles, *Los aztecas bajo el dominio español (1519/1810)*, México, Siglo XXI, 1977.

136. Girod, François, *La vie quotidienne de la société créole (Saint-Domingue au 18e. siecle)*, París, Hachette, 1972.

137. Gisbert, Teresa, *Iconografía y mitos indígenas en el arte*, La Paz, Gisbert, 1980.

138. —(Con José de Mesa), *Historia de la pintura cuzqueña*, Lima, Banco wiese, 1982.

139. Gisler, Antoine, *L'esclavage aux Antilles françaises* (*XVIIe./XIXe. siècle*), París, Karthala, 1981.

140. Godio, Julio, *Historia del movimiento obrero latinoamericano*, México, Nueva Imagen, 1980.

141. González, José Luis, *La llegada*, San Juan, Mortiz/Huracán, 1980.

142. González, Luis, 《El liberalismo triunfante》, en *Historia general de México*, México, El Colegio de México, 1977.

143. ——y otros, *La economía mexicana en la época de Juárez*, México, Secretaría de Industria y Comercio, 1972.

144. González Navarro, Moisés, *Raza y tierra. La guerra de castas y el henequén*, México, El Colegio de México, 1979.

145. González Prada, Manuel, *Horas de lucha*, Lima, Universo, 1972.

146. González Sánchez, Isabel, 《Sistemas de trabajo, salarios y situación de los trabajadores agrícolas (1750/1810)》, en *La clase obrera en la historia de México. 1. De la colonia al imperio*, México, Siglo XXI, 1980.

147. Granada, Daniel, *Supersticiones del río de la Plata*, Buenos Aires, Kraft, 1947.

148. Gredilla, A. Federico, *Biografía de José Celestino Mutis y sus observaciones sobre las vigilias y sueños de algunas plantas*, Bogotá, Plaza y Janés, 1982.

149. Green, Martin, *Dreams of adventure, deeds of Empire*, Nueva York, Basic Books, 1979.

150. Grigulévich, José, *Francisco de Miranda y lucha por la liberación de la América Latina*, La Habana, Casa de las Américas, 1978.

151. Griswold, C. D., *El istmo de Panamá y lo que vi en él*, Panamá, Ed. Universitaria, 1974.

152. Guasch, Antonio, *Diccionario castellano-guaraní y guaraní-castellano*, Sevilla, Loyola, 1961.

153. Guerrero Guerrero, Raúl, *El pulque*, México, Instituto Nal. de Antropología e Historia, 1980.

154. Guier, Enrique, *William Walker*, San José de Costa Rica, s/e, 1971.

155. Guiteras Holmes, Cali, *Los peligros del alma. Visión del mundo de un tzotzil*, México, FCE, 1965.

156. Guy, Christian, *Almanach historique de la gastronomie française*, París, Hachette, 1981.

157. Hassrick, Peter H., y otros, *Buffalo Bill and the Wild West*, Nueva York, The Brooklyn Museum, 1981.

158. Hernández, José, *Martín Fierro*, Buenos Aires, EUDEBA, 1963.

159. Hernández Matos, Román, *Micaela Bastidas, la precursora*, Lima, Atlas, 1981.

160. Herrera Luque, Francisco, *Boves, el Urogallo*, Caracas, Fuentes, 1973.

161. Hofstadter, Richard, *The american political tradition*, Nueva York, Knopf, 1948.

162. Huberman, Leo, *We, the people. The drama of America*, Nueva York, Monthly Review Press, 1 970

163. Humboldt, Alejandro de, *Ensayo político sobre el reino de la Nueva España*, México, Porrúa, 1973.

164. Ibáñez Fonseca, Rodrigo, y otros, *Literatura de Colombia aborigen*, Bogotá, Instituto Colombiano de Cultura, 1978.

165. Ibarra, Jorge, *José Martí dirigente político e ideólogo revolucionario*, La Habana, Ciencias Sociales, 1980.

166. Irazusta, Julio, *Ensayo sobre Rosas*, Buenos Aires, Tor, 1935.

167. Isaacs, Jorge, *María* (introducción de Germán Arciniegas), Barcelona, Círculo de Lectores, 1975.

168. Jacobs, Paul, con Saul Landau y Eve Pell, *To serve the Devil. A documentary analysis of America's racial history and why it has been kept hidden*, Nueva York, Random, 1971.

169. Jane, Calamity, *Cartas a la hija (1877/1902)*, Barcelona, Anagrama, 1982.

170. Juan, Jorge, y Antonio de Ulloa, *Noticias secretas de América*, Caracas, Ayacucho, 1979.

171. Kaufmann, William W., *British policy and the independence of Latin America*

(*1804/1828*) , Yale, Archon, 1967.

172. Klein, Herbert S., *Bolivia. The evolution of a multiethnic society*, Nueva York/ Oxford, Oxford University Press, 1982.

173. Kom, Anton de, *Nosotros, esclavos de Surinam*, La Habana, Casa de las Américas, 1981.

174. Konetzke, Richard, *Colección de documentos para la historia de la formación social de Hispanoamérica*, Madrid, Consejo Superior de Investigaciones Cientí ̄ ficas, 1962.

175. Kossok, Manfred, *El virreynato del río de la Plata. Su estructura económico-social*, Buenos Aires, Futuro, 1959.

176. Lacoursière, J., con J. Provencher y D. Vaugeois, *Canada/Quebec. Synthèse historique*, Montreal, Renouveau Pédagogique, 1978.

177. Lafargue, Pablo, *Textos escogidos*, Selección e introducción por Salvador Morales, La Habana, Ciencias Sociales, 1976.

178. Lafaye, Jacques, *Quetzalcóatl y Guadalupe. La formación de la conciencia nacional en México*, México, FCE, 1977.

179. Lanuza, josé Luis, *Coplas y cantares argentinos*, Buenos Aires, Emecé, 1952.

180. Lara, Oruno, *La Guadeloupe dans l'histoire*, París, L'Harmattan, 1979.

181. Lautréamont, Conde de, *Oeuvres completes*, prólogo de Maurice Saillet, París, Librairie Générale Française, 1963, y *Obras completas*, prólogo de Aldo Pellegrini, Buenos Aires, Argonauta, 1964.

182. Laval, Ramón, *Oraciones, ensalmos y conjuros del pueblo chileno*, Santiago de Chile, 1910.

183. Lewin, Boleslao, *La rebelión de Túpac Amaru y los orígenes de la emancipación americana*, Buenos Aires, Hachette, 1957.

184. Liedtke, Klaus, 《Coca-Cola über alles》, en el diario *El País*, Madrid, 30 de julio de 1978.

185. Liévano Aguirre, Indalecio, *Los grandes conflictos sociales y económicos de nuestra historia*, Bogotá, Tercer Mundo, 1964.

186. Lima, Heitor Ferreira, 《Os primeiros empréstimos externos》, en *Ensaios de opinião*, núm. 2/1, Río de Janeiro, 1975.

187. López Cámara, Francisco, *La estructura económica y social de México en la época de Reforma*, México, Siglo XXI, 1967.

188. Ludwig, Emil, *Lincoln*, Barcelona, Juventud, 1969.

189. Lugon, Clovis, *A república 《comunista》 cristã dos guaranis (1610/1768)*, Río de Janeiro, Paz e Terra, 1977.

190. Machado de Assis, *Obras completas*, Río de Janeiro, Jackson, 1961.

191. Madariaga, Salvador de, *El auge y el ocaso del imperio español en América*, Madrid, Espasa-Calpe, 1979.

192. Maldonado Denis, Manuel, *Puerto Rico: una interpretación histórico-socia*, México, Siglo XXI, 1978.

193. Mannix, Daniel P., y M. Cowley, *Historia de la trata de negros*, Madrid, Alianza, 1970.

194. Manrique, Nelson, *Las guerrillas indígenas en la guerra con Chile*, Lima, CIC, 1981.

195. María, Isidoro de, *Montevideo antiguo. Tradiciones y recuerdos*, Montevideo, Ministerio de Educación y Cultura, 1976.

196. Marmier, Xavier, *Buenos Aires y Montevideo en 1850*, Buenos Aires, El Ateneo, 1948.

197. Marmolejo, Lucio, *Efemérides guanajuatenses*, Guanajuato, Universidad, 1973.

198. Marriott, Alice, y Carol K. Rachlin, *American indian mythology*, Nueva York, Mentor, 1972.

199. Martí, José, *Letras fieras*, selección y prólogo de Roberto Fernández Retamar, La Habana, Letras Cubanas, 1981.

200. Martínez Estrada, Ezequiel, *Martí: el héroe y su acción revolucionaria*, México, Siglo XXI, 1972.

201. Marx, Karl, y Friedrich Engels, *Materiales para la historia de América Latina*, selección y comentarios de Pedro Scarón, México, Pasado y Presente, 1979.

202. Masur, Gerhard, *Simón Bolívar*, México, Grijalbo, 1960.

203. Mature, Álvaro, *México en el siglo XIX. Fuentes e interpretaciones históricas* (Antotogía), México, UNAM, 1973.

204. Mauro, Frédéric, *La vie quotidienne au Brésil au temps de Pedro Segundo (1831/1889)*, París, Hachette, 1980.

205. Maxwell, Kenneth, *A devassa da devassa. A Inconfidência Mineira, Brasil-Portugal, 1750/1808*, Río de Janeiro, Paz e Terra, 1978.

206. McLuhan, T. C. (Compilador), *Touch the earth. A selfportrait of indian existence*, Nueva York, Simon and Schuster, 1971.

207. Medina Castro, Manuel, *Estados Unidos y América Latina, siglo XIX*, La Habana, Casa de las Américas, 1968.

208. Mejía Duque, Jaime, *Isaacs y María*, Bogotá, La Carreta, 1979.

209. Mello e Souza, Laura de, *Desclassificados do ouro: a pobreza mineira no século XVIII*, Río de Janeiro, Graal, 1982.

210. Meltzer, Milton (Compilador), *In their own words. A history of the american negro (1619/1865)*, Nueva York, Crowell, 1964.

211. Melville, Herman, *Moby Dick* (traducción de José María Valverde), Barcelona, Bruguera, 1982.

212. Mendoza, Vicente T., *El, corrido mexicano*, México, FCE, 1976.

213. Mercader, Martha, *Juanamanuela, mucha mujer*, Buenos Aires, Sudamericana, 1982.

214. Mercado Luna, Ricardo, *Los coroneles de Mitre*, Buenos Aires, Plus Ultra, 1974.

215. Mesa, José de (Con Teresa Gisbert), *Holguín y la pintura virreinal en Bolivia*, La Paz, Juventud, 1977.

216. Mir, Pedro, *El gran incendio*, Santo Domingo, Taller, 1974.

217. Miranda, José, *Humboldt y México*, México, UNAM, 1962.

218. Mitchell, Lee Clark, *Witnesses to a vanishing America. The nineteenth-century response*, Princeton, Princeton University, 1981.

219. Molina, Enrique, *Una sombra donde sueña Camila O'Gorman*, Barcelona, Seix-

Barral, 1982.

220. Montes, Arturo Humberto, *Morazán y la federación centroamericana*, México, Libro Mex, 1958.

221. Morales, Franklin, 《Los albores del fútbol uruguayo》, en *Cien años de fútbol*, núm. 1, Montevideo, Editores Reunidos, noviembre de 1969.

222. Moreno Fraginals, Manuel, *El ingenio*, La Habana, Ciencias Sociales, 1978.

223. Morin, Claude, *Michoacán en la Nueva España del siglo XVIII. Crecimiento y desigualdad en una economía colonial*, México, FCE, 1979.

224. Morison, Samuel Eliot, con Henry Steele Commager y W. E. Leuchtenburg, *Breve historia de los Estados Unidos*, México, FCE, 1980.

225. Mörner, Magnus, *La mezcla de razas en la historia de América Latina*, Buenos Aires, Paidós, 1 969.

226. Mousnier, Roland, y Ernest Labrousse, *Historia general de las civilizaciones. El siglo XVIII*, Barcelona, Destino, 1967.

227. Muñoz, Rafael F., *Santa Anna. El que todo lo ganó y todo lo perdió* Madrid, Espasa-Calpe, 1936.

228. Museo Nacional de Culturas Populares, *El maíz, fundamento de la cultura popular mexicana*, México, SEP, 1982, y *Nuestro maíz. Treinta monografías populares*, México, SEP, 1982.

229. Nabokov, Peter, *Native american testimony. An anthology of indian and white relations: First encounter to dispossession*, Nueva York, Harper and Row, 1978.

230. Neihardt, John G., *Black Elk speaks*, Nueva York, Washington Square, 1972.

231. Nevins, Allan, *John D. Rockefeller: the heroic age of american business*, Nueva York, 1940.

232. Nimuendajú, Curt, *Los mitos de creación y de destrucción del, mundo*, Lima, Centro Amazónico de Antropología, 1978.

233. Nino, Bernardino de, *Etnografía chiriguana*, La Paz, Argote, 1912.

234. Núñez, Jorge, *El mito de la independencia*, Quito, Universidad, 1976.

235. Ocampo López, Javier, y otros, *Manual de historia de Colombia*, Bogotá,

Instituto Colombiano de Cultura, 1982.

236. Oddone, Juan Antonio, *La formación del Uruguay moderno. La inmigración y el desarrollo económico-social*, Buenos Aires, EUDEBA, 1966.

237. O' Kelly, James J., *La tierra del mambí*, La Habana, Instituto del Libro, 1968.

238. O' Leary, Daniel Florencio, *Memorias*, Madrid, América, 1919.

239. Ortega Peña, Rodolfo, y Eduardo Duhalde, *Felipe Varela contra el Imperio británico*, Buenos Aires, Peña Lillo, 1966.

240. Ortiz, Fernando, *Los negros esclavos*, La Habana, Ciencias Sociales, 1975.

241. —*Los bailes y el teatro de los negros en el folklore de Cuba*, La Habana, Letras Cubanas, 1981.

242. —*Contrapunteo cubano del tabaco y el azúcar*, La Habana, Consejo Nacional de Cultura, 1963.

243. Paine, Thomas, *Complete writings*, Nueva York, Citadel, 1945.

244. Palacio, Ernesto, *Historia de la Argentina (1515/1943)*, Buenos Aires, Peña Lillo, 1975.

245. Palma, Ricardo, *Tradiciones peruanas*, Lima, Peisa, 1969.

246. Palma de Feuillet, Milagros, *El cóndor: dimensión mítica del ave sagrada*, Bogotá, Caja Agraria, 1982.

247. Paredes, M. Rigoberto, *Mitos, supersticiones y supervivencias populares de Bolivia*, La Paz, Burgos, 1973.

248. Paredes-Candia, Antonio, *Leyendas de Bolivia*, La Paz/Cochabamba, Amigos del Libro, 1975.

249. Pareja Diezcanseco, Alfredo, *Historia del Ecuador*, Quito, Casa de la Cultura Ecuatoriana, 1958.

250. Parienté, Henriette, y Geneviève de Ternant, *La fabuleuse histoire de la cuisine française*, París, Odil, 1981.

251. Pereda Valdés, Ildefonso, *El negro en el Uruguay. Pasado y presente*, Montevideo, Instituto Histórico y Geográfico, 1965.

252. Pereira de Queiroz, María Isaura, *Historia y etnología de los movimientos*

mesiánicos, México, Siglo XXI, 1978.

253. Pereyra, Carlos, *Historia de América española*, Madrid, Calleja, 1924.

254. —*Solano López y su drama*, Buenos Aires, Patria Grande, 1962.

255. Pérez Acosta, Juan F., *Francia y Bonpland*, Buenos Aires, Peuser, 1942.

256. Pérez Rosales, Vicente, *Recuerdos del, pasado*, La Habana, Casa de las Américas, 1972.

257. Petit de Murat, Ulyses, *Presencia viva del tango*, Buenos Aires, Reader's Digest, 1968.

258. Pichardo, Hortensia, *Documentos para la historia de Cuba*, La Habana, Ciencias Sociales, 1973.

259. Plath, Oreste, *Geografía del mito y la leyenda chilenos*, Santiago de Chile, Nascimento, 1973.

260. Poe, Edgar Allan, *Selected prose and poetry*, prólogo de W. H. Auden, Nueva York, Rinehart, 1950.

261. Ponce de León, Salvador, *Guanajuato en el arte, en la historia y en la leyenda*, Guanajuato, Universidad, 1973.

262. Portuondo, José A. (Selección y prólogo), *El pensamiento vivo de Maceo*, La Habana, Ciencias Sociales, 1971.

263. Posada, José Guadalupe, *La vida mexicana*, México, Fondo Editorial de la Plástica Mexicana, 1963.

264. Price, Richard (Compilador), *Sociedades cimarronas*, México, Siglo XXI, 1981.

265. Price-Mars, Jean, *Así habló el Tío*, La Habana, Casa de las Américas, 1968.

266. Prieto, Guillermo, *Memorias de mis tiempos*, México, Patria, 1964.

267. Puiggrós, Rodolfo, *La época de Mariano Moreno*, Buenos Aires, Partenón, 1949.

268. Querejazu Calvo, Roberto, *Guano, salitre, sangre. Historia de la guerra del Pacífico*, La Paz/Cochabamba, Amigos del Libro, 1979.

269. Ramírez Necochea, Hernán, *Historia del, imperialismo en Chile*, La Habana, Revolucionaria, 1966.

270. *Balmaceda y la contrarrevolución de 1891*, Santiago de Chile, Universitaria,

1958.

271. Ramos, Jorge Abelardo, *Revolución y contrarrevolución en la Argentina*, Buenos Aires, Plus Ultra, 1965.

272. Ramos, Juan P., *Historia de la instrucción primaria en la Argentina*, Buenos Aires, Peuser, 1910.

273. Reed, Nelson, *La Guerra de Castas de Yucatán*, México, Era, 1971.

274. Reina, Leticia, *Las rebeliones campesinas en México* (*1819/1906*), México, Siglo XXI, 1980.

275. Renault, Delso, *O Rio antigo nos anúncios de jornais*, Río de Janeiro, José Olympio, 1969.

276. Revista *Signos*, Santa Clara, Cuba, julio/diciembre de 1979.

277. Reyes Abadie, W. (Con Óscar H. Bruschera y Tabaré Melogno), *El ciclo artiguista*, Montevideo, Universidad, 1968.

278. — (Con A. Vázquez Romero), *Crónica general del Uruguay*, Montevideo, Banda Oriental, 1979/1981.

279. Riazanov, David, *Karl Marx and Friedrich Engels. An introduction to their lives and work*, Nueva York, Monthly Review, 1973.

280. Rippy, J. Fred, *La rivalidad entre Estados Unidos y Gran Bretaña por América Latina* (*1808/1830*), Buenos Aires, EUDEBA, 1967.

281. Roa Bastos, Augusto, *Yo el Supremo*, Buenos Aires, Siglo XXI, 1974.

282. Robertson, James Oliver, *American myth, american reality*, Nueva York, Hill and Wang, 1980.

283. Robertson, J. P. y G. P., *Cartas de Sud-América* (Prólogo de José Luis Busaniche), Buenos Aires, Emecé, 1950.

284. Rodrigues, Nina, *Os africanos no Brasil*, San Pablo, Editora Nacional, 1977.

285. Rodríguez, Simón, *Sociedades americanas*, edición facsimilar, con prólogos de Germán Carrera Damas y J. A. Cora, Caracas, Catalá/Centauro, 1975.

286. Rodríguez Demorizi, Emilio, *Martí en Santo Domingo*, La Habana, Úcar García, 1953.

287. Roeder, Ralph, *Hacia el México moderno: Porfirio Díaz*, México, FCE, 1973.

288. Rojas-Mix, Miguel, *La Plaza Mayor. El urbanismo, instrumento de dominio colonial*, Barcelona, Muchnik, 1978.

289. Romero, Emilio, *Historia económica del Perú*, Lima, Universo, 1949.

290. Romero, José Luis, *Las ideas políticas en Argentina*, México/Buenos Aires, FCE, 1956.

291. Rosa, José María, *La guerra del Paraguay y las montoneras argentinas*, Buenos Aires, Huemul, 1965.

292. Rosenberg, Bruce A., *The code of the West*, Bloomington, Indiana University, 1982.

293. Rossi, Vicente, *Cosas de negros*, Buenos Aires, Hachette, 1958.

294. Rubín de la Barbolla, Daniel F., *Arte popular mexicano*, México, FCE, 1974.

295. Rumazo González, Alfonso, *Manuela Sáenz. La libertadora del, Libertador*, Caracas/Madrid, Mediterráneo, 1979.

296. —*Sucre*, Caracas, Presidencia de la República, 1980.

297. —*Ideario de Simón Rodríguez*, Caracas, Centauro, 1980.

298. —*Simón Rodríguez*, Caracas, Centauro, 1976.

299. Rumrrill, Róger, y Pierre de Zutter, *Amazonia y capitalismo. Los condenados de La selva*, Lima, Horizonte, 1976.

300. Sabogal, josé, *El desván de la imaginería peruana*, Lima, Mejía Baca y Villanueva, 1956.

301. Salazar, Sonia (Recopiladora), 《Testimonio sobre el origen de la leyenda del Señor de Ccoyllorithi》, en la revista *Sur*, núm. 52, Cuzco, julio de 1982.

302. Salazar Bondy, Sebastián, *Lima la horrible*, La Habana, Casa de las Américas, 1967.

303. Salomon, Noel, 《Introducción a José Joaquín Fernández de Lizardi》, en la revista *Casa del Tiempo*, vol. II, núm. 16, México, diciembre de 1981.

304. Sánchez, Luis Alberto, *La Perricholi*, Lima, Nuevo Mundo, 1964.

305. Sanford, John, *A more goodly country. A personal history of America*, Nueva

York, Horizon Press, 1975.

306. Sanhueza, Gabriel, *Santiago Arcos, comunista, millonario y calavera*, Santiago de Chile, Pacífico, 1956.

307. Santos, Joaquim Felício dos, *Memórias do Distrito Diamantino*, Belo Horizonte, Itatiaia, 1976.

308. Santos Rivera, José (Recopilador), *Rubén Darío y su tiempo*, Managua, Nueva Nicaragua, 1981.

309. Sarabia Viejo, María Justina, *El juego de gallos en Nueva España*, Sevilla, Escuela de Estudios Hispano-Americanos, 1972.

310. Sarmiento, Domingo Faustino, *Vida de Juan Facundo Quiroga*, Barcelona, Bruguera, 1970.

311. —*Conflicto y armonías de las razas en América*, Buenos Aires, La Cultura Argentina, 1915.

312. Scobie, James R., *Buenos Aires, del centro a los barrios (1870/1910)*, Buenos Aires, Hachette, 1977.

313. Scott, Anne Firor, 《Self-portraits》, en *Women's America*, de Linda Kerber y Jane Mathews, Nueva York, Oxford University, 1982.

314. Scroggs, William O., *Filibusteros y financieros. La historia de William Walker y sus asociados*, Managua, Banco de América, 1974.

315. Schinca, Milton, *Boulevard Sarandí. 250 años de Montevideo; anécdotas, gentes, sucesos*, Montevideo, Banda Oriental, 1976.

316. Scholes, Walter V., *Política mexicana durante el régimen de Juárez (1855/1872)*, México, FCE, 1972.

317. Selser, Gregorio, *Sandino, general de hombres libres*, Buenos Aires, Triángulo, 1959.

318. Servando, fray (Servando Teresa de Mier), *Memorias*, prólogo de Alfonso Reyes, Madrid, América, s/f.

319. Silva, José Asunción, *Prosas y versos*, prólogo de Carlos García Prada, Madrid, Eisa, 1960.

320. Silva Santisteban, Fernando, *Los obrajes en el Virreinato del Perú*, Lima, Museo Nacional de Historia, 1964.

321. Simpson, Lesley Byrd, *Muchos Méxicos*, México, FCE, 1977.

322. Solano, Francisco de, *Los mayas del siglo XVIII*, Madrid, Cultura Hispánica, 1974.

323. Soler, Ricaurte, 《Formas ideológicas de la nación panameña》, en *Tareas*, Panamá, octubre/noviembre de 1963.

324. Sosa, Juan B., y Enrique J. Arce, *Compendio de historia de Panamá*, Panamá, Editorial Universitaria, 1977.

325. Souza, Márcio, *Gálvez, Imperador do Acre*, Río de Janeiro, Civilização Brasileira, 1981.

326. Sozina, S. A., *En el horizonte está El Dorado*, La Habana, Casa de las Américas, 1982.

327. Stein, Stanley J., *Grandeza e decadência do café no vale do Paraíba*, San Pablo, Brasiliense, 1961.

328. Stern, Milton R., *The fine hammered steel of Herman Melville*, Urbana, University of Illinois, 1968.

329. Stewart, Watt, *La servidumbre china en el Perú*, Lima, Mosca Azul, 1976.

330. Syme, Ronald, *Fur trader of the north*, Nueva York, Morrow, 1973.

331. Taylor, William B., *Drinking, homicide and rebellion in colonial mexican villages*, Stanford, Stanford University, 1979.

332. Teja Zabre, Alfonso, *Morelos*, Buenos Aires, Espasa-Calpe, 1946.

333. Tibol, Raquel, *Hermenegildo Bustos, pintor de pueblo*, Guanajuato, Gobierno del Estado, 1981.

334. Tocantins, Leandro, *Formação do histórica do Acre*, Río de Janeiro, Civilização Brasileira, 1979.

335. Touron, Lucía Sala de, con Nelson de la Torre y Julio C. Rodríguez, *Artigas y su revolución agraria* (1811/1820), México, Siglo XXI, 1978.

336. Trías, Vivian, *Juan Manuel de Rosas*, Montevideo, Banda Oriental, 1970.

337. Tristán, Flora, *Les pérégrinations d'une paria*, París, Maspero, 1979.

338. Tulard, Jean, (Recopilador), *L'Amérique espagnole en 1800 vue par un savant allemand: Humboldt*, París, Calmann-Lévy, 1965.

339. Tuñón de Lara, Manuel, *La España del siglo XIX*, Barcelona, Laia, 1973.

340. Turner III, Frederick W., *The portable north-american indian reader*, Londres, Penguin, 1977.

341. Twain, Mark, *Un yanqui en la corte del rey Arturo*, Barcelona, Bruguera, 1981.

342. Un inglés, *Cinco años en Buenos Aires (1820/1825)*, Buenos Aires, Solar/Hachette, 1962.

343. Uslar Pietri, Arturo, *La isla de Robinsón*, Barcelona, Seix Barral, 1981.

344. Valcárcel, Carlos Daniet, *La rebelión de Túpac Amaru*, México, FCE, 1973.

345. — (Recopilación y comentarios), *Colección documental de la independencia del Perú* tomo II, vol. 2, Lima, Comisión Nal. del Sesquicentenario, 1971.

346. Valle-Arizpe, Artemio de, *Fray Servando*, Buenos Aires, Espasa-Calpe, 1951.

347. Vargas, José Santos, *Diario de un comandante de la independencia americana (1814/1825)*, México, Siglo XXI, 1982.

348. Vargas Martínez, Ubaldo, *Morelos, siervo de la nación*, México, Porrúa, 1966.

349. Velasco, Cuauhtémoc, 《Los trabajadores mineros en la Nueva España (1750/1810)》, en *La clase obrera en la historia de México. 1. De la colonia al imperio*, México, Siglo XXI, 1980.

350. Vidart, Daniel, *El tango y su mundo*, Montevideo, Tauro, 1967.

351. Vieira, Antônio, *Obras várias*, Lisboa, Sá da Costa, 1951/1953.

352. Villarroel, Hipólito, *Enfermedades políticas que padece la capital de esta Nueva España*, México, Porrúa, 1979.

353. Viñas, David, *Indios, ejército y frontera*, México, Siglo XXI, 1983.

354. Vitier, Cintio, *Temas martianos*, La Habana, Centro de Estudios Martianos, 1969 y 1982.

355. Van Hagen, Víctor W., *Culturas preincaicas*, Madrid, Guadarrama, 1976.

356. Walker, william, *La guerra de Nicaragua*, San José de Costa Rica, Educa, 1975.

357. Westheim, Paul, y otros, *José Guadalupe Posada*, México, Instituto Nal. de Bellas

Artes, 1963.

358. Whitman, walt, *Hojas de hierba* (Traducción de Jorge Luis Borges), Barcelona, Lumen, 1972.

359. Williams García, Roberto, *Mitos tepehuas,* México, Sep/Setentas, 1972.

360. Wissler, Clark, *Indians of the United States,* Nueva York, Doubleday, 1967.

361. Ziegier, Jean, *Les vivants et la mort,* París, Seuil, 1975. (Hay trad. cast., *Los vivos y la muerte,* México, Siglo XXI, 1976.)

译名对照表

A

阿雷科的田野里 Campos de Areco

阿马特 Amat

爱尔维修 Helvetius

安东尼·帕蒙蒂耶
Antoine Parmentier

安东尼奥·奥夫利塔斯
　Antonio Oblitas

安东尼奥·卡巴耶罗·伊贡戈拉
　Antonio Cabellero y Góngora

安东尼奥·维埃拉 Anôtnio Vieira

奥贡 Ogum

奥亚 Oyá

B

巴卡拉尔 Bacalar

巴托丽娜·西萨 Bartolina Sisa

本杰明·富兰克林 Benjamin Franklin

比亚尔 Biard

波马坎奇 Pomacanchi

波尼人 Pawnee

博伊斯凯曼 Bois Caiman

布雷贝夫 Brébeuf

C

楚斯哥 Chusig

D

丹尼尔·布恩 Daniel Boone

丹尼尔·佩恩 Daniel Payne

德尼·狄德罗 Denis Diderot

蒂茹科 Tijuco

迭戈·基斯佩·蒂托
　Diego Quispe Tito